唐诗选 上

【插图本】

中国社会科学院
文学研究所

选注

人民文学出版社

图书在版编目（CIP）数据

唐诗选：插图本：全2册/中国社会科学院文学研究所选注. —北京：人民文学出版社，2021（2024.12重印）
ISBN 978-7-02-014607-9

Ⅰ.①唐… Ⅱ.①中… Ⅲ.①唐诗—诗集 Ⅳ.①I222.742

中国版本图书馆CIP数据核字（2018）第224203号

责任编辑　李　俊
装帧设计　刘　远
责任印制　张　娜

出版发行　人民文学出版社
社　　址　北京市朝内大街166号
邮政编码　100705

印　　刷　三河市中晟雅豪印务有限公司
经　　销　全国新华书店等

字　　数　717千字
开　　本　850毫米×1168毫米　1/32
印　　张　25.25　插页23
印　　数　11001—14000
版　　次　2003年4月北京第1版
印　　次　2024年12月第3次印刷

书　　号　978-7-02-014607-9
定　　价　79.00元（全二册）

如有印装质量问题，请与本社图书销售中心调换。电话：010-65233595

白居易《长恨歌》

汉皇重色思倾国,御宇多年求不得。

杨家有女初长成，养在深闺人未识。

目　录

前　言 …………………………………………………… *1*

魏　徵(一首)
述怀 …………………………………………………… *2*

王　绩(二首)
在京思故园见乡人问 ………………………………… *6*
野望 …………………………………………………… *7*

王　勃(二首)
送杜少府之任蜀州 …………………………………… *9*
山中 …………………………………………………… *10*

卢照邻(一首)
长安古意 ……………………………………………… *12*

骆宾王(一首)
在狱咏蝉 ……………………………………………… *19*

杨　炯(一首)
从军行 ………………………………………………… *21*

陈子昂(十首)
感遇诗三十八首(选五首)
"苍苍丁零塞" ……………………………………… *24*
"圣人不利己" ……………………………………… *25*
"翡翠巢南海" ……………………………………… *26*

"丁亥岁云暮" ……………………………………………… 27
"朔风吹海树" ……………………………………………… 29
燕昭王 ……………………………………………………… 30
登幽州台歌 ………………………………………………… 31
度荆门望楚 ………………………………………………… 31
晚次乐乡县 ………………………………………………… 32
送魏大从军 ………………………………………………… 33

杜审言(二首)
夏日过郑七山斋 …………………………………………… 36
和晋陵陆丞早春游望 ……………………………………… 36

宋之问(二首)
题大庾岭北驿 ……………………………………………… 39
渡汉江 ……………………………………………………… 39

沈佺期(二首)
杂诗三首(选一首)
"闻道黄龙戍" ……………………………………………… 41
古意呈补阙乔知之 ………………………………………… 42

郭 震(一首)
古剑篇 ……………………………………………………… 44

张若虚(一首)
春江花月夜 ………………………………………………… 47

张 说(二首)
蜀道后期 …………………………………………………… 49
邺都引 ……………………………………………………… 50

张九龄(四首)
感遇十二首(选三首)
"兰叶春葳蕤" ……………………………………………… 52

"江南有丹橘" …………………………………… 53

"汉上有游女" …………………………………… 54

望月怀远 ………………………………………… 55

孟浩然(七首)

夏日南亭怀辛大 ………………………………… 57

夜归鹿门山歌 …………………………………… 58

望洞庭湖赠张丞相 ……………………………… 58

与诸子登岘山 …………………………………… 59

过故人庄 ………………………………………… 60

春晓 ……………………………………………… 60

宿建德江 ………………………………………… 61

王之涣(二首)

凉州词二首(选一首)

"黄河远上白云间" ……………………………… 62

登鹳雀楼 ………………………………………… 63

贺知章(二首)

咏柳 ……………………………………………… 64

回乡偶书 ………………………………………… 65

刘眘虚(一首)

阙题 ……………………………………………… 66

祖咏(二首)

望蓟门 …………………………………………… 68

终南望馀雪 ……………………………………… 69

张旭(二首)

山行留客 ………………………………………… 70

桃花溪 …………………………………………… 70

李 颀(五首)

古从军行 ·········· 72
送陈章甫 ·········· 73
听董大弹胡笳弄兼寄语房给事 74
送魏万之京 ·········· 76
望秦川 ·········· 77

王 湾(一首)

次北固山下 ·········· 78

王 翰(一首)

凉州词 ·········· 80

崔 颢(四首)

古游侠呈军中诸将 ·········· 82
黄鹤楼 ·········· 83
长干曲四首(选二首)
　"君家何处住" ·········· 84
　"家临九江水" ·········· 85

王昌龄(五首)

从军行七首(选二首)
　"青海长云暗雪山" ·········· 87
　"大漠风尘日色昏" ·········· 87
出塞二首(选一首)
　"秦时明月汉时关" ·········· 88
芙蓉楼送辛渐 ·········· 89
塞下曲四首(选一首)
　"蝉鸣空桑林" ·········· 89

张 巡(一首)

守睢阳作 ·········· 91

储光羲（四首）

杂咏五首（选一首）
钓鱼湾 93

效古二首（选一首）
"晨登凉风台" 94

田家杂兴八首（选一首）
"楚山有高士" 95
登戏马台作 95

王　维（二十首）
渭川田家 99
老将行 99
洛阳女儿行 102
辋川闲居赠裴秀才迪 103
山居秋暝 104
终南山 105
过香积寺 105
观猎 106
汉江临泛 107
使至塞上 108
积雨辋川庄作 109
塞上作 110
鹿柴 111
白石滩 111
辛夷坞 111
鸟鸣涧 112
山中 112

少年行四首（选一首）

5

| 唐诗选

"新丰美酒斗十千" …………………………………… 113
九月九日忆山东兄弟 …………………………………… 113
送元二使安西 …………………………………… 114

李　白(六十四首)

古风五十九首(选七首)
　"大雅久不作" …………………………………… 120
　"秦王扫六合" …………………………………… 122
　"咸阳二三月" …………………………………… 124
　"胡关饶风沙" …………………………………… 124
　"西上莲花山" …………………………………… 126
　"大车扬飞尘" …………………………………… 127
　"羽檄如流星" …………………………………… 128
远别离 …………………………………… 129
蜀道难 …………………………………… 131
梁甫吟 …………………………………… 133
乌夜啼 …………………………………… 137
将进酒 …………………………………… 137
行路难三首(选二首)
　"金樽清酒斗十千" …………………………………… 139
　"大道如青天" …………………………………… 140
长相思 …………………………………… 141
日出入行 …………………………………… 141
北风行 …………………………………… 143
长干行 …………………………………… 144
古朗月行 …………………………………… 145
塞下曲六首(选一首)
　"五月天山雪" …………………………………… 146
丁都护歌 …………………………………… 147

静夜思 …… 148

春思 …… 148

子夜吴歌四首(选一首)

　秋歌("长安一片月") …… 149

江上吟 …… 149

西岳云台歌送丹邱子 …… 150

横江词六首(选一首)

　"海神来过恶风回" …… 152

金陵城西楼月下吟 …… 153

秋浦歌十七首(选二首)

　"炉火照天地" …… 153

　"白发三千丈" …… 154

峨眉山月歌 …… 154

清溪行 …… 155

赠汪伦 …… 156

沙丘城下寄杜甫 …… 156

闻王昌龄左迁龙标遥有此寄 …… 157

寄东鲁二稚子 …… 157

庐山谣寄卢侍御虚舟 …… 158

梦游天姥吟留别 …… 160

金陵酒肆留别 …… 162

黄鹤楼送孟浩然之广陵 …… 163

金乡送韦八之西京 …… 163

送裴十八图南归嵩山二首(选一首)

　"君思颍水绿" …… 164

送友人 …… 165

送友人入蜀 …… 165

宣州谢朓楼饯别校书叔云 …………………………………… 166
山中问答 …………………………………………………… 167
答王十二寒夜独酌有怀 …………………………………… 167
把酒问月 …………………………………………………… 170
登太白峰 …………………………………………………… 171
望庐山瀑布二首 …………………………………………… 172
秋登宣城谢朓北楼 ………………………………………… 173
望天门山 …………………………………………………… 174
早发白帝城 ………………………………………………… 174
秋下荆门 …………………………………………………… 175
宿五松山荀媪家 …………………………………………… 176
经下邳圯桥怀张子房 ……………………………………… 176
夜泊牛渚怀古 ……………………………………………… 177
月下独酌四首（选一首）
  "花间一壶酒" …………………………………………… 178
独坐敬亭山 ………………………………………………… 178
访戴天山道士不遇 ………………………………………… 179
听蜀僧濬弹琴 ……………………………………………… 179
嘲鲁儒 ……………………………………………………… 180
春夜洛城闻笛 ……………………………………………… 181

高　适（七首）
燕歌行并序 ………………………………………………… 183
人日寄杜二拾遗 …………………………………………… 185
封丘作 ……………………………………………………… 186
别韦参军 …………………………………………………… 187
送李侍御赴安西 …………………………………………… 188
营州歌 ……………………………………………………… 189

听张立本女吟 ……………………………………… 190
严　武(一首)
　　军城早秋 ………………………………………… 191
常　建(二首)
　　题破山寺后禅院 …………………………………… 192
　　塞下曲六首(选一首)
　　　"玉帛朝回望帝乡" ……………………………… 193
刘方平(一首)
　　夜月 ………………………………………………… 194
李　华(一首)
　　春行即兴 …………………………………………… 195
岑　参(七首)
　　白雪歌送武判官归京 ……………………………… 197
　　热海行送崔侍御还京 ……………………………… 198
　　轮台歌奉送封大夫出师西征 ……………………… 199
　　走马川行奉送出师西征 …………………………… 200
　　行军九日思长安故园 ……………………………… 201
　　逢入京使 …………………………………………… 202
　　春梦 ………………………………………………… 202
民　歌(二首)
　　神鸡童谣 …………………………………………… 204
　　哥舒歌 ……………………………………………… 205
杜　甫(七十一首)
　　望岳 ………………………………………………… 210
　　房兵曹胡马诗 ……………………………………… 211
　　同诸公登慈恩寺塔 ………………………………… 212
　　兵车行 ……………………………………………… 214

前出塞九首(选二首)
  "磨刀呜咽水" ·· *216*
  "挽弓当挽强" ·· *217*
丽人行 ··· *218*
渼陂行 ··· *220*
后出塞五首(选一首)
  "朝进东门营" ·· *222*
自京赴奉先县咏怀五百字 ································· *223*
月夜 ··· *228*
悲陈陶 ··· *229*
春望 ··· *230*
哀江头 ··· *230*
喜达行在所三首 ··· *232*
述怀一首 ··· *234*
彭衙行 ··· *236*
羌村三首 ··· *237*
北征 ··· *240*
义鹘行 ··· *246*
赠卫八处士 ··· *248*
新安吏 ··· *249*
石壕吏 ··· *251*
潼关吏 ··· *252*
无家别 ··· *253*
佳人 ··· *254*
秦州杂诗二十首(选二首)
  "满目悲生事" ·· *255*
  "莽莽万重山" ·· *256*

梦李白二首 …… 257

天末怀李白 …… 259

月夜忆舍弟 …… 260

送远 …… 261

蜀相 …… 261

戏题画山水图歌 …… 262

南邻 …… 263

恨别 …… 264

客至 …… 265

和裴迪登蜀州东亭送客逢早梅相忆见寄 …… 266

春夜喜雨 …… 267

送韩十四江东省觐 …… 267

茅屋为秋风所破歌 …… 268

闻官军收河南河北 …… 269

送元二适江左 …… 270

冬狩行 …… 271

登楼 …… 273

丹青引赠曹将军霸 …… 274

太子张舍人遗织成褥段 …… 277

宿府 …… 279

旅夜书怀 …… 280

白帝城最高楼 …… 281

负薪行 …… 282

黄草 …… 283

古柏行 …… 284

秋兴八首（选二首）

"玉露凋伤枫树林" …… 286

"闻道长安似弈棋" ······ 287
咏怀古迹五首(选一首)
"摇落深知宋玉悲" ······ 287
阁夜 ······ 289
登高 ······ 289
观公孙大娘弟子舞剑器行并序 ······ 290
短歌行赠王郎司直 ······ 293
暮归 ······ 295
登岳阳楼 ······ 296
祠南夕望 ······ 296
江汉 ······ 297
客从 ······ 298
江南逢李龟年 ······ 299

元　结(五首)
春陵行并序 ······ 302
喻瀼溪乡旧游 ······ 304
贼退示官吏并序 ······ 306
系乐府十二首(选二首)
贫妇词 ······ 307
农臣怨 ······ 308

孟云卿(一首)
寒食 ······ 309

苏　涣(一首)
变律三首(选一首)
"毒蜂成一窠" ······ 311

刘长卿(六首)
逢雪宿芙蓉山主人 ······ 314

碧涧别墅喜皇甫侍御相访 …………………………… 314
　　穆陵关北逢人归渔阳 ……………………………… 315
　　送李判官之润州行营 ……………………………… 316
　　长沙过贾谊宅 ……………………………………… 316
　　别严士元 …………………………………………… 317

张　谓(一首)
　　早梅 ………………………………………………… 319

钱　起(一首)
　　归雁 ………………………………………………… 321

郎士元(一首)
　　盩厔县郑礒宅送钱大 ……………………………… 322

李　端(二首)
　　茂陵山行陪韦金部 ………………………………… 325
　　闺情 ………………………………………………… 325

张　继(二首)
　　枫桥夜泊 …………………………………………… 327
　　阊门即事 …………………………………………… 328

韩　翃(三首)
　　送孙泼赴云中 ……………………………………… 330
　　送客水路归陕 ……………………………………… 331
　　寒食 ………………………………………………… 331

戎　昱(二首)
　　塞上曲 ……………………………………………… 333
　　桂州腊夜 …………………………………………… 334

韦应物(十首)
　　淮上喜会梁州故人 ………………………………… 336
　　初发扬子寄元大校书 ……………………………… 337

自巩洛舟行入黄河即事寄府县僚友 …… *337*
　　寄李儋元锡 …… *338*
　　秋夜寄丘二十二员外 …… *339*
　　赋得暮雨送李胄 …… *339*
　　长安遇冯著 …… *340*
　　观田家 …… *341*
　　滁州西涧 …… *341*
　　听莺曲 …… *342*
张　潮(二首)
　　采莲词 …… *344*
　　江南行 …… *345*
冯　著(二首)
　　洛阳道 …… *346*
　　燕衔泥 …… *347*
于良史(一首)
　　春山夜月 …… *348*
柳中庸(二首)
　　征人怨 …… *349*
　　夜渡江 …… *350*
戴叔伦(二首)
　　女耕田行 …… *351*
　　苏溪亭 …… *353*
司空曙(三首)
　　云阳馆与韩绅宿别 …… *355*
　　江村即事 …… *355*
　　喜外弟卢纶见宿 …… *356*

皎　然（一首）
　　寻陆鸿渐不遇 ·················· 358
卢　纶（四首）
　　和张仆射塞下曲六首（选二首）
　　　"林暗草惊风" ················ 359
　　　"月黑雁飞高" ················ 360
　　晚次鄂州 ····················· 360
　　山店 ························ 361
于　鹄（二首）
　　江南曲 ······················ 362
　　巴女谣 ······················ 363
胡令能（一首）
　　咏绣障 ······················ 364
李　约（一首）
　　观祈雨 ······················ 365
吕　温（三首）
　　贞元十四年旱甚见权门移芍药 ········ 367
　　道州将赴衡州酬别江华毛令 ········· 367
　　闻砧有感 ····················· 368
顾　况（四首）
　　行路难三首（选一首）
　　　"君不见担雪塞井空用力" ········· 369
　　囝 ·························· 370
　　古离别 ······················ 371
　　过山农家 ····················· 372
孟　郊（五首）
　　游子吟 ······················ 374

织妇辞 …………………………………… *374*

　　闻砧 ……………………………………… *375*

　　古怨别 …………………………………… *376*

　　寒地百姓吟 ……………………………… *376*

张　碧(一首)

　　农父 ……………………………………… *378*

李　贺(二十一首)

　　李凭箜篌引 ……………………………… *382*

　　雁门太守行 ……………………………… *384*

　　大堤曲 …………………………………… *385*

　　梦天 ……………………………………… *386*

　　河南府试十二月乐词(选一首)

　　　　三月 ………………………………… *387*

　　浩歌 ……………………………………… *388*

　　走马引 …………………………………… *390*

　　秦王饮酒 ………………………………… *391*

　　南园十三首(选三首)

　　　　"男儿何不带吴钩" ………………… *392*

　　　　"寻章摘句老雕虫" ………………… *393*

　　　　"长卿牢落悲空舍" ………………… *394*

　　金铜仙人辞汉歌并序 …………………… *394*

　　马诗二十三首(选三首)

　　　　"此马非凡马" ……………………… *396*

　　　　"大漠沙如雪" ……………………… *396*

　　　　"武帝爱神仙" ……………………… *397*

　　老夫采玉歌 ……………………………… *398*

　　昌谷北园新笋四首(选一首)

"斫取青光写楚辞" 399
感讽五首(选一首)
　"合浦无明珠" 400
苦昼短 401
猛虎行 402
巫山高 404

柳宗元(二十一首)

古东门行 406
与浩初上人同看山寄京华亲故 408
过衡山见新花开却寄弟 408
登柳州城楼寄漳汀封连四州 409
柳州峒氓 410
柳州城西北隅种柑树 411
柳州二月榕叶落尽偶题 412
别舍弟宗一 412
酬曹侍御过象县见寄 413
秋晓行南谷经荒村 414
溪居 414
雨后晓行独至愚溪北池 415
中夜起望西园值月上 415
江雪 416
田家三首 416
行路难三首(选一首)
　"虞衡斤斧罗千山" 419
跂乌词 420
放鹧鸪词 422
渔翁 423

张仲素（一首）

秋闺思二首（选一首）

"碧窗斜日蔼深晖" ………………………………………… *425*

陈 羽（一首）

从军行 ………………………………………………………… *426*

韩 愈（十三首）

山石 …………………………………………………………… *428*

汴泗交流赠张仆射 …………………………………………… *430*

雉带箭 ………………………………………………………… *431*

送湖南李正字归 ……………………………………………… *432*

醉留东野 ……………………………………………………… *433*

听颖师弹琴 …………………………………………………… *434*

调张籍 ………………………………………………………… *435*

短灯檠歌 ……………………………………………………… *437*

答张十一 ……………………………………………………… *438*

湘中 …………………………………………………………… *439*

晚春（"草树知春不久归"） ………………………………… *439*

同水部张员外籍曲江春游寄白二十二舍人 ………………… *440*

早春呈水部张十八员外二首（选一首）

"天街小雨润如酥" ………………………………………… *440*

李 益（九首）

竹窗闻风寄苗发司空曙 ……………………………………… *443*

喜见外弟又言别 ……………………………………………… *443*

盐州过胡儿饮马泉 …………………………………………… *444*

从军北征 ……………………………………………………… *444*

夜上受降城闻笛 ……………………………………………… *445*

长干行 ………………………………………………………… *445*

度破讷沙二首 ………………………………………… *446*

塞下曲 ……………………………………………… *447*

刘采春（三首）

啰唝曲六首（选三首）

"不喜秦淮水" …………………………………… *449*

"莫作商人妇" …………………………………… *450*

"那年离别日" …………………………………… *450*

张　籍（十一首）

野老歌 ……………………………………………… *452*

筑城词 ……………………………………………… *453*

山头鹿 ……………………………………………… *453*

秋思 ………………………………………………… *454*

征妇怨 ……………………………………………… *454*

董逃行 ……………………………………………… *455*

废宅行 ……………………………………………… *456*

凉州词三首（选二首）

"边城暮雨雁飞低" ……………………………… *457*

"凤林关里水东流" ……………………………… *457*

蓟北旅思 …………………………………………… *458*

夜到渔家 …………………………………………… *458*

王　建（八首）

望夫石 ……………………………………………… *461*

水夫谣 ……………………………………………… *461*

田家行 ……………………………………………… *462*

羽林行 ……………………………………………… *463*

新嫁娘词三首（选一首）

"三日入厨下" …………………………………… *464*

射虎行 ·············· 464
　十五夜望月寄杜郎中 ·············· 465
　海人谣 ·············· 466

元　稹（四首）
　田家词 ·············· 468
　闻乐天授江州司马 ·············· 469
　连昌宫词 ·············· 470
　行宫 ·············· 475

刘禹锡（二十三首）
　插田歌 ·············· 478
　客有为余话登天坛遇雨之状因以赋之 ·············· 480
　秋日送客至潜水驿 ·············· 481
　元和十年自朗州召至京戏赠看花诸君子 ·············· 481
　再授连州至衡阳酬柳柳州赠别 ·············· 482
　平蔡州三首 ·············· 483
　松滋渡望峡中 ·············· 486
　西塞山怀古 ·············· 487
　竹枝词九首（选二首）
　　"城西门前滟滪堆" ·············· 488
　　"瞿塘嘈嘈十二滩" ·············· 488
　竹枝词二首（选一首）
　　"杨柳青青江水平" ·············· 489
　杨柳枝词九首（选一首）
　　"城外春风吹酒旗" ·············· 490
　浪淘沙九首（选二首）
　　"日照澄洲江雾开" ·············· 490
　　"莫道谗言如浪深" ·············· 491

堤上行三首(选一首)

　　"江南江北望烟波" …………………………… 491

　蜀先主庙 …………………………………………… 492

　酬乐天扬州初逢席上有赠 ……………………… 493

　金陵五题(选二首)

　　石头城 …………………………………………… 494

　　乌衣巷 …………………………………………… 494

　再游玄都观并引 ………………………………… 495

　始闻秋风 ………………………………………… 496

贾　岛(五首)

　剑客 ……………………………………………… 499

　戏赠友人 ………………………………………… 499

　题李凝幽居 ……………………………………… 500

　忆江上吴处士 …………………………………… 500

　题兴化寺园亭 …………………………………… 501

刘　皂(一首)

　旅次朔方 ………………………………………… 502

皇甫松(三首)

　采莲子二首(选一首)

　　"船动湖光滟滟秋" …………………………… 503

　浪淘沙二首 ……………………………………… 504

李　绅(三首)

　古风二首 ………………………………………… 507

　宿扬州 …………………………………………… 507

白居易(三十首)

　赋得古原草送别 ………………………………… 511

21

自河南经乱,关内阻饥,兄弟离散,各在一处。
　因望月有感,聊书所怀,寄上浮梁大兄、於潜
　七兄、乌江十五兄,兼示符离及下邽弟妹 …… 512
长恨歌 ………………………………………………… 513
宿紫阁山北村 ……………………………………… 519
新制布裘 …………………………………………… 520
同李十一醉忆元九 ………………………………… 521
秦中吟十首(选四首)
　重赋 ……………………………………………… 522
　轻肥 ……………………………………………… 524
　歌舞 ……………………………………………… 525
　买花 ……………………………………………… 526
新乐府五十首(选六首)
　上阳人 …………………………………………… 527
　红线毯 …………………………………………… 530
　杜陵叟 …………………………………………… 531
　缭绫 ……………………………………………… 533
　卖炭翁 …………………………………………… 534
　盐商妇 …………………………………………… 535
欲与元八卜邻先有是赠 …………………………… 537
初与元九别后,忽梦见之,及寤,而书适至,
　兼寄桐花诗;怅然感怀,因以此寄 …………… 538
采地黄者 …………………………………………… 540
放言五首并序(选二首)
　"朝真暮伪何人辨" ……………………………… 541
　"赠君一法决狐疑" ……………………………… 542
琵琶行并序 ………………………………………… 543
问刘十九 …………………………………………… 548

自蜀江至洞庭湖口有感而作 …… 549
暮江吟 …… 551
钱唐湖春行 …… 552
杭州春望 …… 552
画竹歌并引 …… 553
江楼夕望招客 …… 555
览卢子蒙侍御旧诗,多与微之唱和,感今伤昔,
　因赠子蒙,题于卷后 …… 555

李德裕(二首)

谪岭南道中作 …… 557
登崖州城作 …… 558

张　祜(三首)

宫词二首(选一首)
　"故国三千里" …… 561
观徐州李司空猎 …… 561
题金陵渡 …… 562

朱庆馀(三首)

宫词 …… 563
闺意献张水部 …… 564
南湖 …… 564

雍　陶(四首)

城西访友人别墅 …… 567
塞路初晴 …… 567
到蜀后记途中经历 …… 568
题君山 …… 569

杜　牧(二十首)

感怀诗一首 …… 572
过华清宫绝句三首 …… 578

读韩杜集 ································· 579

长安秋望 ································· 580

江南春绝句 ······························· 580

题宣州开元寺水阁,阁下宛溪,夹溪居人 ··· 581

早雁 ····································· 582

赤壁 ····································· 583

泊秦淮 ··································· 583

寄扬州韩绰判官 ··························· 584

山行 ····································· 585

秋夕 ····································· 585

河湟 ····································· 586

念昔游三首(选二首)

"十载飘然绳检外" ························· 587

"李白题诗水西寺" ························· 587

润州二首(选一首)

"向吴亭东千里秋" ························· 588

将赴吴兴登乐游原一绝 ····················· 588

九日齐山登高 ····························· 589

许 浑(四首)

秋日赴阙题潼关驿楼 ······················· 592

汴河亭 ··································· 592

金陵怀古 ································· 593

咸阳城东楼 ······························· 594

李 涉(二首)

润州听暮角 ······························· 596

再宿武关 ································· 597

姚 合(四首)
   原上新居 ·········· 598
   穷边词二首 ·········· 599
   庄居野行 ·········· 600

殷尧藩(一首)
   旅行 ·········· 602

令狐楚(三首)
   少年行四首(选三首)
      "少小边城惯放狂" ·········· 604
      "家本清河住五城" ·········· 605
      "弓背霞明剑照霜" ·········· 605

温庭筠(八首)
   烧歌 ·········· 607
   利州南渡 ·········· 608
   过陈琳墓 ·········· 609
   经五丈原 ·········· 610
   苏武庙 ·········· 611
   商山早行 ·········· 612
   送人东归 ·········· 613
   达摩支曲 ·········· 614

李商隐(三十首)
   初食笋呈座中 ·········· 619
   宿骆氏亭寄怀崔雍崔衮 ·········· 619
   重有感 ·········· 620
   行次西郊作一百韵 ·········· 621
   安定城楼 ·········· 631
   七月二十九日崇让宅宴作 ·········· 632

哭刘蕡 ······ 633

哭刘司户蕡 ······ 634

晚晴 ······ 635

贾生 ······ 636

夜雨寄北 ······ 637

无题("相见时难别亦难") ······ 637

无题二首(选一首)

　"凤尾香罗薄几重" ······ 638

无题("万里风波一叶舟") ······ 639

昨日 ······ 640

骄儿诗 ······ 641

蝉 ······ 644

王十二兄与畏之员外相访,见招小饮。时予以
　悼亡日近,不去,因寄 ······ 645

筹笔驿 ······ 646

锦瑟 ······ 647

二月二日 ······ 648

霜月 ······ 649

齐宫词 ······ 650

乐游原 ······ 650

马嵬二首(选一首)

　"海外徒闻更九州" ······ 651

春雨 ······ 652

南朝 ······ 653

隋宫 ······ 654

咏史("北湖南埭水漫漫") ······ 656

听鼓 ······ 657

刘 驾(一首)
反贾客乐 …… 658

赵 嘏(二首)
长安秋望 …… 659
寒塘 …… 660

马 戴(一首)
落日怅望 …… 661

李群玉(三首)
九子坂闻鹧鸪 …… 663
黄陵庙 …… 664
引水行 …… 665

曹 邺(一首)
官仓鼠 …… 666

李 频(一首)
湖口送友人 …… 667

张 孜(一首)
雪诗 …… 669

司马札(一首)
锄草怨 …… 671

于 濆(五首)
里中女 …… 673
山村叟 …… 674
戍卒伤春 …… 675
古宴曲 …… 675
田翁叹 …… 676

李昌符(一首)
边行书事 …… 678

皮日休(四首)

正乐府十篇(选二首)

橡媪叹 ······ 681

哀陇民 ······ 682

钓侣二章(选一首)

"严陵滩势似云崩" ······ 683

汴河怀古二首(选一首)

"尽道隋亡为此河" ······ 683

陆龟蒙(四首)

和袭美钓侣二首(选一首)

"雨后沙虚古岸崩" ······ 686

和袭美春夕酒醒 ······ 687

怀宛陵旧游 ······ 687

新沙 ······ 688

黄 巢(二首)

题菊花 ······ 690

菊花 ······ 690

方 干(三首)

题报恩寺上方 ······ 693

过申州作 ······ 694

旅次洋州寓居郝氏林亭 ······ 694

钱 珝(五首)

未展芭蕉 ······ 696

江行无题一百首(选四首)

"翳日多乔木" ······ 697

"兵火有馀烬" ······ 697

"咫尺愁风雨" ······ 698

"远岸无行树" ······ 698

聂夷中(一首)

咏田家 ··· 700

章碣(一首)

东都望幸 ··· 702

曹松(一首)

南海旅次 ··· 704

崔道融(二首)

田上 ·· 706

西施滩 ··· 706

秦韬玉(一首)

贫女 ·· 708

唐彦谦(二首)

采桑女 ··· 711

春残 ·· 711

杜荀鹤(三首)

春宫怨 ··· 714

山中寡妇 ··· 715

乱后逢村叟 ··· 716

司空图(一首)

退栖 ·· 718

来鹄(一首)

云 ·· 719

罗隐(三首)

魏城逢故人 ··· 721

雪 ·· 721

登夏州城楼 ··· 722

韦庄(三首)

台城 ·· 724

登咸阳县楼望雨 ·· 724

稻田 ·· 725

郑　谷(三首)

淮上与友人别 ·· 727

旅寓洛南村舍 ·· 727

中年 ·· 728

崔　涂(二首)

春夕 ·· 729

孤雁二首(选一首)

"几行归塞尽" ·· 730

贯　休(四首)

少年行三首(选一首)

"锦衣鲜华手擎鹘" ·· 731

春晚书山家屋壁二首 ·· 732

题某公宅 ·· 733

韩　偓(三首)

残春旅舍 ·· 735

春尽 ·· 735

自沙县抵龙溪县,值泉州军过后,村落皆空,
　　因有一绝 ··· 736

吴　融(二首)

华清宫四首(选一首)

"渔阳烽火照函关" ·· 737

华清宫二首(选一首)

"四郊飞雪暗云端" ·· 738

卢汝弼(一首)

和李秀才边庭四时怨四首(选一首)
　　"朔风吹雪透刀瘢" ················· 739

张　泌(二首)
　　洞庭阻风 ······················· 740
　　寄人二首(选一首)
　　"别梦依依到谢家" ················· 740

郑　遨(二首)
　　富贵曲 ························· 742
　　伤农 ··························· 743

张　蠙(一首)
　　登单于台 ······················· 744

黄　滔(一首)
　　书事 ··························· 746

孟宾于(一首)
　　公子行 ························· 748

葛鸦儿(一首)
　　怀良人 ························· 749

金昌绪(一首)
　　春怨 ··························· 750

无名氏(一首)
　　水调歌 ························· 751

前　言

一

　　唐代诗歌标志着我国古代文学发展的极其重要的阶段，呈现出空前繁荣的景象，代表了我国古代诗歌的最高成就。

　　从现存近五万首诗歌来看，唐诗广泛而深刻地反映了唐代的社会生活，诗歌题材的领域得到前所未有的开拓。唐代又是一个诗人辈出的时代。仅《全唐诗》所录即达二千多家。李白、杜甫、白居易等都是负有世界声誉的伟大诗人。唐代开宗立派、影响久远的大家，不下二十人。其馀特色显著、在文学史上有一定地位的诗人，也有百人之多。唐代诗坛多种艺术风格的争奇斗艳，诗歌体制的完备成熟，形成了百花齐放的伟观，可以和思想史上战国时代的百家争鸣，前后媲美。唐诗，是我国文学遗产中最灿烂、最珍贵的部分之一。

　　在唐诗研究中，困难不在于描述唐诗繁荣的盛况，而在于正确解释繁荣的原因。我们在下面提出一些粗浅的看法，希望能引起进一步的探讨。

　　唐诗繁荣的局面是当时经济、政治、文化等特定条件所促成，也是诗歌自身传统发展的结果。

　　唐诗的繁荣首先跟唐代的经济高涨和文化高涨是密不可分的。文学艺术的发展，和政治、法律、哲学等其他上层建筑一样，总是以经济的发展为基础的。恩格斯在论及十八世纪法国和德国哲学繁荣的原因时指出,"哲学和那个时代的文学的普遍繁荣一样,都是经济高涨的结果"[1]。由于隋末农民大起义对于魏晋以来世族庄园经济的摧毁,由于唐初"均田制"的推行以及其他一些有利于生产发展的措施,促成了唐初一百多年的经济高涨,出现了我国封建社会经济发展的一个高峰。唐时的中国是当时东方最强大的封建国家。正是劳动人民,主要是农民阶级的辛勤劳动,创造了雄厚的社会财富,成为包括诗歌在内的唐代文化发展的物质基础。唐代国际文化的广泛交流,国内各民族文化的密切融合,唐王朝对思想文化采取相对自由的政策,儒、佛、道思想容许同时并存等等,都是促成唐代文化普遍高涨的有利因素。尤其对诗歌发生直接影响的音乐、绘画、书法、舞蹈等艺术部门,都获得高度的成就。没有唐代音乐的普遍发展,就不可能出现白居易《琵琶行》、韩愈《听颖师弹琴》、李贺《李凭箜篌引》这类描摹各种器乐曲达到出神入化境界的诗篇。唐代的一部分诗歌是可以合乐歌唱的,王昌龄、王之涣、高适同饮旗亭听唱的传说[2],元稹的"数十诗"曾由徐杭一位善弹箜篌的歌女商玲珑演唱[3],都是例证。唐代题画诗的兴起显然派生于绘画艺术的发展。像王维既是山水诗的大家,又是南宗山水画的开创者,他自称"宿世谬词客,前身应画师"(《偶然作六首》之六)。这些艺术品种之间的创作精神和原则是相通的,它们互相吸收,彼此促进:画家吴道子曾学书法于张旭,提高了自己的画境;张旭观公孙大娘的《剑器浑脱》舞,"自此草书长进,豪荡感激"[4];杜甫的名作《观公孙大娘弟子舞剑器行》,诗风也

---

[1] 《马克思恩格斯选集》第四卷第四八五页。
[2] 唐薛用弱《集异记》中"王涣之"(即王之涣)条。
[3] 见元稹《重赠(乐天)》自注及"休遣玲珑唱我诗"句。
[4] 杜甫《观公孙大娘弟子舞剑器行》序。

宛如雄武健美的舞蹈,表现出相似的矫捷奔放的气势。张旭的草书,李白的诗歌,裴旻的剑舞,就被并称为"三绝"[1],各臻其妙,相得益彰。可以说,唐代的各种艺术品种共同形成了一个时代的高度艺术水平,这为唐代诗人从事创作提供了丰富的文化积累和艺术营养。关于唐诗繁荣的经济、文化原因,许多论著都有阐述,我们不再详说。

庶族地主阶层是唐代诗坛的主要社会阶级基础,唐诗的繁荣又决定于这一阶层力量的勃兴和发展。

列宁指出:"在奴隶社会和封建社会中,阶级的差别也是用居民的等级划分而固定下来的,同时还为每个阶级确定了在国家中的特殊法律地位。"他还指出,封建社会的"阶级同时也是一些特别的等级","等级的阶级"正是封建社会区别于资本主义社会的一个重要特征[2]。唐代正处在以新的封建等级制代替旧的封建等级制的时代,在地主阶级和农民阶级这一主要矛盾的制约和影响下,统治阶级中的世族地主和庶族地主的势力发生了急剧的不同变化[3]。如上所述,隋末农民大起义,沉重地打击了以占有奴婢、部曲等劳动人手为特征的世族地主的经济力量,庶族地主的势力便应运而生,得到巨大的发展。经济地位的改变必然引起政治地位的改变。庶族地主与世族地主发生

---

[1] 《新唐书》卷二百零二《李白传》。
[2] 《列宁全集》第六卷第93页注。
[3] 我们采用了有些史学家的观点,把我国封建社会一定时期的地主阶级,划分为皇族地主、世族地主、庶族地主三类。皇族地主是地主阶级专政的体现者,也是国家土地的最高所有者。世族地主,又称士族、豪族,他们在经济上、政治上享有封建特权(如免税免役,所谓"官有世胄,谱有世官"的垄断官位等)。庶族地主,又称寒门,却没有或很少有这些特权。有的世族地主破落以后占地很少甚至全无土地,有的庶族地主却拥有大量土地,所以,我们不用"大地主"、"中小地主"来指称他们。

重新分割政治权力的斗争。李唐皇族原是陇西大姓,但与山东旧族(指居住在华山以东地区的王、崔、卢、李、郑等世族)存在尖锐矛盾。在这一斗争中,皇族地主是和庶族地主站在一起的。唐太宗李世民下令重修《氏族志》,高士廉等竟然仍定崔姓为第一,皇族李姓为第三。李世民直接规定"不须论数世以前,止取今日官爵高下作等级"[1],用官职品级代替门第、身份作为划分氏族等级的新标准,借以贬抑世族。高宗李治时,宰相李义府因"耻其家代无名,乃奏改此书(即指《氏族志》)",进一步规定"皇朝得五品官者,皆升士流。于是兵卒以军功致五品者,尽入书限,更名为《姓氏录》。由是缙绅士大夫多耻被甄叙,皆号此书为'勋格'"[2]。"地实寒微"的武则天执政时,更破格任用了一些庶族地主中的人物,其中许多就是因文学见长而被提拔的。这样,唐王朝虽然仍是整个地主阶级对农民阶级的专政,但庶族地主阶层却已形成一种新的政治力量,走上了历史舞台。

庶族地主阶层属于剥削阶级,是整个地主阶级的一部分,因而在根本上是坚决维护封建制度的。但是他们的社会地位不高,不像世族地主享有许多封建特权,比较了解人民的某些愿望和要求。他们是唐代历次"党争"中地主阶级革新派的阶级基础,也是唐代诗坛的主要社会基础。

已知的唐代二千多位诗歌作者,来自不同的社会阶层,有工匠、舟子、樵夫、婢妾等被剥削被压迫的劳动人民,也有出身世家豪族的贵族诗人,但其基本队伍是寒素之家的封建知识分子。他们虽然积极跻身于封建统治的上层,但大多数仍然沉沦下僚,流浪江湖,经历了种种坎坷不平的遭遇,比较接近下层,加

---

[1] 《旧唐书》卷六十五《高士廉传》。
[2] 《旧唐书》卷八十二《李义府传》。

深了对于社会生活和斗争的认识。尤其重要的,确定一个诗人是什么阶级或阶层的代表,并不仅仅决定于他的出身。即使像杜甫那样出身于世代"奉儒守官"的家庭,"生常免租税,名不隶征伐"(《自京赴奉先县咏怀五百字》),享有免赋免役的封建特权,但是,他的思想仍然反映了当时庶族地主阶层的物质生活和社会地位所决定的利益和要求,也不能越出庶族地主阶层所越不出的根本的阶级界限。他也是这一阶层的代表诗人。没有庶族势力在经济上、政治上的勃兴,也就不可能会有代表他们利益和要求的诗人们在唐代诗坛上的活跃,这在下面还将论及。

唐代以诗赋取士为重要内容的科举制度,是打破世族垄断政治、为庶族大开仕进之门的新的官僚选拔制度,也是促成唐诗繁荣的一个直接因素。曹魏以来实行的九品官人法,造成了世族对政权机构的世袭垄断[1]。唐承隋制,发展了科举制度,设置进士、明经等八科来选拔人才。后又以明经、进士两科并重,又逐渐演变为进士科最为时所崇尚[2],台省要职、州县官吏多为进士科出身者所占据。而进士应试的主要科目就是诗赋。从过去依门第、身份得官,改为凭诗赋入仕,进而改变等级地位,这个重大变化不能不在地主阶级内部两派之间引起激烈的斗争。世族旧势力虽然已经大大削弱,但仍以族望、门第矜重于世,"虽国势不能排夺"[3],并在政治上互相勾结,攫取权力。如李

---

[1] 唐柳芳《姓系论》:"魏氏立九品,置中正,尊世胄,卑寒士,权归右姓(大姓,即望族)已。"(见《全唐文》卷三百七十二)。
[2] 《唐摭言》卷一《散序进士》:"进士科始于隋大业中,盛于贞观、永徽之际;缙绅虽位极人臣,不由进士者,终不为美,以至岁贡常不减八九百人。其推重谓之'白衣公卿',又曰'一品白衫'。其艰难谓之'三十老明经,五十少进士'。"
[3] 《梦溪笔谈》卷二十四。

治时的李敬玄,"前后三娶,皆山东士族,又与赵郡李氏合谱,故台省要职,多是其同族婚媾之家"[1]。这是撇开进士科与庶族争夺权力的一种手段。不少世族的政治代表更公开反对进士科,我们可举唐中叶的几个宰相为例。杨绾认为进士科造成"幼能就学,背诵当代之诗;长而博文,不越诸家之集"的"积弊",要求取消[2]。郑覃"虽精经义,不能为文,嫉进士浮华,开成(836—840)初,奏礼部贡院宜罢进士科"[3]。权德舆"未尝以科第为资"[4]。说得最明白的是李德裕。他首先申明:"臣无名第,不合言进士之非。"这一自辩正好说明阀阅门第之家对进士科的敌视。他接着说:"朝廷显官,须是公卿子弟。何者?自小便习举业,自熟朝廷间事,台阁仪范,班行准则,不教而自成",而"寒士纵有出人之才","固不能熟习也"。他家甚至不置《文选》,鄙薄进士科的词章之学,"恶其祖尚浮华,不根艺实"[5]。李德裕在唐后期不失为一位有所建树的宰相,但在进士科问题上,却典型地反映了世族的观点。世族势力的反对虽然一度影响到进士科的一些设施,然而终有唐一代,这一制度仍相沿不变[6]。进士科不仅吸引庶族,甚至也吸引世族。要求取消进士科的杨绾,自己就是进士进身的,而且参加唐玄宗李隆基亲自主持的考试,以诗赋名噪

---

[1] 《旧唐书》卷八十一《李敬玄传》。
[2] 《旧唐书》卷一百一十九《杨绾传》。
[3] 《旧唐书》卷一百七十三《郑覃传》。参看《新唐书》卷四十四《选举志》。
[4] 《国史补》卷中《耻科第为资》。
[5] 《旧唐书》卷十八上《武宗纪》。参看《新唐书》卷四十四《选举志》。
[6] 《唐会要》卷七十六《贡举中·进士》:"进士举人,自国初以来,试诗赋、帖经、时务策五道。中间或暂改更,旋即仍旧。"例如《通鉴·唐纪三十》载:开元二十五年,玄宗下敕,因"进士以声韵为学,多昧古今",改试"大经十帖"。

一时。李德裕在上面我们所引的话之前,也承认他祖父李栖筠在天宝末年因"仕进无他伎(伎,技能。《新唐书》作"岐",指没有其他门路)",不得不举进士。连唐宣宗李忱也以自署"乡贡进士"为荣[1]。世族反对进士科的失败,其原因不是像某些封建史家那样归结为帝王的"好雕虫之艺",而是皇族地主为了巩固它的政权,通过科举尽可能地扩大它的统治基础,吸收当时日益强大的庶族地主力量参加政权。李世民在端门"见新进士缀行而出",高兴地说,"天下英雄入吾彀中矣"[2],就透露出这个消息。

唐代诗人大都是庶族出身的举子。诗歌成为他们进入仕途的捷径。虽然试帖诗由于内容的陈腐和形式的呆板,很少有什么好诗,但以诗取士的制度,对于重视诗歌、爱好诗歌的社会风尚的形成,对于诗人们一般诗歌技巧的培养和训练,对于诗歌艺术经验的积累和研究,无疑起了重要的作用。宋代严羽说:"或问唐诗何以胜我朝?唐以诗取士,故多专门之学,我朝之诗所以不及也。"[3]以诗取士,使得整个知识分子阶层几乎都是诗歌作者,确实使诗歌成为唐代文化领域中的一个"专门",成了知识分子毕生学习、钻研的必修科目。唐代诗歌的繁荣,是离不开这个诗歌大普及的局面的。

与以诗取士的影响相辅相成,诗歌在唐代的社会应用价值得到空前的提高。这在我国古代文学史中是任何一种文学样式在任何时代所罕见的。诗人们可以利用诗歌来博取帝王贵族的赏识,也用它作为傲视上层社会的资本,"千首诗轻万户侯"[4]。向达官名流

---

[1]《唐摭言》卷十五《杂记》。
[2]《唐摭言》卷一《述进士上篇》。
[3]《沧浪诗话·诗评》。
[4] 杜牧《登池州九峰楼寄张祜》诗。

干谒求进用诗,送人出使、还乡,慰人贬官、下第,也得用诗。诗歌的影响遍于许多社会阶层。元稹、白居易的诗曾传诵于"牛童、马走之口","炫卖于市井"之中,写在"观寺、邮候墙壁之上",歌妓演唱,村童竞习[1]。从李世民延请"四方文学之士",备极奖掖,时人羡称"登瀛洲"[2],到前面已提及的王昌龄等人旗亭听唱的传说,诗人们凭借诗歌赢得了社会的尊重和荣誉。唐诗与社会生活这种特殊的联系,与诗人们的生活、地位如此休戚相关,这种情况,既是唐诗繁荣的反映,也是唐诗繁荣的一种原因。

除了上述社会条件之外,唐诗的繁荣还取决于诗歌自身传统的发展。我国诗歌以《诗经》、《楚辞》为最早的高峰,但四言诗和辞赋在唐以前已经衰落和僵化。一种新的诗体——所谓近体诗,在六朝时逐渐酝酿、发展。齐永明以后诗人讲究声律,创作"新体诗",到梁、陈时更加细密,终于在唐初沈佺期、宋之问手里产生了完整的五律和七律。长篇排律也在唐初出现。五绝源于六朝乐府和文人的联句,到唐初开始流行;七言四句的诗体起于六朝乐歌,文人写作七绝始盛于武则天和中宗李显时期。近体诗经历了长达二百年的逐渐演进的过程,正展示着广阔的发展前景。唐初的两个现象很值得注意:一是有关声律对偶的著作大量出现,一是大型类书的成批刊行,都适应了律诗发展的需要[3]。而歌行、

---

[1] 元稹《白氏长庆集序》及白居易《与元九书》。

[2] 《通鉴·唐纪五》。

[3] 前者如崔融《唐朝新定诗格》、王昌龄《诗格》、元兢《诗髓脑》等,见唐德宗时曾来华学习的日本和尚空海所著的《文镜秘府论序》。序文中还说,在崔融等人以前,"盛谈四声,争吐病犯"的著作,已是"黄卷溢箧,缃帙满车"了(今大都已佚)。此类唐人著作,还可参看《诗薮·外编》(卷三)、《唐音癸签》(卷三十二)等。后者如虞世南《北堂书钞》、欧阳询《艺文类聚》、徐坚《初学记》等。虞世南还有《兔园策》,已佚。这些类书编纂的直接目的是为写作骈文、辞赋提供词藻典故,但实际上也为律诗的写作提供资料。

乐府等古体诗也仍然具有别辟蹊径、另开新面的广大可能。事实上正是如此。唐代诗人为了反映重大社会问题或抒写深刻的政治感慨的需要,更多地运用篇幅较长、格律较宽的古体诗,在创作实践中创造出许多新体,形成唐代古体诗的独特面貌。当时其他的文学样式,如骈文已近僵化,短篇小说(传奇)和词在唐代后期才逐渐兴起,戏曲还处在萌芽状态。除了散文在反对骈文的斗争中获得重要成就外,只有诗歌,才具备广阔发展、不断创新的内在条件,是作家们反映生活、述志抒情、驰骋才华的理想领域。这就是唐诗繁荣的一个内在因素。

二

我国古代诗歌在唐以前的长期发展中逐渐形成了一个进步的思想传统。唐代诗人面对自己的时代,广泛而深刻地反映了这个特定历史时期的社会面貌,表现了新的思想特色,从而丰富和发展了这个传统的内容。

唐代诗歌,特别是盛唐诗歌的一个重要主题,是强烈地追求"济苍生"、"安社稷"的理想,热情地向往建功立业的不平凡的生活。李白是惯用大鹏鸟来象征自己的豪迈气概和不羁精神的:"大鹏一日同风起,抟摇直上九万里。假令风歇时下来,犹能簸却沧溟水。"(《上李邕》)杜甫的"致君尧舜上,再使风俗淳"(《奉赠韦左丞丈二十二韵》),正面提出了理想;陈子昂《登幽州台歌》的巨大感叹也包含着对创业的强烈渴望。杨炯说:"宁为百夫长,胜作一书生"(《从军行》),王维也说:"忘身辞凤阙,报国取龙庭。岂学书生辈,窗间老一经。"(《送赵都督赴代州得青字》)这两位并不以政治抱负见称于世的诗人,也都表示出从军报国的热情。我国诗歌大量而集中地表现诗人的政治抱负,始于建安时代。曹操的《龟虽寿》、《短歌行》,曹植的《杂诗六首》(其五、六)、《白马篇》等,都表达了平定战乱的要求,带有那个历史动荡时期所特有的悲壮色彩。这个主题到了两晋南北朝几乎中断。唐代的许多诗人又大量地表达政治理想,充满着积极乐观的精神。李白和杜甫的"布衣卿相"的抱负就是典型的代表。李白在《代寿山答孟少府移文书》中说:"申管、晏之谈,谋帝王之术,奋其智能,愿为辅弼,使寰区大定,海县清一。"杜甫在《自京赴奉先县咏怀五百字》中说:"许身一何愚!窃比稷与契。"这都表现了以前的诗歌中较为罕见的宏图壮志。

这些唐代诗人的政治理想的产生有它的社会和阶级根源。唐初的经济繁荣,政治统一,国力强盛,提高了民族自信心和自豪感,激发了诗人们对于建树功勋的种种幻想。当然,对于这种民族自信心和自豪感也必须进行阶级分析。如前所述,唐代庶族地主阶层作为一种新的政治力量,活跃于历史舞台,他们表现了革新政治的精神。李世民时的魏徵、马周、刘洎,李隆基时的张九龄等,都是庶族出身的著名宰执大臣。从布衣至卿相,不是诗人们一时的狂言大语,而是有现实依据的。总之,唐代这些有代表性的诗人所歌唱的理想,在实质上正是代表了这一阶层的政治要求。

唐代庶族出身的知识分子,大都无视世族门阀那一套家教礼法,思想上狂傲豁达,不拘儒学正宗,行为也放浪不羁,"不护细行",一直被世族所讥笑、鄙弃。其实,他们借助"任侠"的形式,"好语王霸大略"、要"游说万乘"、"喜仗义疏财"等,正是他们的政治理想的另一种说明或补充,他们的纵情狂放有时表现了理想不得实现后的牢骚情绪。而对权贵的蔑视和傲兀,则是一股冲击封建礼教的力量。李白是这种思想的杰出代表。他"一醉累月轻王侯"(《忆旧游寄谯郡元参军》),"天子呼来不上船"(杜甫《饮中八仙歌》),真是"戏万乘若僚友,视俦列如草芥"[1]。在这一点上,他发展了左思、陶渊明、鲍照的反抗权贵的精神,为后代对封建社会有不满情绪的人们所仰慕和学习。然而,这种思想性格有它软弱和消极的一面。由于庶族地主的阶级属性,李白实际上无法"不屈己,不干人"(《代寿山答孟少府移文书》),无法脱离对封建统治阶级上层人物的依附。他那么严厉地责骂了哥舒翰[2],但仍不惜向他"述德陈情",吹嘘为"天为国家"所造就的"英才"[3],就是一个例证。李白又美化了他的放诞生活和傲世态度,并导向避世退隐、访仙问道的消极倾向,这些容易产生坏的影响。

唐王朝和我国境内各少数民族之间的战争,几乎没有停止过,这是我们多民族国家形成过程中的历史现象。任何一个多民族国家的形成,都经历过国内各民族间的斗争和融合;然而,根据民族斗争实质上是阶级斗争的原则,对于这些战争的性质应该进行具体的分析。大致说来,天宝以前主要是解除少数民族统治者的侵扰,保卫北方和西北地区的和平生产,保卫河西走廊的国际通道;天宝以后转为唐王朝对少数民族的征伐;安史乱后被侵扰的局势又逐渐形成。边塞诗历来就有歌颂和反对战争两种态度。六朝乐府中的《陇头水》、《出塞》、《入塞》、《从军行》等,偏重于战争苦难的描写,唐诗同时发展了这两方面的内容,尤以歌颂较为突出。唐代岑参、高适等边塞诗人正确地歌颂了将士们抵御少数民族统治者侵扰的英雄气概,但他们常常把爱国和封建忠君混淆起来,"丈夫誓许国"(杜甫《前出塞》)和

---

[1] 苏轼《李太白碑阴记》。
[2] 见《答王十二寒夜独酌有怀》、《经乱离后天恩流夜郎忆旧游书怀赠江夏韦太守良宰》等诗。
[3] 见《述德兼陈情上哥舒大夫》。

"归来报天子"(王维《从军行》)在他们看来是同一个东西;他们还往往在"所愿除国难,再逢天下平"(张籍《西州》)的理想中,夹杂着"将军天上封侯印,御史台中异姓王"(高适《九曲词》)这一类对功名的庸俗追求。唐代诗人又正确地谴责了统治者的穷兵黩武,揭露了军中苦乐不均的尖锐对立,同情人民的苦难,但有的却抽象地反战,无原则地要求和平,这在中晚唐诗中存在不少的例证。

田园山水的描写也是唐诗的一个重要内容。陶渊明是我国田园诗传统的奠基者。他的田园诗固然表现了安逸闲适的避世思想,但他有"躬耕"的劳动体会,对劳动的农民有较为真切的感情,同时又含有洁身自好、不与统治阶级合作的反抗意味。唐代王维、孟浩然等田园诗人,他们的隐居田园,有的是政治失意后的归宿,有的是正在做官偶居"别业",有的是致仕告退优游养性,有的则是当作仕进的"终南捷径"[1],因而大都失去对现实黑暗政治不满的意义;由于他们的生活条件,又大都失去歌颂劳动和劳动人民的内容。不少诗人笔下的"田叟"、"溪翁",实际上是隐士的化身。他们对于陶渊明的追慕,着重在"陶潜任天真,其性颇耽酒"(王维《偶然作》),"日耽田园趣,自谓羲皇人"(孟浩然《仲夏归南园寄京邑旧游》),很少认识陶诗的积极内容。因此,唐代以王、孟为代表的田园诗派,其思想价值是不高的。至于农民所受的压迫和剥削,和陶渊明一样,他们也没有接触到。这个主题是后来由像元稹的《田家词》、王建的《田家行》、柳宗元的《田家》、聂夷中的《咏田家》等来发挥的。

自然山水是客观存在,反映自然山水的艺术作品却总是渗透着作者的生活情趣和审美要求,因而具有不同的思想意义。

---

[1] 原语见《新唐书》卷一百二十三《卢藏用传》。

六朝时的谢灵运、谢朓是山水诗的著名作者,他们的作品以细致而逼真地描摹山容水态为特点,曾给唐代诗人以有益的影响。在唐代写景诗中,一类是描写祖国山河的壮丽,给人以雄伟的艺术感受。如李白、杜甫等的许多名作,能够加深人们对祖国山河的热爱。唐代诗人差不多写遍祖国的名山大川,留下一幅又一幅的彩色画卷,是对六朝谢灵运、谢朓以来山水诗的巨大发展。另一类描写的境界比较狭小,给人以幽邃闲寂的感觉,这又常常跟作者的隐逸思想有关联。如王维、孟浩然、储光羲、刘长卿、韦应物的一些作品。自然,它们从发掘自然美的多样性来说,也具有一定的美学价值。

安史之乱是唐代社会矛盾的大爆发,也是唐代由盛而衰的历史转折点。地主阶级和农民阶级这一基本矛盾的尖锐化,交织着已经激化的统治阶级内部矛盾、民族矛盾,形成了唐代后期复杂、混乱、动荡的社会生活的主要内容,也是进步的文学创作的源泉。以阶级斗争为中心的各种矛盾和斗争,极大地深化了诗歌的现实性和思想性,推动了诗歌创作的发展。诗人们正视严酷的现实,收敛起浪漫主义的热情和理想,把揭露社会矛盾、同情人民疾苦作为共同的主题,从而把唐诗的思想内容提到一个新的高度。杜甫的现实主义精神照耀整个诗坛。白居易明确地提出"文章合为时而著,歌诗合为事而作"(《与元九书》)的创作纲领,开创了新乐府运动,其影响一直延续到晚唐。这个主题在我国诗歌史上历代都有吟咏,然而,从作家队伍的广泛和作家的自觉性来看,却是唐代的一个新特点。

其次,唐代诗人对现实生活做了比较全面的观察,因而在反映现实的广阔性上也大大超过了前代。他们从许多方面接触到统治阶级和被统治阶级等重大社会矛盾,诸如统治者的穷奢极侈、横征暴敛、拒谏饰非、斥贤用奸和农夫、织女等被压迫群众的种种痛苦。他们还提出了妇女问题、商人问题及其他社会问题。其中不少方面是前代诗人很少接触或没有接触到的。如反映宫女生活的诗篇,一方面写出这些失去青春和自由的女子的哀怨,另一方面也反映了宫廷中的夺爱争宠、勾心斗角的现象。宫廷中的等级壁垒实质上是封建等级制度的反映,同样存在着阶级压迫。虽然有的诗人倾心于宫廷繁华生活的描写,例如王建的若干宫词,但是大多数诗人在一定程度上揭开了宫廷中压迫和被压迫、损害和被损害的内幕。又如随着唐中叶商业经济的发展,出现了不少描写商人活动的诗篇。像元稹的《估客乐》、白居易的《盐商妇》、刘禹锡的《贾客词》、张籍的《贾客乐》、《野老歌》、姚合的《庄居野行》等,都揭露了商人"高赀比封君,奇货通幸卿"的豪富,并和农民的贫困做了鲜明的对比。这就比过去《估客乐》等乐府旧题有了更多的现实内容。此外,又出现了许多"愁水复愁风"的商人妇形象,如李白的《长干行》、《江夏行》,白居易的《琵琶行》,刘采春的《啰唝曲》等,也为传统的"闺怨"诗扩大了描写领域。

唐代诗人揭露社会矛盾、同情人民疾苦的诗篇具有比前代诗歌更大的批判力量。他们对于由贵妃、权臣、贵宦以及各级官吏、差役所组成的统治机构的腐败和罪恶,大胆加以揭露和谴责,有时甚至把矛头指向皇帝。如杜甫的《兵车行》、《忆昔二首》、《解闷十二首》,李商隐的《马嵬二首》,曹邺的《捕鱼谣》等,都直接针对最高统治者,或则委婉讥讽,或则尖锐揭发,在我国诗史上是很少见的,引起后代不少文人的惊异[1]。白居易曾说自己的诗曾使"权豪贵近者相目而变色","执政柄者扼

---

[1] 如宋代洪迈《容斋续笔》卷二"唐诗无讳避"条,列举数例,叹为"今之诗人不敢尔也"。

腕","握军要者切齿"(《与元九书》),正说明这些诗篇的战斗作用。唐代诗人虽然还没有提出许多新的进步思想[1],然而他们对社会问题的观察确比前人深入一步。过去也有一些揭露贫富不均的诗歌,杜甫却把这些现象概括为"朱门酒肉臭,路有冻死骨"这样惊心动魄的名句。概括得高由于感受得深。杜甫、白居易等对于阶级对立的事实当然不能达到资产阶级的阶级论的认识水平,更不能和马克思主义阶级论做任何类比,但他们的感受确较深切。杜甫反复地做过这种对比:"朱门任倾夺,赤族迭罹殃"(《壮游》)、"高马达官厌酒肉,此辈(指劳动人民)杼柚茅茨空"(《岁晏行》),白居易的《伤宅》、《买花》、《轻肥》、《歌舞》等更用全篇对照,使人们对于这个最重大的社会问题获得深刻的印象。晚唐诗人在整个社会动乱的背景下,对社会贫富不均所进行的批判,实际上已预示着唐末农民大起义革命风暴的来临。

当然,由于地主阶级的根本属性,唐代诗人不可能怀疑整个封建剥削制度。例如他们反对过重的官税徭役,对劳动人民表示了同情,但是他们对于十倍乃至二十倍于官税的私家的高额地租剥削[2],却一无反映。他们对社会矛盾的揭露,最终目的仍然为了维护封建统治的巩固,防止矛盾激化引起农民起义。至于那些歌颂愚忠、粉饰太平的作品也绝不是少量的存在,即使在一些优秀作品中也往往掺杂着不少封建性的糟粕。我们对待唐诗,和其他文学遗产一样,都必须采取分析、批判的态度。

以上是对唐诗几个重要思想内容的说明。

---

[1] 在个别问题上诗人们还是有一些值得重视的见解,如白居易《妇人苦》诗中就反对妇女要守节、男子能再娶的不合理现象。
[2] 见唐陆贽《陆宣公翰苑集·奏议》卷六《均节赋税恤百姓》中"论兼并之家私敛重于公税"条。

三

唐诗之所以有卓越的成就,也因为许多作者能够在艺术上推陈出新。"若无新变,不能代雄。"[1]唐代诗人能学古更能变古。精熟《文选》是唐代诗人普遍的文学修养,但他们的作品很少是"《选》诗"的翻版,不像后代诗人常常产生一些唐诗的仿制品。这是唐诗艺术的一项宝贵经验。

整个唐诗发展的过程就是推陈出新的过程,不过在那二百八十多年间"因"和"变"的程度时有升降。大致可以分为八个阶段,这里试就各段的"新变"做简括的说明(在本书作家小传里已涉及的问题不再多说)。

一、唐初三四十年,诗坛沉浸在"梁陈宫掖之风"里。一代"英主"李世民也要做做宫体诗,劝他别做宫体诗的虞世南自己也不免做宫体诗[2]。其他宫廷诗人如杨师道、李义府、上官仪等无不追随梁、陈,风格轻靡。只有个别作者,如王绩,诗风平易率真,能自拔流俗,成为例外。

二、开元前的五六十年间,以四杰、沈、宋、陈子昂、杜审言等为代表的诗风,变化渐多。一方面由于律诗绝句的规范化已经完成,音调圆美谐和;另一方面由于歌行的组织辞赋化,篇幅加大,气势稍见壮阔。更重要的是诗歌题材从宫廷扩展到比较广阔的社会现实,内容充实。从本书所选的近体诗和歌行都能看出上述的变化,虽然还带着六朝的色彩,气象却显然不同了。陈子昂有意打复古的旗号做革新的事业,要拿汉魏风骨来矫正六

---

[1] 梁萧子显《南齐书》卷五十二《文学传论》。
[2] 《唐诗纪事》卷一"太宗"条。

朝的"采丽竞繁",以《感遇》三十八章为标志的新变,开创了唐代五言古诗的新面貌。

三、从开元之初到安禄山之乱的前夕,约四十年间,诗歌发展成跃进的形势。最显著的变化表现在七言歌行,高适、岑参、李白等作家都能突破初唐歌行的形式,以纵肆的笔调,多变的章法,写壮伟宏丽的题材,表现豪迈的气概。尤其是李白,以高度创造的精神,淋漓尽致的笔墨作乐府诗,许多乐府旧题在他的笔下获得新生命。他的歌行打破初唐整齐骈偶的拘束,杂用古文和楚辞的句法,比汉魏乐府和鲍照的杂言更加解放,确是一种崭新的诗体。他的五言古诗具备汉魏六朝的多种格调,变古的程度不如七言歌行,但是仍然具有豪放飘逸的特色。大致说来,唐代诗人的古诗比前人写得放,写得尽。明锺惺曾批评唐代五言古诗"不能"或"不肯"减省字句[1],这虽然带着偏见,却说中了唐代古诗较放较尽的特点。当然,这并不是不能或不肯减少文字的问题,而是什么内容要求什么表达方式的问题。唐代诗人把许多原来只用散文写的内容写进诗,自然会把一些散文的特点带到诗里;而在李白个人,由于意气豪迈,才思横溢,为了表现胸襟,逞足笔力,写得放写得尽也是自然的结果。七言绝句也是唐代乐府歌词常用的形式,李白、王昌龄、王维、王之涣、高适、岑参等都擅长此体,他们的作品是唐代七绝的代表作。

唐代的田园、山水诗在艺术上发展了陶渊明和二谢的传统。这时期的王维、孟浩然都能熔铸陶、谢而自成一家。王维尤其突出,常常用含蓄简省的文字描绘出一幅画境而绝去雕琢的痕迹。

这时期的诗歌,无论古体、近体都不再以组织辞藻为贵,齐、

---

[1]《唐诗归》卷十五李白《寻鲁城北范居士,失道落苍耳中,见范置酒摘苍耳作》诗,锺惺评云:"事妙诗妙矣,只觉多了数语,减得便好。却又不能,或不肯。唐五言古往往受此病。李杜不免。"

梁以来靡丽之体到此已经基本上扫尽,"六朝锦色"纵有残馀,已经不足为病,反倒是一种点缀了。

四、从安史之乱前夕到大历初十几年间的诗坛为杜甫的光芒所笼罩。杜甫论诗既承认传统必须继承,又指出历代各有创造,所谓"后贤兼旧制,历代各清规"(《偶题》)。他主张广泛地同时有批判有选择地学习古人,"转益多师"而又"别裁伪体"(《戏为六绝句》)。他的创作实践表明他确实能多方面地学习前人的优点,更能创造性地加以发展。推陈出新的成绩超过了同时代的一切作家。

杜甫一生把许多国家变故、民间疾苦,自己的所经所历、所感所思,都写在诗里。诗歌题材在他手里又大大扩展。杜诗形式多创新,首先由于内容的新。他的许多乐府诗直接写当时实事,不但没有"依傍"古题的必要,而且非摆脱古题的限制不可,所以才有"即事名篇"的创举。

在杜甫的五言古诗里,汉、魏、晋、宋诗歌的影响有些还有迹可寻。他从汉乐府和建安诗所吸取的似乎更多些。有时全用古调而青出于蓝[1],更多的是融古于今,自成杜体。他的《自京赴奉先县咏怀五百字》、《北征》、《壮游》、《送重表侄王砅使评事南海》等篇,沉郁顿挫,包容博大,夹叙夹议,诗中有文,确是有诗以来未有的奇观。惟有这样的形式才能诗史似地表现那个时期的重大题材,抒写作者胸中如山如河的郁积,展放作者碧海掣鲸的笔力,因而最能见出他的特色。

杜甫和李白的七古同样代表唐代这一诗体的最高成就。杜甫能用七古表现多样题材,有时叙写生活里的平凡情事也能寄

---

[1] 例如《遣兴》("下马古战场")全是建安诗的音调,奔放苍凉,凌驾建安作品之上。

寓深沉的感慨,如《茅屋为秋风所破歌》、《楠树为风雨所拔叹》等,甚至像《醉为马坠诸公携酒相看》这样的题材也写成七古,议论滔滔,生发不穷。这是杜甫以前未曾有过的。

杜甫把律诗发展到完全成熟的阶段。杜诗今存一千四百余首,律诗近九百首。在这么多的律诗里,内容和语言都极少重复,可以想见其丰富多彩和善于变化。尤其在秦州时期,五言律诗数量多,变化大,悲壮的特色最显著。晚年在夔州更多律诗,许多著名的七律组诗和长律都集中在这时期。杜甫自谓"晚节渐于诗律细",往往"不烦绳削而自合"。像《登高》("风急天高猿啸哀")全篇对仗,《秋兴八首》("昆明池水汉时功")色泽极浓,但读起来会忘了它是讲究对偶和修饰词藻的,原因在于感情的激越,内容的动人。这是杜律一大特点。他的有些七律参用古诗的音调和句法,间有标明为"吴体"的,都是所谓拗体。这些拗体并非率意为之,而是为了追求别一种声律,有心创造出来的。读者对于杜诗声律的"细"处,也可以从他的拗体去体会。

杜甫还写了一百首以上的绝句。如果以平仄谐调的歌体绝句为正格,杜甫有大量的绝句可以称为"变体"或"别调",它们的音调往往像古乐府或竹枝词,可能受了民歌的影响。

元结和他所选《箧中集》的作者孟云卿等,专尚质朴,是当时诗歌主流以外的一小股支流。元结诗的生硬处似乎预示着韩愈、孟郊诗风的特点。

五、从大历初到贞元中二十馀年是唐诗发展停滞的时期。这时期除韦应物之外没有杰出诗家。刘长卿的古近体诗都近似王维,韩翃的七律近似李颀,顾况、李益有些作品像李白,他们都不能越出开元时诗人的范围,也不能达到开元时诗人的水平。韦应物的古近体诗都可观,白居易说他"五言诗又高雅闲淡,自成一家之体"(《与元九书》)。大历诗人中只有他较为突出。

六、从贞元中到大和初约三十年间(主要是元和、长庆时期)诗坛又出现大活跃的景象。白居易曾说:"诗到元和体变新"(《馀思未尽加为六韵重寄微之》),所谓"变新"实际上包括题材、形式、风格等等方面的发展。例如元稹、白居易、张籍、王建的古题和新题的乐府比李、杜反映了更多方面的现实问题,扩大了社会诗的内容。同时,白居易的新乐府为了明白易晓和便于合乐,有意写得"质而径"、"顺而肆",就在歌行中增加一种新形式、新风格。又如白居易的《长恨歌》、《琵琶行》和元稹的《连昌宫词》等故事歌行使人耳目一新,韩愈的《陆浑山火一首和皇甫湜用其韵》,大写火神请客的故事,更是新异。用诗来写故事显然是这时期的新风气,可能受当时传奇小说发达的影响。唐代的故事歌行发展了《孔雀东南飞》和《木兰辞》一类的乐府诗,既开创了新的体裁,也扩展了诗歌的题材。此外,刘禹锡、白居易等仿民歌的《竹枝》、《杨柳枝》、《浪淘沙》等词,在绝句中平添一格,同时也丰富了文人诗的内容。

从语言风格来说,元、白尚坦易,代表一种倾向;韩愈、孟郊尚奇险,代表另一种倾向。韩、孟号称善于学古,远则汉魏,近则杜甫,但是他们各具特色,都有显著的创造性。在语言上刻苦推敲,追求奇异,是当时的风气,不仅韩、孟如此,卢仝、刘叉、贾岛都在不同程度上表现出这种倾向。柳宗元在山水描写中比王、孟、储、韦更多着意刻画,多少也和这种风气有关。李贺诗的奇诡瑰丽、新辞异采,妙思怪想,固然也受韩、孟诗风的影响,但他却在韩、白之外自创了独特的艺术风格,不同凡响,别有天地。

这时期诗体有进一步散文化的倾向,这在韩愈的诗里最为显著。如果说李、杜诗中有文,韩愈却简直是以文为诗。白居易的古诗一般都写得铺放详尽,滔滔如话,"连用叠调"[1]。主张诗贵含蓄的人,可能对韩、白这类诗不很满意,但不能否认它们各为诗中一格,它们不但丰富了"唐音",而且影响了后代。

七、从大和初到大中初约二十年间唐诗的艺术还在发展。这时期的作者以李商隐、杜牧最为杰出,不论古体、近体,都有成就。他们的长篇五古,继承杜甫《自京赴奉先县咏怀五百字》、《北征》等篇的精神和创作手法,叙事明晰,气势宏伟,题材重大。但尤以李商隐的七律和杜牧的七绝最有特色。李商隐的七律在前人已多方开拓、几乎难以为继的情况下,异军突起,独树一帜。他对语言、对仗、声律和典故,无不经过精心的选择和组织,开阖顿挫,变化万千,造成一种精丽和富于暗示的诗风,成为唐诗灿烂的晚霞。当然,这个特点同时包含着它的长处和短处:诗意隽永、耐人吟诵,但又因堆砌多、跳跃大而晦涩难懂。这对后世发生过好坏不同的影响。杜牧的七绝以清新俊逸的风格见长,在王昌龄、李白等人之后,犹能自成一家。温庭筠旧称与李商隐齐名,他的秾艳虽为唐诗增添一种色彩,但思想和格调是不高的。

八、从大中以后到唐末约六十年,不曾再出现大的作家和新的变革。这时期作者虽多,只是贞元以来各大家的学步者,例如杜荀鹤之于张籍、白居易,方干、李频之于贾岛、姚合,吴融、韩偓之于李商隐、温庭筠。这时期的诗,篇幅狭小,内容虽有感愤时事现实性强的特点,艺术表现力和创造力都不如以上几个阶段,只能算是唐音的"馀响"了。

从以上的叙述可以看出,唐诗重大的变革和主要的成就都

―――――
[1] 赵翼《瓯北诗话》卷四云:白居易诗"又多创体,自成一格","连用叠调"就是其中的一体。并举诗例云:"如《洛阳有愚叟》五古内'检点盘中饭,非精亦非粝;检点身上衣,无馀亦无缺。天时方得所,不寒又不热;体气正调和,不饥亦不渴'"等。所谓"叠调"就是排比句。

产生于陈子昂时代和李商隐时代之间。其间以李、杜时代最为突出,其次是韩、白的时代。每一时期的艺术成就都和自觉的革新要求密不可分(有时"变新"是在"复古"的口号下进行的),也和继承旧有的优良传统息息相关("风雅比兴"、"汉魏风骨"都在唐诗的发展中起作用)。从唐代诗人的创作实践可以看到"转益多师"、"别裁伪体"的批判继承和"陈言务去"、"词必己出"的创造精神相结合。如果说唐诗在艺术上有值得我们借鉴之处,首先就是这种推陈出新的经验。

四

选录唐诗的工作,从唐元结《箧中集》、殷璠《河岳英灵集》起,一直代不乏人,出现了数量众多的选本。封建时代的旧选本,编选的具体目的可能各有不同,总的倾向都是为封建地主阶级服务的。清康熙时的《御选唐诗》、乾隆时的《唐宋诗醇》之类的"钦定本",它们的封建统治阶级的政治立场固然十分鲜明,就是一些学者、诗家的选本,也是如此。像宗法盛唐诗歌的《唐诗品汇》的选者高棅,明白表明他选诗对于"优游敦厚之教,未必无小补"[1];标举"和平中正"、要求体格详备的《唐诗别裁集》的选者沈德潜,也说"诗教之尊,可以和性情、厚人伦、匡政治、感神明"[2]。因而,旧选本往往不仅是文艺欣赏的读本、文艺创作的范本,甚或是应试科举的教本,同时也是封建思想的一种宣传工具。尽管这些旧选本经过批判分析,仍然是研究唐诗、研究编选者当时的文学风尚等的一项有用资料,但它们都不能

---

[1] 《唐诗品汇总叙》。
[2] 《重订唐诗别裁序》。

适应今天读者的需要，则是十分清楚的了。

本书努力遵循毛主席关于批判地继承文化遗产、古为今用、推陈出新的教导，选择唐诗中一些较好的作品向读者介绍。共选诗人一百三十馀家，诗六百三十多首。这是一个文学读本，不是文学史参考资料。选录的标准服从政治标准第一、艺术标准第二的原则。我们尽可能选取一些思想性和艺术性结合得好的作品，艺术标准中还考虑到能代表唐诗的特点。有些思想平庸但确有艺术特色、有一定借鉴作用的作品，也酌量选录。本书有作家小传和作品注释。在注释中我们努力多注意解决疑难和关键的问题，在小传中希望除扼要叙述作家的生平之外也能扼要地说明他们的创作特点。由于水平的限制，不但注释和评述可能存在缺点和错误，就是选目也未必妥当。希望以后在读者的指正下不断改订。

本书初稿完成于一九六六年。一九七五年进行修订（重定选目、增补和修改作品注释、作家小传等）。参加初稿和修订工作的有余冠英（负责人）、陈友琴、乔象锺、王水照同志。钱锺书同志参加了初稿的选注、审订工作，后因另有任务，没有继续参加。吴庚舜同志从一九七五年起参加了修订工作；范之麟、董乃斌同志也曾短期参加。

何其芳同志生前对本书的工作十分关心和重视，把它作为我们文学研究所一项比较重要的业务项目抓得很紧很细；王伯祥同志在世时也对这项工作给予不少帮助。但他们已不能看到它的出版，使我们备感怀念。本书选目和部分原稿曾向所内外一些同志征求意见，得到许多教益，人民文学出版社的同志也提过不少宝贵意见，一并在此致谢。

余　冠　英

王　水　照

一九七七年十月

魏徵

魏徵(580—643),字玄成,魏州馆陶(指南馆陶,在今河北省境)人。隋末李密起兵造反,他从军掌管书檄。李密失败后他投奔唐主李渊。后来辅佐太宗,参预国政,成为一代名臣。累官至左光禄大夫,封郑国公。

魏徵虽然对于他早年投笔从戎的经历津津乐道[1],后来在唐朝表现出的才能却在政治而不在军事,所以当唐太宗将他和诸葛亮比较的时候,有人认为他不能比才兼将相的诸葛亮。唐太宗还将房玄龄和他并提,说玄龄的功绩是在贞观前天下未定之时"周旋艰险",魏徵的贡献是在贞观后"安国利民,犯颜正谏"。不少封建史家认为,纳谏是唐太宗的一大美德,而敢谏则是魏徵的特出表现。唐柳芳称颂魏徵是"三代遗直"[2],吕温赞美他"危言正色,保太宗德"[3]。唐太宗自己说,以人为镜可以知得失,魏徵死了他就少了一面镜子。

魏徵除在政治上匡助太宗以外,在文化事业上也是有贡献的。唐初搜集和整理图籍的措施就是出于魏徵的建议。当时编史的工作他又是总其事者,他自己也参加了《隋书》的编写,并得到"良史"之名。

除史笔而外,魏徵的文章还见于他的许多谏诤和言事的上书。诗歌今存三十馀首,绝大部分是郊祀乐章和奉和应诏之作,内容无非歌功颂德,而《述怀》一篇却是言志佳作,值得注意。《述怀》

诗笔简劲,扫去浮华,行间贯注了慷慨之气,不同于陈、隋、唐初的柔靡格调,在陈子昂之前透露了五言古体诗向浑健精实转变的消息。

〔1〕 见《述怀》。
〔2〕 见《新唐书·魏徵传》引。
〔3〕 见吕温《吕衡州文集·凌烟阁勋臣颂》。

述 怀[1]

中原初逐鹿,投笔事戎轩[2]。纵横计不就,慷慨志犹存[3]。杖策谒天子,驱马出关门[4]。请缨系南越,凭轼下东藩[5]。郁纡陟高岫,出没望平原。古木鸣寒鸟,空山啼夜猿[6]。既伤千里目,还惊九逝魂。岂不惮艰险?深怀国士恩[7]。季布无二诺,侯嬴重一言。人生感意气,功名谁复论[8]。

〔1〕 题一作《出关》。这诗作于唐高祖(李渊)初称帝时。当时魏徵投唐未久,在统一战争中自己要求有所贡献,所以请命赴华山以东地区,说服李密的旧部。诗中写作者的抱负和旅途的艰险以及重意气、报主恩的思想。

〔2〕 这两句说当群雄在国中争夺政权的时期,自己弃文就武,投入战争。"逐鹿",比喻争夺政权。《史记·淮阴侯列传》:"秦失其鹿,天下共逐之。""鹿",喻政权。"投笔",东汉班超年轻时曾为抄写文书的小吏,一天,他投笔长叹道:大丈夫应该立功异域,哪能长期在笔砚间讨生活呢(见《后汉书·班超传》)!这里借班超故事自喻。"戎轩",兵车。"事戎轩",即从军。

〔3〕"纵横",战国时苏秦、张仪在列国间游说。苏秦主张齐、楚等六国联合抗秦,就是"合纵"之计;张仪宣传诸国听命于秦,就是"连横"之计。苏、张因此被叫做"纵横家"。这里指自己曾向李密献策。"不就",无所成就(指献策不被采纳,以至失败)。"慷慨",指为国效力的壮心豪气。

〔4〕这两句叙投奔李渊和奉使安抚山东。"杖策",手持马箠,也就是说赶着马。"关",指潼关。

〔5〕这两句用终军和郦食其(音异忌)的故事比拟自己的山东之行,说明所负使命的性质。"请缨",西汉人终军出使南越,他向汉武帝作豪语道:"愿受长缨,必羁南越王而致之阙下。"(见《汉书·终军传》)就是说只要一根绳索就把南越王牵来。后来终于说服南越王降汉。"凭",依。"轼",车前横木。"凭轼",就是驾车而行的意思。"下",降服。"东藩",东方属国。汉初郦食其说降齐王田广,"凭轼下齐七十余城"(见《汉书·郦食其传》)。

〔6〕这四句写旅途的景况。"郁",阻滞。"纡(音迂)",曲折。"郁纡",是形容山道曲折难于前进,也是形容心情不舒之词。(曹植《赠白马王彪》:"我思郁以纡","郁纡将何念"。)"陟(音志)",登。"岫(音袖)",山。"出没",时隐时现(山岭有时隔断视线)。

〔7〕这四句说途中艰险的景象怵目惊心,但是由于想着要报答唐主以国士相待的恩情,并不畏惧。"伤千里目",言远望心伤。《楚辞·招魂》:"目极千里兮伤春心。""九逝魂",屈原《抽思》:"魂一夕而九逝。""九逝",言精神不集中。"逝",一作"折"。汉代益州有险地名九折坂(见《汉书·王尊传》)。"九折"言道路曲折迂回。此处作"九逝"或"九折"都可以通,但与"魂"字相连,作"九逝"较妥。"惮",怕。"国士",一国范围内的杰出人物。魏徵其后曾勉人说:"主上既以国士见待,安可不以国士报之乎?"(见《旧唐书·魏徵传》)

〔8〕这四句表明重视信义不图功名的思想。"季布",楚汉时人,以守信用著名。《史记·季布传》引楚谚:"得黄金百斤,不如得季布一诺。""侯嬴",战国魏信陵君的门客。信陵君救赵,侯嬴因年老不能随行,但表示要杀身以报,后来果然照他的诺言做了。"意气",这里即指有诺必践、有恩必报的精神。古乐府《白头吟》:"男儿重意气,何用钱刀为?"那"意气"也相似,不过那是属于夫妇之间,这是出于君臣之际。"功名",功勋和名声。

王绩

王绩(585—644),字无功,自号东皋子,太原祁(今山西省祁县)人,一作绛州龙门(今山西省河津县治)人,在隋官秘书省正字,出任六合县丞。入唐为太乐丞。有《王无功集》(一名《东皋子集》)。

王绩出身世家,在隋在唐,官职都不高,自叹"才高位下"[1],并曾因"醉懦"罢官[2]。他主要的生涯是在隐逸中消磨的,反正他有祖传的"东陂馀业","园林幸足"[3],可以优闲地隐居。他是双重的隐士,不仅归隐故乡,而且退隐"醉乡";事实上,他正在做官、尚未还乡的时候,早已向"醉乡"里逃避[4]。除掉那篇有名的《醉乡记》,他写了《五斗先生传》、《祭杜康新庙文》、《独酌》、《醉后》等诗文来宣扬喝酒的妙处,宣扬所谓"可以全身、杜明塞智"的"酒德"。这当然渊源于道家常讲的"醉者神全"的议论[5]。他举了刘伶、阮籍、陶潜等酒人为先例,但是他对喝酒的态度更认真,把喝酒的借口更夸大,所提倡的不是怡情解闷的陶醉,而是以哲学理论为幌子的麻醉了。

王绩有时说儒、释、道三家都引起自己的反感[6],有时说三家思想基本上可以调和[7],然而看来他受道家的影响最深[8]。他一方面说"周、孔制述,未尝复窥,何况百家"[9];另一方面,他却"床头素书数帙,《庄》、《老》及《易》而已"[10]。通过晋代王弼的阐释,儒家的《易经》早变为《老子》和《庄子》的补编或附录了。王绩的言论和作风也接近他所向往的那些师法老、庄的魏、晋名流；正像嵇康、阮籍一样，他鄙弃儒家的礼法[11]。在魏、晋人里，他称道最多的是陶潜，诗文里或则称引他的说话，或则运用他的故事。

王绩为人行事那样的爱慕陶潜，作起诗来就也不免受了陶潜的一些熏染。他的诗多以田园的闲适情趣为内容，一部分篇章还能平淡自然，摆脱南北朝的雕饰华靡的习气。在南北朝久经酝酿的五言律体，也到他手里渐趋成熟。

〔1〕《自撰墓志铭》。

〔2〕《无心子传》。

〔3〕《游北山赋序》。

〔4〕他的朋友吕才记他任六合县丞时，"笃于酒德，颇妨职务"；待诏门下省时，一日给酒一斗，人称他为"斗酒学士"；因太乐府史焦革善酿酒，"苦求为太乐丞"，得"饱美酒"。详见吕才《东皋子后序》（《全唐文》卷一百六十）。

〔5〕见《庄子·外篇·达生》、《列子·黄帝篇》。

〔6〕《游北山赋》："觉老、释之言繁，恨文、宣之技痒。""文宣"，指周文王和孔丘（宣尼）；孔丘谥"文宣王"是唐玄宗开元二十七年（739）的事，远在王绩身后了。

〔7〕详见《答程道士书》。

〔8〕唐人早看到这一点，陆淳《删东皋子集序》："何乃庄叟之后，绵历千祀，几于是道者，余得之王君焉。"（《全唐文》卷六一八）

〔9〕《答程道士书》。

〔10〕《答冯子华处士书》。

〔11〕《答冯子华处士书》："糠秕礼义。"《赠程处士》："礼乐囚姬旦，诗书缚孔丘。"《祭处士仲长子光文》："道性既丧，仁义锋起；祭非古也，礼之为始。

吾从其俗,敢告夫子。"("夫子"指仲长子光)这完全是老子所谓"大道废,有仁义","礼者忠信之薄而乱之首"(《道德经》第十八、三十八章),同时也可解释他《重答杜使君书》讲的丧礼正是所谓"吾从其俗"。

在京思故园见乡人问[1]

旅泊多年岁[2],老去不知回。忽逢门前客,道发故乡来。敛眉俱握手[3],破涕共衔杯[4]。殷勤访朋旧,屈曲问童孩[5]。衰宗多弟侄[6],若个赏池台[7]?旧园今在否?新树也应栽。柳行疏密布?茅斋宽窄裁[8]?经移何处竹?别种几株梅?渠当无绝水?石计总生苔?院果谁先熟?林花那后开?羁心只欲问,为报不须猜[9]。行当驱下泽[10],去剪故园莱[11]。

〔1〕这首诗以一连串的问句表示作者的故园之思,写法可能受到魏晋时《门有万里客》、《门有车马客》等乐府诗的启发;"忽逢"二句和陆机诗"门有车马客,驾言发故乡"就很相似。《全唐诗》卷三十八又载朱仲晦《答王无功问故园》诗。"在京"诗又见于《晦庵先生朱文公文集》卷四,有学者因此以为是宋朱熹作品而《全唐诗》误收。

〔2〕"旅泊",羁旅漂泊。

〔3〕"敛眉",悲哀之状。

〔4〕"衔杯",饮酒。

〔5〕"屈曲",详细周到。

〔6〕"衰宗",指自己的家门;相当"敝族"、"寒家"之类。

〔7〕"若个",哪个(谁)。

〔8〕这两句问柳行分布是疏是密,茅斋裁划是宽是窄。

〔9〕这两句是说自己问这问那不过出于羁旅者的关心,请对方尽管答复,不要迟疑。

〔10〕"下泽",车名。下泽车是一种短毂的车,适于在沼泽地上行驶。

〔11〕"莱",植物名,即"藜",新叶和嫩苗可以吃,坚老的茎可以做杖。

野 望[1]

东皋薄暮望[2],徙倚欲何依[3]?树树皆秋色,山山唯落晖。牧人驱犊返,猎马带禽归[4]。相顾无相识,长歌怀采薇[5]。

〔1〕这是王绩最被人传诵的一首诗,作于隋末社会纷乱的时代。作者这时虽然已经过着隐居的生活,反映在这首诗里的思想感情却是一种彷徨无依的苦闷,见出世乱的影响。

〔2〕"东皋",在今山西省河津县,作者隐居于此,因自号"东皋子"。"皋",水边地。

〔3〕"徙倚",犹徘徊,彷徨。

〔4〕"禽",猎获物,包括鸟和兽。

〔5〕"采薇",《诗经·召南·草虫》末章:"陟彼南山,言采其薇。未见君子,我心伤悲。"又《诗经·小雅·采薇》首章:"采薇采薇,薇亦作止。曰归曰归,岁亦莫止。靡室靡家,狁之故;不遑启居,狁之故。"本篇"长歌怀采薇"是联想到《诗经》中关于"采薇"的片段,借以抒发他的苦闷。有人认为这里是作者用伯夷、叔齐首阳采薇来比况自己,似未切合诗意。

王勃

王勃(650—676?)[1],字子安,王绩的侄孙。曾为沛王府修撰,后任虢州参军,因罪革职。有《王子安集》。

作者曾慨叹说:"七岁神童,与颜回早死何益!"[2]没料到自己的生命比颜回短促。这样一个年寿不长的人,偏偏又常有光阴虚度的感伤[3];才高自负的傲兀情绪和位卑不遇的牢骚情绪交织在他的作品里,尤其在他的文里。他的诗数量较少,不像文那样充分表现出他的精神面貌。的确,文是他创作里的主要部分。当时"四杰"(王勃、杨炯、卢照邻、骆宾王)的齐名,可能原指他们的文而言[4],后人评诗也借用"四杰"这个称号来统括他们。"四杰"名次一般都说王、杨、卢、骆,其实当时并无定论[5]。以年辈而论,卢、骆当居前;以诗的高下而论,卢、杨应在后。

王勃的诗正像他的文,标志着新旧的过渡。虽然还保留排偶,却不像六朝有些作品那样堆垛得密不通风;虽然也点染词藻,却不像六朝有些作品那样浓厚得掩尽本色。传诵的佳句像"日落山水静,为君起松声"(《咏风》)或"海内存知己,天涯若比邻"(《送杜少府之任蜀州》),其清新、质朴的风格对于熟悉后来王维和杜甫诗的读者或许会引起一些联想。不过,王勃存诗不多,而语意每每重复,这也足以说明他的意境的局限[6]。

〔1〕 据姚大荣《惜道味斋集·文编》里《书王勃秋日登洪府滕王阁饯别序后》、《王子安年谱》的考订,王勃生于高宗永徽元年(650),卒于上元二年(675)十二月。

〔2〕 《感兴奉送王少府序》。

〔3〕 例如《春思赋序》、《守岁序》。

〔4〕 《旧唐书》卷一百九十上记张说与崔融论杨炯自说"愧在卢前,耻居王后",张鷟《朝野佥载》卷六论卢照邻自说"喜居王后,耻在骆前",讲的都是文。

〔5〕 张说《裴太尉碑》:"在选曹见骆宾王、卢照邻、王勃、杨炯",以骆为首。《旧唐书·文苑传》又以杨炯居首,以下是王勃、卢照邻、骆宾王。

〔6〕 《别薛华》"悲凉千里道,凄断百年身";《重别薛华》"旅泊成千里,栖遑共百年";《秋日别王长史》"别路馀千里,深恩重百年";《麻平晚行》"百年怀土望,千里倦游情";《临高台》"锦衾夜不襞,罗帏昼未空。……鸳鸯池上两两飞,凤凰楼下双双度";《秋夜长》"纤罗对凤凰,丹绮双鸳鸯";《铜雀伎二首》"锦衾不复襞,罗衣谁再缝"。

送杜少府之任蜀州〔1〕

城阙辅三秦〔2〕,风烟望五津〔3〕。与君离别意,同是宦游人〔4〕。海内存知己,天涯若比邻〔5〕。无为在歧路,儿女共沾巾〔6〕。

〔1〕 这一篇是送别之作。当时作者供职长安,他的杜姓友人从长安外放到蜀州(治所在今四川省崇庆县)做县尉。"少府",当时县尉的通称。"之任",赴任。

〔2〕 首句写杜少府的出发地。"城阙",指长安的城郭宫阙。宫门前的望楼叫做"阙"。"辅",护持,夹辅。"三秦",承汉初的旧称(项羽分秦地为雍、塞、翟三国,封秦将章邯等三人为王),泛指当时长安附近的关中之地。"辅三秦",以三秦为辅。一本作"俯西秦",说长安城阙俯临西秦(指长安西去凤翔一带),似不如概言"三秦"较为浑括,和下句"五津"相称;为了两个数字的对仗,也以作"三秦"为是。

〔3〕 "五津",指杜少府所去的地方。四川省从灌县以下到犍为的一段岷江中当时有五个渡口,名为白华津、万里津、江首津、涉头津、江南津。这句说遥望杜的目的地,但见风烟杳渺而已。

〔4〕 这两句说我游长安,君行入蜀,同是为了做官而奔走(宦游),彼此都是既去乡又别友,离别之意正复相同。

〔5〕 这两句说四海之内还有知心的朋友存在,彼此虽然天各一方,也好像近在咫尺。这意思本于曹植《赠白马王彪》诗:"丈夫志四海,万里犹比邻。恩爱苟不亏,在远分日亲。"但此二句更精炼,更概括。

〔6〕 "歧路",分路。"沾",湿。最后两句说我们不要像儿女子似的,在临分别的地方(也是临分别的时刻),让眼泪沾湿了袖巾。曹植《赠白马王彪》诗也有"忧思成疾疢,无乃儿女仁"之语,意亦相似。

山　中[1]

长江悲已滞,万里念将归[2]。况属高风晚,山山黄叶飞[3]。

〔1〕 近人高步瀛《唐宋诗举要》云:"此疑咸亨二年(671)寓巴蜀时作(见《春思赋》),故有'长江悲已滞'之句。"宋玉《九辩》开端四句说"悲哉秋之为气也,萧瑟兮草木摇落而变衰。憭慄兮若在远行,登山临水兮送将归"。这首诗

写客中逢秋,因见万木凋零而触动家乡之念,和《九辩》这几句相似。后来杜甫《登高》"万里悲秋常作客"一句可以概括这首诗里的感慨。

〔2〕 这两句写因见长江逶迤东去,想到盼望已久的万里归程,感叹长期留滞。"念将归",如解作想到宋玉《九辩》中的"登山临水兮送将归"一语,也可以通。

〔3〕 "高风",秋高气爽时的风。张协《七命》:"高风送秋。"这两句深入一层,表示秋末的景象更增加旅客的悲感。

卢照邻

卢照邻(637?—680?),字升之,幽州范阳(县名,在今河北省涿州市一带)人。曾任邓王(李元裕)府典签,后调新都尉,因染风疾(风痹症,一说即麻风)辞官。住太白山中,服丹中毒,手足残废。后居阳翟具茨山(今河南禹县北),自号幽忧子。曾作《五悲文》、《释疾文》自述所苦。终于不堪疾病的折磨,自投颍水而死。原有集,已散佚,后人辑有《幽忧子集》,诗存九十馀首。

"四杰"的诗,五言律体(这是当时主要的诗体)较多。他们有心矫正六朝诗中浮艳的倾向,但仍不能摆脱这种影响。卢照邻诗常有忧苦愤激之词,流露不平之气,有时用《离骚》体来表达。卢、骆都尝试作长篇歌行,铺张叙写,参用赋法,但不平板。(这种歌行的形式唐以前也有过,例如齐陆厥的《京兆歌》和梁简文帝的《从军行》。这种形式又用于赋,如庾信的《对烛赋》、《春赋》、《镜赋》等几乎通篇是五七言相间的诗。)卢的《长安古意》和骆的《帝京篇》都是脍炙人口的长诗,对当时的歌行有一定影响。

长安古意[1]

长安大道连狭斜,青牛白马七香车。玉辇纵横过主第,金鞭络绎向侯家[2]。龙衔宝盖承朝日,凤吐流苏带晚霞。百尺游丝争绕树,一群娇鸟共啼花[3]。游蜂戏蝶千门侧,碧树银台万种色。复道交窗作合欢,双阙连甍垂凤翼[4]。梁家画阁中天起,汉帝金茎云外直[5]。楼前相望不相知,陌上相逢讵相识[6]?借问吹箫向紫烟,曾经学舞度芳年。得成比目何辞死,愿作鸳鸯不羡仙[7]。比目鸳鸯真可羡,双去双来君不见?生憎帐额绣孤鸾,好取门帘帖双燕[8]。双燕双飞绕画梁,罗帷翠被郁金香。片片行云着蝉鬓,纤纤初月上鸦黄[9]。鸦黄粉白车中出,含娇含态情非一。妖童宝马铁连钱,娼妇盘龙金屈膝[10]。

御史府中乌夜啼,廷尉门前雀欲栖[11]。隐隐朱城临玉道,遥遥翠幰没金堤[12]。挟弹飞鹰杜陵北,探丸借客渭桥西。俱邀侠客芙蓉剑,共宿娼家桃李蹊[13]。娼家日暮紫罗裙,清歌一啭口氛氲[14]。北堂夜夜人如月,南陌朝朝骑似云[15]。南陌北堂连北里,五剧三条控三市[16]。弱柳青槐拂地垂,佳气红尘暗天起[17]。汉代金吾千骑来,翡翠屠苏鹦鹉杯[18]。罗襦宝带为君解,燕歌赵舞为君开[19]。

别有豪华称将相,转日回天不相让。意气由来排灌夫,专权判不容萧相[20]。专权意气本豪雄,青虬紫燕坐春风[21]。自言歌舞长千载,自谓骄奢凌五公[22]。节物风光不相待,桑田碧海须臾改。昔时金阶白玉堂,即今惟见青松在[23]。

寂寂寥寥扬子居,年年岁岁一床书。独有南山桂花发,飞来飞去袭人裾[24]。

〔1〕 本篇托古咏今,写汉代长安上层社会某几种人物骄横奢淫的生活和穷居著书的文士相对照。"古意"二字表示这是拟古之作。汉魏六朝以长安、洛阳这类名都为背景,以豪家贵族、公子王孙、倡优、侠客这类人的生活为题材的作品是不少的,本篇确也有所吸取,特别是和左思《咏史》("济济京城内")颇有类似之处。但作者刺时的用意还是不难看出。本篇内容一大特点是突出统治阶级当权者的矛盾斗争,这很可能是为了影射唐高宗时代大臣互相倾轧的事。

〔2〕 这四句说长安路上车水马龙往来于豪贵人家。"狭斜",小巷。"七香车",用七种香木制成的车。"玉辇",一般指皇帝所乘的车,这里泛指贵人的车。"主第",公主家。

〔3〕 这四句说从早到晚华美的车辆往来不绝,和晴暖春天的朝日、晚霞、花树、啼鸟合成一片繁华热闹的景象。"宝盖",即华盖,车上所竖的伞状车篷。盖的支柱雕成龙形,龙口好像衔着车盖。"流苏",一种装饰品,在彩绣的球形物上缀有下垂的丝缕。车盖上的立凤嘴端挂着流苏。"游丝",虫类吐出的丝,飘扬于空中,叫做游丝。

〔4〕 这四句写汉宫楼阁的壮丽(因上文写到花,带出"游蜂戏蝶",就便借蜂蝶的眼写那些一般人所不能看到的宫内景色)。"千门",指宫门。"复道",连接楼阁的架高的通道,因为不止一层,所以叫复道。"交窗",即《古诗》所写的"交疏结绮窗",就是花格子窗。"合欢",一种图案花纹,格子连成合欢(俗称夜合花)图案。"双阙",汉未央宫有东阙、北阙。"甍(音萌)",屋脊。"垂凤翼",汉建章宫圆阙上有金凤。

〔5〕 "梁家",东汉顺帝时外戚梁冀在洛阳大造第宅,楼阁周通。这里借指长安的豪贵之家。"金茎",即建章宫内铜柱,汉武帝所立,高二十丈,上有仙人掌、承露盘。"中天"、"云外"形容高。这两句说豪家贵族有楼阁高耸,可比汉宫的铜柱。

〔6〕 这两句承"梁家"句,写楼前有个男子望见楼上的一个女子而生爱慕,自叹虽能相望而不得相知,并设想纵使能在阳上相逢也未必便能相识。"楼前",就是"梁家画阁"之前。"讵",岂。

〔7〕 "借问",向人打听。"吹箫向紫烟",是借传说中的仙女,指楼中的

那个女子。传说春秋时秦穆公的女儿弄玉从丈夫萧史学吹箫作凤鸣。秦穆公筑凤台给他们夫妇居住,后来他俩都成仙飞去。"紫烟",指云。"向紫烟",即指飞升。"芳年",少年。这四句说打听得那位像仙人秦弄玉似的女子是一位舞女,但愿能像比目鱼、鸳鸯鸟似的和她一同生活。这都是那"楼前相望"人心中的话。

〔8〕这四句写那位舞女的心思,她也在羡慕鸳鸯、比目,渴望有个称心的配偶。"君不见"的"君"字系泛指。"生憎",最厌恶。"帐额",帐檐。"孤鸾",象征独居。"双燕",象征获得爱情和自由的幸福生活。这正是这位被人像笼鸟养着玩的舞女所不能希望得到的权利。

〔9〕这四句写那舞女的居处和妆饰。"翠被",用翠鸟羽织成的被。"郁金香",一种名贵的香,传说出大秦国(中国古代对罗马帝国的称呼)。"罗帏"句,说帐子和被用郁金香薰过。"蝉鬓",一种发式,即将两鬓梳得像蝉翼,也像缥缈的云片。"鸦黄",嫩黄色。六朝和唐代女子在额上涂黄为饰,叫作"额黄"(李商隐《无题》:"八字宫眉捧额黄");又叫"鸦黄"(虞世南《应诏嘲司花女[袁宝儿]》诗:"学画鸦黄半未成")。这种涂黄的动作叫作"约黄"。这里说"初月上鸦黄"就是额黄画作初月形,即梁简文帝萧纲《美女篇》所谓"约黄能效月"。李贤墓壁画,女子额上点黄色,正作小小初月形。

〔10〕这四句写贵家的歌童舞女,作为主人的随从,宝马香车,穷极奢丽(《后汉书·梁冀传》写梁冀夫妇游览时,"多从倡伎,鸣钟吹管,酣讴竞路",就是这种情况)。"铁连钱",青色有圆钱样的斑纹。"娼妇",这里即指上文所说"鸦黄粉白"的那一群豪贵之家的歌舞女,和下文的娼家稍异。"屈膝",又作"屈戌",用于屏风、窗、门、橱柜门等物的一种金属零件,以两金属片相钩连,可以转折。今名铰链或阖页。"盘龙",即屈膝上的雕纹。"娼妇"句是"鸦黄"二句的补笔。"车中出"已经让读者联想到车门,这里就将车门上的屈膝描写一笔,使人想见车子的华美奢侈。

以上三十二句写长安车马、宫阙、第宅的繁华富丽,中间插叙了贵家舞女们的生活。

〔11〕"御史",掌弹劾的官。"廷尉",掌刑法的官。"乌夜啼"、"雀欲栖"是有关御史和廷尉的典故。《汉书·朱博传》说长安御史府中柏树上有乌鸦栖

宿,数以千计。《史记·汲郑列传》说翟公为廷尉,罢官后门可罗雀。这两句表示时间已到暮夜,同时表示执法官门庭冷落,无人过问,和下文所写那些违法犯禁的侠客之流肆无忌惮,宿娼寻乐,对照起来,可见御史、廷尉实际上不能执行他们的任务。

〔12〕"朱城",宫城。"帷",车帷。"金堤",喻坚固的石堤。这两句也是写日暮时朱城只隐隐可辨,金堤上车子遥遥隐没在夜色中。

〔13〕这四句说那些豪纵任侠的子弟邀结侠客共宿娼家。"挟弹飞鹰",指王孙公子尚武好猎的豪纵生活。《后汉书·袁术传》:"少以侠气闻,数与诸公子飞鹰走狗。""杜陵",汉宣帝的陵墓,在长安东南。"探丸"、"借客",指杀吏和助人报仇等蔑视法律的任侠行为。《汉书·尹赏传》载,长安少年有专门刺杀官吏,为人报仇的组织。每次行动前设赤白黑三种弹丸,使各人摸取,拿到赤丸的去杀武吏,拿到黑丸的去杀文吏,拿到白丸的为行动中死去的同伙办丧。又《汉书·朱云传》说,朱云"少时通轻侠,借客报仇"。"借客"就是助人。"渭桥",横跨渭水的一座桥,在长安西北。"芙蓉剑",春秋时越国所铸的好剑。传说秦客薛烛善相剑,曾评越王出示的"纯钩"说,"如芙蓉始生于湖"(见《吴越春秋》)。这里泛指宝剑。"桃李蹊",桃李树下的小径。以"桃李蹊"指娼家的住处,一则因为桃李可喻美色;二则用《汉书·李广苏建传赞》引"桃李不言,下自成蹊"的谚语,暗示那也是人来人往,别有一种热闹的地方。

〔14〕"啭",宛转歌唱。"氛氲",指香气浓郁。

〔15〕"北堂",指娼家内部。"南陌",指娼家门外。"人如月",形容娼女貌美。"骑似云",形容马多,也就是客多。

〔16〕"北里",长安妓女聚居之处,即平康里。"五剧",《尔雅·释宫》"剧旁"注:"今南阳冠军乐乡,数道交错,俗呼为五剧乡。"路交错叫做"剧"。"三条",三面相通的路。班固《西都赋》:"披三条之广路。""三市",每天的三次集市。左思《魏都赋》:"廊三市而开廛。"这两句说北里附近有市场和许多街衢相通连。

〔17〕"佳气红尘",写车马杂沓的热闹气氛。

〔18〕"金吾",即"执金吾",官名,统率禁军,负巡防京师的责任。这里泛指禁军的军官们。"屠苏",酒名。"翡翠",形容酒的颜色。"鹦鹉杯",用鹦鹉

螺(形状略似鹦鹉的一种海螺)加工制成的酒杯。这两句说大批禁军军官来娼家饮酒。金吾宿娼当然是放弃职守,违反纪律的行为。

〔19〕"襦",短衣。《史记·滑稽列传》:"日暮酒阑,合尊促坐,男女同席,履舄交错。杯盘狼藉,堂上烛灭。……罗襦襟解,微闻芗(香)泽。"这里用其中一二字面,描写同样的情况。"燕歌赵舞",战国时燕、赵二国歌舞发达,并以"多佳人"著称。

以上二十句以娼家为中心,写王孙公子、侠客、军官等人物荒淫逸乐的夜生活。

〔20〕这四句说在上文所写的人物之外另有一种豪华人物,就是掌握文武大权的最高官僚。他们彼此倾轧,互不相容。"转日回天",形容权力之大。"天""日"有时用来比君主;"转日回天"在这里可以解释为操纵皇帝。"灌夫",是一个勇猛任侠、好使酒骂座的将军,汉武帝时被丞相田蚡陷害,族诛。田蚡杀了灌夫又打击庇护灌夫的窦婴。窦、田先后掌权,结果是窦婴与田蚡斗争失败,论罪被杀。"抈",同"抈"。"萧相",指萧望之。萧望之在宣帝朝为御史大夫、太子太傅,元帝时为前将军,曾自谓"备位将相"。结果他被中书令宦者石显陷害,自杀。一说指萧何,但萧何虽曾因触怒汉高祖下过狱,并未有不见容于同朝权臣的事。

〔21〕"青虬(音求)",龙类。屈原曾想象用它来驾车(见屈原《涉江》)。这里借指骏马。"紫燕",骏马名。这句说坐在车上驾快马在春风中飞驰,极言其得意之状。

〔22〕"五公",指张汤、杜周、萧望之、冯奉世、史丹五个汉代著名的权贵(见《文选》班固《西都赋》李善注)。

〔23〕这四句说随着时间飞逝,世事转眼改变,那些豪华的人和物都已烟消灰灭。

以上十二句写权臣倾轧,得意者骄横一时。作者突出地揭露权臣倾轧的现象,在所举的实例中,虽然不曾明白议论谁是谁非,语气中还是有所同情或讽刺。

〔24〕"扬子",指扬雄,曾闭门著《太玄》、《法言》。作者以扬雄代表仕宦不得意而终能以文学垂名的人,意在自况。"南山",即终南山。"桂花",这里

以桂花的香气比扬雄的文名。

末四句以穷居著书的扬雄和上文所写各种豪华人物作对照,结束全篇。这显然受到左思《咏史》("济济京城内")一诗的影响。左思也是以扬雄和金(日䃅)、张(汤)、许(广汉)、史(高)等权贵对照而更强调扬雄的声名,道:"寂寂扬子宅,门无卿相舆。……悠悠百世后,英名擅八区。"这样的结尾,对作者一类人来说,只不过是一种自我安慰,而对于当时的权贵的批判,却未免软弱无力。

骆宾王

骆宾王(640—约684),婺州义乌(今浙江省义乌县附近)人,初为道王(李元庆)府属,历官武功、长安主簿,入朝为侍御史,后被贬为临海县丞。徐敬业起兵反对武后,宾王代他作《讨武曌檄》,一时传诵。敬业失败后,宾王的下落不明,有被杀、自杀、逃匿不知所终等等传说。清代陈熙晋笺注的《骆临海全集》是辑订骆宾王诗文最完善的本子。

骆宾王的诗整炼缜密,长篇最见才力。他有一二篇五言律诗(例如本书所选的《在狱咏蝉》),精工谐亮,也不在沈佺期、宋之问之下,但更擅长的还是七言歌行。《帝京篇》、《畴昔篇》等诗慷慨流动,排比铺陈而不堆砌,是初唐仅有的大篇。《帝京篇》在当时被称为"绝唱"[1]。

[1] 见《旧唐书·骆宾王传》。

在狱咏蝉[1]

西陆蝉声唱[2],南冠客思侵[3]。那堪玄鬓影,来对白头吟[4]。露重飞难进,风多响易沉[5]。无人信高洁,谁为表予心[6]。

〔1〕唐高宗仪凤三年(678)作者因为上书议论政事,触忤皇后武曌,被诬以赃罪,下狱(据陈熙晋《续补唐书骆侍御传》),在狱中写了这首诗。诗前有一篇序,说明用意是抒写忧郁;作者因蝉起兴,又借蝉自况。序较长,今不录。

〔2〕"西陆",指秋天。《隋书·天文志中》:"日循黄道东行,一日一夜行一度。三百六十五日有奇而周天,行东陆谓之春,行南陆谓之夏,行西陆谓之秋,行北陆谓之冬。"

〔3〕"南冠",楚冠。《左传·成公九年》:"晋侯观于军府,见锺仪,问之曰:'南冠而絷者谁也?'有司对曰:'郑人所献楚囚也。'"后因以"南冠"指囚徒。作者是南方人,又正在坐牢,所以用"南冠"来自称。"客思(读去声)",客中思乡的情绪。"侵",一作"深"。

〔4〕"玄鬓",指蝉。"白头",指作者自己。汉乐府《杂曲歌辞·古歌》:"座中何人,谁不怀忧?令我白头。"作者忧心深重,所以自谓"白头",并不是以老人自居(时作者不足四十岁)。"吟",谓蝉鸣。

〔5〕这两句描写蝉的艰苦,比喻自己的处境。作者在此诗序中说"失路艰虞,遭时徽纆",就是这里"露重"、"风多"所指。序中又说:"庶情沿物应,哀弱羽之飘零;道寄人知,悯馀声之寂寞。"说明作者以蝉羽和蝉声比喻自己,目的是希望有人怜悯他的沦落。

〔6〕古人认为蝉只"饮露而不食",把它当作清高的象征;汉代人甚至把蝉的形象作为贵官冠上的装饰,取其"居高食洁"。这里作者仍是以蝉自喻,借此表示希望别人相信他清白无辜,代为表白。(骆宾王又有《幽絷书情通简知己》诗和《萤火赋》,作于同时,都有自鸣冤痛,希望昭雪的表示。)

杨炯

杨炯(650—692),华阴(今陕西省华阴县)人,十一岁时举神童。授校书郎。武后时为婺州盈川令,卒于官。有《盈川集》。

杨炯恃才倨傲,为时人所忌。他以文词和王勃、卢照邻、骆宾王齐名,人称王、杨、卢、骆,他却自称"愧在卢前,耻居王后"。从诗的造诣说,他在四杰中独创性最差。现存杨炯诗三十三首,词藻虽富,内容却较贫乏,显著地表现了陈、隋遗风。

从 军 行[1]

烽火照西京,心中自不平[2]。牙璋辞凤阙,铁骑绕龙城[3]。雪暗凋旗画,风多杂鼓声[4]。宁为百夫长,胜作一书生[5]。

〔1〕"从军行",乐府旧题,属《相如歌辞·平调曲》。

〔2〕这两句说报警的烽火照耀西京(即长安,唐时国都,今西安),壮士的内心不能平静。"烽火",古代边境告警的火。在边境到内地的大路上,沿路筑高台,台上置桔槔,桔槔上有柴草笼子,称桔槔烽。唐朝的制度,根据敌人进扰情况的缓急,逐级增加烽火的炬数,最高四炬。一炬至所管州县,两炬以上都到京城。此处言"照西京",表明敌情严重。

〔3〕这两句说朝廷调兵,将军奉命出师,强劲的骑兵包围了敌方重镇。"牙璋",调兵的符信,分两块,合处凸凹相嵌叫做牙。分别掌握在朝廷和主将

手中,调动军队时用作凭证。"凤阙",汉武帝所建建章宫的圆阙上有金凤,故称凤阙。后常用作帝王宫阙的概称。"铁骑(音季)",精壮的骑兵。"龙城",匈奴的名城,这里借指敌方的要地。

〔4〕 这两句通过战地风光的描写,暗示戍卒艰苦,战斗激烈。"凋",指脱色,失掉鲜明。"旗画",军旗上的彩画。

〔5〕 末两句以感慨的语气作结,意在歌颂从军卫国。与杜甫《送蔡希鲁都尉还陇右因寄高三十五书记》诗"壮士耻为儒",意思相同。"百夫长",下级军官。《史记·周本纪》注称百夫长为"卒率"。

陈子昂

陈子昂(661—702),字伯玉,梓州射洪(今四川省射洪县)人。他在武后初当政时,上《大周受命颂》,得武后重视,授以官职。初任麟台正字,后迁右拾遗。屡次上书言事,言多切直,不怕触忤权贵。他对于当时政治经济措施的利弊确实有所了解,议论益国、利民、刑狱和边事问题,都针对事实,不是书生的空言。他曾主张息兵,但不是反对一切战争。对于契丹的叛乱,他曾自请从军征讨。对于从雅州进攻羌人他却极力劝阻,认为对国家人民有害,只对"奸臣"、"贪夫"有利。这都能表现他是有识见的。万岁通天元年(696)子昂从武攸宜北征契丹,他要求分兵万人为前驱,一再进言,为武攸宜所憎恶,受到降职处分。圣历元年(698)子昂辞官回乡。武三思嘱令县令段简诬陷他,下狱死[1]。有《陈拾遗集》。

陈子昂的文学创作和主张在唐代极有影响。韩愈《荐士》诗云:"国朝盛文章,子昂始高蹈。"子昂的文章力矫当时浮艳之弊,虽不能尽删骈俪,大都朴实畅达,取法古代散文。他的诗要求追步建安、正始的作者,反对只重彩丽的齐梁诗风,标举风雅比兴、汉魏风骨的传统[2]。《感遇诗》三十八首可以代表他实践的成绩,这些诗或感怀身世,或讽谏朝政,慷慨幽郁,类似阮籍的《咏怀》;虽有时"词烦意复",甚至不免"拙率"[3],比较盛唐李、杜等大家,艺术创造方面有所不及;但因为这些诗趋向端正，内容具有现实意义，不能不承认它们是革新风气的优秀作品。难怪它们被稍后出现的现实主义大诗人杜甫和主张"为时为事"而写诗的白居易所称道[4]。

子昂的五律不屑精雕细琢，往往气味雄厚，在初唐也是突出的。

[1] 据沈亚之《上九江郑使君书》。
[2] 陈子昂的诗歌革新主张见《修竹篇序》。
[3] 清李慈铭评语，见《越缦堂读书记》八。
[4] 杜甫《陈拾遗故宅》诗："公生扬马后，名与日月悬。……终古立忠义，《感遇》有遗篇。"白居易《与元九书》："唐兴二百年，其间诗人不可胜数，所可举者，陈子昂有《感遇》诗二十首，鲍鲂有《感兴》诗十五首。"白居易还将陈、杜并提，如《初授拾遗》诗云："杜甫陈子昂，才名括天地。"可见子昂在唐诗人眼中的地位。

感　遇

一[1]

苍苍丁零塞，今古缅荒途[2]。亭堠何摧兀，暴骨无全躯[3]。黄沙幕南起[4]，白日隐西隅。汉甲三十万，曾以事匈奴[5]。但见沙场死，谁怜塞上孤[6]。

[1] 作者三十八首《感遇》诗写平生遭遇所引起的感想，往往关涉当时

社会政治,富现实意义。各篇不是作于一时,所咏不止一事。本篇原列第三首,感慨将帅无能,丧师辱国,北方武备空虚,人民得不到保护。万岁登封元年(696)曹仁师等二十八将攻契丹,全军覆没,大将都成了俘虏。诗中所谓"汉甲三十万,曾以事匈奴","暴骨无全躯","谁怜塞上孤"等语都为此事而发。

〔2〕"苍苍",青色。关塞都在山岭,远远望去,其色青苍。"丁零",古代北方种族名,曾属匈奴。"缅",邈远。开头两句是说丁零塞从来就是荒远之地。

〔3〕"亭堠",指北方戍兵居住守望的亭堡。"摧兀",险峻貌。这两句一面说亭堡险峻,一面说丧师暴骨,暗示将帅对付敌人的轻率和无能。

〔4〕"幙",通"漠",指沙漠。"幙南",大沙漠的南边(今属内蒙古)。

〔5〕"汉甲",即汉军(以汉喻唐)。"事匈奴",从事于对匈奴的战争(借指当时对契丹的战争)。

〔6〕末两句是说人们只见沙场上战士死伤(即上文所谓"暴骨无全躯")之惨,却想不到北方人民中许多遗孤的可怜。

二〔1〕

圣人不利己,忧济在元元〔2〕。黄屋非尧意,瑶台安可论〔3〕?吾闻西方化,清净道弥敦〔4〕。奈何穷金玉,雕刻以为尊〔5〕?云构山林尽,瑶图珠翠烦〔6〕。鬼工尚未可,人力安能存〔7〕?夸愚适增累,矜智道逾昏〔8〕。

〔1〕本篇原列第十九首,批评武后建造佛寺佛像,奢侈浪费,不恤民力。武后曾削发做过尼姑,当她掌权以后,和尚法明等人撰《大云经》说她是弥勒化身。武后因而尊崇佛教,借佛教作愚民的工具。她广建佛寺,规模超过宫阙。曾造大佛像,小指尚容数十人。又造"天堂"来容纳这样的大像。每天要役使上万人,国库因之耗竭。这首诗指出此种行为既不合贤君"尚俭爱民"的美德,

又不合佛家"清净慈悲"的宗旨。

〔2〕"圣人",这里指传说中或理想中的贤君,同时也是对当时皇帝的尊称。"忧济",关心、救助。"元元",百姓。开端两句说贤君只应关心人民,没有个人打算。

〔3〕"黄屋",古代皇帝所乘的车辆,车盖用黄缯做里子。"瑶",和玉相似的美石。商朝的纣王曾筑"瑶台"(见《淮南子·本经训》)。这两句说皇帝乘黄屋车尚且不合唐尧(代表尚俭的贤君)的意思,像商纣那样筑瑶台,就更不在话下了。

〔4〕"西方化",指佛教教义。"清净",佛家以远离一切罪恶烦恼为清净,道家以"无为"为清净。作者似混合两种意义。诗意说清净之道久受世人重视。"敦",厚,含有重视的意思。

〔5〕这两句说为什么用雕刻佛像来表示尊重,而且搜尽黄金美玉来装饰它呢?

〔6〕这两句说高耸入云的建筑,耗尽山里的木料;装饰精美的图案,大量使用珍宝。

〔7〕"鬼工",常语称十分精巧的技艺为"鬼工"。这两句意思是:即使真有鬼神供役使,这样奢侈尚且不可,何况全用人工,如何能不把民力用尽呢?"存"如解做存恤也可以通,就是说如何谈得上存恤民力呢?当时狄仁杰上疏说:"今之伽蓝,制过宫阙,功不使鬼,止在役人,物不天来,终须地出。"意思和用语都相似。

〔8〕"夸愚"句是说将那些劳民伤财的愚行来炫耀,这样就恰恰使思想更不能超脱。"累",指释道所谓"物累"(执着于外物)。"增累"和上文"清净"呼应。"矜智"句是说自以为这些举措是智巧,拿来矜夸,这样就使得佛教的教义更不明。当时张廷珪谏阻武后造大像说:"以释教论之,则宜救苦厄,灭诸相,崇无为。伏愿陛下察臣之愚,行教之意,务以理为上。"(《旧唐书·张廷珪传》)本篇结句就是这个意思。

三[1]

翡翠巢南海[2],雄雌珠树林[3]。何知美人意,骄爱比黄金[4]？杀身炎州里,委羽玉堂阴[5]。旖旎光首饰,葳蕤烂锦衾[6]。岂不在遐远,虞罗忽见寻[7]。多材信为累[8],叹息此珍禽。

〔1〕本篇原列第二十三首。诗以翡翠杀身说明"多材为累",和《庄子·外篇·山木》"直木先伐,甘井先竭"等语的寓意相类似。这种思想是消极的,但在陈子昂却是有激而发。子昂一向有政治抱负,争取出仕,建功立业。他也确实有此才能,但是却连遭打击,甚至被陷害,以"逆党"罪名下狱。当时武承嗣、武三思等诛锄异己,杀害善良,非常残酷。从子昂所经历和目睹的这些情况,可知他产生全身远祸的思想不是偶然的。

〔2〕"翡翠",鸟名。羽毛赤、青相杂。

〔3〕"珠树",传说中的奇树。《山海经·海外南经》:"三株(一作珠)树在厌火北,生赤水上,其为树如柏,叶皆为珠。"

〔4〕"美人",指富家贵族。"骄爱",矜夸爱重。

〔5〕"炎州",即"炎洲"。《十洲记》:"炎洲在南海中。""玉堂",指富贵人家。

〔6〕这两句说翡翠的羽毛可以做各种装饰。"旖旎(音椅尼)",本是旌旗柔顺随风之貌,这里形容首饰的柔美。"葳(音威)蕤(音瑞,阳平)",本是草木叶下垂之貌,这里都是形容羽毛的纷披美盛。

〔7〕"虞罗",虞人的网罗。虞人是古代掌管山泽苑囿的官。这两句不紧接"骄爱比黄金"而放在篇末提掣,便觉动荡不平板。

〔8〕"材",才能。这句点明本篇的寓意和感慨。作者有《麈尾赋》云:"此仙都之微兽,因何负而罹殃?……岂不以斯尾之有用,而杀身于此堂。"发挥同样的意思。

四[1]

丁亥岁云暮,西山事甲兵[2]。赢粮匝邛道,荷戟争羌城〔3〕。严冬阴风劲,穷岫泄云生〔4〕。昏曀无昼夜〔5〕,羽檄复相惊〔6〕。拳跼竞万仞,崩危走九冥〔7〕。籍籍峰壑里〔8〕,哀哀冰雪行。圣人御宇宙,闻道泰阶平〔9〕。肉食谋何失,藜藿缅纵横〔10〕。

〔1〕 本篇原列第二十九首。唐朝强盛时期也正是吐蕃统一强大,统治者野心勃勃,向外扩张的时期。唐高宗时吐蕃灭了受唐朝保护的吐谷浑。唐西域四镇(龟兹、于阗、焉耆、疏勒)大部分土地被吐蕃夺去。武则天如意元年(692)才取回四镇。垂拱三年(687)武后计划袭击吐蕃,先由雅州进攻羌人。陈子昂上书谏阻,历陈七条理由,大意说:这部分羌人没有过错,打他徒然结怨;吐蕃兵强,未必能侥幸袭取;开辟险道反而给吐蕃进犯四川提供方便;劳民伤财,后患无穷,只有奸臣才出这种主意,以便在战争中谋取私利。这首诗只强调军民的困苦,斥责出谋的大臣。如与谏书合观,更可见作者的胆识。

〔2〕 开端两句记用兵的时间地点。"丁亥",垂拱三年(《通鉴》叙在垂拱四年)。"岁暮",指十二月。"云",语气词。"西山",这里即指邛崃山,在今四川省西南。"事甲兵",从事于战争。

〔3〕 "赢",负担。"邛(音穷)",指邛崃山。上句写运粮者,下句写出征者。

〔4〕 "穷岫"荒僻的山穴。"泄云生",云气从山岫泄出。

〔5〕 "昏曀",天阴沉。

〔6〕 "羽檄",用于紧急征调的军事文书,上插羽毛,表示飞速。

〔7〕 上句说战士"拳跼"(卷曲)着身体争占万仞(八尺为仞)的高地。下句说冒山石崩塌的危险走在深深的谷底。"九冥",指极深的幽暗之处。

〔8〕 "籍籍",纷纷,形容拥挤杂乱。

〔9〕 "御宇宙",统治天下。"泰阶",星名,又有三台、三阶等别称。古人以"泰阶平"为天下太平的征象,同时也是天下太平的代称。这两句说向来只听说天下在圣人统治的时候只有太平而无刀兵。

〔10〕 "肉食",指享有厚禄的贵官。"藜藿",指只吃野菜的穷苦百姓。末

两句说朝内掌权的那些人(也就是作者在谏书里所说的想借用兵谋私利的奸臣)出的主意何等错误,使得百姓流离失所。"缅纵横",把尸骨纵横抛散在远方。这两句暗用《说苑·善说篇》东郭祖朝答晋献公语:"设使食肉者一旦失计于庙堂之上,若臣等之藿食者宁得无肝胆涂地于中原之野与?"

五[1]

朔风吹海树,萧条边已秋。亭上谁家子,哀哀明月楼[2]。自言幽燕客[3],结发事远游[4]。赤丸杀公吏,白刃报私仇[5]。避仇至海上,被役此边州。故乡三千里,辽水复悠悠[6]。每愤胡兵入,常为汉国羞。何知七十战,白首未封侯[7]。

〔1〕 本篇原列第三十四首,写一个生长在幽燕的游侠子弟,从军边州,慷慨卫国,久戍不归。结果是有功无赏。《新唐书·陈子昂传》载子昂在永昌元年的上书,其中有一条道:"臣闻劳臣不赏,不可劝功;死士不赏,不可劝勇。今或勤劳死难,名爵不及;偷荣户禄,宠秩妄加,非所以表庸励行者也。愿表显徇节,励勉百僚。"陈沆《诗比兴笺》推论道:"盖其时功赏,多为诸武嬖幸所冒,不尽上闻也。"这首诗也是讽当时的政治,并非为个别人鸣不平。

〔2〕 "亭"、"楼",同指防边军士的住所,即戍楼。

〔3〕 "幽燕",幽州和燕州。唐幽州治所在今北京市大兴县,燕州治所在今北京市顺义县。

〔4〕 "结发",犹"束发",古时男子成年就把披散的头发束起,结在顶上,上面加冠。这句是说刚成年就从事远游。

〔5〕 "赤丸",见卢照邻《长安古意》注[13]。这两句是这位戍卒自述他过去的游侠行为。

〔6〕 "辽水",即辽河,有东西二源,东源出吉林省东辽县吉林哈达岭,西

源出内蒙古自治区白岔山,在辽宁省昌图县汇合,始称辽河,由盘山湾入海。

〔7〕《史记·李将军列传》:"广结发与匈奴大小七十馀战。"李广是汉武帝时的名将,为匈奴所畏惧。他打了一辈子的仗,到六十几岁还得不到封侯的酬赏。最后还因出兵迷路,须受审判,悲愤自杀。这里用李广故事和上文用"汉国"字样都是借古写今。

燕 昭 王[1]

南登碣石馆,遥望黄金台[2]。丘陵尽乔木,昭王安在哉?
霸图今已矣[3],驱马复归来。

〔1〕这是《蓟丘览古赠卢居士藏用七首》的第二首。北京德胜门外有土城关,相传为古蓟门遗址,亦名蓟丘(见明人蒋一葵著《长安客话》)。作者于万岁通天二年(697)随建安郡王武攸宜北征契丹,过蓟丘,访问古燕都遗迹。作者在武攸宜部下颇不得志,有感于燕昭王招贤的故事,写了这首诗。燕昭王,姓姬名平,是战国时代燕国的中兴之主。他于公元前312年被国人立为王。当时燕国在齐国的侵凌下,国势穷蹙,他"单身厚币,以招贤者,……士争趋燕"(《史记·燕召公世家》),终于打败齐国。

〔2〕这两句写与燕昭王重贤士故事有关的两处古迹。"碣石馆",即"碣石宫"。《史记·孟子荀卿列传》载邹衍到燕国时,昭王为他筑碣石宫,奉他为师,亲往受业。"黄金台",相传也是燕昭王所筑,昭王置金于台上,在此延请天下之士。

〔3〕这句吊古伤今。作者以国士自命,对征契丹有他自己的用兵主张,但受武攸宜的压抑,志不得伸,所以有"已矣"的慨叹。

陈子昂

登幽州台歌[1]

前不见古人,后不见来者[2]。念天地之悠悠,独怆然而涕下[3]。

〔1〕"幽州",郡名,唐属河北道。参见《感遇》("朔风吹海树")注〔3〕。"幽州台",即蓟北楼。作者登台远眺,独立苍茫,因为这个台是古代的建筑物,不免引起古今变易的感触;又因为眼前是空旷的天宇和原野,又不免引起天地悠久,人生短暂,宇宙无垠,个人渺小的慨叹。作者是有远大抱负的诗人,怀才不遇,所以又有一些不逢知音的孤独感。《楚辞·远游》:"惟天地之无穷兮,哀人生之长勤。往者余弗及兮,来者吾不闻。"思想感情彼此相类。
〔2〕"古人",指前贤。"来者",指后贤。
〔3〕"怆(音创,去声)然",凄恻貌。

度荆门望楚[1]

遥遥去巫峡,望望下章台[2]。巴国山川尽,荆门烟雾开[3]。城分苍野外,树断白云隈。今日狂歌客,谁知入楚来[4]。

〔1〕此诗写从巫峡沿江东下,过荆门时的情景。"荆门",《水经注·江水》(卷三十四):"江水又东历荆门虎牙之间。荆门在南,上合下开,暗彻山南;

31

有门像虎牙在北,石壁色红,间有白文,类牙形。并以物象受名。此二山,楚之西塞也。"荆门山在今湖北省宜都县西北,位于长江南岸,与北岸虎牙山相对。

〔2〕"巫峡",三峡之一,在四川省巫山县东。"望望",瞻望之貌。"章台",章华台的省称,是春秋时楚国所建。在今湖北省监利县西北。首二句是说出了巫峡,瞻望着向下游的楚地前进。

〔3〕"巴国",秦以古时巴国地置巴郡,有今四川省东部地区。这两句是说已经出了巴蜀,来到荆门。这里连用四个地名而不堆垛呆板,由于写一路行来有进程,不是平铺。

〔4〕"狂歌客",作者自谓。这两句是说想不到我这个狂者现在竟狂歌着到楚狂的家乡来了。从前孔丘到楚国去,楚狂接舆唱着"凤兮"之歌讽刺孔丘,走过孔丘车前(见《论语·微子》)。这两句的位置也见作意,如放在篇首,本来很顺,但那样未免平直,不能以错综见奇了。

晚次乐乡县[1]

故乡杳无际[2],日暮且孤征[3]。川原迷旧国[4],道路入边城[5]。野戍荒烟断,深山古木平[6]。如何此时恨?嗷嗷夜猿鸣[7]。

〔1〕"乐乡县",故址在今湖北省荆门县北九十里。作者由蜀入洛,途中经过此地。

〔2〕"杳(音窈)",旷远。首句言故乡渺远,看不见它的边际。

〔3〕"孤征",独自远行。

〔4〕"旧国",故乡。

〔5〕"边",在这里是相近、相接的意思。"边城",指与蜀地邻近的城,即乐乡县。乐乡在春秋战国时属楚,三国时属吴。

〔6〕这两句写暮景。"戍",指守望者的碉堡。"断",是说视线被遮断。"平",是说不辨高低。

〔7〕这两句是说入夜猿声凄厉,人的愁绪难言。"如何此时恨",即"此时恨如何"。

送魏大从军

匈奴犹未灭[1],魏绛复从戎[2]。怅别三河道[3],言追六郡雄[4]。雁山横代北,孤塞接云中[5]。勿使燕然上,惟留汉将功[6]。

〔1〕"匈奴",汉代长期与汉族为敌的一个北方民族。汉骠骑将军霍去病曾有"匈奴未灭,无以家为也"的壮语(见《史记》本传)。这里借匈奴指当时与唐交战的外族,可能指契丹。

〔2〕"魏绛",春秋晋国的大夫,曾以和戎政策消除了晋国的边患(事见《左传·襄公四年》)。这里借魏绛指魏大。"从戎",从军。

〔3〕"三河",汉代称河东(今山西省南部)、河内(今河南黄河以北地区)、河南(今河南黄河以南地区)为三河郡。《史记·货殖列传》:"昔唐人都河东,殷人都河内,周人都河南。夫三河在天下之中,若鼎足,王者所更居也。"

〔4〕《汉书·地理志下》:"汉兴,六郡良家子,选给羽林期门,以材力为官,名将多出焉。"颜师古注:"六郡谓陇西、天水、安定、北地、上郡、西河。"又《汉书·赵充国传》:"(充国)始为骑士,以六郡良家子善骑射,补羽林。"这里以"六郡雄"(即赵充国一类的六郡名将)比魏大。"追",追攀。这两句写送别。

〔5〕"雁山",雁门山的省称。山在代州(今山西省代县)北三十五里。"狐塞",飞狐塞(又号飞狐口)的省称。在今河北省涞源县北跨蔚县界。"云中",郡名,秦置。唐时云中郡治所在今山西省大同县。这两句写魏大从军所

往之地。

〔6〕"燕然",山名。东汉窦宪为车骑将军,大破北单于,登燕然山,刻石纪功而还(见《后汉书·窦宪传》)。末两句勉魏大立功,与窦宪比美。

杜审言

杜审言(约646—约708),字必简,原籍襄阳(今湖北省襄阳县),从其父起迁居巩县(今河南省巩县附近)。咸亨元年(670)进士,历任丞、尉等小官,武后时授著作郎,迁膳部员外郎。神龙初(705)因张易之兄弟的牵连得罪,流放遥远的峰州。不久召还,为国子监主簿、修文馆直学士。有《杜审言集》。

杜审言青年时期就和崔融、李峤、苏味道被人合称为"文章四友"。他以文学自负,曾有"吾文章当得屈、宋作衙官"的狂语。诗存四十馀首,多律体。他的五言律诗已达到成熟的境地,七言律诗平仄还不完全调谐,如《春日京中有怀》便有点像当时七言古诗的截取或压缩。这种过渡现象值得注意。

杜审言是杜甫的祖父。杜甫很推崇他的诗,曾夸口说"吾祖诗冠古"[1];在杜甫的诗篇里也找得出一些承袭他祖父句法的例子[2]。

[1] 杜甫《赠蜀僧闾丘师兄》诗。
[2] 参看宋王得臣《麈史》卷中、杨万里《杜审言诗集序》,近人易孺《唐宋三大诗宗集·杜审言集跋》。

夏日过郑七山斋

共有樽中好,言寻谷口来[1]。薜萝山径入,荷芰水亭开[2]。日气含残雨,云阴送晚雷。洛阳钟鼓至,车马系迟回[3]。

〔1〕首二句言将访郑共饮。"樽",盛酒器。《后汉书·孔融传》:"(融)常叹曰:'坐上客常满,尊中酒不空,吾无忧矣。'""言",助词。"谷口",汉县名,在今陕西省醴泉县东。汉有隐士郑璞,字子真,躬耕于谷口(见扬雄《法言·问神篇》及皇甫谧《高士传》)。这里借用谷口地名,以切郑七的姓。

〔2〕这两句写入山到郑七寓所,穿过幽径,忽见一片池水。"芰",即菱。"开",铺开。

〔3〕末两句是说听到洛阳钟鼓,已是该回去的时刻了,但还是不肯就起身。"迟回",迟疑不决貌。从上句看来,这首诗当是杜审言为洛阳丞时所作。

和晋陵陆丞早春游望[1]

独有宦游人,偏惊物候新[2]。云霞出海曙[3],梅柳渡江春[4]。淑气催黄鸟[5],晴光转绿蘋[6]。忽闻歌古调,归思欲沾巾[7]。

〔1〕《全唐诗》于杜审言和韦应物名下都收录这篇诗,收入韦诗的那篇

第六句"转"字作"照",第七句"古"字作"苦"。今传《杜审言集》二卷,内载此篇;《韦苏州集》十卷(卷数与《全唐诗》同),无此诗。"晋陵",唐郡名,属江南道,即今江苏省常州市。"陆丞",作者的友人,不详其名,时为晋陵郡丞。《早春游望》是陆丞所作的诗,本篇是赓和之作。

〔2〕 开头二句说离家做官的人对物候的变化特别敏感。"物候",自然界的现象变化反映出季节的不同叫"物候"。

〔3〕 破晓的时候,太阳好像从东海升起,云气被朝阳照耀,蔚成绚烂的霞彩,也好像和旭日同时从海中出来,所以说"云霞出海曙"。

〔4〕 江南比江北早暖,梅、柳的枝头透露春意也比江北早些。由江北到江南,忽见梅树已经开花,杨柳已经发绿,好像梅柳一过长江就换上了春妆似的,所以说"梅柳渡江春"。

〔5〕 "淑气",指温和的春气。"催黄鸟",言促黄鸟(黄莺)早鸣。

〔6〕 这句说阳光照射水面,使水中的蘋草也及时地由嫩绿转为深绿。

〔7〕 末两句说因为读了陆丞《早春游望》那首诗,引起"归思(读去声)",竟然要泣下沾巾了。"古调",指陆丞的诗,赞美它的格调近于古人。

宋之问

宋之问(？—712)，字延清，一名少连。虢州弘农(故址在今河南省灵宝县西南三十里)人，一说汾州(今山西省汾阳县附近)人[1]。早岁知名，武后时官尚方监丞。后因谄附张易之贬泷州(今广东省罗定县)参军。不久，逃归。中宗增置修文馆学士，他与杜审言等同入选。后因罪贬越州(今浙江省绍兴县)长史。睿宗即位，把他流放到钦州(在今广东省钦县北一百三十里)，又勒令他自杀。

宋之问的诗以属对精密，音韵谐调的特色与沈佺期齐名，号称"沈宋体"。律诗在初唐已逐渐形成定格，沈、宋所作律诗更严谨地遵守这种定格，所以后人以沈、宋代表律诗开始成熟的阶段[2]。他们的应制诗都很工整，表现了高度的文字技巧。他们被贬以后，有了较深的生活感受，诗里也有了较充实的内容。之问两次流放，有一些纪行述感之作被人传诵，本书所选的两首都属于这一类。

〔1〕《旧唐书》说他是弘农人，《新唐书》说他是汾州人。
〔2〕清钱良择《唐音审体》云："律诗始于初唐，至沈、宋而其格始备。"

宋之问

题大庾岭北驿[1]

阳月南飞雁,传闻至此回[2]。我行殊未已,何日复归来[3]。江静潮初落,林昏瘴不开[4]。明朝望乡处,应见陇头梅[5]。

〔1〕 这首诗系作者被流放岭南时途中所作。"大庾岭",在今江西省大庾县境。"驿","驿舍"或"驿亭"的简称,是古代官办的交通站。官吏往来经过,依照定例可以在驿舍停宿和取给交通工具。

〔2〕 "阳月",十月。"至此回",古时传说,鸿雁南飞到大庾岭折回。

〔3〕 这两句是说自己还要继续南行,北归无日,不能像南飞雁到这里就折回。

〔4〕 "瘴",南方深山密林中的郁蒸之气。

〔5〕 末两句是预拟之词。"望乡处",指岭上高处,即"陇头"。作者后来曾在此高处回望北方家乡。《度大庾岭》诗云:"度岭方辞国,停轺(轻车)一望家。"大庾岭气候早暖,十月中可以见到梅花,所以说"应见陇头梅"。

渡 汉 江[1]

岭外音书断,经冬复历春[2]。近乡情更怯,不敢问来人[3]。

〔1〕"汉江",即今汉水中游的襄河。作者从贬所泷州逃归洛阳,当由襄阳渡汉江,经南阳入洛,所以有"近乡"之语。有的选本把此诗当作李频的作品,显然错误,因为李频的宦迹不曾到过岭南。

〔2〕"岭外",即岭南。开头两句是说贬谪岭南时,家书断绝,经历日子不少。

〔3〕"怯",畏缩。上文说音书久绝,家里情况不明,所以愈近家愈提心吊胆,深怕听到坏消息。也许因为作者从贬地逃归,只求隐匿,怕碰见熟人,越走近家乡,越不敢随便和人交谈。

沈佺期

沈佺期(？—713),字云卿,相州内黄(今河南省内黄县)人。高宗上元二年(675)进士。武后时累迁考功郎、给事中,以交通张易之流驩州。中宗神龙时(705—707)召拜起居郎、修文馆直学士。历官中书舍人、太子少詹事。卒于开元初。有《沈佺期集》。

沈佺期和宋之问齐名。沈、宋都是宫廷文人。他们的诗在用词和着色方面,都还有齐梁的馀习。沈诗靡丽更过于宋。宋五言较胜,沈则长于七言。就两家全集比较起来,沈诗在数量和内容上都显得贫薄一些。

杂　诗[1]

闻道黄龙戍[2],频年不解兵[3]。可怜闺里月,长在汉家营[4]。少妇今春意,良人昨夜情[5]。谁能将旗鼓,一为取龙城[6]。

〔1〕本题共三首,都是写闺中少妇和塞上征人相忆的诗。本篇原列第三首。

〔2〕"黄龙戍",唐时东北要塞,在今辽宁省开原县西北。一本作"黄花塞"。

〔3〕"频年",连年。"解兵",罢兵,撤兵。

〔4〕这两句说闺中和营中同在一轮明月的照耀下。在征夫看来,这个昔日和妻子在闺中共同赏玩的月,不断地到营里照着他,好像怀着深情,实在可亲可恋。"长在",一本作"偏照",似不可从。这里的"长"字和下文的"今春"、"昨夜"都是申说"频年"二字,如作"偏照",便失却线索。"汉家"的"汉"既指汉族,也指汉朝,当时的文人往往以汉代唐,避免直指。

〔5〕这两句说闺中少妇和营中良人的相思。所谓"今春意",其实是年年的意,所谓"昨夜情",其实是夜夜的情。双方的离情别意之中可能包括一个共同的愿望,那就是下面两句所写的。"良人",丈夫。

〔6〕末两句说希望有人能指挥军队,一举破敌,以结束战争。"旗鼓",代表军队。《左传·成公二年》:"师之耳目,在吾旗鼓。"旗和鼓都是指挥进军用的东西。"龙城",见杨炯《从军行》注〔3〕。

古意呈补阙乔知之〔1〕

卢家少妇郁金堂〔2〕,海燕双栖玳瑁梁〔3〕。九月寒砧催木叶〔4〕,十年征戍忆辽阳〔5〕。白狼河北音书断〔6〕,丹凤城南秋夜长〔7〕。谁为含愁独不见,更教明月照流黄〔8〕。

〔1〕这是拟古乐府之作,所以题作"古意"。内容写少妇怀念久戍不归的丈夫。《乐府诗集》收入《杂曲歌辞》,题作《独不见》。"补阙",掌讽谏的官。乔知之在武后朝为补阙,后被武承嗣杀害。

〔2〕乐府古辞《河中之水歌》(或作梁萧衍诗):"十五嫁为卢家妇,十六生儿字阿侯。"后人往往以"卢家妇"作为少妇的代称。"郁金",植物名,是珍贵的香料。"郁金堂",言堂中燃烧郁金之香。古辞《河中之水歌》又有句云:"卢家兰室桂为梁,中有郁金苏合香。"是其所本。一本作"卢家少妇郁金香",以"郁金香"形容少妇,似非原意,这样下句的"梁"字就没有根了。

〔3〕"海燕",燕子的一种,又叫"越燕"。这里以燕子双栖和少妇的孤独作对照。"玳瑁",一种海龟,龟甲黄黑相间,半透明,很美观。"玳瑁梁",是涂饰成玳瑁色的屋梁。

〔4〕"寒砧",寒风里捣衣的砧杵相击声。砧是承托捣衣的石块。九月是将要换季,家家准备寒衣的时候,这时的捣衣声最能引起思妇对远方亲人的怀念,所以下文紧接着写少妇对于夫婿的苦思。"木",一作"下"。"下叶",就是落叶。

〔5〕"征戍",出征守卫边疆。"辽阳",泛指辽东地区(今辽宁省一带)。

〔6〕"白狼河",古称白狼水,即今辽宁省的大凌河。这一句承上"十年征戍"而言。

〔7〕"丹凤",相传秦穆公的女儿弄玉吹箫引凤,凤凰飞降咸阳城,因而以"丹凤"为城名。后人称京城为凤城。这里指长安。唐时长安宫阙有丹凤门。这句是说少妇家住长安城南,秋夜不眠,和上"九月"句承接。

〔8〕"流黄",黄紫间色的绢。这里指少妇所捣的衣服,也可能指室内的帏帐或机中织残的绢匹。末两句说无人能见少妇的独处含愁,是谁教明月来相照呢?这样写是为了更衬出她的孤寂难堪。

郭震

郭震(656—713),字元振,以字显,魏州贵乡(今河北省大名县附近)人。十八岁举进士,授梓州通泉县尉。好结交豪侠,劫财济人,"海内同声合气有至千万者"[1]。武后时为凉州都督,其后屡次参预边防,立功,有名。中宗时为相,封代国公。郭震在朝遇事敢争,杜甫有诗称赞他"直气森喷薄","磊落见异人"[2]。他的诗《古剑篇》曾被武后所称赏,因而被重用。《全唐诗》录存其诗二十三首。

〔1〕 张说《郭代公行状》。
〔2〕 杜甫《过郭代公故宅》。

古 剑 篇[1]

君不见昆吾铁冶飞炎烟,红光紫气俱赫然。良工锻炼凡几年,铸得宝剑名龙泉[2]。龙泉颜色如霜雪,良工咨嗟叹奇绝。琉璃玉匣吐莲花,错镂金环映明月[3]。正逢天下无风尘,幸得周防君子身。精光黯黯青蛇色,文章片片绿龟鳞。非直结交游侠子,亦曾亲近英雄人[4]。何言中路遭弃捐,零落飘沦古狱边?虽复尘埋无所用,犹能夜夜气冲天[5]。

郭　震

〔1〕题一作《古剑歌》，见张说所撰行状；一作《宝剑篇》，下引杜甫诗。本篇借歌咏古剑的废弃感叹人才的埋没，托物言志，词气慷慨。杜甫《过郭代公故宅》诗云："高咏宝剑篇，神交付冥漠。"对此诗和作者都表示推重。

〔2〕这四句写良工铸宝剑。"昆吾"，传说中的山名（见《山海经·中山经》）。相传山有积石，冶炼成铁，铸出宝剑光如水精，削玉如泥。这种石就名为琨铻（即昆吾），铸成的剑名为锟铻（即昆吾），都是以山得名。"红光紫气"，指剑在铸炼时放射出精光宝气。"龙泉"，龙泉剑以地得名，相传龙泉县有水可以淬剑，曾有人就此水淬剑，剑化龙飞去，因此这口剑便名为龙泉剑（见《太平寰宇记》）。传说晋张华见天上有紫气，使雷焕观察、解释。雷焕说这是"宝剑之精上彻于天"。张华使雷焕寻剑，雷焕后来在丰城县狱屋基下掘得一石函，中有双剑，上刻文字，其一为"龙泉"（见《晋书·张华传》）。

〔3〕这四句写龙泉剑的光彩和装饰。"咨嗟"，叹美声。"琉璃玉匣"，《西京杂记》载汉高祖斩白蛇剑以五色琉璃为匣。"错"，涂金。"镂"，雕刻。"错镂金环"，言环状的剑柄头上，涂饰金花，映照于剑匣。

〔4〕这六句说正逢国无战事，宝剑无杀敌之用，幸而还能被君子、游侠、英雄佩带防身。比喻英杰之士纵使没有机会发挥才能，卫国立功，如能得到知己加以赏识爱护，也算是幸运了。"风尘"，指战争。"周防"，自卫。"文章"，指剑上花纹。据《吴越春秋·阖闾内传》，干将、莫邪造两剑，"阳作龟文，阴作漫理"。晋曹毗《魏都赋》："剑则流彩之珍，……或龟文龙藻。"（《初学记》卷二十二引）

〔5〕这四句说宝剑虽然被埋在地下仍然能放出精光宝气。比喻英杰之士虽然"零落飘沦"，自己还能有所表现，而不是志气销沉。"何言"，岂料。"古狱"、"气冲天"，均见本篇注〔2〕。

张若虚

张若虚(约660—约720),扬州(治所在今江苏省扬州市)人。曾官兖州兵曹。文学与贺知章齐名,事迹略见于《旧唐书·贺知章传》。《全唐诗》存诗仅二首。一首《代答闺梦还》,风格接近齐梁体,水平不超过一般初唐诗;另一首《春江花月夜》,却是一篇出色的作品。这首诗不事雕饰,只是集中描写春江月夜的景物(江流、月色、白云、青枫、扁舟、高楼等等)和相思离别之情以及由此而引起的人生感慨,突破了宫体诗的狭小天地,跨出了宫体诗仅写贵族歌女的小圈子,颇有生活气息。艺术上写景写情交织成文,反复咏叹,清丽婉畅,在初唐的七古中比较突出。如果拿题材相似的卢照邻的《明月引》来比较,尤其能看出此篇的艺术水平后来居上[1]。不过,全诗总的情调是感伤的,表现了封建士大夫空虚落寞的愁思,烙着深刻的时代和阶级的印记。

〔1〕 卢照邻《明月引》也写了水光月色,也写了思妇离客,也用了"碣石"、"潇湘"等同样的字面,但只见铺陈,不离赋体,不像张若虚的《春江花月夜》情景融成一片,并有声韵之美。

张若虚

春江花月夜[1]

春江潮水连海平,海上明月共潮生[2]。滟滟随波千万里[3],何处春江无月明。江流宛转绕芳甸[4],月照花林皆似霰[5]。空里流霜不觉飞,汀上白沙看不见。江天一色无纤尘,皎皎空中孤月轮[6]。江畔何人初见月?江月何年初照人?人生代代无穷已,江月年年只相似。不知江月照何人,但见长江送流水[7]。白云一片去悠悠,青枫浦上不胜愁。谁家今夜扁舟子?何处相思明月楼[8]?可怜楼上月裴回,应照离人妆镜台[9]。玉户帘中卷不去,捣衣砧上拂还来[10]。此时相望不相闻,愿逐月华流照君[11]。鸿雁长飞光不度,鱼龙潜跃水成文[12]。昨夜闲潭梦落花[13],可怜春半不还家。江水流春去欲尽,江潭落月复西斜。斜月沉沉藏海雾,碣石潇湘无限路[14]。不知乘月几人归,落月摇情满江树[15]。

〔1〕"春江花月夜",乐府旧题,属《清商曲·吴声歌》,相传创自陈后主(见《旧唐书·音乐志》)。本篇除描写花月春江绚烂的景色之外,极写民间的离别相思之苦,和旧时供宫廷娱乐的歌曲便不相同了。

〔2〕开头两句写长江下游水面宽阔,春潮高涨,江海不分。明月升于东方,恰遇涨潮,似从浪潮中涌现。

〔3〕"滟滟",水面闪光貌。这句写月渐升高,清光似随潮水从东海涌进江来,照射四方。

〔4〕"芳甸",遍生花草的平野。

〔5〕"霰(音现)",雪珠。

〔6〕这四句写月满光盛,一片皎洁。霜在古人想象中以为像雪一样从空中落下,所以常说"飞霜"。这里是以霜比月色,所以说只觉其"流"而不觉其"飞";虽然不觉得霜飞而汀洲之上却像是盖了一片浓霜,使得白沙"看不见"了。

〔7〕这六句写诗人以大自然和人生对照而产生的感慨。

〔8〕这四句落到"白云"、"扁舟",引出客思离愁。前二句写白云离开青枫浦而去,象征着人的分别。后二句以"扁舟子"和"楼头妇"对照,显出两地相思。"青枫浦",今湖南省浏阳县有此地名,一名双枫浦,但此处只是泛指。"扁(音偏)舟",孤舟。

〔9〕从"可怜"句以下都是设想闺中女子的相思之苦。"裴回",同"徘徊"。曹植《七哀诗》:"明月照高楼,流光正徘徊。"

〔10〕这两句写月光来照闺中和砧上,挥遣不去,好像对人有情。

〔11〕这两句写闺中女子的痴想,要随着月光照见在外地的丈夫。"相闻",互通音讯。"逐",跟从。"月华",月光。

〔12〕这两句写月光的普照和深照。鸿雁是飞得远的,但也不能逾越月光。江水是深的,但水底的鱼龙也因月光的照射而活动起来。

〔13〕这句说昨夜梦见花落江潭,感到一番春事又将过去,引逗下文"江水流春去欲尽"。

〔14〕"碣石",山名,在今河北省。"潇湘",水名,在今湖南省。这里以碣石代表北方,潇湘代表南方。"无限路",言离人相去之远。

〔15〕本篇以月生起,以月落结。结句言江树满挂着落月的馀辉,仍然牵引人的情思。"摇情",激荡情思,犹言牵情。

张说

张说(667—731),字道济,一字说之,洛阳人。历仕武后、中宗、睿宗、玄宗四朝。他在武氏朝因不附和张易之兄弟,忤旨,配流钦州。中宗即位,召还。玄宗时张说为中书令,封燕国公,后为集贤院学士。尚书左丞相。有《张燕公集》。

张说能文辞,与苏颋(许国公)齐名,时号"燕许大手笔"。其文有意矫正陈隋以来浮丽的风气,讲究实用,重视风骨。长于碑志,大都刚健朗畅。他也好作诗,篇什不少,但应制之作占了很大比重。他的诗不追求华丽。抒情的作品往往凄婉,所谓"得骚人之绪",贬官岳阳时这个特色比较显著。

蜀道后期[1]

客心争日月,来往预期程[2]。秋风不相待,先至洛阳城[3]。

〔1〕这首诗写作者从蜀中归洛阳,落后于预定的日期。作者有《被使在蜀》、《再使蜀道》等诗,说明他曾两次到四川,但是《旧唐书》和《新唐书》的《张说传》都不曾记载。《被使在蜀》和本篇在张说的诗集中编次挨近,可能写作的时间也相近,可以参看。

〔2〕"争日月",争取时间。"预期程",预先定下期限。这两句说旅途来

往本来是抓紧时间,预定程限的。《被使在蜀》云:"即今三伏尽,尚自在临邛(今四川省邛崃县)。归途千里外,秋月定相逢。"末句即所谓"预期程"。

〔3〕 这两句表示归期迟于预定的时间,不说未能赶在秋前到达洛阳,却说秋风不肯等待,抢先到洛阳去了。

邺 都 引〔1〕

君不见魏武草创争天禄,群雄眭眦相驰逐。昼携壮士破坚阵,夜接词人赋华屋〔2〕。都邑缭绕西山阳,桑榆漫漫漳河曲〔3〕。城郭为墟人代改,但见西园明月在〔4〕。邺旁高冢多贵臣,蛾眉曼睩共灰尘。试上铜台歌舞处,惟有秋风愁杀人〔5〕。

〔1〕"邺都",指三国时代魏国的都城,在今河北省临漳县西。作者于开元元年(713)迁相州刺史。相州就在这地区。"引",诗体名。元稹《乐府古题序》:"《诗》讫于周,《离骚》讫于楚。是后诗之流为二十四名,……而又别其在琴瑟者为操、引。"

〔2〕"魏武",即曹操。曹操在汉末封魏王,他的儿子曹丕称帝后追尊他为武帝。"草创",开始创立基业。"天禄",天赐的福禄,古代迷信思想认为人的遭遇都由天帝的意旨决定。"争天禄",犹言争取天命。"群雄",指当时和曹操争夺霸权的人。"眭眦(音涯自)",怒目而视。"赋华屋",作赋于华屋之中,或为华丽的建筑作赋(例如《铜雀台赋》)。这四句概述曹操的文武事业,措语很简括。

〔3〕 "都邑",大小城市。"缭绕",屈曲环绕。"漳河",水名,源出山西的清漳水和浊漳水,到河南林县合流为漳河,经过临漳。这两句写邺都的形势和繁盛景象。

〔4〕"人代",人事、朝代。"西园",亦称"铜雀园",曹操所建。曹氏父子常在这里和文士宴会赋诗。因为他们常作夜游(曹丕《芙蓉池作》"乘辇夜行游,逍遥步西园";曹植《公宴》诗"清夜游西园,飞盖相追随。明月澄清影,列宿正参差")。所以本篇特以"但见西园明月在"表示怀吊。这两句写邺都今昔环境的变化。

〔5〕《楚辞·招魂》:"蛾眉曼睩(音禄),目腾光些。""蛾眉",漂亮的眉毛。"曼",美。"睩",是"睩"字之变,"睩"即瞳子。"蛾眉曼睩",形容女子眉眼的美,用来代指美女。"铜台",铜雀台的省称。汉建安十五年(210)曹操造台,高二丈五尺,楼顶置铜雀。曹操"遗令"叫他的歌伎定时登台歌舞,娱乐他的魂灵。这四句写邺都繁华销歇,高台只剩悲风,贵人、美人早已化为尘土。这首诗开端写魏武草创,最后写铜台秋风,诗的一起一结就是曹操的一始一终。

张九龄

张九龄(678—740),字子寿,韶州曲江(今广东省韶关市)人。擢进士后又以"道侔伊吕科"策高第,为左拾遗。累官至中书侍郎同平章事,迁中书令。他是唐玄宗朝有声誉的宰相之一,在朝直言敢谏,曾预料安禄山的反叛,主张早除祸患。唐玄宗后来深悔不曾听他的忠告。九龄被李林甫所忌,终于受他排挤,罢政事,贬荆州长史。有《曲江集》。

张九龄的文学为当世所推重,他的文章不求富艳,超越当时的风气。张说评为"如轻缣素练,实济时用"[1]。他的诗和雅清淡,有人认为他开了王、孟、储、韦一派[2]。《感遇》等作运用比兴,寄托讽谕,继承了魏晋的优良传统。

〔1〕见唐刘肃《大唐新语》文章类。
〔2〕明胡震亨《唐音癸签》卷九:"张子寿首创清淡之派。盛唐继起,孟浩然、王维、储光羲、常建、韦应物本曲江之清淡,而益以风神者也。"

感　遇

一[1]

兰叶春葳蕤[2],桂华秋皎洁。欣欣此生意,自尔为佳节〔3〕。谁知林栖者,闻风坐相悦〔4〕。草木有本心,何求美人折〔5〕?

〔1〕这首诗是作者《感遇》十二首的第一首,全诗以兰、桂为比,寄托以美德自励,不求人知的意思。

〔2〕"兰",指兰草或泽兰,属菊科。这种兰的叶部也有香气。一本作"兰蕊",则是指属于兰科的兰花,即幽兰。

〔3〕这两句是说春兰秋桂生机旺盛,欣欣向荣。因有兰、桂,春、秋便自然成为"佳节"。

〔4〕"林栖者",山林隐士。"坐",因。这两句说不料隐逸之士慕兰、桂的风致,竟引为同调。

〔5〕"本心",草木的根本和中心(茎干)。这里是双关语,"本心"同时又是"本志"的意思。"美人",指"林栖者",也指其他"相悦"者。末两句比喻贤者行芳志洁,不是为了博取高名,求人赏识,正如草木散发芳香本不是为了求人折取。

二〔1〕

江南有丹橘,经冬犹绿林。岂伊地气暖?自有岁寒心〔2〕。可以荐嘉客,奈何阻重深〔3〕。运命唯所遇,循环不可寻〔4〕。徒言树桃李,此木岂无阴〔5〕?

〔1〕本篇原列第七首,歌咏丹橘,以橘喻人。从前屈原写过一篇《橘颂》,咏叹橘树的"苏世独立,横而不流"等等美德,用来比喻人的节操。《古诗》又有《橘柚垂华实》篇,强调橘柚"委身玉盘中,历年冀见食",用来比喻贤者要求用世。这首诗兼具两种意思。

〔2〕这两句一问一答,说明橘树所以常绿,因其有耐寒的本性,比喻人的

坚贞品德。"伊",句中助词。《论语·子罕》:"岁寒然后知松柏之后凋也。"刘桢《赠从弟三首(其二)》诗"岂不罹凝寒?松柏有本性",是"自有岁寒心"五字所本。"心"字双关,和前一首"草木有本心"的"心"相同。

〔3〕 这两句比喻贤者本可以举荐给朝廷任用,但不幸举荐的道路被阻塞了。"荐",陈献。"重"是重叠的重,指山岭。"深"指江河。

〔4〕 这两句是说命运的好坏只因遭遇不同,那道理无法推寻,好像循着一个环摸索,不能得其究竟一样。

〔5〕 末两句紧承"运命"二句,言丹橘的命运不如桃李,实在没有道理可说。世人只提倡种桃李,说什么"春树桃李,夏得阴其下,秋得食其实"(赵简子语,见《韩诗外传》)。其实丹橘不仅果实可以荐嘉宾,而且四季不凋,随时都有美荫,哪点比桃李不如呢?这是为贤者不得用世表示不平。

三〔1〕

汉上有游女,求思安可得〔2〕?袖中一札书,欲寄双飞翼。冥冥愁不见,耿耿徒缄忆〔3〕。紫兰秀空蹊,皓露夺幽色。馨香岁欲晚,感叹情何极〔4〕?白云在南山,日暮长太息〔5〕。

〔1〕 本篇原列第十首。张九龄在朝为李林甫所忌,李荐引牛仙客知政事,以排挤九龄,得到唐玄宗的同意。九龄因为反对这件事,触怒玄宗,被谪往荆州(见《旧唐书·张九龄传》)。本篇作于将去京时,借思慕汉女寄托忧国忧君的意思。李林甫对开元政治由盛变衰起了很大的作用。《通鉴》总结他的奸恶,有逢迎皇帝、杜绝言路、妒贤嫉能、诛逐贵臣等条。张九龄是有才干的宰相,正直敢谏,自必不为李林甫所容。玄宗贬去张九龄是专任李林甫的开始,也是政治上大倒退的开始。

〔2〕 这两句用《诗经》成语。《诗经·周南·汉广》"汉有游女,不可求思",说汉水上有一位游来游去的神女,不能追求。"思",是语气词,犹"兮"或

现代语中的"啊"。

〔3〕 这四句说要凭飞鸟寄书,飞鸟也见不着,徒然把相思闷在心里。"冥冥",指高空。"耿耿",不安。"缄忆",默忆,即忆而不言。

〔4〕 这四句说兰草逢秋,芬芳将歇,时间急迫,忧心深切。这里以兰自比,仿屈原以香草比君子。"秀",开花。"豀",谷。"皓露",白露,代指秋气。"何极",无穷。

〔5〕 这两句全用比喻,说明小人在君侧,自己老年去朝,忧思难消。"白云",喻小人。陆贾《新语·慎微篇》:"邪臣之蔽贤,犹浮云之障日月也。""南山",喻君。《汉书·杨恽传》"田彼南山"注:"张晏曰:山高而在阳,人君之象也。""日暮",喻自己年衰。

望月怀远[1]

海上生明月,天涯共此时[2]。情人怨遥夜,竟夕起相思[3]。灭烛怜光满[4],披衣觉露滋[5]。不堪盈手赠,还寝梦佳期[6]。

〔1〕 "怀远",思念正在远方的亲人。
〔2〕 "天涯",犹言天边。这两句是说这时远在天涯的亲人和我同样在望月。
〔3〕 "情人",有怀远之情的人。"遥夜",长夜。"竟夕",终夜。
〔4〕 "怜",爱惜之意,灭烛见月光满屋而觉其可爱。这句写室内望月。
〔5〕 "披衣",表示出户。"露滋",表示夜深。"滋"是沾润之意。这句写室外久望。
〔6〕 末两句言月光虽可爱却不能抓一把赠送给远人,倒不如回到卧室里寻一个美好的梦。陆机《拟明月何皎皎》诗中描写月色云:"照之有馀辉,揽之不盈手。"为此诗"盈手"之语所本。"不堪",不能。"寝",卧室。"佳期",欢娱的约会。

孟浩然

孟浩然（689—740），湖北襄阳（今湖北襄阳县）人。是唐代一位不甘隐沦却以隐沦终老的诗人。壮年时曾往吴越漫游，后又赴长安谋求官职，但以"当路无人"，还归故园。开元二十八年（740）诗人王昌龄游襄阳，孟浩然背上生了毒疮，和他相聚甚欢。据说是因为"食鲜疾动"，终于故乡南园，年五十二岁。有《孟浩然集》。

孟浩然一生徘徊于求官与归隐的矛盾之中，用他的诗来说，"朱绂心虽重，沧洲趣每怀"（《留别王维》），直到亲自在长安碰了钉子以后，才了结了求官的愿望。他虽然隐居林下，跟当时的达官显宦如张九龄、韩朝宗都有往还，和诗人王维、李白、王昌龄也有酬唱。还常同一些隐者、道士、上人、法师谈玄说道，他的隐遁生涯并不寂寞。

孟浩然的诗已摆脱了初唐应制、咏物的狭窄境界，更多地抒写了个人怀抱，给开元诗坛带来了新鲜气息，并博得时人的倾慕。李白用礼赞的口吻称颂他"高山安可仰，徒此揖清芬"（《赠孟浩然》）；王维曾把他的像绘制在郢州刺史亭内，后来遂称之为"孟亭"。所以无论在生前、死后，孟浩然都是享有盛名的。他死后不到十年，诗集便两经编定，并送上"秘府"保存。第一个替他编定诗集的王士源赞美孟浩然"文不按古，匠心独妙"，很能代表当时人对孟诗的评价。

孟浩然的诗所表现的生活面是不丰富的，他

孟浩然《宿建德江》

喜欢用五言诗反复描写幽寂的景物、个人的失意和苦闷,多读便觉贫乏单调。有人称孟浩然为田园诗人,其实他的田园诗并不多;在仅有的几首田园诗里,所表现的对劳动人民的感情也是很隔膜的。一则说"乡曲无知己",再则说"农夫安与言",流露了他对劳动人民的轻视和孤高自赏。

孟浩然是唐代第一个创作山水诗的诗人,是王维的先行者。他的旅游诗描摹逼真,少数诗如《望洞庭湖赠张丞相》,气势磅礴,格调浑成,是颇为传诵的。总的说来,他的山水诗比不上王维的精致完整,更没有王维那样讲究色彩和构图。

夏日南亭怀辛大[1]

山光忽西落,池月渐东上。散发乘夕凉[2],开轩卧闲敞[3]。荷风送香气,竹露滴清响。欲取鸣琴弹,恨无知音赏[4]。感此怀故人,中宵劳梦想。

[1] 全诗表现封建士大夫的隐逸生活,虽然闲适,但也有孤寂之感。
[2] "散发",把头发披散开来。古人蓄发,把长发挽在头顶上。
[3] "轩",窗。"闲敞",安静而开敞的地方。
[4] "知音",通晓音律。据《吕氏春秋·本味》:楚人锺子期通晓音律,伯牙鼓琴,志在高山,锺子期曰:"巍巍乎若太山。"志在流水,锺子期曰:"汤汤乎若流水。"锺子期死,伯牙破琴绝弦,不复演奏,以为世无知音。后世又称知己为知音。此处指辛大,亦即下句中的"故人"。

夜归鹿门山歌[1]

山寺鸣钟昼已昏,渔梁渡头争渡喧[2]。人随沙岸向江村,余亦乘舟归鹿门。鹿门月照开烟树,忽到庞公栖隐处[3]。岩扉松径长寂寥,唯有幽人自来去[4]。

〔1〕孟诗中七言很少,歌行尤非所长。这一首对景物不加刻画,清疏简淡,是孟诗一贯的特色。"鹿门",山名,在今湖北襄阳。孟浩然曾在此隐居。

〔2〕"渔梁",指鱼梁洲。《水经注·沔水》:"沔水中有鱼梁洲,庞德公所居。"

〔3〕"开烟树",树林本来被暮烟笼蔽,在月光照射下又清楚了。"庞公",即庞德公,东汉隐士。《后汉书·逸民传》:"庞公者,南郡襄阳人也。……荆州刺史刘表数延请,不能屈,……后遂携其妻子登鹿门山,因采药不返。"

〔4〕"岩扉",山崖上屋舍的门。"幽人",隐者。作者自指,亦可兼指其他隐士。

望洞庭湖赠张丞相[1]

八月湖水平,涵虚混太清[2]。气蒸云梦泽,波撼岳阳城[3]。欲济无舟楫,端居耻圣明[4]。坐观垂钓者,徒有羡鱼情[5]。

〔1〕唐玄宗开元二十一年(733),张九龄为相,孟浩然曾西游长安,希望得到引荐。用这首诗赠当时在相位的张九龄,表示了作者从政的热情。诗题一作《临洞庭湖》。

〔2〕这两句写八月洞庭湖秋水上涨,与岸齐平。天空反照如涵泳在水里,水天上下混而为一。"虚"、"太清",均指天空。

〔3〕这两句写洞庭湖及云梦泽的气势水势。云梦大泽水气蒸腾,岳阳城受到洞庭湖波涛的摇撼。古代"云"、"梦"本是二泽,在湖北省大江南北,江南为梦,江北为云,后世大部分淤成陆地,便并称云梦泽。宋人范致明《岳阳风土记》:"孟浩然洞庭诗有'波撼岳阳城',盖城据湖东北,湖面百里,常多西南风,夏秋水涨,涛声喧如万鼓,昼夜不息。"上四句写洞庭湖水波浩荡,声势动人。

〔4〕上句自叹欲渡洞庭而无舟楫,暗喻想做官无人引荐;下句便直率地表明这样平居闲处,有负当前"圣明"之世。

〔5〕末两句用古意进一步发挥想出仕的意思。《淮南子·说林训》:"临河而羡鱼,不若归家织网。"这里暗示无人援引,徒有从政的愿望而已。

与诸子登岘山〔1〕

人事有代谢,往来成古今。江山留胜迹,我辈复登临〔2〕。水落鱼梁浅,天寒梦泽深〔3〕。羊公碑尚在,读罢泪沾襟〔4〕。

〔1〕"岘山",又称岘首山。在湖北省襄阳县南,是襄阳的名胜。晋羊祜登岘山时有过江山依旧、人生短暂的感伤。孟浩然在这首诗里再度发挥了这个古老的主题。

〔2〕前四句暗寓羊祜故事。"胜迹",指岘山的堕泪碑等。据《晋书·羊祜传》,羊祜镇荆襄时,常去山上饮酒赋诗,曾对同游者慨叹说:"自有宇宙,便

有此山,由来贤者胜士登此远望如我与卿者多矣,皆湮灭无闻,使人伤悲!"羊祜死后,襄阳人民怀念他,在岘山立庙树碑,"望其碑者莫不流泪,杜预因名为'堕泪碑'"。

〔3〕"鱼梁",见《夜归鹿门歌》注〔2〕。"梦泽",见《望洞庭湖赠张丞相》注〔3〕。

〔4〕"羊公碑",即"堕泪碑"。此处"泪沾襟"一则应"堕泪碑"的故实;其次,孟浩然本有仕进的愿望,却以隐沦终了,自伤不能如羊祜那样遗爱人间,与江山同不朽,因而落泪。

过故人庄

故人具鸡黍[1],邀我至田家。绿树村边合[2],青山郭外斜。开筵面场圃,把酒话桑麻[3]。待到重阳日,还来就菊花[4]。

〔1〕"鸡黍",泛指待客的饭菜。

〔2〕树木多傍村庄种植,村边树木稠密,连接成一片,故称"合"。

〔3〕这两句说对着打谷场和菜园子摆开酒菜,饮酒时所谈的都是桑麻生长的情况。陶潜《归田园居》:"相见无杂言,但道桑麻长。""筵",一作"轩"。

〔4〕末两句说又约定了下次重游。"重阳日",农历九月九日。重阳是赏菊的佳节,古人在这一天有饮菊花酒的风俗。

春 晓

春眠不觉晓,处处闻啼鸟[1]。夜来风雨声,花落知多少[2]？

〔1〕这两句意思是说，春天夜短，又因风雨少睡，故既眠而不觉晓，直到闻啼鸟才知觉。"处处闻啼鸟"意味着晓与晴，含喜晴意。

〔2〕后两句回忆夜来的风雨，为花木担忧。用问句写出想象花已经落得太多、又希望它落得不多的复杂心情。一本作"欲知昨夜风，花落无多少"，就比较平直。全诗语言明白如话，意思却相当曲折。

宿建德江[1]

移舟泊烟渚，日暮客愁新[2]。野旷天低树，江清月近人[3]。

〔1〕题一作《建德江宿》。"建德江"，即指新安江，江流经建德（今浙江省建德县）。

〔2〕这两句说停舟在烟气笼罩的洲渚，暮色引起旅人的一番新的愁思。"渚"，水中的小洲。

〔3〕这两句说原野极为广阔，放眼看去，似乎远处的天空反低于树木。江水澄清，月映水中，好像和人更接近了一些。

王之涣

王之涣(688—742),字季凌,并州(今山西省太原市及其附近地区)人。官文安郡文安县(今河北省文安县)尉[1]。他的诗《全唐诗》仅存六首。

王之涣性豪放,常与乐工制曲歌唱,名动一时。他描写西北风光的作品尤有特色。他的七绝《凉州词》和五绝《登鹳雀楼》都可列入盛唐代表作中。

〔1〕生卒年、字号、官职等均见出土的宣义郎行河南府永宁县尉靳能所撰《唐故文安郡文安县尉太原王府君墓志铭并序》。

凉 州 词[1]

黄河远上白云间[2],一片孤城万仞山。羌笛何须怨杨柳,春风不度玉门关[3]。

〔1〕"凉州词",凉州歌的唱词。郭茂倩《乐府诗集》卷七十九《近代曲词》载有《凉州歌》,并引《乐苑》:"《凉州》,宫调曲,开元中西凉府都督郭知运进。""凉州",唐陇右道凉州治姑臧县(今甘肃省武威县)。

〔2〕"黄河远上",一作"黄沙直上"。

〔3〕古人有临别折柳相赠的风俗(柳谐留音,赠柳表示留念),因此杨柳和离别容易引起联想。北朝乐府《鼓角横吹曲》有《折杨柳枝》,歌词云:"上马不捉鞭,反拗杨柳枝。下马吹横笛,愁杀行客儿。"歌中提到行人临去折柳,以

后常吹笛表达离愁。后人诗中因此有时把吹笛、折柳、怨别三者联系起来(例如李白《春夜洛城闻笛》:"谁家玉笛暗飞声,散入春风满洛城。此夜曲中闻折柳,何人不起故园情")。本篇在这里说的是羌笛吹奏《折杨柳》曲,其声哀怨,似在怨柳(实即怨别),但是对玉门关外的杨柳其实不必抱怨,因为它也是得不到春风抚慰的。杨慎《升庵诗话》卷二:"此诗言恩泽不及于边塞,所谓君门远于万里也。"作者的真意还不在于夸张荒寒,说那里没有春风,而是借此比喻朝廷不关心戍卒的艰苦生活,对于远出玉门关戍守的士兵不给予温暖。也就是《诗经·小雅·采薇》"忧心孔疚(很痛),我行不来(无人慰问)"和"行道迟迟"、"莫知我哀"的意思。"玉门关",在今甘肃省敦煌县西,是古代通往西域的要道。

登鹳雀楼[1]

白日依山尽,黄河入海流[2]。欲穷千里目,更上一层楼[3]。

〔1〕 一作朱斌诗。"鹳雀楼",《清一统志》:"山西蒲州(今山西省永济县,唐属河东道)府:鹳雀楼在府城西南城上。旧志:旧楼在郡城西南,黄河中高阜处,时有鹳雀栖其上,遂名。"宋沈括《梦溪笔谈》卷十五:"河中府鹳雀楼三层,前瞻中条,下瞰大河。""雀",一作"鹊"。

〔2〕 这两句写夕阳将下,黄河奔流,远景壮阔。

〔3〕 末两句说希望眼界更拓,立足更高。虽是写当前实感,却似在表示作者的胸襟抱负。

贺知章

贺知章(659—744),字季真,越州永兴(今浙江省萧山县)人。少因文词知名,后以"清谈风流"为人所倾慕。证圣时(695)擢进士。因张说的推荐,入丽正殿书院修书,同撰《六典》和《文纂》[1]。开元十三年(725)迁礼部侍郎,累迁秘书监。

知章秉性放达,晚年更纵诞,自号"四明狂客"。天宝三年(744),归隐镜湖[2]。

《全唐诗》存其诗一卷,仅十九首。除了郊庙乐章和"奉和圣制"等题外不过九首,其中六首是绝句。这些诗不尚藻彩,不避俗语,似乎无意求工,而时有新意。

[1]《六典》今称《唐六典》,凡三十卷,详载当时百官的职掌和沿革。《文纂》今不传。

[2] 镜湖,一名长湖,又名庆湖,因贺知章的关系,也叫贺监湖,北宋初改称鉴湖。

咏 柳[1]

碧玉妆成一树高,万条垂下绿丝绦[2]。不知细叶谁裁出?二月春风似剪刀[3]。

[1] 一本题作《柳枝词》。

贺知章《回乡偶书》

〔2〕"绦(音滔)",用丝编成的带子。这里形容柳条。
〔3〕后两句一问一答,说春风像剪刀似的把柳叶剪裁出来。

回乡偶书[1]

少小离乡老大回[2],乡音难改鬓毛衰[3]。儿童相见不相识,笑问客从何处来。

〔1〕原作二首,这是第一首。
〔2〕"离乡",一作"离家"。作者三十七岁成进士,在此以前就离开故乡,回乡时已年逾八十。
〔3〕"难改",一作"无改"。"衰(音催)",疏落。

刘眘虚

刘眘虚,字全乙,江东(一作新吴)人[1]。和贺知章、包融、张旭齐名,人称为"吴中四友"。开元十一年(723)进士,曾任崇文馆校书郎、夏县令。看来他年寿不长,仕宦也不得意,所以当时人说他"虽有文章盛名,流落不偶","不永天年,陨碎国宝"[2]。和孟浩然、王昌龄的酬唱诗,诗境清淡,与孟较近。《全唐诗》只存其诗十五首。所存作品不多,却为后代诗人所重视[3]。

〔1〕 史学家刘知几的儿子亦名慎虚,过去有人把他和诗人刘眘虚混为一人,清钱大昕《十驾斋养新录》卷十二有辨证。

〔2〕 见《明皇杂录》和《河岳英灵集》。

〔3〕 清宋琬《友贻草题辞》:"读陆平原文,不厌其多;诵刘眘虚诗,弗患其少。"(《安雅堂拾遗集》卷一)

阙　题[1]

道由白云尽,春与青溪长[2]。时有落花至,远随流水香。闲门向山路[3],深柳读书堂。幽映每白日,清辉照衣裳[4]。

〔1〕 这是写暮春山居的诗,题目原缺。

〔2〕 "道",路径。"由",因。上句是说白云封住去路;下句"春"字是一

诗之主,"长"字引出第三、四句,说青溪很长,水源很远,而流水所至,落花的色和香也和它一同到来,所以"春"和"溪"一路伴随。

〔3〕"闲门",言门前清静。

〔4〕这两句承"深柳读书堂"句,意谓阳光透过浓密的柳阴,照在衣服上只是淡淡的光辉。

祖咏

祖咏,洛阳(今河南省洛阳市附近)人。开元十二年(724)进士。《全唐诗》存其诗三十六首。

祖咏是王维的诗友,作品也以描写山水自然为主。本书所选《望蓟门》是他集中仅存的一首七言律诗,也是他仅有的一首边塞诗,写得雄浑壮丽,和他的其他诗篇风格不同。

望蓟门[1]

燕台一望客心惊,笳鼓喧喧汉将营[2]。万里寒光生积雪,三边曙色动危旌[3]。沙场烽火连胡月,海畔云山拥蓟城[4]。少小虽非投笔吏,论功还欲请长缨[5]。

〔1〕"蓟门",当时幽州的治所;一作关名,在居庸山中,即今居庸关。形势雄伟,为燕台八景之一。这首诗抒发诗人因望蓟门军营而产生的忧心边事欲报国从军的壮志。

〔2〕首二句说北望蓟门,触目惊心。因起句突兀,所以清人方东树说:"岂是时范阳已有萌芽?"(见《昭昧詹言》卷十六)怀疑这是对安禄山的叛乱有所预感。"燕台",即幽州台。见陈子昂《登幽州台歌》注〔1〕。

〔3〕"万里",指广阔的地域。"三边",古称幽、并、凉为三边。天宝末,安禄山一身兼领三镇(平卢、范阳、云中),都是重镇。此处"三边"或即指此而言。下句言曙光照耀下,高高的旗帜在风中摇动。"寒光"、"危旌",加重写形势的严重。

〔４〕"烽火",古时边塞告警或报平安的信号。夜间举火曰"烽"。"蓟城",即蓟门城。城近渤海,故说"海畔云山"。

〔５〕"投笔吏"、"请长缨",用班超和终军的典故。见魏徵《述怀》注〔２〕、〔５〕。末两句表现作者慨然有从军报国的打算。

终南望馀雪[1]

终南阴岭秀[2],积雪浮云端[3]。林表明霁色,城中增暮寒[4]。

〔１〕唐代应试诗限一定韵数,曾定五言六韵,共十二句(如钱起的《湘灵鼓瑟》即是)。相传此诗为应试之作,作者写了这四句就交卷,问他为何不把全篇写出,他回答说:"意尽。"(见《唐诗纪事》卷二十)

〔２〕"阴岭",终南山的北面。终南山在长安之南,自长安望去,只见山北。

〔３〕这句言山岭高出云层之外,远望岭上的积雪,好像浮在云上。

〔４〕"林表",林上。"霁色",雨雪停止后出现的阳光。因为是傍晚,微光只抹在林梢。天晴而城中反增寒气,雪后往往如此,俗语说"霜前冷,雪后寒",又说"下雪不冷化雪冷",诗人抓住了这个特点。

张旭

张旭,字伯高,吴(今江苏苏州市附近)人。曾为常熟尉,又任金吾长史,世称"张长史"。著名书法家,常醉后落笔,时称"张颠",以草书与李白歌诗、裴旻剑舞,号为"三绝"。他所存的六首写景绝句以境界幽深、构思婉曲见长。

山行留客[1]

山光物态弄春辉[2],莫为轻阴便拟归。纵使晴明无雨色,入云深处亦沾衣[3]。

〔1〕"山行",一作"山中"。
〔2〕这句写群山焕发容光,众物各具姿态,这一切构成春天的光彩。
〔3〕这两句承上说山中云气含水分,即使是晴天也会沾湿衣服,来客不必因天色微阴怕雨而罢游。

桃花溪[1]

隐隐飞桥隔野烟[2],石矶西畔问渔船[3]:桃花尽日随流水,洞在清谿何处边?

〔1〕 湖南桃源县西南有桃源山,山西南有桃源洞,洞口有水,与桃花溪合流入沅江,传说是东晋陶潜描写"桃花源"故事的地理背景。此诗暗用其意。

〔2〕 "隐隐",隐约不分明貌。

〔3〕 "石矶",水边突出的大石。

李颀

李颀(690?—753?),字号不详,人称李东川。少年时居住颍阳(今河南省许昌附近)。开元二十三年(735)中进士。曾任新乡县尉,与高适、王维、王昌龄均有唱酬。被殷璠称为"伟才"[1],以久不升调,归颍阳东川隐居。其诗见《全唐诗》。

李颀以五古及七言歌行见长,能以奔放的才力,铺叙夸饰,表现出事物的特征;描绘人物,尤能写态传神。他的边塞诗,写得流畅奔放,慷慨激昂,发挥了歌行体的特点。李颀的成就虽不限于边塞诗,却以边塞诗著名。

李颀的七言律诗,只留存了几首,音节响亮,气势雄壮,《送魏万之京》就是一例;为明七子所师法。

〔1〕殷璠《河岳英灵集》卷上:"李颀诗,发调既新,修词亦秀。杂歌咸善,玄理最长。……惜其伟才,只到黄绶。"

古从军行[1]

白日登山望烽火,黄昏饮马傍交河[2]。行人刁斗风沙暗,公主琵琶幽怨多[3]。野云万里无城郭,雨雪纷纷连大漠。胡雁哀鸣夜夜飞,胡儿眼泪双双落。闻道玉门犹被遮,应将性命逐轻车[4]。年年战骨埋荒外,空见蒲桃入汉家[5]。

〔1〕"从军行",古乐府诗题,郭茂倩《乐府诗集》收入《相和歌辞·平调曲》,古题多描写军旅生活。本篇写征戍生活的悲苦,后半借咏史讽刺唐代统治者轻启战争,致使将士生命涂炭。

〔2〕这两句写戍边战士白天必须登山瞭望,保持警惕,晚来又要到交河饮马。"交河",故城遗址在新疆维吾尔自治区吐鲁番西北五公里处,是两条小河交叉环抱的一个小岛,为安西都护府治所。

〔3〕这两句写军中听到的声音,不是报夜的刁斗声,就是幽怨的琵琶之声。"刁斗",古代军中使用的铜炊具,容量一斗,夜间敲击代替柝。"琵琶",弦乐器名,本是马上所弹,汉代乌孙公主(刘细君)远嫁时弹奏过,故称"公主琵琶"。

〔4〕这两句说皇帝派人遮断玉门关,不准罢兵,准定得拼着性命跟随将军继续打仗。据《史记·大宛列传》:汉武帝太初元年,命李广利攻大宛,欲至贰师城取善马。士兵因饥饿,攻战不利,请求罢兵。武帝闻之大怒,"使使遮玉门曰:'军有敢入者辄斩之。'""轻车",轻车将军的省称。

〔5〕末两句说每年牺牲了不少战士,所得只是葡萄种进于汉家天子罢了。"荒外",边远之地。"蒲桃",即葡萄。《汉书·西域传》:"宛王蝉封与汉约,岁献天马二匹,汉使采蒲陶、苜蓿种归。天子以天马多,又外国使来众,益种蒲陶、苜蓿离宫馆旁。"

送陈章甫〔1〕

四月南风大麦黄,枣花未落桐阴长。青山朝别暮还见,嘶马出门思旧乡。陈侯立身何坦荡,虬须虎眉仍大颡〔2〕。腹中贮书一万卷,不肯低头在草莽〔3〕。东门酤酒饮我曹,心轻万事如鸿毛。醉卧不知白日暮,有时空望孤云高〔4〕。

长河浪头连天黑,津口停舟渡不得。郑国游人未及家,洛阳行子空叹息[5]。闻道故林相识多,罢官昨日今如何[6]?

〔1〕"陈章甫",江陵人,开元进士。据《全唐文》卷三百七十三陈章甫《与吏部孙员外书》,说他"因籍有误,蒙袂而归"。李颀这首诗大约就是送陈落第回乡之作。高适《同观陈十六史兴碑》那首五古也是为陈章甫写的,极称他的"逸思"、"佳句",说他是个"才杰"。

〔2〕"坦荡",光明磊落。"虬",蜷曲。"大颡",宽脑门。

〔3〕"草莽",草野。这两句说陈章甫是有才学的人,不会埋没在草野之间,预期他回乡后还会出来。

〔4〕"酤(音姑)",买。"我曹",我辈,我们。这四句写陈章甫豪放豁达,不拘细节。有时白日醉卧,有时远望孤云,与前"不肯低头"相照应。

〔5〕这四句写渡头风浪险恶,不利行舟。"思旧乡"的行人和送行的"行子"都感到无可奈何。"郑国",今河南省中部黄河以南一带,春秋时属郑国。"郑国游人",指作者。"洛阳行子",指陈章甫。李颀曾官新乡县尉。"未及家",与前面的"思旧乡"相照应。

〔6〕末两句说听说你在故乡熟人很多,不知如今情况怎样。是挂记陈章甫回故乡后的处境。

听董大弹胡笳弄兼寄语房给事[1]

蔡女昔造胡笳声,一弹一十有八拍[2]。胡人落泪沾边草,汉使断肠对归客[3]。古戍苍苍烽火寒,大荒沉沉飞雪白[4]。先拂商弦后角羽,四郊秋叶惊摵摵[5]。董夫子,通神明,深山窃听来妖精[6]。言迟更速皆应手,将往复旋如有情[7]。空山百鸟散还合,万里浮云阴且晴[8]。嘶酸雏雁失群夜,断绝胡儿恋母声。川为净其波,鸟亦罢其鸣[9]。乌孙部落家乡远,逻娑沙尘哀怨生[10]。幽音变调忽飘洒,长风吹林雨堕瓦。迸泉飒飒飞木末,野鹿呦呦走堂下[11]。长安城连东掖垣,凤凰池对青琐门[12]。高才脱略名与利,日夕望君抱琴至[13]。

〔1〕"董大",董廷兰,唐肃宗时宰相房琯门客,善弹琴,深得房琯宠信,后因招纳货贿,使房琯受到斥责。"房给事",指房琯。他曾官给事中。

〔2〕"蔡女",指蔡琰。汉末为董卓部下所掠,后辗转入南匈奴。建安十二年曹操把她赎回,嫁董祀。《蔡琰别传》(见《玉函山房辑佚书补编》)说她"春月登胡殿,感笳之音,作《胡笳十八拍》为琴曲以言其志"。翻笳调入琴曲自蔡文姬始。

〔3〕这两句想象文姬归汉时弹奏《胡笳》琴曲,能使胡人落泪,汉使断肠。"归客",指文姬。

〔4〕这两句描写塞外风光以反衬文姬弹奏《胡笳十八拍》时的背景。"苍苍",青黑色。"沉沉",广漠无边状。

〔5〕以下至"野鹿呦呦走堂下"才转入本题,都是写董大弹琴的技艺。"商弦"、"角羽",古琴七弦,配宫、商、角、徵、羽及变宫、变徵为七音。"摵摵(音瑟)",落叶声。

〔6〕这两句说董大弹琴,技艺高妙,能感动鬼神。

〔7〕这两句写董大弹琴得心应手,指法极能表达情感。

〔8〕"空山"以下描写琴声引起听者的各种联想。

〔9〕这四句写琴声,表现了文姬将归汉与所生"胡儿"诀别时的情况,不仅感人深,感物亦深。

〔10〕这两句写所弹哀怨之声仿佛如汉朝乌孙公主之思故乡、唐公主之怨沙尘。"乌孙",汉时西域国名,汉江都王刘建女细君,曾远嫁乌孙国王昆莫。"逻娑",唐时吐蕃的首都,即今西藏拉萨市。唐有文成、金城公主嫁到吐蕃。

这里联系文姬归汉,写《十八拍》中异乡哀怨之情。

〔11〕这四句写转调收音时的馀韵。"幽音",指变调前幽咽之音,由哀怨幽咽之极忽而转为轻松潇洒,像林中的风声,瓦上的雨声,又轻快如树梢的飞泉,悠扬像野鹿在堂前鸣叫。

〔12〕这两句写房给事的居处。给事中属门下省。唐代门下、中书两省在禁中左右掖。"凤凰池",指中书省所在。《通典·职官典》:"中枢省地在枢近,多承宠任,是以人固其位,谓之凤凰池也。""青琐门",宫门名。

〔13〕"高才",指房琯。"脱略",不受拘束。最后两句赞美房琯,也写出房琯对董廷兰的宠爱。

送魏万之京〔1〕

朝闻游子唱离歌,昨夜微霜初渡河〔2〕。鸿雁不堪愁里听,云山况是客中过〔3〕。关城树色催寒近,御苑砧声向晚多〔4〕。莫见长安行乐处,空令岁月易蹉跎〔5〕。

〔1〕"魏万",后改名颢,居王屋山,上元初登第。李白有《送王屋山人魏万》诗,李白集也有魏颢的序文。"之京",往京都长安。

〔2〕开头两句是说,在微霜的早晨,送魏万渡河。"游子",指魏。"离歌",告别之歌,一作"骊歌"。逸诗有《骊驹》篇云:"骊驹在门,仆夫具存;骊驹在路,仆夫整驾。"客人临去歌《骊驹》(见《大戴礼》),后人因而将告别之歌叫做"骊歌"。

〔3〕这两句设想魏万在途中的感触。鸿雁南北去来,流移不定,是征人游子的象征。人北去正当雁南归的时节更加触动乡思,所以说"不堪"。

〔4〕这两句设想"游子"渐近长安和到长安后的情景。诗人想象行人从树色的变化,感到寒天渐近。本来是寒气使树叶变色,却故意说成树色使寒天

逼近,不但为了对仗的需要,同时也增加语言的活泼。

〔5〕 最后两句劝勉"游子"不要以长安为行乐之地,在那里虚掷时光。"蹉跎(音搓驼)",耽误、虚度的意思。

望 秦 川[1]

秦川朝望迥[2],日出正东峰。远近山河净,逶迤城阙重[3]。秋声万户竹,寒色五陵松[4]。客有归欤叹,凄其霜露浓[5]。

〔1〕 李颀晚年归东川家居,这首诗中有"归欤"之叹,想是离长安前所作。"秦川",按诗中意思,指长安一带。

〔2〕 "迥(音炯)",遥远。

〔3〕 这两句说,由于天气晴朗,所以远处的山水也能清楚看见,城阙重叠宏丽。"净",明洁。"逶迤",蜿蜒,长貌。

〔4〕 "五陵",指长安城北、东北、西北汉代五个皇帝的陵墓:长陵(高祖)、安陵(惠帝)、阳陵(景帝)、茂陵(武帝)、平陵(昭帝)。

〔5〕 "归欤",用《论语》成语,犹归哉。"凄其",凄然。《礼记·祭义》:"霜露既降,君子履之必有凄怆之心,非其寒之谓也。"这两句曲折地表达了仕途不得志的感慨。

王湾

王湾,洛阳人。先天年间(712—713)进士。开元初为荥阳(今河南省荥阳县)主簿。曾两次参加政府校理群籍的工作[1]。仕终洛阳尉。

王湾与学士綦毋潜交好,文名早著。尝往来吴、楚间。多有著述。《全唐诗》存其诗十首。下面所选的《次北固山下》诗中"海日生残夜,江春入旧年"一联曾被张说激赏,亲手题在政事堂,让朝中文士作为楷式。其余九首都不曾达到这样的艺术水平。

〔1〕 开元时马怀素奉诏综治经、史、子、集四部典籍,王湾参加分部撰次。后又与陆绍伯等同校丽正院书。

次北固山下[1]

客路青山外,行舟绿水前[2]。潮平两岸失[3],风正一帆悬[4]。海日生残夜,江春入旧年[5]。乡书何处达,归雁洛阳边[6]。

〔1〕 "次",停宿。"北固山",在今江苏省镇江市,北临大江,与金、焦二山并称"京口三山"。唐殷璠《河岳英灵集》收此诗,题作《江南意》。

〔2〕 首句是说行客要走的路还远在青山之外。这两句《河岳英灵集》作"南国多新意,东行伺早天"。从"东行"句可知这时作者正向长江下游航行。

〔3〕"失",一作"阔"。这里从《河岳英灵集》。"两岸失",言江水高涨,原来很高的两岸变成和水面相平,以至于好像消失不见。

〔4〕"一",《河岳英灵集》作"数"。"一"是只就自己所乘的船说,"数"是包括眼中所见各船。

〔5〕这两句写破晓日出,江上早暖,感到春意。"残夜",夜阑将晓。"生"当"残夜"是说日出得早。"旧年",是一年未尽。"入"于"旧年"是说春来得早。

〔6〕末两句写感时怀乡,想把家信托给北飞的雁带回洛阳。这两句《河岳英灵集》作"从来观气象,惟向此中偏"。那是要和"南国多新意"呼应,扣《江南意》的题义。

王翰

王翰,字子羽,并州晋阳(今山西省太原市)人。据说他"枥多名马,家有伎乐","发言立意,自比王侯"[1],想是豪贵之家。王翰青年时豪放不羁,能写歌词,自歌自舞。唐睿宗李旦景云元年(710)中进士。举极言直谏,又举超群拔类科。张说当政,召为秘书正字。张说罢宰相,王翰被贬为仙州别驾。仍喜游乐饮酒,再次被贬为道州司马,卒于道州。王翰在文坛受到后辈的尊重,杜甫将他和李邕并提,以"王翰愿卜邻"为荣幸[2]。《全唐诗》存其诗一卷(十三首)。他的歌行写得风华流丽,其中《飞燕篇》借赵飞燕故事讽刺封建帝王和贵妃的淫佚生活,富有现实意义。绝句也是他所擅长的,《凉州词》被人传诵。

[1] 见《旧唐书》卷一百九十《王瀚(应作翰)传》。
[2] 见杜甫《奉赠韦左丞丈二十二韵》。

凉 州 词[1]

葡萄美酒夜光杯[2],欲饮琵琶马上催[3]。醉卧沙场君莫笑,古来征战几人回[4]?

[1] "凉州词",见王之涣《凉州词》注[1]。本篇以豪放的情调写军中生

活。大意说正在见酒想喝,军中已奏乐安排宴饮;醉卧沙场,也并不可笑,因为打了仗能够回来,即属难得,还不值得饮酒庆祝吗?这是战罢回营,设酒作乐的情景。

〔2〕"夜光杯",汉东方朔《海内十洲记》云:"周穆王时,西胡献昆吾割玉刀及夜光常满杯,……杯是白玉之精,光明夜照。"这里指精致的酒杯。葡萄酒、夜光杯和下句中的琵琶,都和西北民族有关,诗人用这些来渲染地方色彩。

〔3〕"催",指催饮。即杨炯《送临津房少府》诗中的"弦奏促飞觞"的意思。

〔4〕"沙场",平沙旷野。末句说古来从军作战能回归者无几,夸张了战争的残酷,这种夸张有消极意味,但是全诗的情调不是伤感的。

崔颢

崔颢(? —754),汴州(今河南省开封市)人。开元十一年(723)进士,曾为太仆寺丞[1]。天宝中为司勋员外郎,天宝十三年卒。《全唐诗》存其诗四十二首。

在崔颢所存的四十多首诗中,描写妇女生活的约占三分之一,这些诗反映了当时上层统治阶级生活的一个侧面。至如"女弟新承宠,诸兄近拜侯"(《相逢行》),"日晚朝回拥宾从,路旁拜揖何纷纷。莫言炙手手可热,须臾火尽灰亦灭"(《长安道》)。显然是对杨贵妃兄妹骄横弄权的讽刺。崔颢后赴边塞,边塞诗写得慷慨豪迈,毫无感伤情调。小诗如《长干曲》等,淳朴生动,一如口语,非常接近民歌。

〔1〕 据唐芮挺章《国秀集》目录。

古游侠呈军中诸将[1]

少年负胆气,好勇复知机[2]。仗剑出门去,孤城逢合围[3]。杀人辽水上,走马渔阳归[4]。错落金锁甲,蒙茸貂鼠衣[5]。还家且行猎[6],弓矢速如飞。地迥鹰犬疾,草深狐兔肥。腰间带两绶,转眄生光辉[7]。顾谓今日战,何如随建威[8]?

〔1〕题一作《游侠篇》。"游侠",是乐府古题,从晋张华以后历代都有人作,内容大都写壮勇轻生、杀人报仇的侠士精神。本篇前半写从军,后半写游猎。

〔2〕"知机",指认识时势,趋向得宜,如下文所叙及时从军就是知机。

〔3〕"合围",包围。

〔4〕"辽水",辽河。"渔阳",郡名,治所在今河北省蓟县。这两句说在辽水作战杀敌,功成走马回乡。

〔5〕这两句以金甲貂裘表明其人官级已高,见得他积功很多。"错落",错杂。"金锁甲",黄金锁子甲(用黄金作环,连锁成网状)。"蒙茸",乱貌。"错落"说明甲上环锁已损坏不齐,"蒙茸"说明貂裘已敝(貂皮是毛短滑溜的,不同于狐裘的蓬松蒙茸。貂裘显得蒙茸时,就是穿旧了),见得他苦战日久。

〔6〕"且行猎",《乐府诗集》作"行且猎"。

〔7〕"绶",丝带,古人用来系印纽,佩在腰上。《汉书·金日䃅传》载,金日䃅的儿子金赏继承日䃅为侯,佩两绶。"转眄",左右斜视。这两句形容其人豪贵,气概威严。

〔8〕"建威",将军的称号,东汉耿弇曾拜建威将军。这里借指此侠士往年在辽水作战时的主将。末两句说今日如再作战,比当年何如?表示豪气不减,壮志仍在。

黄 鹤 楼[1]

昔人已乘黄鹤去[2],此地空馀黄鹤楼。黄鹤一去不复返,白云千载空悠悠。晴川历历汉阳树,芳草萋萋鹦鹉洲[3]。日暮乡关何处是,烟波江上使人愁。

〔１〕"黄鹤楼",武昌西有黄鹤山,山西北有黄鹤矶,峭立江中,旧有黄鹤楼(故址在今武汉长江大桥武昌桥头)。俯瞰江汉,极目千里。旧传仙人子安乘黄鹤过此,故名。崔颢此诗格调优美,最为传诵。传说李白见崔颢登黄鹤楼所题的诗。曾说:"眼前有景道不得,崔颢题诗在上头。"(《唐才子传》卷一)他的《登金陵凤凰台》、《鹦鹉洲》,都是模拟这首诗的。

〔２〕"昔人",指骑鹤的仙人。"黄鹤",一作"白云"。

〔３〕"历历"两字下属"汉阳树","萋萋"两字上属"芳草",交互成对。参看刘献廷《广阳杂记》卷二钱慎奋论《黄鹤楼》。这两句说隔着江水,汉阳的树木清楚在望,鹦鹉洲上的春草长得也很茂盛。"鹦鹉洲",唐时在汉阳西南长江中,后渐被江水冲没。东汉末年,作过《鹦鹉赋》的祢衡被黄祖杀于此洲,或说因此得名。

长 干 曲

一〔１〕

君家何处住?妾住在横塘〔２〕。停船暂借问,或恐是同乡。

〔１〕"长干曲",属乐府《杂曲歌辞》,多儿女言情之作。崔颢《长干曲》有四首,本篇原列第一首,与下面一篇(原列第二首)是舟行途中一男一女的问答。

〔２〕"横塘",在今南京市西南,与长干相近。

崔　颢

二[1]

家临九江水,来去九江侧[2]。同是长干人,自小不相识[3]。

〔1〕这首诗是男子的答词:因为彼此长年往来江上,从小离家,所以虽是同乡而不相识。

〔2〕"九江",泛指江水而言,不是指浔阳的九江。

〔3〕"自",一作"生"。

王昌龄

王昌龄(698—约757),字少伯,京兆长安(今属陕西省西安市)人。开元十五年(727)进士,历任汜水尉、校书郎,谪岭南。北还后又于天宝初贬江宁丞,天宝七年再贬龙标尉,世称王江宁或王龙标。安史乱起,流离途中被濠州刺史间丘晓所杀。他与诗人王之涣、高适、岑参、王维、李白等都有交往。存诗一百八十馀首,《全唐诗》编为四卷。

王昌龄以擅长七绝而名重一时,有"诗家夫子王江宁"之称[1]。他善于把错综复杂的事件或深挚婉曲的感情,加以提炼和集中,使绝句体制短小的特点变成优点:言少意多,更耐吟咏和思索。他描写将士们奋勇杀敌、以身报国的边塞诗,固然充满了积极昂扬的精神,即使在写军旅生活的艰难、乡思的悲苦等篇章里,节奏也较一般诗人的这类作品来得明快。他的送别诗的抒情风格以诚挚深厚为特色。

王昌龄的七绝可与李白的比美。李白常用绝句写景,情寓景中;王昌龄以抒情为主,景物描写往往是情感的渲染或补充。李诗自然流走,仿佛脱口而出,信笔写成;王诗却是由锤琢洗炼达到完美,真是同工而异曲了。

[1]《唐才子传》卷二。

从 军 行

一[1]

青海长云暗雪山,孤城遥望玉门关[2]。黄沙百战穿金甲,不破楼兰终不还[3]。

〔1〕 原作七首,本篇原列第四首。"从军行",乐府《相和歌辞·平调曲》旧题。

〔2〕 "青海",在今青海省西宁市西。"孤城",即指玉门关。这两句写在玉门关上东望,只见青海地区上空层云遮住雪山(指祁连山,祁连山亦名雪山,见《后汉书·班固传》注),暗淡无光。

〔3〕 这两句言虽已身经百战,铁甲磨穿,但如不能击破敌人,绝不还归本土。"楼兰",汉时西域的鄯善国,在今新疆维吾尔自治区鄯善县东南一带地方。西汉时,楼兰国王与匈奴勾通,屡次遮杀汉朝通西域的使臣。傅介子奉命前往,用计刺杀楼兰王,"遂持王首还诣阙,公卿、将军议者,咸嘉其功"(见《汉书·傅介子传》)。这里用"楼兰"泛指侵扰西北地区的敌人。

二[1]

大漠风尘日色昏,红旗半卷出辕门[2]。前军夜战洮河北,已报生擒吐谷浑[3]。

〔1〕本篇原列第五首。

〔2〕"辕门",军营的门。古代行军扎营时,用车环卫,出入处是把两车的车辕相向竖起,对立如门。

〔3〕这两句承上句,写后军出营增援,前军捷报已到。"洮河",即洮水,源出甘肃省临洮县西北的西倾山,是黄河上游的支流之一。"吐谷浑(音突浴魂)",晋时鲜卑族慕容氏的后裔,据有洮水西南等处,时扰边境,后被唐高宗和吐蕃的联军所败。这里的"生擒吐谷浑",泛指俘获敌人,不必泥解。

出　塞[1]

秦时明月汉时关,万里长征人未还[2]。但使卢城飞将在[3],不教胡马度阴山[4]。

〔1〕题一作《从军行》。原作二首,选第一首。"出塞",乐府《横吹曲辞·汉横吹曲》旧题。

〔2〕这两句言设关防"胡",由来已久。修筑长城以御匈奴,起于秦汉,故谓明月照临关塞的景象在秦汉时已是如此。"秦"、"汉"虽在字面上分属"月"和"关",而意义上是合指的。

〔3〕"卢城",通行本作"龙城",据宋刊本王安石《唐百家诗选》改。阎若璩《潜邱札记》卷二曾考订应作"卢城":"'卢'是也。李广为右北平太守,匈奴号曰飞将军,避不敢入塞。右北平,唐为北平郡,又名平州,治卢龙县。《唐书》有卢龙府,有卢龙军";"若'龙城',见《汉书·匈奴传》:'五月大会龙城,祭其先天地鬼神。'……'龙城'明明属匈奴中,岂得冠于飞将上哉?"并举唐人边塞诗数例为证。

〔4〕"阴山",即今横亘在内蒙古自治区南境、东北连接内兴安岭的阴山山脉。汉时匈奴常据阴山侵扰汉朝(参看《汉书·匈奴传》)。

王昌龄《芙蓉楼送辛渐》

王昌龄

芙蓉楼送辛渐[1]

寒雨连江夜入吴,平明送客楚山孤[2]。洛阳亲友如相问,一片冰心在玉壶[3]。

〔1〕 原作二首,选第一首。作者于天宝元年(742)出为江宁丞,诗即写于任内。"芙蓉楼",故址在今江苏省镇江市。《元和郡县志》卷二十五《江南道·润州》:"晋王恭为刺史,改创西南楼名万岁楼,西北楼名芙蓉楼。"

〔2〕 这两句写寒雨之夜,陪客进入吴地,次日清晨客去以后,只见一片楚山孤影而已。"吴"、"楚"互文,泛指镇江一带的地方。

〔3〕 陆机《汉高祖功臣颂》"心若怀冰",用"冰"来比拟"心"的纯洁;鲍照《白头吟》"直如朱丝绳,清如玉壶冰",用"玉壶冰"比喻清白;唐人进一步用"冰壶"比拟做官廉洁,如姚崇《冰壶诫》序中说:"夫洞澈无瑕,澄空见底,当官明白者,有类是乎!故内怀冰清,外涵玉润,此君子冰壶之德也。"而王昌龄把这些意思概括成简练生动的名句,用以表示自己的清廉。

塞 下 曲[1]

蝉鸣空桑林,八月萧关道。出塞入塞寒,处处黄芦草[2]。从来幽并客,皆共沙尘老[3]。莫学游侠儿,矜夸紫骝好[4]。

〔1〕 原作四首,选第一首。"塞下曲",出于汉乐府《出塞》、《入塞》,属《横吹曲辞》。古词多描写边塞战事。宋郭茂倩《乐府诗集》卷二十一:"唐又有《塞上》、《塞下》曲,盖出于此。"

〔2〕 "萧关",在今宁夏回族自治区固原县东南。这四句写萧关道上桑落、苇枯,征人来往频繁。因秋八月收获时,少数民族统治者常举兵掠夺,塞上局势紧张。

〔3〕 这两句说居住在幽州(唐辖境相当今北京市及所辖通县、房山、大兴及河北武清、永清、安次等县)、并州(今山西阳曲以南文水以北的汾水中游地区)的健儿,为了保卫国家,历来习于征战,在沙尘中度过了一生。

〔4〕 "游侠",唐代游侠之风很盛,游侠儿有骄矜放纵的一面,本篇对此给予批判。末两句说应以报国为志,不要学某些游侠者,只夸耀自己的骏马。"紫骝",骏马名。

张巡

张巡(709—757),蒲州河东(今山西省永济县)人。一说是邓州南阳(今河南省南阳县附近)人。开元二十四年(736)进士。天宝中为真源令。安禄山乱,巡起兵讨贼,与许远困守睢阳(今河南省商丘)经年。睢阳是唐王朝江淮庸调的通道,安禄山必欲攻占,以切断唐王朝的命脉。张巡与许远坚守危城,屏蔽江淮,与睢阳共存亡,表现了高度坚毅性与牺牲精神。后以粮断城陷,与南霁云等三十六人同时殉难。睢阳陷落时,唐军已攻克西京,《旧唐书》载:"巡死三日而救至,十日而贼亡。"睢阳的坚守,牵制了敌人,于战局有重大贡献。张巡《谢加金吾表》云:"臣被围四十七日,凡一千八百馀战,当臣效命之时,是贼灭亡之日。"文词悲壮。宋文天祥在《正气歌》中有"为张睢阳齿"句,咏叹他咬牙切齿与敌奋战和壮烈就义的英勇气概。千百年来,张巡作为我国历史上的英雄人物,受到人们的景仰。

《全唐诗》存其诗二首。

守睢阳作[1]

接战春来苦,孤城日渐危。合围俟月晕,分守若鱼丽[2]。屡厌黄尘起,时将白羽挥[3]。裹疮犹出阵,饮血更登陴〔4〕。忠信应难敌,坚贞谅不移〔5〕。无人报天子,心计欲何施〔6〕。

〔1〕"睢阳",故址在今河南省商丘县南。安庆绪于至德二年(757)春正月驱所部攻睢阳。睢阳守将许远向当时在宁陵的张巡告急。张巡引兵入睢阳,经过艰苦抵抗,血战到冬天,因无援兵又无粮食而城陷,壮烈牺牲。这首诗是他在孤城危急时所写,约略留下了当时苦战的一点记录。

〔2〕这两句写当时攻守的形势。敌人的包围之严密如月亮外面的晕圈,守军则布列了"鱼丽"阵抵御入侵的敌人。"伴",等,同。"鱼丽(音离)",阵法名。《左传·桓公五年》:"王夺郑伯政,郑伯不朝。秋,王以诸侯伐郑,郑伯御之。……祭仲足为左拒,原繁、高渠弥以中军奉公,为鱼丽之阵。先偏后伍,伍承弥缝。"据《司马法》注:"车战二十五乘为偏,以车居前,以伍次之,承偏之隙,而弥缝阙漏也。五人为伍。此盖鱼丽阵法。"

〔3〕这两句说屡次击败敌兵的进攻,指挥从容自若。"黄尘",敌兵奔驰时扬起的尘土。"白羽",用白羽毛装饰的旗子,用以指挥作战。任昉《宣德皇后敦劝梁王令》:"白羽一麾,黄鸟底定。"

〔4〕这两句写守城将士负伤仍苦战的情况。据《通鉴·唐纪三十五》记载,至德二年七月,"诸军馈救不至,士卒消耗至一千六百人,皆饥病不堪斗,遂为贼所围。张巡乃修守具以拒之"。《通鉴·唐纪三十六》载,同年冬十月,"城中食尽,议弃城东走。张巡、许远谋,以为睢阳江淮之保障,若弃之去,贼必乘胜长驱,是无江淮也"。为了保卫江淮,死守睢阳,他们把可以吃的东西都吃光了。最后罗雀、掘鼠、杀马。"人知必死,莫有叛者"。以罕有的悲壮气概和惊人的自我牺牲精神,与城共存亡。"饮血",饮泣。"陴(音皮)",矮墙。这里指城上的矮墙。

〔5〕这两句是作者最后抒发的感想和希望。上句说自己既忠于君主,又能取信于士兵,应该是不可战胜的;下句说自己的意志是不会动摇的。

〔6〕末两句说自己如此艰苦守城,却无人上达皇帝,自己的想法也无从实现。

储光羲

储光羲(707—约760),兖州(治所在今山东兖州北)人。开元十四年(726)进士。诏中书试文章,官监察御史。安禄山陷长安,他受伪官,乱平后被贬到岭南[1]。有《储光羲集》。

储光羲诗多五言古体,往往效法魏晋。他的田园诗如《田家即事》、《田家杂兴》专写农村生活安静淳朴的一面,借以抒发自己爱好闲适,向往隐逸的情怀,显然受到陶渊明《归田园居》等诗的影响。后人常常把他和王维、孟浩然、韦应物、柳宗元并称。他的诗比较朴质,有少数田园诗还能做到淡朴自然,一般都是些枯燥乏味的作品。总的说来,他确是"远逊王、韦,次惭孟、柳"[2]。

〔1〕 陈沆《诗比兴笺》卷三谓《新唐书·艺文志》有储光羲《从贼中诣行在日记》一卷,从而断言他已"自拔贼中,从亡灵武"。但检《新唐书·艺文志》无此书,《旧唐书·经籍志》、《宋史·艺文志》、《郡斋读书志》、《直斋书录》亦均未著录,不知陈氏何据。

〔2〕 见《越缦堂读书记》八。

钓 鱼 湾[1]

垂钓绿湾春,春深杏花乱[2]。潭清疑水浅,荷动知鱼散[3]。日暮待情人,维舟绿杨岸。

〔1〕 本篇是《杂咏五首》的第四首。

〔2〕 "乱",言纷纷飘落。

〔3〕 这两句"疑"和"知"相应。水清而又浅往往无鱼,因荷动而知有鱼,因有鱼而知不浅。清水中的鱼本来是可见的,但由于荷叶覆盖,不能见鱼,所以从荷叶的摇动才知鱼在游动。两句一悬一断,意思贯注。

效 古[1]

晨登凉风台,暮走邯郸道[2]。曜灵何赫烈[3],四野无青草。大军北集燕[4],天子西居镐[5]。妇人役州县,丁壮事征讨。老幼相别离,哭泣无昏早。稼穑既殄灭,川泽复枯槁。旷哉远此忧,冥冥商山皓[6]。

〔1〕 原作二首,这是第一首。本篇托为拟古,实则伤时,反映安禄山叛乱前夕,黄河流域人民在严重的旱灾中苦于徭役的情况。

〔2〕 "凉风台",汉时长安有"凉风台",在建章宫北。开头两句是说从长安出发走上通往邯郸的大道。

〔3〕 "曜灵",太阳。"赫烈",炎热。

〔4〕 "燕",指安禄山军所驻范阳(即幽州,治所在今北京市大兴县)一带地方。这句暗示安禄山拥重兵,北方局势严重。

〔5〕 "镐",西周故都,在今陕西省西安市西南。这里借指当时的京城长安,暗示皇帝深居京师,不了解外面的情况。

〔6〕 末两句言只有那些不关心时事的深山隐士才能够排除这种忧愁。"旷",远。"冥冥",昏昧。"商山皓",秦汉之际有东园公、绮里季、夏黄公、角里先生四人同在商山隐居。四人须眉皓白,当时称他们为"商山四皓"。

田家杂兴[1]

楚山有高士,梁国有遗老[2]。筑室既相邻,向田复同道。糇糒常共饭[3],儿孙每更抱。忘此耕耨劳,愧彼风雨好[4]。蟪蛄鸣空泽,鹈鴂伤秋草[5]。日夕寒风来,衣裳苦不早。

〔1〕原诗八首,这是第六首。

〔2〕"楚山",即商山。汉代商山有四隐士,人称"商山四皓"(见《效古》注〔6〕)。"梁国遗老",似指枚乘。《汉书·枚乘传》:"(梁)孝王薨,乘归淮阴。"作者借汉代有名的老人比诗中村居的老人。

〔3〕"糇糒(音喉避)",指米麦做成的干粮。

〔4〕这句用《诗经·郑风·风雨》"风雨如晦,鸡鸣不已。既见君子,云胡不喜"的意思,对来客表示感激。

〔5〕"蟪蛄(音惠古)",一名寒蝉,秋鸣,天寒则不鸣。"鹈鴂(音题抉)",即杜鹃。用《离骚》"恐鹈鴂之先鸣兮,使夫百草为之不芳"意,说明季节的变化。

登戏马台作[1]

君不见宋公杖钺诛燕后,英雄踊跃争趋走[2]。小会衣冠吕梁墅[3],大征甲卒碻磝口[4]。天开神武树元勋[5],九日茱萸绘六军[6]。泛泛楼船游极浦,摇摇歌吹动浮云[7]。居人满目市朝变,霸业犹存齐楚甸[8]。泗水南流桐柏川,沂山北走琅邪县[9]。沧海沉沉晨雾开[10],彭城烈烈秋风来[11]。少年自言未得意,日暮萧条登古台[12]。

〔1〕"戏马台",在彭城(今江苏省徐州市)城南,相传项羽曾在这里戏马。南朝宋武帝刘裕(彭城人)曾在这里宴会群僚。本篇是登临怀古之作,歌颂了刘裕的"霸业"。

〔2〕这两句说刘裕在晋时消灭南燕之后,鼓舞了汉族收复失地的雄心,许多豪杰都愿意追随他。下文"小会衣冠"、"大征甲卒"和这里的"英雄趋走"相承。"宋公",是刘裕在晋安帝义熙十二年被封的爵位(恭帝时进封宋王)。"杖",持。"钺",大斧。《尚书·牧誓》载武王伐纣时"左杖黄钺"。相传古代每当国有危难,天子任命大将讨伐,亲自将钺授给大将,在太庙举行仪式(见《淮南子·兵略训》)。"诛燕",指灭南燕,擒杀南燕主慕容超。时在义熙六年(410)。

〔3〕"吕梁壑",即"吕梁洪",水名,在彭城东南。《宋书·孔季恭传》:"(季恭)辞事东归,高祖(刘裕)饯之戏马台,百僚咸赋诗以述其美。"所谓"小会衣冠",指此。时在义熙十二年(416)。

〔4〕"甲卒",指军队。"碻磝(音敲敖)",城名,在今山东省茌平县西南。晋时为后魏所据。义熙十三年刘裕攻后秦,率水军由彭城出发,向后魏强借水路入黄河,以左将军向弥为北青州刺史,留戍碻磝。

〔5〕这句总赞刘裕的武功。"树元勋",立首功。

〔6〕这句讲刘裕在重阳节宴群僚于戏马台。时在刘裕封宋公后。"茱萸",一名越椒,一种有香气的植物。古有重九日佩茱萸登高饮菊花酒可以避灾之说(见《续齐谐记》)。

〔7〕这两句写刘裕在戏马台宴游的情景。

〔8〕这两句说虽然人事变迁,而刘裕所建树的"霸业"影响还在。"齐楚甸",包括上文所提到的地方。彭城旧属东楚。

〔9〕 这两句概括"齐楚甸"的山川形势,也是写登台眺望。"泗水",旧从山东省泗水县流经徐州南达淮水(今由济宁流入运河)。"桐柏川",即指淮水。《尚书·禹贡》:"导淮自桐柏,东会于泗沂。""沂山",又名东泰山,在今山东省临朐县南九十里。"琅邪县",在今山东省诸城县东南一百五十里。

〔10〕 "沧海",指黄海。上两句写南北,这句写东方。

〔11〕 "烈烈",猛盛貌。这句点明季节,同时暗写西方。《史记·律书》:"阊阖风(秋风)居西方。"

〔12〕 "自言",一作"自古"。"古台",一作"此台"。

王维

王维（699—761），字摩诘，蒲州（今山西省永济县）人。开元九年（721）进士。曾一度奉使出塞，此外大部分时间在朝任职，官至尚书右丞。有《王右丞集》。

王维的名和字取自《维摩诘经》中的维摩诘居士。维摩诘是佛门弟子，却过着世俗贵族的奢华生活。王维的实际生活也跟维摩诘差不多。经常出入王公贵戚府第，写了不少应制应教的诗歌，自壮至老都是朝廷命官。自从得到宋之问的辋川别业后，更是辋川别墅的庄园主，一生都过着亦官亦隐亦居士的生活。

开元中，张九龄执掌朝政，王维写诗自陈，很有进取之心，也写过一些讥弹贵戚宦官的诗歌，反映了当时的历史现实，但是数量并不多。安禄山陷两京后，王维曾受伪职，是政治上的失节，受到降官的处分。

王维在诗歌上的成就是多方面的，无论边塞、山水诗，无论律诗、绝句等都有流传人口的佳篇。他的边塞诗多能以慷慨激昂的情调，抒发将士为保卫疆土而献身的英雄气概。王维是诗人又兼画师，对自然美有锐敏的感受和细致的观察力。他的山水诗，继承了谢灵运的传统，却没有谢诗晦涩堆砌的缺点，变化多彩，具有不同的风格与情调，描写了多种多样的自然景色，达到了很高的造诣。

王维一生几乎都处于平静的富贵生活之中，

他的诗对当时劳动人民生活没有什么反映,安史乱后更是"长斋奉佛",脱离现实,遁入参禅悟道的空门中去了。

渭川田家[1]

斜光照墟落,穷巷牛羊归[2]。野老念牧童,倚杖候荆扉[3]。雉雊麦苗秀,蚕眠桑叶稀[4]。田夫荷锄至,相见语依依。即此羡闲逸,怅然歌式微[5]。

〔1〕"渭川",渭水。全诗主要写农村初夏的黄昏景色。

〔2〕"斜光",指夕阳。"墟落",村落。"穷巷",深巷。

〔3〕"荆扉",柴门。

〔4〕"雉雊(音够)",野鸡鸣叫。"秀",麦子吐华曰秀。"蚕眠",蚕蜕皮时,不食不动,如睡眠状,凡四眠即吐丝作茧。这两句写农村初夏景象。

〔5〕这两句写诗人羡慕农村生活安闲,有归耕之意。作为统治阶级一员的王维,远离劳动人民生活,他不可能理解掩盖在这样和平宁静表面现象下的劳动人民受剥削的种种痛苦;同时,他的所谓"歌式微",也只是一种粉饰词句,他是不会真正归耕的。《诗经·邶风·式微》:"式微,式微,胡不归。"这里只用"胡不归"之意。

老将行[1]

少年十五二十时,步行夺得胡马骑[2]。射杀山中白额虎,肯数邺下黄须儿[3]？一身转战三千里，一剑曾当百万师。汉兵奋迅如霹雳，虏骑崩腾畏蒺藜[4]。卫青不败由天幸，李广无功缘数奇[5]。自从弃置便衰朽[6]，世事蹉跎成白首。昔时飞箭无全目，今日垂杨生左肘[7]。路傍时卖故侯瓜，门前学种先生柳[8]。苍茫古木连穷巷，寥落寒山对虚牖[9]。誓令疏勒出飞泉，不似颍川空使酒[10]。贺兰山下阵如云，羽檄交驰日夕闻[11]。节使三河募年少，诏书五道出将军[12]。试拂铁衣如雪色，聊持宝剑动星文[13]。愿得燕弓射天将，耻令越甲鸣吾君[14]。莫嫌旧日云中守，犹堪一战取功勋[15]。

〔1〕本篇描写一个老将的经历：少年时勇武过人，转战疆场，后以"无功"被弃，过着闲散的生活。当边地烽火又起的时候，他壮心复起，仍想为国立功。诗中揭露了统治者对将士的冷酷无情，歌颂了老将的爱国精神。

〔2〕这两句写老将少年时机智英勇。

〔3〕"肯数"，言不让。"数"，推许。"邺下"，曹操封魏王，建都于邺（今河南临漳县西）。"黄须儿"，指曹操次子曹彰，黄须，刚勇。《三国志·魏书》本传载：曹彰曾奋勇破敌，回到邺下见曹操时，归功于诸将，"太祖（曹操）喜，持彰须曰：'黄须儿竟大奇也！'"

〔4〕"霹雳"，急雷。形容汉兵临敌神速如迅雷。"虏骑（音季）"句说敌骑遇到铁蒺藜，互相践踏，乱了阵营。"崩腾"，溃乱互相践踏。"铁蒺藜"，古代兵家制铁如蒺藜（蔓生地上的草本植物，果实有角刺）形，以阻挠敌人。

〔5〕这两句写老将命运不济，竟未立功。卫青是汉武帝时的名将。他的外甥霍去病曾远征匈奴，深入敌境，居然未遭挫败，称为"天幸"（见《史记·卫将军骠骑列传》）。王维误作卫青事。"数奇（音基）"，运气不好。古代以偶为吉，奇为凶。汉武帝曾嘱卫青，李广年老"数奇"，勿令与匈奴对阵（见《史记·李将军列传》）。这里以卫青比位高名重的将帅，以李广比老将。说成功者是

由于侥幸,失败者也并非由于本领不行。

〔6〕"弃置",抛弃不用。

〔7〕这两句写这位闲散的老将身体逐渐衰老,武艺逐渐退步。"飞箭无全目",鲍照《拟古诗三首》"惊雀无全目",《文选》卷三十一李善注引《帝王世纪》:"帝羿有穷氏与吴贺北游,贺使羿射雀。羿曰:'生之乎?杀之乎?'贺曰:'射其左目。'羿引弓射之,误中右目。羿仰首而愧,终身不忘。"这里借以写老将曾有精绝的射箭本领,能射中雀之一目,使雀双目不全。与前"射杀山中白额虎"相照应。"垂杨生左肘",指老将久不习武,胳膊上好像生了疙瘩似的不利落了。《庄子·外篇·至乐》:"支离叔与滑介叔观于冥伯之丘、昆仑之墟,黄帝之所休。俄而柳生其左肘。"王先谦注:"瘤作柳。"杨柳是柳之别名,垂杨即垂柳。

〔8〕"故侯瓜",《史记·萧相国世家》:"召平者,故秦东陵侯,秦破,为布衣,贫,种瓜于长安城东。瓜美,故世俗谓之东陵瓜。""先生柳",晋陶潜退隐后尝著《五柳先生传》以自况,云:"先生不知何许人也,亦不详其姓字,宅边有五柳树,因以为号焉。"

〔9〕"虚牖",敞开的窗户。

〔10〕"疏勒出飞泉",后汉名将耿恭攻匈奴以援车师,引兵驻疏勒(今新疆维吾尔自治区喀什专区疏勒县),匈奴截断城外的涧水,耿恭士兵在城内掘井十五丈仍不得水。士兵渴极,饮马粪汁。耿恭向井拜祝,不久,水涌出,士兵高呼"万岁"。耿恭令士卒扬水以示匈奴,匈奴以为有神助,遂引去(见《后汉书·耿弇传》)。"颍川空使酒",汉将军灌夫,颍川人,性刚直,常借酒发脾气,后被田蚡诬陷灭族(见《史记·魏其武安侯列传》)。

〔11〕"贺兰山",在今宁夏回族自治区。"阵如云",军队屯驻很密。"羽檄(音席)",调兵遣将的紧急文书。本以木简为书,长尺二寸,有急事插羽毛在檄上,表示火急(见《汉书·高帝纪》颜师古注)。"闻",传报,这里是说兵马调动频繁。

〔12〕"节使",古代使臣持皇帝所给的节以为信符,这里泛指一般受命办事的官吏。"三河",汉时称河东、河南、河内为三河,这个地区的青年多从军者。"诏书",皇帝所颁布的文告。"五道出将军",《汉书·匈奴传》载有五将军

101

(田广明、范明友、韩增、赵充国、田顺)分道出击匈奴的事。

〔13〕"铁衣",铠甲。"星文",宝剑上刻有七星花纹。"聊持",试执。"聊持"句是说拿起宝剑,剑上的七星文闪闪发亮。

〔14〕"燕弓",燕地所产的劲弓。"天将",一作"大将"。"越甲",越兵。《说苑·立节篇》有这样的故事:越兵攻齐,齐国的雍门子狄说"越甲至,其鸣吾君",认为越兵惊动了齐王,因而自刎。

〔15〕"云中守",汉文帝时云中守魏尚,极得军心,匈奴不敢进犯,因细事,被削爵并受罚。冯唐对汉文帝说这是赏罚不公,文帝又恢复了魏尚云中守的职务(事见《汉书·冯唐传》)。

洛阳女儿行[1]

洛阳女儿对门居,才可容颜十五馀[2]。良人玉勒乘骢马,侍女金盘脍鲤鱼[3]。画阁朱楼尽相望,红桃绿柳垂檐向。罗帏送上七香车,宝扇迎归九华帐[4]。狂夫富贵在青春,意气骄奢剧季伦[5]。自怜碧玉亲教舞,不惜珊瑚持与人[6]。春窗曙灭九微火,九微片片飞花琐[7]。戏罢曾无理曲时,妆成只是薰香坐[8]。城中相识尽繁华,日夜经过赵李家[9]。谁怜越女颜如玉,贫贱江头自浣纱[10]。

〔1〕这首诗是王维少年时的作品,题下原注"时年十六"。"六"一作"八"。"洛阳女儿",取梁武帝萧衍《河中之水歌》中"洛阳女儿名莫愁",用以概括当时一般贵族妇女。洛阳是唐代东都,也正好反映了唐代贵族妇女骄奢而又空虚的生活。

〔2〕"才可",恰好,刚够。

〔3〕 这两句写"女儿"所许配的"良人"家中的服用。"玉勒",用美玉装饰的马具。"骢马",青白两色相间的良马。"脍",细切鱼肉。

〔4〕 "罗帏",绫罗作的帏幔。"七香车",见卢照邻《长安古意》注〔2〕。"宝扇",迎娶时仪仗中的羽扇。"九华",图案名称。"九华帐",即用九华图案绣成的彩帐。这两句写洛阳女儿出嫁时的排场。

〔5〕 "狂夫",与上面的"良人"相呼应。丈夫少年得意,所以骄奢任性比石崇还甚。晋代石崇字季伦,以骄奢著称。"剧",甚。

〔6〕 这两句同样是写"狂夫"的奢靡放纵。"碧玉",本是梁汝南王侍妾,梁元帝萧绎《采莲曲》:"碧玉小家女,来嫁汝南王。"这里指侍妾。"不惜珊瑚持与人",承上面"意气骄奢剧季伦"句。石崇常与晋室贵戚王恺斗富,王恺曾把皇帝赏他的约有三尺多高的珊瑚树向石崇炫耀,石崇拿铁如意打碎了它,王恺正在发怒,石崇便把家里三四尺高的珊瑚树六七株搬出来偿还(见《晋书·石苞传》)。

〔7〕 这两句写通宵欢娱。上句说窗上发现曙光才灭灯;下句说灭灯以后,灯花的碎屑片片落下。"九微",灯名。"花琐",雕花窗格。

〔8〕 这两句写贵妇闺中生活的空虚,除了戏乐而外,连温习歌曲的时间也很少;只是打扮好了薰香坐着。"薰香",用香料放在熏炉中以熏衣服。

〔9〕 这两句,写贵妇的相识与交往也都是贵戚之家。"赵、李",这里以汉成帝的后妃赵飞燕、李平的亲属代指贵戚。

〔10〕 这两句慨叹贫女虽美,却无人怜爱。"越女",指西施,春秋时越国美女,被越王勾践献给吴王夫差。西施贫贱时曾在江头浣纱。

辋川闲居赠裴秀才迪[1]

寒山转苍翠,秋水日潺湲[2]。倚杖柴门外,临风听暮蝉。渡头馀落日,墟里上孤烟[3]。复值接舆醉[4],狂歌五柳前[5]。

〔1〕"辋川",水名,在今陕西省蓝田县南终南山下。山麓有宋之问的别墅,后归王维。王维在这里住了三十多年。"裴迪",诗人,王维的好友,与王维唱和较多。
〔2〕"转苍翠",一作"积苍翠"。"潺湲",水流声。
〔3〕"墟里",村落。"孤烟",炊烟。
〔4〕"接舆",春秋时楚国隐士陆通,字接舆,佯狂遁世。参见陈子昂《度荆门望楚》注〔4〕。此处以接舆指裴迪。
〔5〕"五柳",即陶潜。见《老将行》注〔8〕。此处王维以陶潜自比。

山居秋暝[1]

空山新雨后,天气晚来秋。明月松间照,清泉石上流。竹喧归浣女,莲动下渔舟[2]。随意春芳歇,王孙自可留[3]。

〔1〕"暝",夜,晚。
〔2〕这两句说,竹林间人声喧闹,是浣衣妇女归来;水上的莲花摇动,知有渔船沿流而下。
〔3〕末两句说山中春天的花草即使消歇,也还可以留在山中。《楚辞·招隐士》:"王孙兮归来,山中兮不可以久留。"原来是淮南小山为淮南王刘安招致隐士之词,这里王维反其意而说,暗寓自愿归隐山林的意思。

王 维

终 南 山[1]

太乙近天都,连山接海隅[2]。白云回望合,青霭入看无[3]。分野中峰变,阴晴众壑殊[4]。欲投人处宿[5],隔水问樵夫。

〔1〕 开元末至天宝初,王维在他的终南别业过着亦官亦隐的生活,本篇可能即作于这一时期内。终南山在陕西省长安县南五十里,又称秦岭,延绵八百馀里,为渭水与汉水的分水岭。

〔2〕 "太乙",即终南山。"天都",指唐朝的首都长安。"海隅",海边,海角。终南山并不到海,这里说山峰相连直达海隅,是夸说终南山之宏大。"山",一作"天"。

〔3〕 这两句形容山高:四望白云缭绕,远处似有青青的烟雾,渐近之后,又看不见了。"入",有接近、进入的意思。

〔4〕 这两句说终南山很大,一峰之隔便属于不同的分野;同一时间内,各山谷间的阴晴也有不同。与上面两句都是写山中景象变化不一。"分野",古人以二十八宿星座的区分标志地上的界域叫"分野"。

〔5〕 "人处",有人居住的地方。

过香积寺[1]

不知香积寺,数里入云峰。古木无人径,深山何处钟[2]。

泉声咽危石,日色冷青松[3]。薄暮空潭曲,安禅制毒龙[4]。

〔1〕《文苑英华》作王昌龄诗。此诗写山林幽邃,古寺深藏。"香积寺",故址在今陕西省长安县南。

〔2〕前四句追述初入山中时,并不知为白云所缭绕的山峰间尚有古寺深藏,故曾讶异何以在罕无人迹之处,竟然传出钟声。

〔3〕"咽危石",流泉经过高险的山石发出幽咽之声。"冷青松",写深山树木葱郁,连照到松树上的日光也有寒意。两句都是倒装句法。

〔4〕前面写由远而近经过寺外所见的景物。末两句借一个佛教典故想象寺内僧人的禅修生活。意谓潭曲本是毒龙的窟宅,现在空无所有,想必是毒龙已被高僧所制服了。"安禅",僧人坐禅时心身晏然入于禅定,谓之"安禅"。"制毒龙",《涅槃经》:"但我住处有一毒龙,其性暴急,恐相危害。""毒龙"作"妄想"解亦可通,说高僧能坐禅入定,克服妄想。

观　猎[1]

风劲角弓鸣,将军猎渭城[2]。草枯鹰眼疾,雪尽马蹄轻[3]。忽过新丰市,还归细柳营[4]。回看射雕处,千里暮云平[5]。

〔1〕这是一首描写将军打猎的诗。题一作《猎骑》。宋人郭茂倩摘前四句编入《乐府诗集·近代曲辞》,题作《戎浑》。按唐人姚合《极玄集》及韦庄《又玄集》均以此诗为王维作,较可信。

〔2〕"角弓鸣",劲风吹动角弓的弦发出鸣声。"角弓",用角做装饰的硬

王维《送元二使安西》

弓。"渭城",秦时咸阳城,汉改称渭城。在今西安市西北,渭水之北。

〔3〕 这两句写原平草枯,积雪已消。由于草枯,雉兔之类无处藏躲,便觉得鹰眼更为锐利;由于雪尽,马奔驰时便少沾滞,更觉轻快。

〔4〕 这两句是夸说驰骋之疾速。"新丰市",故址在今陕西省临潼县东北,是古代产美酒的地方。"细柳营",在今陕西省长安县,是汉代名将周亚夫屯军之地。

〔5〕"雕",猛禽,飞得很快,不易射中,古时常用射雕来较量本领,称赞会射箭的人叫"射雕手"。

汉江临泛[1]

楚塞三湘接,荆门九派通[2]。江流天地外,山色有无中。郡邑浮前浦,波澜动远空[3]。襄阳好风日,留醉与山翁[4]。

〔1〕"汉江",即汉水。发源于陕西省宁强县嶓冢山。初名漾水,经褒城会褒水后才称汉水,入湖北省至汉阳流入长江。"临泛",临流泛舟。元方回《瀛奎律髓》题作《汉江临眺》。

〔2〕"楚塞",指楚国地界。"三湘",湘水与漓水合称漓湘,与蒸水合称蒸湘,与潇水合称潇湘,此为三湘。"荆门",见陈子昂《度荆门望楚》注〔1〕。"九派",九条支流。《文选》郭璞《江赋》:"流九派乎浔阳。"李善注引应劭《汉书》注:"江自庐江浔阳分为九。"这两句写江汉相通之广,南连三湘,西起荆门,东达九江。

〔3〕 这四句写江水的浩渺。因江水无际,好像流出天地之外;远山亦若隐若现,若有若无。水势盛,便觉郡邑若浮;江水流向天际,远处的天空好像也在浮荡。

〔4〕末两句说襄阳风景好,愿与山翁一起,留在这里酣饮。"山翁",指山简,晋竹林七贤山涛之子,曾为征南将,镇守荆襄,常去郡中习家池(荆州豪族习氏的园池)宴饮,每饮必醉。这里借指当时襄阳的地方官。

使至塞上[1]

单车欲问边,属国过居延[2]。征蓬出汉塞,归雁入胡天[3]。大漠孤烟直,长河落日圆[4]。萧关逢候骑,都护在燕然[5]。

〔1〕开元二十五年(737)春,河西节度副大使崔希逸战胜吐蕃。王维奉使出塞宣慰,并在河西节度使幕兼为判官。本篇即写出塞时沿途景色。

〔2〕前两句写轻车出使,慰问塞上将士。"单车",轻车简从。"属国",典属国(秦汉官名)简称,唐代人有时以"属国"代指使臣,如杜甫《秦州杂诗》"属国归何晚",九家注引《汉书》苏武归汉为典属国的事。这里"属国"指往吐蕃的使者。王维奉使问边,所以自称属国。《王右丞集》赵殿成注以属国指地方,引《汉书·武帝纪》"五属国"颜师古注来解释。按"属国"在东汉下的行政区名,凉州有居延属国(见《后汉书·郡国志》)。此诗"属国"指人指地均可通,但指人句法比较顺。"居延",汉末设县,在今甘肃省张掖西北。此二句一本作"衔命辞天阙,单车欲问边"。

〔3〕"征蓬",言蓬草遇秋,随风远去。

〔4〕"孤烟直",孤烟指烽火与燧烟,古时边塞告警或报平安的信号。燧烟燃狼粪,取其烟直而聚(见《酉阳杂俎》),故云孤烟直。"长河",指黄河。

〔5〕这两句写在萧关遇到侦察的骑兵,得知首将(都护)正在前线。"萧关",在今宁夏回族自治区固原县东南。"候骑(音季)",骑马的侦察兵。"都护",当时边疆重镇都护府的长官、首将。"燕然",见前陈子昂《送魏大从军》注[6]。

王　维

积雨辋川庄作[1]

积雨空林烟火迟[2]，蒸藜炊黍饷东菑[3]。漠漠水田飞白鹭，阴阴夏木啭黄鹂[4]。山中习静观朝槿，松下清斋折露葵[5]。野老与人争席罢，海鸥何事更相疑[6]。

〔1〕本篇写辋川久雨后的景象。"积雨"，久雨。

〔2〕这句写久雨后空气湿润，气压低而无风，烟火缓缓升起。"迟"，缓。

〔3〕这句写蒸藜炊黍送给在东边田里工作的人吃。"藜"，一年生草本，高五六尺，新叶嫩苗均可食。茎坚老者可为杖。"菑（音资）"，已经开垦了一年的田地。这里泛指田亩。"饷"，送饭。

〔4〕"漠漠"，水田广布貌。"阴阴"，幽暗。

〔5〕这两句说独居养性，常对朝槿冥想，或摘露葵以供斋食。"槿"，木槿，落叶灌木，夏秋之交开花，有红、紫、白数种，朝开暮落，故称朝槿。古人常用来作为人生无常的象征。诗人结合佛家思想而说"观"（参悟）。"清斋"，即斋食。佛家过午不食叫斋，世俗又以素食为斋。"露葵"，即绿葵，一种素菜（见《颜氏家训·勉学篇》）。《旧唐书·王维传》："维兄弟俱奉佛，居常蔬食，不茹荤血，晚年长斋，不衣文彩。"这首诗正是王维晚年生活的写照。

〔6〕末两句言自己与人不拘形迹，海鸥为什么还要猜疑呢？"争席"，《庄子·杂篇·寓言》记载，阳子居（杨朱）去见老子时，旅舍的人欢迎他，请他就席坐下，其他客人给他让座。他从老子处学了道理返回时，旅客们不再给他让座，而与之"争席"了。郭象注云："去其夸矜故也。"这里用"争席罢"表示与人无隔膜。"海鸥"，《列子·黄帝篇》载，有人住在海边，与鸥鸟相亲相习。他的父亲知道了，要他把鸥鸟捉回去。他再去海边，海鸥便不飞近他了。

塞上作[1]

居延城外猎天骄,白草连天野火烧。暮云空碛时驱马,秋日平原好射雕[2]。护羌校尉朝乘障,破虏将军夜渡辽[3]。玉靶角弓珠勒马,汉家将赐霍嫖姚[4]。

〔1〕本篇原注"时为御史监察塞上作"(参阅《使至塞上》注〔1〕)。全诗借汉朝与匈奴的对抗,以指唐朝对吐蕃的斗争。

〔2〕前四句写匈奴人打猎的活动,表现他们的强悍。"居延",见《使至塞上》注〔2〕。"天骄",指匈奴。《汉书·匈奴传》:"单于遗使遗汉书云:'南有大汉,北有强胡。胡者,天之骄子也。'""白草",产于北方关外的一种草,干时呈白色。"碛",沙漠。

〔3〕这两句写汉人边将守卫疆土的紧张情况。匈奴以校猎为名,调动军队,有随时伺机进犯的可能,须防守不懈。当时唐朝与吐蕃作战小胜,斗争并未结束,王维此诗有勖勉边将警惕敌人的意思。"护羌校尉",武官名,汉武帝时置,秩比二千石,持节以护西羌(见《后汉书·光武帝纪》注引《汉官仪》)。"乘",登。"障",障堡,古代于关塞险要处筑堡设障以防御敌人。"破虏将军",武官名。将军有临时设置的,加以临时的称号,如破虏将军、度辽将军等。"辽",辽河。这里是借用,非实指。

〔4〕末两句说大将有功,朝廷将赐给玉剑、角弓和戴着珠勒口的良马。"玉靶",镶玉柄的剑。"角弓",用角装饰的弓。"霍嫖(音飘)姚",汉武帝时霍去病曾为嫖姚校尉,此处借指崔希逸。

鹿　柴[1]

空山不见人,但闻人语响。返景入深林[2],复照青苔上。

〔1〕 本篇为田园组诗《辋川集》二十首的第五首。"柴(音寨)",一作"砦",栅篱。"鹿柴",辋川的地名。
〔2〕 "返景",夕阳返照的光。

白　石　滩[1]

清浅白石滩,绿蒲向堪把[2]。家住水东西,浣纱明月下[3]。

〔1〕 本篇原列《辋川集》第十五首。
〔2〕 "蒲",水草,可编席,嫩者可食。"向堪把",言绿蒲眼看长得可以把握了。
〔3〕 这两句说浣纱女子家住水东水西。

辛　夷　坞[1]

木末芙蓉花[2],山中发红萼。涧户寂无人,纷纷开且落〔3〕。

〔1〕 本篇原列《辋川集》第十八首。"辛夷",即木笔树。坞中有辛夷树,故名。

〔2〕 "木末",树杪。"芙蓉花",指辛夷花。芙蓉与辛夷花色相近,故称。裴迪《辋川集》和诗有"况有辛夷花,色与芙蓉乱"可证。

〔3〕 末两句写坞中的寂静。

鸟 鸣 涧〔1〕

人闲桂花落〔2〕,夜静春山空。月出惊山鸟,时鸣春涧中〔3〕。

〔1〕 这首诗是王维题友人皇甫岳所居诗《皇甫岳云谿杂题五首》中的第一首。

〔2〕 "桂花",亦称木犀,有春花、秋花、四季花等不同种类,此处所写当是春日发花的一种。一说是冬天开花的桂,春深花落。"闲",寂静意。在寂无人声人迹处,花开花落无声无息。参看《辛夷坞》。

〔3〕 末两句写只有被月色惊扰了的山鸟时鸣的声音,稍稍打破山涧中的沉寂。花落、月出、鸟鸣都是动,却更深刻地表现了山林的幽静。

山 中

荆谿白石出〔1〕,天寒红叶稀。山路元无雨〔2〕,空翠湿人衣〔3〕。

〔1〕"荆豀",本名长水,源出陕西蓝田县西北,于长安东北方入灞水。后秦时避姚苌讳,改名荆豀。又自后魏以来讹以为浐水。
〔2〕"元",原。
〔3〕这句写山色浓翠,似欲流欲滴,故有湿衣之感。

少 年 行〔1〕

新丰美酒斗十千〔2〕,咸阳游侠多少年〔3〕。相逢意气为君饮〔4〕,系马高楼垂柳边。

〔1〕原诗四首,本篇是第一首,写少年的豪迈气概。
〔2〕"新丰",镇名。参看《观猎》注〔4〕。"斗",酒器。"斗十千",极言美酒价贵。借用曹植《名都篇》"归来宴平乐,美酒斗十千"成句。
〔3〕"咸阳",指唐都长安。
〔4〕这句写一见如故、互相倾慕的感情。

九月九日忆山东兄弟〔1〕

独在异乡为异客,每逢佳节倍思亲。遥知兄弟登高处,遍插茱萸少一人〔2〕。

〔1〕原注有"时年十七"四字。是作者少年时所作。"山东",指在华山以东作者故乡蒲(今山西省永济县)地。

〔2〕"插茱萸",古代风俗,每年重九节(农历九月九日)插戴茱萸枝登高,以为可以避灾。参阅储光羲《登戏马台作》注〔6〕。

送元二使安西[1]

渭城朝雨浥轻尘,客舍青青柳色新[2]。劝君更尽一杯酒,西出阳关无故人[3]。

〔1〕题一作《渭城曲》。本篇谱入乐府,当作送别曲,并把末句"西出阳关无故人"反复重叠歌唱,称《阳关三叠》,又称《渭城曲》。白居易和刘禹锡的诗中都有"阳关唱"、"唱渭城"等语,即指此诗所谱的乐府而言。宋郭茂倩《乐府诗集·近代曲辞》中题作《渭城曲》。"元二",不详何人。"安西",在今新疆维吾尔自治区库车附近。为当时安西都护府治所。

〔2〕"渭城",见《观猎》注〔2〕。"浥"。湿润,首句意思说清晨的微雨仅仅洒湿了地面的尘土。"青青柳色新",一作"依依杨柳春"。

〔3〕"阳关",故址在今甘肃省敦煌西南。《元和郡县志》说因为在玉门之南,所以称"阳关"。

李白

李白（701—762），字太白，祖籍陇西成纪（今甘肃省天水附近），先世于隋末流徙中亚，他就诞生在中亚的碎叶（今吉尔吉斯斯坦托克马克）。五岁时随父亲迁居绵州的昌隆县（今四川江油）清廉乡。从李白自叙青年时代的阔绰生活看来，他的家庭可能原是一个富商。幼年时，他的父亲对他进行过传统的文化教育，在青年时曾接近过戴天山的道士和纵横家赵蕤，也受过儒家的影响，思想比较复杂。但总的说来，受纵横家及道家的思想影响较深，这些思想支配着他的生活，使他沿着一条传奇式的生活道路，度过了自己光彩而又坎坷的一生。

二十五岁时"仗剑去国，辞亲远游，南穷苍梧，东涉溟海"（《上安州裴长史书》）。后来寓居安陆。以后的十年间，又北上太原，西入长安，东至鲁郡，结识了不少名人，写了不少诗文。据传他初到长安时，贺知章一见，惊叹为"谪仙人"，称其诗可"泣鬼神"，因而誉满京师。天宝元年（742），主要因玉真公主的荐举，被召入京，供奉翰林，受到唐玄宗李隆基的特殊礼遇。不过翰林毕竟是个号称"清秘"而不预实权的职位。老迈而昏聩的玄宗，不过利用李白的敏捷诗才，为他写点行乐词章，并不加以重用。在李白看来，这仍是和"倡优同畜"，他一向所抱"辅弼天下"的愿望，当然无法实现。他既不安于充当侍臣，又受到同僚中人的谗毁，仅在宫廷里待了不到两年，便被"赐金放还"。在这一时期里，由于接近了帝王权贵，观察到宫廷生活的内幕及上层统治集团的荒淫腐朽，使李白对现实有了清醒的认识。他的一些抨击现实的诗篇，大都产生于这个时期。

离长安以后，李白便长期过着漂泊流浪的生活，足迹遍及梁宋、齐鲁、幽冀，并多次往返于东越、金陵、宣城。安史乱后，他本想隐居庐山，却被永王璘邀请参加了幕府。至德二年（757），永王违背肃宗的命令东巡，被肃宗击败。李白受牵连坐罪，长流夜郎，行至巫山遇赦得还。六十一岁时，李光弼东镇临淮，李白闻讯前往请缨杀敌，希望在垂暮之年，为挽救国家危亡尽力，因病中途返回，次年病死于当涂县令、唐代最有名的篆书家李阳冰处。

唐代开国后的一百多年，由于统一安定，人民得以休养生息，生产力大有发展。统治者为了巩固政权，加强统治，也大力选拔人才，进入官僚机构。因而一般士大夫有进身的途径，这使他们对自己对社会都抱着积极乐观的态度。和李白年辈相近的诗人如岑参、高适、杜甫、李颀等都在作品中表现了不同程度的蓬勃向上的精神。而在李白诗里，这种精神表露得更为昂扬、充沛。他一生到处奔走，希望"申管晏之谈，谋帝王之术"，一再表示"何时腾风云，搏击申所能"！并断然相信"天生我才必有用"，这种积极、奋发的精神，起着激励人们向上的作用。

虽然自隋以来所实行的科举制度,为下层士大夫开放了仕进之路,但是李白所走的却是另外一种道路。他既羡慕张良的从赤松子游又为帝王师,也赞叹鲁仲连的谈笑却秦军,欣赏郦食其的片言下齐城。李白曾因道教关系得入翰林,可惜没有任何机会,使他能在政治上有所建树。直到在永王幕下时,还抱着"为君谈笑静胡沙"的幻想,希望在政治上创造奇迹。然而,李白究竟是一个伟大的诗人,而不是一位政治家,他的理想是不现实的,也是不可能实现的。

李白不仅始终如一地对政治关心,对当时的政局也很敏感。他对开元、天宝年间掩盖在繁荣外衣下的政治危机是有认识的,并曾对玄宗的荒唐思想和乖谬措施予以无情的批判。如《古风》("秦王扫六合")是讽刺玄宗信神求仙,《远别离》是警告玄宗,奸臣擅权将为祸乱之阶,《古风》("胡关饶风沙"和"代马不思越"),则是对玄宗的轻启边衅、虐害武臣的愤惋。至于外戚、宦官、佞幸之臣的骄横暴乱,李白更是十分痛恨。如《古风》("大车扬风尘")等诗,直斥"中贵"和"斗鸡者",给他们以严厉的批判和揭露。特别在天宝后期,当朝野惊传安禄山的叛乱阴谋时,李白曾"且探虎穴向沙漠,鸣鞭走马凌黄河",深入幽燕,一窥虚实。然而,"欲献济时策,此心谁见明"!他在北上及回程的诗中,都曾沉痛地诉说自己的忧愤之情。安史乱后,他更是关怀国事,如说:"抚剑夜吟啸,雄心日千里。誓欲斩鲸鲵,澄清洛阳水。"(《赠张相镐》其二）又说："中夜四五叹，常为大国忧。"对国家的危亡，人民的灾难，表示了深切的忧虑。

李白对泥古而不通今、虚伪而迂腐的儒者是十分厌恶的，曾写诗嘲笑他们，讽刺他们，并明白表示，自己和这些儒生绝非同道；对汉以来奉以为正宗的儒家的礼教，极为轻蔑、鄙视；对孔孟思想带给人们的精神束缚，给予有力的反击。

李白热爱祖国的大好河山，他曾以豪迈的情怀，奔放的诗句，赞颂我国的壮丽河山。奔腾咆哮的黄河，崎岖险阻的蜀道，落自九天的瀑布，无不给以汪洋恣肆的描绘，再现大自然的雄伟的形象。他曾凭借想象，描写幻梦中的天姥山，展现了雄奇瑰丽的神仙世界，表现了他对自由、光明的渴望与追求。有时写月，写山，又极为幽静安谧，表现了一种恬静而富哲理的情思。这些诗为人们所传诵所珍爱，不仅使山河生色，也使人们的精神得到了感染与熏陶。

李白一生浪迹于封建统治阶级的上层人物中间，跟劳动人民比较隔膜。但当他偶然接触到劳动人民时，对劳动人民高尚淳朴的品德，表示了自己由衷的敬爱和赞叹。这从本书所选的《宿五松山荀媪家》等诗可以看出。

他还以不同的笔调，塑造了各种类型的妇女形象，倾诉了她们的愿望和梦想，咏叹了她们美好、纯洁的情感。对那些在封建社会受压抑被损害的商人妇、征人妇等寄予了深切的同情。

天才横溢的李白在创作上却是一个十分刻苦

向前人学习的诗人。他的文集中至今还保留着模拟前人的诗、赋。他推崇《风》、《雅》,赞美建安,在他的诗歌里可以找到类似各代诗风的作品,特别是对乐府民歌的学习,最为明显。正是由于他继承了我国古代诗歌自《诗经》、《楚辞》以至六朝诗歌的优秀传统,产生了他自己的"想落天外"、"横被六合"的诗歌。在他的诗集中,乐府诗约占四分之一,汲取了古乐府的健爽、真挚、明朗的特色,又能融合他自己豪迈不羁的性格,从而形成了李白歌行所特有的飘逸、奔放、雄奇、壮丽的艺术风格。如《蜀道难》、《梁甫吟》等,都写得感情奔放,变化莫测,已完全摆脱古乐府的羁绊,可以看出李白推陈出新的创造力。

李白也是五七言绝句的圣手。五绝含蓄、深远,只有王维可以相比;七绝则韵味醇美,音节和谐流畅,感情真率,语言生动,真正做到了他自己所标举的"清水出芙蓉,天然去雕饰"的标准,和王昌龄的七绝,被评为有唐三百年的典范。

强烈的浪漫主义色彩,是李白作品的艺术特点,他是继屈原而后我国最伟大的浪漫主义诗人。他驰骋想象,运用神话的离奇境界,把自己热烈的情感注入到所描写的对象之中,以惊俗骇世的笔墨,恣意挥洒,描写了壮丽奇谲的世界,借以抒发个人怀抱的抑郁与不平。他鞭挞封建社会的魑魅丑怪,淋漓尽致,真所谓"笔落惊风雨,诗成泣鬼神"。他的诗歌中的强烈的爱憎之情和艺术魅力,千百年来鼓舞着人们,激发着人们,是我国人民精神财富中最可珍贵的瑰宝。

李白诗歌中也表现了浓厚的消极、颓废的情绪,如说:"钟鼓馔玉不足贵,但愿长醉不复醒。"(《将进酒》)这类的诗宣扬人生如梦,提倡及时行乐。这些不健康的倾向,都是应该批判的。

前人编注的李白诗文集中,以清王琦所注《李太白诗集注》较为详备。

古 风

一[1]

大雅久不作,吾衰竟谁陈[2]?王风委蔓草,战国多荆榛[3]。龙虎相啖食,兵戈逮狂秦[4]。正声何微茫,哀怨起骚人[5]。扬马激颓波,开流荡无垠[6]。废兴虽万变,宪章亦已沦[7]。自从建安来,绮丽不足珍[8]。圣代复玄古[9],垂衣贵清真[10]。群才属休明,乘运共跃鳞[11]。文质相炳焕,众星罗秋旻[12]。我志在删述,垂辉映千春[13]。希圣如有立,绝笔于获麟[14]。

[1]《古风》共五十九首,是表现李白政治理想和人生感慨的重要诗篇,其中不少篇以寓言、咏史形式对当时的政治措施及社会现象进行了抨击和讽刺,倾向性很强。这篇原列第一首,是表现李白文艺思想的一首诗。李白早年以匡济天下为己任,志似不在删述;可能作于晚年。

〔2〕"大雅",《诗经》的一部分,是反映西周政治的诗篇。这两句是仿孔丘的口气,自叹年力已衰,不知有谁再能写出《大雅》那样的诗篇?《论语·述而》载孔丘语:"甚矣吾衰也。""陈",是陈述之意。

〔3〕"王风",《诗经·国风》的一部分,是周室东迁洛邑以后所产生的民歌。"蔓草"、"荆榛",都是荒芜的意思。这两句说春秋时诗歌已零落,战国时,干戈扰攘,诗歌的创作更是荒凉。

〔4〕这两句指战国时七雄(秦、楚、齐、燕、韩、赵、魏)互相争战,至秦始结束。班固《答宾戏》:"于是七雄虓阚(音消喊,勇猛强悍),分裂诸夏,龙战虎争。""唼(音淡)食",吞噬。

〔5〕"正声",指上面所说"风"、"雅"一类诗歌。"骚人",指屈原、宋玉等。《楚辞》中最有代表性的作品是屈原的《离骚》,后世因称"楚辞体"的作品为"骚体",《楚辞》的作者为"骚人"。

〔6〕"扬马",扬雄、司马相如,都是汉赋的重要作家。这两句说扬雄和司马相如继屈原、宋玉而兴起,对后世起了很深远的影响。"垠(音银)",边际。

〔7〕"宪章",指诗歌的法度。这两句大意说扬雄和司马相如以后,诗歌虽屡有变化,但诗歌的法度已经沦替,不受重视了。

〔8〕这两句说建安以后的诗歌,讲究形式的华美,不足珍重。"建安",东汉末年献帝年号(196—220)。当时曹操、曹丕、曹植及建安七子的作品,风格刚健,内容充实,后世称之为"建安风骨"。

〔9〕"圣代",指唐代。"玄古",远古。

〔10〕"垂衣",《周易·系辞》:"垂衣裳而天下治。"这句化用《周易》语以歌颂唐朝的政绩。合上句是说唐代恢复了古代文化政治的淳朴之风。"清真",即自然,与"绮丽"相对而言。李白曾说"清水出芙蓉,天然去雕饰",反对雕章琢句。

〔11〕"群才",指当时的文人。"属",逢、遇。这两句谓当时文人逢到政治清明的好时代,乘好的时运,产生了好的作品,有如龙腾鱼跃。

〔12〕这两句进一步赞美唐代文学的形式与内容互相辉映,作品又十分丰富多彩,有如秋夜的繁星一样,光辉灿烂。"文质",文学的形式与内容。"旻(音民)",天空。

〔13〕这两句说我的志愿在于像孔丘那样编定一代文献,使之流传千载。相传孔丘曾删定《诗经》。

〔14〕这两句进一步申述自己愿意效法孔丘的意愿:尽有生之年,努力有所建"立",直到死亡,才停止写作。《春秋公羊传》载,鲁哀公十四年春"西狩获麟",孔丘见麟后说:"吾道穷矣。"传说他所编著的《春秋》即绝笔于这一年(参阅《左传·哀公十四年》杜预注)。

二〔1〕

秦王扫六合,虎视何雄哉〔2〕!挥剑决浮云,诸侯尽西来〔3〕。明断自天启,大略驾群才〔4〕。收兵铸金人,函谷正东开〔5〕。铭功会稽岭,骋望琅邪台〔6〕。刑徒七十万,起土骊山隈〔7〕。尚采不死药,茫然使心哀。连弩射海鱼,长鲸正崔嵬。额鼻象五岳,扬波喷云雷。鬐鬣蔽青天,何由睹蓬莱。徐巿载秦女,楼船几时回?但见三泉下,金棺葬寒灰〔8〕。

〔1〕本篇原列《古风》第三首。这是一首评价秦始皇的诗,前半说他雄才大略,建立了不朽的功勋;后半批评他迷信神仙,并借以讽刺唐玄宗。玄宗开元末期,好神仙长生术,迎方士张果入宫,和另一方士姜抚都封为银青光禄大夫。李白写这首诗是针对当时现实而发的。

〔2〕"秦王",指秦始皇(前259—前201),是中国第一个建立了统一封建王朝的杰出政治家。"六合",古称上、下、四方为"六合"。"扫",清扫。"虎视",如老虎一样雄视。《周易·颐卦》:"虎视眈眈。"

〔3〕这两句说秦始皇统一中国,诸侯都西向臣服于秦。这里用《庄子》成语比喻秦皇征服群雄。《庄子·杂篇·说剑》:"天子之剑以燕谿石城为

锋,……上决浮云,下绝地纪,此剑一用,匡诸侯,天下服矣。"决",断。

〔4〕 这两句赞美秦始皇英明果断,雄才大略,能驾驭群才。

〔5〕 这两句说秦始皇销毁天下兵器,铸为十二个金属人像,天下太平统一,函谷关也可以向东大开了(见《史记·秦始皇本纪》)。"函谷",函谷关,在今河南灵宝县西南,东至崤山,西至潼关,形势险要。秦未统一前,防守甚严:"关法鸡鸣而出客"(《史记·孟尝君列传》)。这里说秦统一全国后,函谷关不必防守了。

〔6〕 这两句说秦始皇巡游天下,树碑立石,歌颂秦的功德。据《史记·秦始皇本纪》,始皇二十年,南登琅邪(音郎牙),"乃徙黔首三万户琅邪台下;复十二岁,作琅邪台,立石刻,颂秦德"。三十七年,"上会稽,祭大禹,望于南海,而立石刻颂秦德"。"铭功",记功。"会稽岭",即会稽山,在今浙江绍兴。"骋望",极目四望。"琅邪台",在今山东省诸城县东南海滨的琅邪山上。

〔7〕 这两句说秦始皇令罪犯修筑骊山陵墓。《史记·秦始皇本纪》:"始皇初即位,穿治骊山,及并天下,天下徒送诣七十馀万人,穿三泉,下铜而致椁。""骊山",在今陕西省临潼县。

〔8〕 "尚采"以下十二句说秦始皇还要寻求长生不死之药,茫然无着而哀叹。亲自用连弩(能一连射出许多箭的弓)去射海鱼。而长鲸巨大,鼻子像山似的,扬波喷雷,它的鬐鬣把天都挡住了,哪里看得见蓬莱仙山呢!徐市(音福)载着童男童女的楼船什么时候才能回来呢?但见三泉(三重泉,深掘地至水)之下,金棺装着皇帝腐朽了的骨灰。据《史记·秦始皇本纪》,秦始皇命方士求不死药,齐人徐市说海上有蓬莱、方丈、瀛洲三座仙山,上有仙人居住,愿带童男童女数千人到那里求神仙和长生药。徐市去了几年,没有求到,害怕受惩罚,骗秦始皇说蓬莱确有仙药,但海上有大鲸挡住去路,希望有善射者同去射死大鱼。秦始皇令入海去的人带了捕捉大鱼的工具,自己带着连弩,从琅邪往北,直到荣成山,也没有见到大鱼,到之罘(音浮),才射得一条。"鲸",属哺乳类,大者长六七丈,鼻孔位于头上,常露出水面喷水,水形如柱。"崔嵬"、"蔽天"、"喷云雷"都是夸写鲸鱼的巨大。"金棺",即铜棺。据《史记·秦始皇本纪》记载,秦始皇初即位时即铸铜为棺椁,深凿地以筑墓穴。

三[1]

咸阳二三月,宫柳黄金枝[2]。绿帻谁家子,卖珠轻薄儿[3]。日暮醉酒归,白马骄且驰。意气人所仰,冶游方及时[4]。子云不晓事,晚献长杨辞。赋达身已老,草玄鬓若丝。投阁良可叹,但为此辈嗤[5]。

〔1〕本篇原列《古风》第八首。唐玄宗天宝初年,因为宠爱杨贵妃,外戚杨国忠官自御史至宰相,凡领四十馀使。杨贵妃的三个姐姐封国夫人。朝廷大权操在杨氏手中。杨国忠又和杨贵妃的姐姐虢国夫人淫乱。李白借西汉董偃故事,讽刺当时政治的腐败黑暗;又借扬雄的事,为文士的不遇慨叹。

〔2〕"咸阳",指长安。

〔3〕"绿帻",指类似西汉馆陶公主的情夫董偃的人。董偃初随母卖珠,出入武帝姑母馆陶公主家,后与馆陶公主同居。武帝至馆陶公主家宴饮时,偃头裹绿帻(当时卑贱人裹绿帻)拜见,受到武帝的封赏,后来又被武帝宠用。

〔4〕这四句写权贵骄纵浪游,扬扬得意的神气。

〔5〕"子云",汉代扬雄(前53—后18)字子云。"不晓事",不懂世务。汉杨修《答临淄侯笺》:"修家子云,老不晓事。"这六句以扬雄的遭遇,写当时文人不受重视。"长杨辞",指扬雄的《长杨赋》。此赋写汉朝声威之盛。"草玄",扬雄曾仿《易经》写《太玄经》,对当时社会政治表示不满。"投阁",王莽时,扬雄作了《剧秦美新》歌颂王莽。他的学生刘棻犯罪,扬雄受株连,在收捕时,扬雄从他校书的天禄阁跳下,几乎死去,后被赦。"此辈",指权贵们。

四[1]

胡关饶风沙,萧索竟终古[2]。木落秋草黄,登高望戎虏。

荒城空大漠,边邑无遗堵[3]。白骨横千霜,嵯峨蔽榛莽[4]。借问谁陵虐？天骄毒威武[5]。赫怒我圣皇,劳师事鼙鼓[6]。阳和变杀气,发卒骚中土[7]。三十六万人,哀哀泪如雨。且悲就行役,安得营农圃[8]！不见征戍儿,岂知关山苦。李牧今不在,边人饲豺虎[9]。

〔1〕 本篇原列《古风》第十四首。天宝中期,唐朝的实力已渐衰弱,边境敌人每于秋后肆扰,造成生产的破坏及士卒的死亡。李白这首诗慨叹守将无能,不能巩固国防。

〔2〕 开头两句说边塞地方风沙多,自古以来就是荒凉的。"饶",多。"萧索"句说"胡关"一带竟然长久"萧索"(萧索不仅指荒凉,同时指战争造成的凄惨景象)。

〔3〕 这两句说登高一看,空有大漠在望,城邑已无残垣留存。

〔4〕 这两句说自古以来多少死者的白骨枕藉,掩盖在丛芜的草莽之中。"千霜",千载。"嵯峨",形容白骨堆积很高。与"萧索"相照应。

〔5〕 "陵虐",蹂躏暴虐。"天骄",见王维《塞上作》注〔2〕。"毒",凶狠。两句自设问,自作答,言敌人侵扰,凌虐人民。

〔6〕 这两句说激怒了我们的皇帝,征调军队从事征讨。"赫",嗔怒。"圣皇",指玄宗。

〔7〕 "阳和",光明和平的景象。"发",征调。"中土",中原。

〔8〕 这四句说征调了很多军队,临行时异常悲痛,只顾含悲从军,哪里能再耕种。

〔9〕 末四句慨叹如果不看见征戍的士卒,哪里知道远越关山的苦楚。古代名将李牧现在没有了,边地的人民只有让敌人去践踏。"李牧",战国时赵国名将,曾大破匈奴,使匈奴不敢侵犯赵国。"豺虎",指残暴的敌人。一本"关山苦"下有"争锋徒死节,秉钺皆庸竖。战士死蒿莱,将军获圭组"四句。

五[1]

西上莲花山,迢迢见明星[2]。素手把芙蓉,虚步蹑太清。霓裳曳广带,飘拂升天行[3]。邀我登云台,高揖卫叔卿。恍恍与之去,驾鸿凌紫冥[4]。俯视洛阳川,茫茫走胡兵。流血涂野草,豺狼尽冠缨[5]。

〔1〕 这篇原列《古风》第十九首,作于至德元年(756)春。安史乱后,李白对祖国命运十分关怀,这首诗是他借游仙写中原在"胡兵"凌虐下的悲惨情景。

〔2〕 "莲花山",即西岳华山上的莲花峰,峰上有宫,宫前有池,池生千叶莲。"明星",仙女名。据《太平广记》卷五十九,仙女明星、玉女,"居华山,服玉浆,白日升天"。"迢迢",遥远。

〔3〕 这四句描写明星、玉女,说她们洁白的手中拿着莲花,凌空步虚,飞升太空,虹霓似的衣裳拖着宽阔的飘带。"太清",道家语,指高空。《抱朴子·内篇·杂应》云:"上升四十里,名为太清。"

〔4〕 这四句说明星、玉女邀请诗人登上了云台峰,拜见了神仙卫叔卿,恍忽之间与神仙驾着鸿雁飞入高空。"云台",莲花山东北有云台峰。慎蒙《名山诸胜一览记》称之为"上冠景云,下贯地脉,巍然独秀,有若灵台"的仙山。"卫叔卿",神仙名。据晋葛洪《神仙传》说,他是汉代中山人,服云母成仙。汉武帝曾于殿上见他乘云车、驾白鹿从天而降。后来有人见他在华山与数人博戏。"紫冥",高空。

〔5〕 末四句从游仙回到现实生活中。在空中低头看到洛阳到处是"胡兵"纷纷来去。人民遭受杀害,流血涂遍了野草,而豺狼似的敌人却个个封官拜将。"茫茫",形容敌兵之多。"冠缨",指有官职。

李　白

六〔1〕

大车扬飞尘,亭午暗阡陌〔2〕。中贵多黄金,连云开甲宅〔3〕。路逢斗鸡者,冠盖何辉赫。鼻息干虹蜺,行人皆怵惕〔4〕。世无洗耳翁,谁知尧与跖〔5〕。

〔1〕这篇原列《古风》第二十四首。天宝初年,李白官翰林时,见宦官侍童等豪奢无度,有感而作此诗。从本篇的描绘中可以看到这些中贵的气焰,也可以看到当时政治腐败的程度。

〔2〕前两句说即使在正午光线最明亮的时候,宦官贵人的大车经过之处,也会扬尘蔽日,使道路为之昏暗。"亭午",正午。"阡陌",原指田间的道路,南北称阡,东西称陌,此处指长安城中的街道。

〔3〕"中贵",指中官(宦官)之贵者。"连云",形容中贵们的住宅建筑得很高,仿佛上接云霄。《新唐书·宦者传上》:开元、天宝中,"宦官黄衣以上三千员,衣朱紫千餘人。……于是甲舍、名园、上腴之田为中人所名者半京畿矣"。"甲宅",大宅。

〔4〕"斗鸡",唐玄宗所爱好的一种游戏。"斗鸡者",据陈鸿《东城老父传》所写,开元间童子贾昌由于善养斗鸡,深得玄宗宠信,"金帛之赐,日至其家",号称"神鸡童"。当时流行的歌谣有"生儿不用识文字,斗鸡走马胜读书。贾家小儿年十三,富贵荣华代不如"。这四句写供奉玄宗斗鸡侍者的冠服、车盖十分光彩,气焰很高。"怵惕(音述剔)",恐惧。

〔5〕末两句慨叹统治者不辨贤愚。据说尧曾让天下于隐士许由,许由便跑到清洁的水边洗耳,以为尧的话玷污了他的耳朵(见皇甫谧《高士传》)。"尧",传说中的贤君。"跖",即盗跖,传说是春秋战国之际奴隶起义的领袖。据《史记·伯夷列传》及《庄子·杂篇·盗跖》说,跖所率领的奴隶起义"横行天下,侵暴诸侯"。但是由于统治阶级对他的憎恶,几千年来,"盗跖"一直被当作

恶人的代名词。李白此处也受到传统看法的影响。

七[1]

羽檄如流星,虎符合专城。喧呼救边急,群鸟皆夜鸣[2]。白日曜紫微,三公运权衡。天地皆得一,澹然四海清[3]。借问此何为,答言楚征兵。渡泸及五月,将赴云南征[4]。怯卒非战士,炎方难远行[5]。长号别严亲,日月惨光晶。泣尽继以血,心摧两无声[6]。困兽当猛虎,穷鱼饵奔鲸[7]。千去不一回,投躯岂全生。如何舞干戚,一使有苗平[8]。

〔1〕 这篇原列《古风》第三十四首。据历史记载,唐玄宗天宝十年(751),杨国忠当政,令益州长史鲜于仲通率精兵八万讨伐南诏(今云南大理),全军陷没。杨国忠谎报战功,又募两京(长安、洛阳)及河南北兵攻南诏。人知云南多瘴疠,不肯应募,"杨国忠遣御史分道捕人,连枷送诣军所。……于是行者愁怨,父母妻子送之,所在哭声振野"(《通鉴·唐纪三十二》)。天宝十三年剑南留后李宓率师七万再征南诏,李宓被擒,全军覆没(见《通鉴·唐纪三十三》)。李白这首诗,就是针对此事而写的。

〔2〕 "羽檄",见王维《老将行》注〔11〕。"流星",形容羽檄往来十分紧迫。"虎符",调兵的凭据。用铜制成虎形,分两半,右半留在京师,左半给地方,必须拿右半与左半验合,方可调兵。"专城",州郡长官。古代州牧、太守都称专城。这四句说调兵的文书紧急发出,朝廷的虎符也跟地方官的验合了,吵嚷着救边急迫,连树上夜宿的群鸟,都被惊动得叫起来了。

〔3〕 这四句说皇帝临朝,大臣运用谋略,四海安宁,合乎治道。"白日",象征皇帝。"紫微",星座名,象征朝廷。"三公",朝廷大臣。唐以太尉、司徒、

司空为三公。"一",即老子的所谓"道"。《老子》第三十九章:"天得一以清,地得一以宁。""澹然",安然。这四句诗和前后都不甚衔接,恐系传抄错误。如移在篇首似较顺。

〔4〕"泸",即泸水,今云南金沙江。古人以为泸水多瘴气,五月才能过渡。诸葛亮《出师表》:"五月渡泸,深入不毛。"

〔5〕"怯卒",指被强征入伍畏惧作战的兵士。"炎方",炎热的地方,此处指云南。

〔6〕这四句写战士与家人分别时的悲伤痛哭,日月都为之惨淡不明。"两无声",指士卒和家人泣不成声。

〔7〕"困兽"、"穷鱼",都是指出征的士卒。"当",抵挡。"饵",喂。

〔8〕最后两句说如何能像舜一样,不用武力征伐,以文治使敌人降服。《尚书·大禹谟》说有苗叛乱,舜命禹去征伐,三旬也没有克服。于是停止武力征讨而修文治,使舞者持盾和雉羽舞于两阶,七旬以后,有苗来服。"干",盾,古代抵御刀枪的兵器。"戚",古兵器,斧的一种。"舞干戚",舞者手里拿着干、戚。

远 别 离[1]

远别离,古有皇英之二女[2],乃在洞庭之南,潇湘之浦[3]。海水直下万里深,谁人不言此离苦[4]!日惨惨兮云冥冥,猩猩啼烟兮鬼啸雨[5]。我纵言之将何补?皇穹窃恐不照余之忠诚,雷凭凭兮欲吼怒[6]。尧舜当之亦禅禹[7],君失臣兮龙为鱼,权归臣兮鼠变虎[8]。或云尧幽囚,舜野死[9]。九疑联绵皆相似,重瞳孤坟竟何是[10]?帝子泣兮绿云间,随风波兮去无还[11]。恸哭兮远望,见苍梧之深山。苍梧山崩湘水绝,竹上之泪乃可灭〔12〕。

〔1〕 "远别离",乐府《杂曲歌辞》。本篇见于《河岳英灵集》,应是天宝十二年(753)以前所作。据《通鉴》,天宝中,唐玄宗贪图享乐,荒废政事,两次向宦官高力士表示,要把国家大事交给李林甫、杨国忠,边防委托安禄山、哥舒翰。事实上大权也逐渐落入这批人的手里。李白深以国家安危为忧,但又没有进谏的机会,因而借古代传说,抒发忧愤。

〔2〕 "皇英",指尧的两个女儿娥皇、女英。传说她们两人都嫁给舜。后舜死于苍梧之野,二女沉没于湘江。

〔3〕 这两句说娥皇、女英神游于洞庭潇湘之间。"潇湘",湘水在零陵县西合潇水称潇湘。《水经注·湘水》:"大舜之陟方也,二妃从征,溺于湘江,神游洞庭之渊,出入潇湘之浦。""浦",水滨。

〔4〕 这两句说娥皇、女英在舜死以后,悲痛之深如海。

〔5〕 这两句描写天地悲愁,日色无光,猿啼鬼啸,一片凄惨景色。"冥冥",昏暗貌。元萧士赟说这两句写玄宗时政局昏暗。

〔6〕 这三句由上面所咏古代传说,忽然转到现实的"我",却又用"皇穹"与雷声加以神化,使人不觉其确指现实。"皇穹",天。"凭凭",雷声。

〔7〕 这句说如果君主失去权力,就不能不受臣的控制。尧、舜失去权力也不得不"禅让"。"尧舜"句有省略,补足后应为"尧当之亦禅舜,舜当之亦禅禹"。

〔8〕 这两句说君主失去权力,就有遇害的危险。《说苑·正谏》:"吴王欲从民饮酒,伍子胥谏曰:'不可,昔白龙下清泠之渊,化为鱼,渔者豫且射中其目。'"又东方朔《答客难》:"用之则为虎,不用则为鼠。"此处作者只是借用比喻。

〔9〕 这两句似说尧、舜之死都与失权有关。据《史记·五帝本纪》张守节"正义"引《括地志》转引《竹书纪年》云:"昔尧德衰,为舜所囚也。"《国语·鲁语》:"舜勤民事而野死。"韦昭解:"野死,谓征有苗,死于苍梧之野也。"

〔10〕 "九疑",山名,即苍梧山。有九个山峰,形势相似,故名九疑山。在

今湖南省宁远县南,舜死后葬于此处。"重瞳",指舜。《史记·项羽本纪》:"舜目盖重瞳子。"指舜的眼珠有两个瞳孔。

〔11〕"帝子",指娥皇、女英。"绿云",指丛竹。传说舜出巡时,娥皇、女英追舜不及而恸哭,泪洒竹上,就变成后来洞庭湖盛产的有斑痕的湘妃竹。

〔12〕末两句说娥皇、女英抱恨终天,竹上斑痕长在。

蜀 道 难[1]

噫吁戏[2],危乎高哉! 蜀道之难,难于上青天! 蚕丛及鱼凫,开国何茫然[3]。尔来四万八千岁,不与秦塞通人烟。西当太白有鸟道,可以横绝峨眉巅[4]。地崩山摧壮士死,然后天梯石栈相钩连[5]。上有六龙回日之高标,下有冲波逆折之回川[6]。黄鹤之飞尚不得过,猿猱欲度愁攀援。青泥何盘盘[7],百步九折萦岩峦。扪参历井仰胁息,以手抚膺坐长叹[8]。问君西游何时还,畏途巉岩不可攀[9]。但见悲鸟号古木,雄飞雌从绕林间。又闻子规啼夜月,愁空山[10],蜀道之难,难于上青天! 使人听此凋朱颜。连峰去天不盈尺[11],枯松倒挂倚绝壁。飞湍瀑流争喧豗,砯崖转石万壑雷[12]。其险也如此,嗟尔远道之人胡为乎来哉! 剑阁峥嵘而崔嵬,一夫当关,万夫莫开[13]。所守或匪亲[14],化为狼与豺。朝避猛虎,夕避长蛇,磨牙吮血,杀人如麻。锦城虽云乐[15],不如早还家。蜀道之难,难于上青天! 侧身西望长咨嗟[16]。

〔1〕 "蜀道难",本六朝《瑟调曲》旧题,都是描写蜀道的险阻。李白的这首诗也是传统题材的再发挥。自宋以来对此诗的主题思想,众说纷纭,据詹锳《李白诗文系年》考订,认为与《送友人入蜀》、《剑阁赋》是同一主题同时之作,比较可信。据孟棨(启)《本事诗》,贺知章于天宝初年李白入京时即见此作,惊叹之馀,称李白为"谪仙"。按贺于天宝三年初致仕归越,故其创作时间不得迟于天宝三年。这首诗以雄奇奔放的笔调,采纳传说、民谚,夸写蜀道之艰难险峻,是李白浪漫主义诗风的代表作。

〔2〕 "噫"、"吁(音虚)"、"戏(音呼)",都是惊叹词。李白于此连用,下面又叠用"危乎"、"高哉",是对蜀道的艰险加重表示惊叹。

〔3〕 "蚕丛"、"鱼凫",传说中古蜀国的两个国王。"茫然",谓蜀国开国时间悠久,事迹难考。

〔4〕 这四句说从蜀国开国以来,秦蜀间无路可通,太白山与峨眉山之间只有飞鸟往还。"四万八千岁",形容时间悠久,并非确数。"不",一作"乃"。"太白",或称"太乙",秦岭峰名。

〔5〕 "山摧壮士死",据《华阳国志·蜀志》称,秦惠文王答应下嫁五个女儿给蜀王,蜀王派了五个力士去迎娶。返回梓潼,遇一大蛇钻入山洞,五个力士一起拉住蛇尾,想把它拉出来,结果山被拉塌,五力士及五女都被压死,山也分为五岭。"石栈",即栈道。山路险阻,凿石架木以通行的道路。

〔6〕 这两句说蜀山太高,连太阳的车子遇到它也只好折回去,水波也被冲折倒流。"六龙",古代神话,替太阳驾车的羲和每日赶了六条龙载上太阳神在天空中从东到西行驶。"高标",指秦岭或蜀道上的最高峰。

〔7〕 "青泥",岭名,为唐代入蜀要道,"悬崖万仞,山多云雨,行者屡逢泥淖,故号青泥岭"(见《元和郡县志》)。在今陕西省略阳县。"盘盘",形容山路纡曲。

〔8〕 上句说蜀道极高处,登者可以上扪星辰。"参(音身)"、"井"都是星宿名。"参"是蜀的分野,"井"是秦的分野(古人认为地上某些地区与天上某些星宿相应,叫分野)。"胁息",屏息,不敢出气。"膺",胸。

〔9〕 "巉(音蝉)岩",山势峻险。

〔10〕 "子规",一名子鹃,即杜鹃鸟,蜀地最多。据《华阳国志·蜀志》,古

132

时有蜀王杜宇,号望帝,后禅位出奔,其时子鹃鸟鸣,蜀人因思念杜宇,故觉此鸟鸣声悲切。

〔11〕"去天不盈尺",一作"入烟几千尺"。

〔12〕"喧豗(音灰)",瀑布急流的喧闹声。"砯(音乒)",水击岩石的声音。

〔13〕这三句说剑阁形势险要,易守难攻。"剑阁",在今四川省剑阁县北七里,是大剑山和小剑山中间的一座雄关,又名剑门关。"峥嵘"、"崔嵬",都是形容山势高峻、突兀不平的样子。西晋张载《剑阁铭》:"一夫荷戟,万夫趑趄(音资朱)。形胜之地,非亲勿居。"

〔14〕"匪",同"非"。"亲",一作"人"。

〔15〕"锦城",即锦官城,在今四川省成都市。

〔16〕"咨嗟",叹息。

梁甫吟[1]

长啸梁甫吟,何时见阳春[2]?君不见朝歌屠叟辞棘津,八十西来钓渭滨[3]。宁羞白发照渌水,逢时吐气思经纶[4]。广张三千六百钓,风期暗与文王亲[5]。大贤虎变愚不测[6],当年颇似寻常人。君不见高阳酒徒起草中,长揖山东隆准公。入门不拜骋雄辩,两女辍洗来趋风。东下齐城七十二,指挥楚汉如旋蓬[7]。狂生落魄尚如此,何况壮士当群雄[8]。我欲攀龙见明主,雷公砰訇震天鼓[9],帝旁投壶多玉女。三时大笑开电光,倏烁晦冥起风雨[10]。阊阖九门不可通,以额扣关阍者怒[11]。白日不照吾精诚,杞国无事忧天倾[12]。猰貐磨牙竞人肉,驺虞不折生草茎[13]。

手接飞猱搏雕虎,侧足焦原未言苦[14]。智者可卷愚者豪,世人见我轻鸿毛[15]。力排南山三壮士,齐相杀之费二桃[16]。吴楚弄兵无剧孟,亚夫哈尔为徒劳[17]。梁甫吟,声正悲,张公两龙剑,神物合有时[18]。风云感会起屠钓,大人岘屼当安之[19]。

〔1〕"梁甫吟",乐府古曲。今存《梁甫吟》古辞一篇。"梁甫",山名,在泰山下。张衡《四愁诗》:"我所思兮在泰山,欲往从之梁甫艰。"李善注云:"泰山以喻时君,梁甫以喻小人也。"李白《冬夜醉宿龙门觉起言志》:"而我何为者,叹息龙门下。富贵未可期,殷忧向谁写?去去泪满襟,举声《梁父吟》,青云当自致,何必求知音。"可以为这首诗作注。本篇大约作于受唐玄宗左右的小人谗害,赐金放还之后,是李白借乐府古题抒发个人忧国伤时的作品。

〔2〕"见阳春",《楚辞·九辩》:"恐溘死而不得见乎阳春!"李白以屈原被谗去国比自己被谗放逐。

〔3〕"屠叟",指周初名相太公吕望。传说他五十岁时在棘津(今河南省延津县)卖吃食,七十岁时在朝歌(殷都,在今河南省淇县)屠牛,八十岁在渭水垂钓,九十岁辅佐周文王。

〔4〕这两句说太公不以年老垂钓为羞,时机一到,便能扬眉吐气,治理国家。

〔5〕"三千六百钓",指太公在渭水边垂钓十年(每年垂钓三百六十天)。"风期",指品格志气。

〔6〕"大贤虎变",用《易经·革卦》"大人虎变"语。"虎变",指虎的皮毛秋后更新,文采炳焕。这里用来比人,意思说贤者能骤然得志,非愚者所能测知。

〔7〕这六句叙述汉初郦食其(音历异基)谒见汉高祖刘邦和游说齐王田广降汉的故事。据《史记·郦生陆贾列传》,郦食其,高阳(今河南省杞县)人,自称"高阳酒徒"。刘邦领兵过高阳时,郦往谒见,刘邦正让两个女子给他洗脚。郦生长揖不拜,向刘邦说,想聚义兵而灭秦,就不应对长者如此不礼貌

(当时郦已六十多岁)。刘邦于是停止洗脚,以礼接待。后来郦生为刘邦游说诸侯,使齐王田广以七十二城降汉。"草中",草野之中。"隆准",高鼻子。《史记·高祖本纪》:"高祖为人隆准而龙颜。""趋风",很快地走上前来。"旋蓬",蓬草遇风就连根而拔,随风飘转。这里比喻郦食其指挥楚汉之争如转动蓬草一样容易。

〔8〕"狂生",指郦食其。《史记·郦生陆贾列传》:郦生"家贫落魄,无以为衣食业,……县中皆谓之狂生"。"落魄",即落泊,飘泊不定,生活无靠的意思。"壮士",李白自指。意思说:郦生是落泊无依的狂生,还有机会辅佐汉高祖成大事,何况我比他强。

〔9〕"攀龙",古人将追随君主比作"攀龙鳞,附凤翼"(语出《后汉书·光武帝本纪》)。"天鼓",《史记·天官书》:"天鼓,有音如雷非雷。"《初学记》卷一引《抱朴子》云:"雷,天之鼓也。"从这两句以后作者写自己,不是咏叹历史故事了。但又采取了《离骚》的手法,以天写人。

〔10〕这三句说上帝身旁很多仙女,正在玩投壶。上帝时而大笑,发出电光。忽阴忽晴,忽而下雨。暗指"明主"荒于淫乐,喜怒无常。"投壶",古代宴饮时的一种游戏,宾主依次把箭投入一个瓶状的壶中,负者饮酒。又据《神异经·东荒经》说,东王公与玉女投壶,投中者,"天为之嚄嘘(叫好)"。投不中者,"天为之笑"。张华注说,不下雨的闪电就是天笑。"三时",《左传·桓公六年》:"谓其三时不害,而民和年丰也。"杜预注:"三时,春、夏、秋。""倏烁(音叔硕)",电光迅速闪烁。

〔11〕这两句意思说天上的门都关闭了,我用额头叩门,引起守门者的发怒。"阊阖(音昌合)",传说中的天门。"九门",九天之门。

〔12〕这两句说太阳也不能照见我的诚心,我并不是像杞国人那样,无缘无故的担心天塌下来。《列子·天瑞篇》:"杞国有人,忧天地崩坠,身无所寄,废寝食者。"

〔13〕这两句说行暴政则人民遭殃,行仁政则谷物丰登。"猰㺄(音雅俞)",古代一种吃人而又能快跑的野兽。常用以象征暴政。"驺虞(音邹俞)",《诗经·召南·驺虞》序云:"仁如驺虞,则王道成也。"驺虞或说即白虎,黑纹,不食生物,不踏生草。常用以象征仁政。

〔14〕这两句说自己虽处于危险境地,但是充满了信心,并且也有才力以应付艰难险阻。据《尸子》记载,古代勇士中黄伯能左手接飞猱(一种善攀援的猕猴),右手搏雕虎(斑驳猛虎)。"焦原",据《尸子》记载,春秋时莒国有石名焦原,广五十步,下临百仞深渊,勇敢的人才有胆量上此石。张衡《思玄赋》:"执雕虎而试象兮,阤焦原而跟趾。"

〔15〕这两句言聪明人遇乱世就把自己的才智收藏起来,愚者就自豪了。世人不识我,对我很轻视。《论语·卫灵公》:"君子哉蘧伯玉,邦有道则仕,邦无道则可卷而怀之。""鸿毛",鸿雁的毛,很轻。

〔16〕这两句借晏子典故说有些忠良智勇之士,被奸相轻易地杀害了。《晏子春秋》卷二记载齐景公时有三士:公孙接、田开疆、古冶子,都以勇武闻名。一日晏子从他们旁边走过,三人都没有敬礼。晏子入内,跟齐景公说这三人没有君臣尊卑之礼,将为后患。齐景公说,他们都很勇武,无法除去。晏子出谋让景公赏三人两个桃子,要他们三人评论自己的功劳,功大的可以吃桃。公孙接和田开疆都认为自己的功劳不小,先拿了桃子。而古冶子却说明他们的功劳不如自己,要他俩把桃子退回。两人羞愤自杀。古冶子见二人已死,觉得自己独生不义,也自杀了。古诗《梁甫吟》咏叹过此事,称三人"力能排南山,文能绝地纪。一朝被谗言,二桃杀三士"。李白此处是对现实而发,并为自己的怀才不遇鸣不平。

〔17〕据《史记·游侠列传》,吴楚叛乱时,汉景帝命周亚夫为将出兵,周在河南得到剧孟。他笑吴楚要弄兵而不用剧孟,实是徒劳。"咍(音孩)",笑。此处李白以剧孟自比,以为唐玄宗不重视自己,就像吴楚失去剧孟一样。

〔18〕据《晋书·张华传》:张华任雷焕为丰城(今江西省丰城县)令,焕在丰城掘得一双宝剑,送了一把给张华。张华写信给雷焕说:"详观剑文,乃干将也,莫邪何复不至?虽然,天生神物,终当合耳。"后张华被杀,宝剑不知去向。雷焕死后,他的儿子雷华带剑经过延平津,剑从腰间跃入水中。华派人下水去取,不见剑,但见两龙,各长数丈。这两句用以上典故,意谓一时虽受小人阻隔,但与"明主"终当有会合之时。

〔19〕末两句言有志之士,终有得意之时,应安于困境,以待时机。《后汉书》卷五十二《马武传》后论"二十八将"云:"咸能感会风云,奋其智勇。""屠

钓",太公吕望曾隐于屠、钓,见本篇注〔3〕。"岘屼(音倪吾)",不平坦,危难。

乌 夜 啼[1]

黄云城边乌欲栖,归飞哑哑枝上啼。机中织锦秦川女,碧纱如烟隔窗语。停梭怅然忆远人,独宿孤房泪如雨[2]。

〔1〕"乌夜啼",乐府古题,属《清商曲·西曲歌》。李白此诗所写秦川女是晋朝窦滔的妻子苏蕙。据《晋书·列女传》,窦滔本是秦州刺史,后被苻坚徙流沙。苏蕙思念窦滔,织成回文璇玑图赠滔,题诗二百馀首,计八百馀言,纵横反复皆成章句。

〔2〕末两句先写思妇触景生情,停梭怅然,后来回孤房独宿,泪落如雨。诗虽写窦滔妻苏蕙的悲苦,却并不只是写历史故事,也有泛写唐代一般戍卒妻室的怨望情绪的意义。

将 进 酒[1]

君不见黄河之水天上来[2],奔流到海不复回。君不见高堂明镜悲白发,朝如青丝暮成雪[3]。人生得意须尽欢,莫使金樽空对月。天生我材必有用,千金散尽还复来[4]。烹羊宰牛且为乐,会须一饮三百怀[5]。岑夫子,丹邱生[6],将进酒,君莫停。与君歌一曲,请君为我侧耳听。钟鼓馔玉不足贵[7],但愿长醉不复醒。古来圣贤皆寂寞,惟有饮者留其名。陈王昔时宴平乐,斗酒十千恣欢谑[8]。主人何为言少钱,径须沽取对君酌[9]。五花马,千金裘,呼儿将出换美酒[10],与尔同销万古愁。

〔1〕"将进酒",汉乐府诗题,属《鼓吹曲·铙歌》。古词有"将进酒,乘大白",写饮酒放歌(《乐府诗集》卷十六)。元萧士赟说《将进酒》是《短箫铙歌》,"唐时遗音尚存,太白填之以申己意耳"。本篇大约作于出翰林"赐金放还"后。李白当时胸中积郁很深,本篇抒发了感慨,但主要是以豪迈的语言,表达了乐观自信、放纵不羁的精神。

〔2〕黄河发源于青海的巴颜喀拉山(属青藏高原)的昆仑山脉。这里"天上来"是浪漫写法。

〔3〕这两句说悲愁能令人迅速衰老。

〔4〕"千金散尽",李白《上安州裴长史书》:"曩昔东游维扬,不逾一年,散金三十馀万,有落魄公子,悉皆济之。"

〔5〕"会须",应该。

〔6〕"岑夫子",指岑勋,南阳人。颜真卿所书《西京千福寺多宝佛塔感应碑》文的作者。"丹邱生",即元丹丘。二人都是李白的好友。岑、元曾招李白相会,李白有《酬岑勋见寻就元丹丘对酒相待以诗见招》诗纪实。

〔7〕"钟鼓馔(音撰)玉",指富贵生活。古时富贵人家吃饭时鸣钟列鼎,饮食精美。梁戴暠《煌煌京洛行》:"挥金留客坐,馔玉待钟鸣。""馔",吃喝。

〔8〕"陈王",指曹植。曾被封为陈思王。"平乐",观名。"斗酒十千",见王维《少年行》注〔2〕。

〔9〕"径须",只管。"沽(音孤)",买。

〔10〕"五花马",马毛色作五花纹。一说是把马鬣(音劣,马颈上的长毛)剪成五瓣为五花马(见《图画见闻志》卷五引韩幹《贵戚阅马图》及张萱《虢国出行图》解说)。"将出",拿去。

李　白

行　路　难

一[1]

金樽清酒斗十千,玉盘珍羞直万钱[2]。停杯投箸不能食,拔剑四顾心茫然[3]。欲渡黄河冰塞川,将登太行雪满山。闲来垂钓碧溪上,忽复乘舟梦日边[4]。行路难!行路难!多歧路,今安在[5]?长风破浪会有时,直挂云帆济沧海[6]。

〔1〕 "行路难",本古乐府《杂曲》旧题,写世路艰难和别离的悲伤。原诗三首,这是第一首。诗中充满了抑郁不平的感慨,同时也表现出自信的精神。

〔2〕 "斗十千",形容美酒价贵,一斗值钱十千。见王维《少年行》注〔2〕。"羞",馐,珍美的菜肴。"直",同值。

〔3〕 鲍照《行路难》:"对案不能食,拔剑击柱长叹息。"是这两句用语所本。"箸",筷子。

〔4〕 这两句以吕尚、伊尹的故事表示对自己的政治前途抱有希望。传说吕尚未遇文王时,曾在渭水的磻溪垂钓;伊尹受汤聘前,曾梦见乘船经过日月旁边。

〔5〕 这两句言人生道路艰难,我今置身何处。应前边"拔剑四顾心茫然"句。

〔6〕 末两句涵义是:自信必会有远大的前程。南朝时宗悫用"乘长风破万里浪"来形容自己的抱负(见《宋书·宗悫传》)。

二[1]

大道如青天,我独不得出。羞逐长安社中儿,赤鸡白雉赌梨栗[2]。弹剑作歌奏苦声,曳裾王门不称情[3]。淮阴市井笑韩信,汉朝公卿忌贾生[4]。君不见昔时燕家重郭隗,拥篲折节无嫌猜。剧辛乐毅感恩分,输肝剖胆效英才。昭王白骨萦蔓草,谁人更扫黄金台。行路难,归去来[5]。

〔1〕 本篇原列《行路难》第二首,诗意在指斥唐玄宗只知宠爱那些斗鸡小儿,不知重视人才(参看《古风》("大车扬飞尘")注〔4〕)。

〔2〕 这两句说自己不屑于跟那些用红鸡白鸡相斗赌输赢以赚取栗子和梨的小孩子们一样,去邀取君王的爱宠。"社",古代二十五家为一社,这里泛指里巷之中。"雉",一作"狗"。

〔3〕 这两句说寄食王侯门下生活很不如意。战国时齐公子孟尝君门下食客冯谖(音暄),曾屡次弹剑作歌埋怨自己生活的不如意。"裾",衣服的前襟。《汉书·邹阳传》:"饰固陋之心,则何王之门不可曳长裾乎!"与前句的"弹剑"都是说出入王侯之门。"称(音趁)",如意。

〔4〕 这两句说自己受到轻侮和排挤。"韩信",汉初大将,淮阴人,少年时家贫,淮阴市上有人侮辱他说:"能死,刺我;不能死,出我跨(胯)下!"韩信看了看他,从他胯下爬过,满街人都笑韩信怯懦(见《汉书·韩信传》)。"贾生",贾谊,洛阳人,曾上书汉文帝,劝他改制度,兴礼乐,受到当时大臣灌婴、冯敬等人的反对。

〔5〕 "君不见"以下都是慨叹当时没有像燕昭王那样重视贤能的君主,自己不得施展才能。战国时燕昭王为使自己的国家富强,礼贤下士,师事郭隗;于易水边筑台置黄金其上以招徕贤士,于是乐毅、邹衍、剧辛纷纷来归,为燕所用。"拥篲",《史记·孟子荀卿列传》记载,邹衍来燕,燕昭王"拥彗(篲)先

驱",亲自扫除道路迎接,恐怕灰尘飞扬,用衣袖挡住扫帚,以表示恭敬。"折节",屈己下人。

长 相 思[1]

长相思,在长安。络纬秋啼金井阑[2],微霜凄凄簟色寒[3]。孤灯不明思欲绝,卷帷望月空长叹。美人如花隔云端[4],上有青冥之高天,下有渌水之波澜[5]。天长路远魂飞苦,梦魂不到关山难[6]。长相思,摧心肝。

〔1〕"长相思",乐府《杂曲歌辞》旧题,现存歌辞多写思妇之情。梁、陈诗人的仿作,往往以"长相思"发端,李白这篇沿用了这个格式,内容也是写女子怀念久戍不归的丈夫。
〔2〕"络纬",虫名,俗称纺织娘。
〔3〕"微",一作"凝"。"簟(音垫)",竹席。
〔4〕"美人",指所思念的人。
〔5〕"青冥",形容极高极远的天。"渌",水色清澈。这两句即下文所谓"天长路远"。
〔6〕"关山难",指道路险阻难度。以上几句大意说月亮高高在天上,尚可望见,所思念的人则望而不见,连梦中也难相逢。

日 出 入 行[1]

日出东方隈[2],似从地底来。历天又复入西海,六龙所舍安在哉[3]？其始终古不休息，人非元气，安得与之久徘徊[4]。草不谢荣于春风，木不怨落于秋天[5]。谁挥鞭策驱四运，万物兴歇皆自然[6]。羲和，羲和，汝奚汨没于荒淫之波[7]？鲁阳何德，驻景挥戈[8]？逆道违天，矫诬实多[9]。吾将囊括大块，浩然与溟涬同科[10]。

〔1〕汉朝的《郊祀歌》有《日出入》篇，慨叹日出入无穷，人命独短，愿乘六龙成仙上天。李白这首诗一反原诗本意，说人不能不适应自然；认为日月运行、四时变化，是自然规律。

〔2〕"隈"，山的曲处。

〔3〕"六龙"，见《蜀道难》注[6]。"舍"，停止。这句是问六条龙停留在什么地方，对古代神话表示怀疑。

〔4〕这三句说日月运行终古不息，人怎能与日相同。"元气"，我国古代思想家认为形成世界最原始的东西是元气，无形状可言，天地万物都由元气所生。"其始终古不休息"，一作"其始与终古不息"。

〔5〕这两句说草木的繁荣与凋谢，都各顺应自然，不谢也不怨。《庄子·内篇·大宗师》郭象注："故圣人之在天下，暖焉若阳春之自和，故蒙泽者不谢；凄乎若秋霜之自降，故凋落者不怨也。"

〔6〕这两句说并不是有什么人挥着鞭子驱策四时运转，万物的发生发展及死亡都是自然而然的。"四运"，指春、夏、秋、冬四时。

〔7〕这三句问羲和怎么会沉没在浩渺的波涛之中。照应前面"入西海"。"汨（音古）没"，沉沦。"荒淫"，广阔浩渺。

〔8〕这两句说鲁阳公有什么本领，能挥戈使太阳停下来？《淮南子·览冥训》说鲁阳公与韩作战，正在十分激烈时，时间已经黄昏，鲁阳公援戈一挥，使太阳退了三舍（一舍三十里）。郭璞《游仙诗》："愧无鲁阳德，回日向三舍。"李白此处反其意而用之。

〔9〕这两句说违背自然规律，实际是不真实的。"矫诬"，虚伪。

〔10〕末两句说若能顺应自然，自己（精神世界）即能与自然融为一体。

有庄子"外死生"之意。"囊括大块",即庄子"万物与我为一"、"大同于溟涬"的意思。"溟涬(音铭幸)",自然之气。"同科",同类。

北 风 行[1]

烛龙栖寒门,光曜犹旦开。日月照之何不及此,唯有北风号怒天上来。燕山雪花大如席,片片吹落轩辕台[2]。幽州思妇十二月,停歌罢笑双蛾摧[3]。倚门望行人,念君长城苦寒良可哀[4]。别时提剑救边去,遗此虎文金鞞靫。中有一双白羽箭,蜘蛛结网生尘埃[5]。箭空在,人今战死不复回。不忍见此物,焚之已成灰[6]。黄河捧土尚可塞,北风雨雪恨难裁[7]!

〔1〕 鲍照有《北风行》,咏北风雨雪,行人不归。李白此篇拟鲍作,突出写幽州气候严寒及思妇之苦。

〔2〕 前六句都是写幽燕地方苦寒。略谓烛龙栖宿寒门,用它的眼睛代替了太阳。日月的光辉为什么不照耀到这块地方?只有北风怒号,大雪纷飞。"烛龙",古代神话中司冬夏及昼夜的神。人面龙身而无足,住在极北太阳照耀不到的寒门。烛龙衔烛照耀,以开眼、闭眼分昼夜,吹吸分冬夏(见《淮南子·墬形训》)。"燕山",在今河北省河北平原北侧。"轩辕台",遗址在今河北省怀来县乔山上。

〔3〕 "幽州思妇"以下均写思妇悲苦。"幽州",见陈子昂《感遇》("朔风吹海树")注〔3〕。"双蛾",双眉。古代以蚕蛾的两个触角比女子的眉毛,也以蛾作眉的代称。

〔4〕 这两句写思妇担心丈夫远征受冷。此诗开始极写幽州寒冷,此处却

说思妇忧念身在长城的丈夫"苦寒"、"可哀",可知长城苦寒较幽州更甚。这点深一层的含义,诗人并未直笔表露。"良",甚、很。

〔5〕"鞞靫(音卑叉)",装箭的袋子,饰有虎文。因出征时间已久,留在家中箭袋里的羽箭已蛛网尘结。

〔6〕这四句明言其夫已死。与前写担心丈夫远征苦寒略有矛盾。

〔7〕末两句写思妇悲恨难消。《后汉书·朱浮传》:"此犹河滨之人,捧土以塞孟津,多见其不知量也。"原写孟津不可塞,此处李白反其意而用之,以为河可塞而恨难消。

长 干 行[1]

妾发初覆额,折花门前剧[2]。郎骑竹马来,绕床弄青梅[3]。同居长干里,两小无嫌猜。十四为君妇,羞颜未尝开。低头向暗壁,千唤不一回。十五始展眉,愿同尘与灰[4]。常存抱柱信[5],岂上望夫台[6]。十六君远行,瞿塘滟滪堆。五月不可触,猿声天上哀[7]。门前旧行迹,一一生绿苔。苔深不能扫,落叶秋风早[8]。八月胡蝶黄,双飞西园草。感此伤妾心,坐愁红颜老。早晚下三巴,预将书报家。相迎不道远,直至长风沙[9]。

〔1〕"长干",古金陵里巷名,故址在今南京市南。乐府古辞有《长干曲》,属《杂曲歌》。

〔2〕"剧",游戏。

〔3〕"骑竹马"、"弄青梅"和前句的"折花",都是描写小儿女游戏的情事。

〔4〕这句是对丈夫表白,愿共生死。

〔5〕"抱柱信",《庄子·杂篇·盗跖》:"尾生与女子期于梁(桥)下,女子不来,水至不去,抱梁柱而死。"后人用抱柱为守信约之词。

〔6〕"望夫台",古代许多地方都流传有男子久出不归,其妻登山眺望的故事。因而有"望夫山"、"望夫石"、"望夫台"等名。

〔7〕这四句写女子惦念丈夫的平安。"瞿塘",峡名,在今四川奉节县东,是长江三峡之一。"滟滪堆",瞿塘峡口一块巨大的礁石。梁简文帝《淫豫歌》:"淫豫大如服,瞿塘不可触。金沙浮转多,桂浦忌经过。"淫豫堆即滟滪堆。行人以滟滪堆被水淹没的深浅,来测舟行的险易。五月江水暴涨,滟滪堆几乎全被淹没,舟行容易触礁沉没,故称"不可触"。"猿声",古乐府《西曲歌·女儿子》:"巴东三峡猿鸣悲,猿鸣三声泪沾衣。"三峡多猿,鸣声哀切,引起旅客愁思。

〔8〕这四句写丈夫久出不归,门前旧时的行迹,都被青苔覆盖。李白《自代内赠》诗:"别来门前草,秋巷春转碧。扫尽更还生,萋萋满行迹。"与此处的意思相近。

〔9〕"三巴",巴东、巴郡、巴西的总称。"不道远",不言路远。"长风沙",地名,在今安徽省安庆市东长江边上。陆游《入蜀记》:"自金陵至长风沙七百里。"这四句写女子听到丈夫将归,不辞七百里遥远路途,愿自长干前往迎接。

古朗月行[1]

小时不识月,呼作白玉盘。又疑瑶台镜[2],飞在青云端。仙人垂两足,桂树何团团[3]。白兔捣药成[4],问言与谁餐?蟾蜍蚀圆影,大明夜已残[5]。羿昔落九乌,天人清且安[6]。阴精此沦惑,去去不足观[7]。忧来其如何?凄怆摧心肝[8]。

〔1〕"朗月行",乐府古题,属《杂曲歌辞》。鲍照有《朗月行》写佳人对月弦歌。李白此诗虽然用旧题,却没有因袭旧的内容。前八句写儿童对月不理解的心理与稚气的疑问;后八句写月蚀。前人或以为有所讽刺,但寓意不明。

〔2〕"瑶台",传说仙人居住的地方。

〔3〕这两句形容月初升时逐渐明朗的情况。据虞喜《安天论》说,俗传月中有仙人和桂树,初生但见仙人的脚,渐明始见仙人和桂树之影成丛的形状(见《初学记》卷一)。

〔4〕"白兔捣药",傅玄《拟天问》:"月中何有,白兔捣药。"

〔5〕这两句说月蚀。《淮南子·山林训》:"月照天下,蚀于詹诸(蟾蜍)。"高诱注:"詹诸月中虾蟆,食月,故曰食于詹诸。"

〔6〕这两句说古代善射者羿,射落了九个太阳,使天、人都免除了灾难。"乌",指日。据《楚辞·天问》"羿焉彃日?乌焉解羽?"王逸注,羿射十日,其中九个日中的乌都被射死,羽翼堕落。又《淮南子·本经训》说尧时,十日并出,禾稼草木都被烧焦,人民没有吃的,于是尧使羿射日。

〔7〕"阴精",月。这两句说月亮遭遇这样的劫难,失去光彩,不能观赏了。

〔8〕末两句写为月之被蚀而伤忧。

塞 下 曲[1]

五月天山雪,无花只有寒[2]。笛中闻折柳,春色未曾看[3]。晓战随金鼓,宵眠抱玉鞍[4]。愿将腰下剑,直为斩楼兰[5]。

〔1〕"塞下曲",是唐代乐府题,出于汉《出塞》、《入塞》等曲。参见王昌龄《塞下曲》注〔1〕。原诗六首,这是第一首。

〔2〕这两句说塞外五月飞雪,不见花开,只有寒意。

〔3〕这两句说戍边的人只从笛声听到《折杨柳》的曲子,实际上春天却还没有来到边疆。与前句"无花"相应。《折杨柳》出于汉《横吹曲》。

〔4〕这两句写战斗生活中的紧张与辛苦。

〔5〕"楼兰",泛指向内地骚扰的敌人首领。参看王昌龄《从军行》("青海长云暗雪山")注〔3〕。

丁都护歌[1]

云阳上征去,两岸饶商贾[2]。吴牛喘月时,拖船一何苦[3]。水浊不可饮,壶浆半成土[4]。一唱都护歌,心摧泪如雨[5]。万人凿盘石,无由达江浒[6]。君看石芒砀,掩泪悲千古[7]。

〔1〕"丁都护歌",即《丁督护歌》,乐府《清商曲·吴歌》曲名。《宋书·乐志》:"《都护哥(歌)》者,彭城内史徐逵之为鲁轨所杀,宋高祖使府内直督护丁旿收殓殡霾(埋)之。逵之妻,高祖长女也,呼旿至阁下,自问殓送之事,每问辄叹息曰:'丁督护!'其声哀切,后人因其声,广其曲焉。"《唐书·乐志》:"《丁都护歌》者,晋宋间曲也。"按《乐府诗集》所存《丁督护歌》都是咏叹戎马生活的辛苦和思妇的怨叹。李白用旧题别创新意,写当时官吏为从云阳拖船运送盘石至上游,役使众多劳动人民,突出描写拖船者的悲苦。

〔2〕这两句说从云阳向上水拖船走去,两岸商贾众多。"云阳",今江苏省丹阳。

〔3〕这句指天气炎热。《世说新语·言语》:"(满)奋曰:'臣犹吴牛,见月而喘。'"刘孝标注:"今之水牛,唯生江淮间,故谓之吴牛也。南土多暑,而牛

畏热,见月疑是日,所以见月则喘。""一何",多么。"一"是语中助词,无义。

〔4〕这两句说盛夏河水涸竭,水混浊如泥浆,盛入壶中,一半沉淀为土,不堪饮用。

〔5〕这两句谓诗人一听拖船者所唱,心伤泪下。"都护",明胡震亨谓指"当时监督之有司"。

〔6〕这两句说石头大且多,从事采凿者数以万计,运送到江边更是一件困难的事。"盘石",大石。"浒",江边。

〔7〕末两句说盘石广大,采之不尽,给人民带来无穷的痛苦。"芒砀",叠韵连词,即茫荡,这里形容盘石广大。

静 夜 思

床前明月光,疑是地上霜。举头望明月[1],低头思故乡。

〔1〕"望明月",一作"望山月"。晋《清商曲辞·子夜四时歌·秋歌》第十八首有"仰头看明月,寄情千里光"。

春 思[1]

燕草如碧丝,秦桑低绿枝。当君怀归日,是妾断肠时[2]。春风不相识,何事入罗帏[3]?

〔1〕本篇写丈夫远戍燕地,妻子留居秦中,对着春天景物思念远人,想象

远人也正在想家。

〔2〕 这四句大意:当燕草细嫩如丝的时候,秦地的桑叶已经很茂密,使得枝条低垂了。两地春来迟早不同,而春光逗引人的相思却是一样的。

〔3〕 末两句写少妇孤眠独宿。晋《子夜四时歌·春歌》:"春风复多情,吹我罗裳开。"李白用"不相识"、"何事"反诘语气,更见天真活泼。

子夜吴歌[1]

长安一片月,万户捣衣声[2]。秋风吹不尽,总是玉关情[3]。何日平胡虏,良人罢远征。

〔1〕 本题《乐府诗集》作《子夜四时歌》,原诗共四首,写四时,这是第三首《秋歌》。六朝乐府《清商曲·吴声歌曲》有《子夜歌》、《子夜四时歌》、《大子夜歌》、《子夜变歌》。李白此题承四时歌而来。据《旧唐书·音乐志二》:"《子夜》,晋曲也。晋有女子夜,造此声,声过哀苦。"因属吴声曲,又称《子夜吴歌》。

〔2〕 "捣衣",见沈佺期《古意呈补阙乔知之》注〔4〕。

〔3〕 "玉关情",指怀念玉门关外远戍的丈夫的相思之情。

江 上 吟[1]

木兰之枻沙棠舟[2],玉箫金管坐两头[3]。美酒樽中置千斛[4],载妓随波任去留。仙人有待乘黄鹤,海客无心随白鸥[5]。屈平词赋悬日月,楚王台榭空山丘[6]。兴酣落笔摇五岳,诗成笑傲凌沧洲[7]。功名富贵若长在,汉水亦应西北流[8]。

〔1〕 题一作《江上游》。作于早期游江夏时。
〔2〕 "木兰",树名,落叶乔木,俗称紫玉兰。"枻(音义)",同"楫",舟旁划水的工具。"沙棠",木名。据《山海经·西山经》说,沙棠出昆仑山上,人吃了它的果实"入水不溺"。这里是形容舟的名贵,并非实指。
〔3〕 这句写船的两头坐着吹奏玉箫金管的歌妓。
〔4〕 "樽",酒器。"斛(音壶)",十斗为斛。这句夸说饮酒之多。
〔5〕 这两句写诗人飘然欲去求仙和摆脱功名富贵的出世心情。"乘黄鹤",见崔颢《黄鹤楼》注〔1〕。"仙人"句说欲成仙则须凭借于黄鹤之来。"海客",见王维《积雨辋川庄作》注〔6〕。"无心",无机心,故可以与海鸥相得。
〔6〕 这两句说功名富贵不能长在,而诗赋文章则可以不朽。屈原,名平。《史记·屈原贾生列传》中评价屈原的《离骚》是"濯淖污泥之中,蝉蜕于浊秽,以浮游尘埃之外,不获世之滋垢,皭然泥而不滓者也。推此志也,虽与日月争光可也"。"台榭(音谢)",台上之屋称榭。楚灵王有章华台,楚庄王有钓台,均以豪华驰名。
〔7〕 这两句矜夸自己的诗歌可以气振河山。"五岳",指东岳泰山,西岳华山,南岳衡山,北岳恒山,中岳嵩山。"沧洲",指江海之涯。"五岳"、"沧洲"都是隐者的去处。这两句说隐去后还要以诗赋自适。
〔8〕 "汉水",发源于陕西宁羌县,东流至襄阳会白河,折而南流。这两句意思说,功名富贵是绝对不会长在的。

西岳云台歌送丹邱子[1]

西岳峥嵘何壮哉!黄河如丝天际来[2]。黄河万里触山动,盘涡毂转秦地雷。荣光休气纷五彩,千年一清圣人在[3]。巨灵咆哮擘两山,洪波喷流射东海[4]。三峰却立如欲摧,翠崖丹谷高掌开[5]。白帝金精运元气,石作莲花云作台[6]。云台阁道连窈冥,中有不死丹邱生。明星玉女备洒扫,麻姑搔背指爪轻。我皇手把天地户,丹丘谈天与天语。九重出入生光辉,东求蓬莱复西归[7]。玉浆倘惠故人饮,骑二茅龙上天飞[8]。

〔1〕"西岳",华山。"云台",见《古风》("西上莲花山")注〔4〕。"丹邱子",即元丹邱,李白出川前于开元十年在峨眉结识的一位道友,于颍阳、嵩山、石门山等处都有别业。李白从游甚久,赠诗亦特多。本篇写黄河的奔腾冲泻之势及华山的峥嵘秀伟,运用神话传说,驰骋想象,使山河更带有神奇的色彩。

〔2〕这两句写华山的雄伟及登山远眺所见到的黄河。据《华山记》所载,从华山的落雁峰"俯眺三秦,旷莽无际。黄河如一缕水,缭绕岳下"。

〔3〕这四句写黄河。先写河的触山动地的汹涌澎湃之势,继写河的急流盘旋成涡,声如巨雷,最后写河水在阳光下,反映出灿烂辉煌的色彩,并把它和人的命运联系起来。"盘涡毂(音姑)转",车轮的中心处毂转,这里形容水波急流,盘旋如轮转。"荣光休气",形容河水在阳光下所呈现的光彩,仿佛一片祥瑞的气象。都是歌颂现实。"千年一清",黄河多挟泥沙,古代以河清为吉祥之事,也以河清称颂清明的治世。"圣人",指当时的皇帝唐玄宗。

〔4〕这两句写河水咆哮奔流,分擘了中条山(即雷首山,又称首阳山)和华山,使得洪波能直流喷注东海,描写了黄河的伟大力量。据《水经注·河水》引古语:"华岳本一山,当河,河水过而曲行。河神巨灵,手荡脚踏,开而为两,今掌足之迹,仍存华岩。"

〔5〕这两句写巨灵擘山后给山带来的影响。"三峰",指落雁峰、莲花峰、朝阳峰。"高掌",即仙人掌,华山的东峰。

〔6〕这两句写华山的形状奇异,仿佛是神仙所创造的奇迹。"白帝",神话中的五天帝之一,是西方之神。华山是西岳,故属白帝。道家以西方属金,故称白帝为西方之金精。"元气",见《日出入行》注〔4〕。慎蒙《名山诸胜一览

记》:"李白诗'石作莲花云作台',今观山形,外罗诸山如莲瓣,中间三峰特出如莲心,其下如云台峰,自远望之,宛如青色莲花,开于云台之上也。"

〔7〕 这八句以神话故事和现实的人物并写,似幻似真,并以此娱悦元丹邱。言云台的阁道连接着高不可测的云霄之处,有明星、玉女二仙女来侍洒扫,麻姑为人搔背,手爪很轻。我皇把守着九天的门户,元丹邱与天谈论着宇宙形成的问题,出入于高高的九重天上,往来于蓬莱与华山之间。"阁道",即栈道,见《蜀道难》注〔5〕。"窈冥",高深不可测之处。"明星"、"玉女",见《古风》("西上莲花山")注〔2〕、〔3〕。"麻姑",神话中的人物,传说为建昌人,东汉桓帝时应王方平之邀,降于蔡经家,年约十八九岁,能掷米成珠。自言曾见东海三次变为桑田。她的手像鸟爪,蔡经曾想象用它来搔背一定很好(见《神仙传》)。"我皇",指天帝。"谈天",战国时齐人邹衍喜欢谈论宇宙之事,人称他是"谈天衍"。"九重",天的极高处。"蓬莱",仙山名,见《古风》("秦王扫六合")注〔8〕。

〔8〕 末两句说元丹邱或许能惠爱故人(自指),饮以玉浆,使他也能飞升成仙。《列仙传》说,仙人使卜师呼子先与酒家妪骑二茅狗(后变为龙)飞上华山成仙。"玉浆",仙人所饮之浆。

横 江 词[1]

海神来过恶风回[2],浪打天门石壁开[3]。浙江八月何如此[4]?涛似连山喷雪来。

〔1〕 原诗共六首,这是第四首。安徽省境长江西北岸有横江浦(《横江词》之五有"横江馆前津吏迎,向余东指海云生"二句,可证横江浦在江之西北),与东南岸之采石矶相对。全诗四句都是描写天门山长江风浪的险恶。李白《天门山铭》:"卷沙扬涛,溺马杀人。"

〔2〕 "回",旋转。

〔3〕"天门",即今安徽省当涂县、和县的东西两梁山。两山夹江峙立。这句说仿佛天门山是由浪涛所打开的。

〔4〕这句是诗人设问:与浙江八月的海潮相比如何?

金陵城西楼月下吟[1]

金陵夜寂凉风发,独上高楼望吴越。白云映水摇空城,白露垂珠滴秋月[2]。月下沉吟久不归,古来相接眼中稀[3]。解道澄江静如练,令人长忆谢玄晖[4]。

〔1〕李白一生敬佩南齐诗人谢朓,有"谁念北楼上,临风怀谢公"(《秋登宣城谢朓北楼》)的诗句。谢朓曾于三山望金陵而有诗,李白这首诗是在金陵西楼望吴越而怀念谢朓。

〔2〕这两句写映在水中的白云,随波动荡,像在摇动着那座空城;而珍珠一样的白露,正滴到月光照射的地面上。

〔3〕"沉吟",沉思。"古来"句恨自古以来能够精神相感者太少。

〔4〕"澄江静如练",谢朓《晚登三山还望京邑》:"馀霞散成绮,澄江静如练。""谢玄晖",谢朓,字玄晖。

秋 浦 歌

一[1]

炉火照天地,红星乱紫烟[2]。赧郎明月夜,歌曲动寒川[3]。

〔1〕 原诗共十七首,本篇为第十四首。"秋浦",唐县名;今安徽省贵池县,县西南有浦曰秋浦。是唐代产银产铜的地方。
〔2〕 这两句说夜间冶炉的火光辉映天地,火星在浓烟中迸射。
〔3〕 "赧(音南,上声)郎",指被火光照耀的面呈红色的冶炼工人。末句说"赧郎"们的歌声在寒夜的江上震荡。"赧",红色。

二[1]

白发三千丈,缘愁似个长[2]。不知明镜里,何处得秋霜[3]。

〔1〕 本篇原列第十五首。作者素有匡时济世之志,却不得一申所能,故时有怀才不遇的愁思。本篇就是用浪漫夸张的手法,表现这样一种愁怀。
〔2〕 "缘",因为。"个",这样。
〔3〕 "秋霜",指白发。前两句说明自己因愁而有白发,后两句又诧异明镜里何以得秋霜,仿佛不知道镜子里的秋霜就是自己头上白发的反映。诗人故作憨态,委宛深沉地抒写了愁肠百结难以自解的苦衷。

峨眉山月歌[1]

峨眉山月半轮秋,影入平羌江水流[2]。夜发清溪向三峡,思君不见下渝州[3]。

〔1〕李白在四川长大,对巴山蜀水非常热爱。本篇大约写于开元十四年(726)作者从犍为清溪去重庆的水路上,为李白辞亲远游纪程诗之一。他的另外一首诗《峨眉山月歌送蜀僧晏入中京》说:"我在巴东三峡时,西看明月忆峨眉。月出峨眉照沧海,与人万里长相随。"可参读。

〔2〕"平羌",即青衣江,源出四川芦山县,流至乐山县入岷江,在峨眉山东北。"半轮",形容上弦或下弦的月。

〔3〕"清溪",即清溪驿,属犍为县,在峨眉山附近。"渝州",今四川重庆一带,唐属渝州。"君",指友人。

清 溪 行[1]

清溪清我心,水色异诸水。借问新安江,见底何如此[2]?人行明镜中,鸟度屏风里[3]。向晚猩猩啼[4],空悲远游子。

〔1〕《唐文粹》此诗与《宣城清溪》题作《宣城清溪二首》。"清溪",水名,在今安徽省贵池县,唐属池州秋浦县。溪水碧绿,下浅滩数里有玉镜潭。

〔2〕梁沈约《新安江至清浅深见底贻京邑游好》诗云:"洞彻随深浅,皎镜无冬春。千仞写乔树,百丈见游鳞。"李白此处以清溪与新安江相比。

〔3〕这两句以镜比水,以屏比山。"人行明镜中",陈释惠标《咏水》诗有云:"舟如空里泛,人似镜中行。"

〔4〕"猩猩",属猿类。唐时秋浦多猿。李白在秋浦所写的诗,很多地方提到猿啼:"秋浦夜猿愁","秋浦多白猿","千峰照积雪,万壑尽啼猿"。

赠汪伦[1]

李白乘舟将欲行,忽闻岸上踏歌声[2]。桃花潭水深千尺[3],不及汪伦送我情。

〔1〕《李太白文集》杨齐贤注:"白游泾县桃花潭,村人汪伦常酿美酒以待白,伦之裔孙至今宝其诗。"
〔2〕"踏歌",歌唱时以脚踏地为节拍。
〔3〕"桃花潭",在泾县(今安徽省泾县)西南。

沙丘城下寄杜甫[1]

我来竟何事,高卧沙丘城。城边有古树,日夕连秋声。鲁酒不可醉,齐歌空复情[2]。思君若汶水,浩荡寄南征。

〔1〕李白离长安后游梁宋时始遇杜甫,诗酒酬唱,过从甚密。又在东鲁同游,有《鲁郡东石门送杜二甫》诗。本篇为别后不久所作。"沙丘",在汶水附近,李白鲁中寄寓地。李白《送萧三十一之鲁中兼问稚子伯禽》有句云:"我家寄在沙丘旁。"
〔2〕"鲁酒",鲁地的酒,薄酒。《庄子·外篇·胠箧》:"鲁酒薄而邯郸围。"据《淮南子》许慎注,楚国大会诸侯时,鲁国、赵国都向楚王献酒。管酒的官吏私向赵国讨酒,赵国不与,官吏大怒,把鲁酒代替赵酒献给楚王。楚王误以

为赵酒薄,便包围了赵国的国都邯郸。后来常以鲁酒代称薄酒。庾信《哀江南赋序》:"鲁酒无忘忧之用。"此时李白正寓居鲁地,"鲁酒"在此有双关意。这两句说鲁酒齐歌都不足以打动自己的心,以衬托下面两句所写的"思君"之深情。

闻王昌龄左迁龙标遥有此寄〔1〕

杨花落尽子规啼〔2〕,闻道龙标过五溪〔3〕。我寄愁心与明月,随风直到夜郎西〔4〕。

〔1〕这诗是李白闻王昌龄被贬为龙标尉后所写。"龙标",即今湖南省黔阳县,唐时为荒僻地方。"左迁",古时尊右卑左,称贬官为"左迁"。

〔2〕"子规",鸟名,见《蜀道难》注〔10〕。

〔3〕"五溪",指湖南与贵州接壤地带的辰溪、西溪、巫溪、武溪、沅溪。

〔4〕"夜郎",唐代夜郎有三,两个都在今贵州省桐梓县;本篇所说在今湖南省沅陵县境,龙标在夜郎的西南方向。清刘献廷《广阳杂记》卷一:"王昌龄为龙标尉。龙标即今沅州也。又有古夜郎县,故有'夜郎西'之句。若以夜郎为汉夜郎王地者,则相去甚远,不可解矣。"

寄东鲁二稚子〔1〕

吴地桑叶绿,吴蚕已三眠〔2〕。我家寄东鲁,谁种龟阴田〔3〕。春事已不及,江行复茫然〔4〕。南风吹归心,飞堕酒楼前〔5〕。楼东一株桃,枝叶拂青烟。此树我所种,别来向三年。桃今与楼齐,我行尚未旋。娇女字平阳,折花倚桃边。折花不见我,泪下如流泉。小儿名伯禽,与姐亦齐肩。双行桃树下,抚背复谁怜。念此失次第[6],肝肠日忧煎。裂素写远意[7],因之汶阳川。

〔1〕 题下原注"在金陵作"。"东鲁",指山东任城(今山东济宁市),李白曾寄寓于此。

〔2〕 "吴地",金陵(今江苏省南京市),春秋时属吴国。"三眠",是说春蚕将老。蚕在蜕皮时卧而不食称眠,凡四眠即结茧。

〔3〕 "龟阴",龟山之北。龟山在山东新泰县西南。

〔4〕 这两句说春耕的事已来不及料理,今后的归期尚茫然无定。金陵有运河直通任城,故曰"江行"。

〔5〕 "酒楼",李白于任城筑有酒楼,唐、宋、元、明、清代有诗人题咏。清汪琬《李太白酒楼歌》:"任城酒楼高插天,楼东桃树非昔年。"(《尧峰文钞》卷一)

〔6〕 "失次第",说心情不能平静,失去常态。

〔7〕 "素",洁白的绢,古人常用以书写。

庐山谣寄卢侍御虚舟[1]

我本楚狂人,凤歌笑孔丘[2]。手持绿玉杖,朝别黄鹤楼[3]。五岳寻仙不辞远[4],一生好入名山游。庐山秀出南斗旁[5],屏风九叠云锦张[6],影落明湖青黛光[7]。金阙前开二峰长[8],银河倒挂三石梁[9]。香炉瀑布遥相望[10],回崖沓嶂凌苍苍[11]。翠影红霞映朝日,鸟飞不到吴天长[12]。登高壮观天地间,大江茫茫去不还[13]。黄云万里动风色,白波九道流雪山[14]。好为庐山谣,兴因庐山发。闲窥石镜清我心,谢公行处苍苔没[15]。早服还丹无世情[16],琴心三叠道初成[17]。遥见仙人彩云里,手把芙蓉朝玉京[18]。先期汗漫九垓上,愿接卢敖游太清[19]。

〔1〕"卢虚舟",字幼真,唐范阳(今北京大兴县)人。以"遁世颐养,操持有清廉之誉",被唐肃宗任为殿中侍御史。曾与李白同游庐山。李白另有《和卢侍御通塘曲》。

〔2〕在起句中李白自比"楚狂",用《论语》楚狂接舆故事,表示愤世嫉俗,不愿效孔丘到处奔走以求救世,而向往隐逸生活。"楚狂"、"凤歌",见陈子昂《度荆门望楚》注〔4〕。

〔3〕"绿玉杖",装有绿玉的手杖。"黄鹤楼",见崔颢《黄鹤楼》注〔1〕。

〔4〕"五岳",见《江上吟》注〔7〕。

〔5〕"南斗",星名,即斗宿,浔阳属南斗分野。参见《蜀道难》注〔8〕。江西星子县即晋浔阳郡地,庐山在星子县西北,故称南斗旁。

〔6〕"屏风九叠",庐山五老峰的东北有九叠云屏,也叫屏风叠,下为九叠谷。此句言九叠屏像云霞锦绣似的张开着。

〔7〕"影",指庐山的影。"明湖",指鄱阳湖。"青黛",青黑色。

〔8〕"金阙",指庐山的金阙岩,又名"石门"。《水经注·庐江水》:"庐山之北有石门水,水出岭端,有双石高竦,其状若门,因有石门之目焉。"

〔9〕"三石梁",王琦注说:"今三叠泉在九叠屏之左,水势三折而下,如银河之挂石梁,与太白诗句正相吻合。"

〔10〕这句言三石梁的瀑布与香炉峰的瀑布遥遥相望。

〔11〕"沓(音踏)",重叠。这句言山峦重叠迂回,上凌苍天。"苍苍",指天。

〔12〕"吴天",三国时庐山属吴国。

〔13〕"大江",长江。

〔14〕"白波九道",指长江至浔阳分为九派。参见王维《汉江临泛》注〔2〕。这里"白波"、"雪山"泛指江流激起的波浪。

〔15〕"谢公",指谢灵运。谢灵运《入彭蠡湖(即鄱阳湖)口》诗有"攀崖照石镜"句。《太平寰宇记》:"石镜在东山悬崖之上,其状团圆,近之则照见形影。"下句说谢公的足迹已为苍苔所没。

〔16〕"还丹",道家术语,丹砂烧成水银,积久又还成丹砂,叫做还丹。《抱朴子·金丹》:"若取九转之丹,内神鼎中,夏至之后,爆之鼎热,翕然辉煌,俱起神光五色,即化为还丹。取而服之一刀圭,即白日升天。"这是李白迷信道教,想入非非。

〔17〕"琴心三叠",见《黄庭内景经》,是道家术语,言"其心和则神悦",故谓"道初成"(见《云笈七签》卷十一)。

〔18〕上句言在这样幽深的山里,诗人仿佛幻见仙人在云中。"玉京",据说是道教所奉天神元始天尊所在之地。

〔19〕据《淮南子·道应训》记载,卢敖(秦始皇的博士,为秦始皇求仙不返)游到北海,遇到一个奇形怪状的神仙,笑卢敖所见不广。卢敖约他同游,他不能应卢敖之邀,说他与"汗漫""相期(约会)于九垓(九天)之外",遂跳入云中。李白以卢敖指卢虚舟,邀卢虚舟和他作神仙之游。"汗漫",意谓不可知。"太清",最高的天空。道家以"玉清"、"上清"、"太清"为三清。

梦游天姥吟留别[1]

海客谈瀛洲,烟涛微茫信难求。越人语天姥,云霓明灭或可睹[2]。天姥连天向天横,势拔五岳掩赤城。天台四万八千丈,对此欲倒东南倾[3]。我欲因之梦吴越,一夜飞度镜湖月[4]。湖月照我影,送我至剡溪。谢公宿处今尚在,渌水荡漾清猿啼。脚着谢公屐,身登青云梯[5]。半壁见海日，空中闻天鸡[6]。千岩万转路不定，迷花倚石忽已暝[7]。熊咆龙吟殷岩泉[8]，栗深林兮惊层巅。云青青兮欲雨，水澹澹兮生烟。列缺霹雳，邱峦崩摧。洞天石扉，訇然中开[9]。青冥浩荡不见底，日月照耀金银台[10]。霓为衣兮风为马，云之君兮纷纷而来下[11]。虎鼓瑟兮鸾回车，仙之人兮列如麻[12]。忽魂悸以魄动，恍惊起而长嗟。惟觉时之枕席，失向来之烟霞[13]。世间行乐亦如此，古来万事东流水。别君去兮何时还，且放白鹿青崖间，须行即骑访名山[14]。安能摧眉折腰事权贵，使我不得开心颜[15]！

〔1〕 诗题一作《别东鲁诸公》。《河岳英灵集》作《梦游天姥（音母）山别东鲁诸公》。"天姥"，山名，在浙江天台县西，近临剡溪。传说登山的人听到过仙人天姥的唱歌，因此得名。白居易《沃洲山禅院记》："东南山水，越为首，剡为面，沃洲、天姥为眉目。"剡溪在今浙江省嵊州南，附近名山甚多，自晋以来就是名流隐居的地方。李白早有"自爱名山入剡中"的愿望。本篇以梦游驰骋想象，驱使神仙成群罗列，虎为鼓瑟，鸾为回车，丘峦崩裂，日月照耀，创造了奇异瑰丽的神仙世界。最后四句是全篇主旨。

〔2〕 前四句说海外仙山之说渺茫无凭，越人所谈天姥山，则仿佛可以看见。"瀛洲"，古代传说东海中有三座神山：蓬莱、方丈、瀛洲，是仙人居住的地方。"微茫"，隐约，迷离。

〔3〕 这四句写天姥山之高，意谓天台山虽高，还不及天姥高，好像拜倒在天姥的东南一样。"五岳"，见《江上吟》注〔7〕。"赤城"、"天台"，都是山名，在天台县北。赤城只是天台的一部分。

〔4〕 上句说我欲按照越人所述而梦游吴越。"镜湖"，即鉴湖，在今浙江省绍兴县。

〔5〕 "湖月"以下写梦游所见。"谢公"，指谢灵运。谢灵运为游山特制一种木屐，世称"谢公屐"。《南史·谢灵运传》："寻山陟岭必造幽峻，岩嶂数十

重,莫不备尽登蹑。常着木屐,上山则去其前齿,下山去其后齿。""青云梯",指山中石级。谢灵运《登石门最高顶》诗:"惜无同怀客,共登青云梯。"

〔6〕"天鸡",《述异记》卷下:"东南有桃都山,上有大树,名曰桃都,枝相去三千里。上有天鸡,日初出照此木,天鸡则鸣,天下鸡皆随之鸣。"

〔7〕"暝",夜。

〔8〕这句谓熊咆龙吟的声音殷殷然震响于岩石与泉水之间。"殷(音隐)",形容大声。

〔9〕"列缺",闪电。"洞天",指神仙居地。"石扇",石门。"扇",一作"扉"。"訇(音轰)",大声。

〔10〕"青冥"句言洞中另现天地。"青冥",指高空。"金银台",神仙居处。郭璞《游仙诗》:"神仙排云出,但见金银台。"

〔11〕"云之君",《楚辞·九歌》有《云中君》篇。这里泛指神仙。

〔12〕这两句都是写神仙的游乐。"虎鼓瑟",张衡《西京赋》:"白虎鼓瑟,苍龙吹篪。""鸾回车",据《太平御览·道部·真人上》引《白羽经》:"太真丈人,登白鸾之车,驾黑凤于九源。""列如麻",言神仙众多。

〔13〕"向来",指觉醒前。

〔14〕这两句大意说最好还是到名山求仙。"白鹿",《楚辞·哀时命》:"浮云雾而入冥兮,骑白鹿而容与。"

〔15〕末两句说不能忍辱受屈奉事权贵。"摧眉",低头。"折腰",弯腰。萧统《陶渊明传》:"渊明叹曰:'我岂能为五斗米折腰向乡里小儿!'即日解绶去职,赋《归去来》。"(见《昭明太子集》)

金陵酒肆留别〔1〕

风吹柳花满店香,吴姬压酒唤客尝〔2〕。金陵子弟来相送,欲行不行各尽觞〔3〕。请君试问东流水,别意与之谁短长。

〔1〕 李白出川去越中时,曾在金陵逗留。这诗或即当时所作。
〔2〕 "压酒",新酒酿熟时,压紧榨床取酒。
〔3〕 "欲行不行",指行人(李白自己)和送行的金陵子弟。

黄鹤楼送孟浩然之广陵[1]

故人西辞黄鹤楼,烟花三月下扬州[2]。孤帆远影碧空尽,唯见长江天际流。

〔1〕 "黄鹤楼",见崔颢《黄鹤楼》注〔1〕。李白在安陆居住时认识了孟浩然。这诗大约是送孟浩然游吴越时所作。"广陵",即今江苏省扬州市。
〔2〕 "烟花",指春天繁华的景物。

金乡送韦八之西京[1]

客自长安来,还归长安去。狂风吹我心,西挂咸阳树[2]。此情不可道,此别何时遇?望望不见君,连山起烟雾[3]。

〔1〕 此诗当是李白被唐玄宗"赐金放还"后东游齐鲁时所作。诗中反复提长安,又言"此情不可道",似有不平之意。"金乡",今山东省金乡县。"西京",长安,天宝初改称西京。
〔2〕 "咸阳",实指长安。唐代长安城的范围较今西安城大,咸阳即长安

市郊。这两句说我心跟着归客,随风飞到长安去了。

〔3〕 这两句说看着看着终于看不见你西去的身影,只见连绵的山峦升起云雾。

送裴十八图南归嵩山〔1〕

君思颍水绿,忽复归嵩岑〔2〕。归时莫洗耳,为我洗其心〔3〕。洗心得真情,洗耳徒买名〔4〕。谢公终一起,相与济苍生〔5〕。

〔1〕 原诗二首,此为第二首。在这首诗里,李白借送裴图南,发了一通洗耳洗心的议论,表现了对归隐与出仕的看法,对当时沽名钓誉的隐士,是深刻的嘲讽。

〔2〕 "颍水",源出河南省登封县西南,东南流到安徽省正阳关入淮河。"嵩岑",嵩山。

〔3〕 "洗耳",相传尧曾请高士许由做九州长,许由听了立刻到颍水边洗耳,认为尧的话污了他的耳朵。这两句劝裴图南不要洗耳,应该洗心。

〔4〕 这两句承前进一步说明"洗心"可以使感情纯洁,"洗耳"则只是为了沽名钓誉。唐代有些隐士把"隐"作为邀取功名利禄的手段。如《新唐书·卢藏用传》云:"始隐山中时,有意当世,人目为'随驾隐士',晚乃徇权利,务为骄纵,素节尽矣。司马承祯尝召至阙下,将还山,藏用指终南曰:'此中大有嘉处。'承祯徐曰:'以仆视之,仕宦之捷径耳。'"李白这里就是反对这些欺世盗名的假隐士。

〔5〕 末两句说谢安最后还是为了民族国家起而出仕,有劝裴出仕及申述自己心愿的意思。"谢公",指晋朝的谢安。据《晋书·谢安传》说谢安早期屡次辞官不就,当时有人说"安石(谢安字)不肯出,将如苍生何"!李白在《永王

东巡歌》中也有"但用东山谢安石,为君谈笑静胡沙"的话,安邦济世是李白一贯的思想。

送 友 人

青山横北郭[1],白水绕东城。此地一为别,孤蓬万里征[2]。浮云游子意,落日故人情[3]。挥手自兹去,萧萧班马鸣[4]。

〔1〕"郭",外城。
〔2〕"孤蓬",蓬草遇风吹散,飞转无定,诗人常用来比喻游子。
〔3〕这两句说浮云如游子行踪,来去无定。落日依依山峦,不忍与大地告别,正似故人惜别。"故人",是李白自称。
〔4〕"萧萧",马鸣声。《诗经·小雅·车攻》:"萧萧马鸣。""班马",离群的马。这里是说分别时两方的马也像不忍离别而萧萧长鸣。

送友人入蜀[1]

见说蚕丛路[2],崎岖不易行。山从人面起,云傍马头生。芳树笼秦栈[3],春流绕蜀城。升沉应已定,不必问君平[4]。

〔1〕本篇从诗中语气看来,友人是由秦入蜀。大约与《蜀道难》为同时

之作。

〔2〕 "蚕丛",见《蜀道难》注〔3〕。

〔3〕 "秦栈",自秦入蜀的栈道。参阅《蜀道难》注〔5〕。

〔4〕 末两句大意是说,这位友人的官爵地位早有定局,不必再起妄想,去算命卜卦。"君平",西汉人严遵字君平,隐居不仕,曾在成都市上卖卜(见《汉书》卷七十二)。

宣州谢朓楼饯别校书叔云[1]

弃我去者,昨日之日不可留;乱我心者,今日之日多烦忧。长风万里送秋雁,对此可以酣高楼。蓬莱文章建安骨,中间小谢又清发[2]。俱怀逸兴壮思飞,欲上青天览明月[3]。抽刀断水水更流,举杯销愁愁更愁。人生在世不称意,明朝散发弄扁舟[4]。

〔1〕 诗题《文苑英华》作《陪侍御叔华登楼歌》。"谢朓楼",南北朝时南齐诗人谢朓(464—499)所建。又称谢公楼或北楼,唐时改名叠嶂楼。在今安徽省宣城县。"校书",秘书省校书郎的简称。"云",人名。

〔2〕 这两句是李白赞美李云(或李华)的文章和自己的诗歌。"蓬莱文章",汉代官家著述和藏书之所称东观,又称之为"老氏藏书室,道家蓬莱山"。据说蓬莱是仙府秘录所在(见《后汉书·窦融传》李贤注)。"建安",见《古风》("大雅久不作")注〔8〕。"小谢",指谢朓。世称谢灵运为大谢,谢朓为小谢。明人唐汝询《唐诗解》释"蓬莱"句云:"子(李云)校书蓬莱宫,文有建安风骨;我(李白)若小谢,亦清发多奇。"亦可通。

〔3〕 "览",同"揽"。

〔4〕 末两句说做官既不能称自己的心意,不如到隐逸生活中去找乐趣。

"散发",披发狂放之意。《后汉书·袁闳传》:"延禧末,党事将作,闳遂散发绝世。""扁舟",小舟。

山中问答

问余何意栖碧山[1],笑而不答心自闲。桃花流水窅然去[2],别有天地非人间。

〔1〕"碧山",在今湖北安陆县境。据《安陆县志》卷二十六转引《湖广志》:"白兆山,一名碧山,山下有桃花岩,李白读书处。""意",一作"事"。
〔2〕"窅(音杳)然",远去貌。

答王十二寒夜独酌有怀[1]

昨夜吴中雪,子猷佳兴发[2]。万里浮云卷碧山,青天中道流孤月。孤月沧浪河汉清,北斗错落长庚明[3]。怀余对酒夜霜白,玉床金井冰峥嵘[4]。人生飘忽百年内,且须酣畅万古情。君不能狸膏金距学斗鸡,坐令鼻息吹虹霓[5]。君不能学哥舒,横行青海夜带刀,西屠石堡取紫袍[6]。吟诗作赋北窗里,万言不值一杯水。世人闻此皆掉头,有如东风射马耳[7]。鱼目亦笑我,谓与明月同。骅骝拳跼不能食,蹇驴得志鸣春风[8]。折杨黄华合流俗,晋君听琴枉清角[9]。巴人谁肯和阳春[10],楚地犹来贱奇璞[11]。黄金散尽交不成,白首为儒身被轻。一谈一笑失颜色,苍蝇贝锦喧谤声[12]。曾参岂是杀人者?谗言三及慈母惊[13]。与君论心握君手,荣辱于余亦何有[14]。孔圣犹闻伤凤麟,董龙更是何鸡狗[15]!一生傲岸苦不谐,恩疏媒劳志多乖。严陵高揖汉天子,何必长剑拄颐事玉阶[16]。达亦不足贵,穷亦不足悲。韩信羞将绛灌比,祢衡耻逐屠沽儿[17]。君不见李北海,英风豪气今何在?君不见裴尚书,土坟三尺蒿棘居[18]。少年早欲五湖去,见此弥将钟鼎疏[19]。

〔1〕这首长诗通过写个人的感慨抨击了唐玄宗后期政治的腐败。"王十二",名不详。王先有寒夜独酌怀李白的赠诗,这是答诗。

〔2〕"子猷",晋王徽之,字子猷。这里借指王十二。《世说新语·任诞》:"王子猷居山阴,夜大雪,眠觉开室,命酌酒,四望皎然,因起彷徨,咏左思《招隐诗》。忽忆戴安道(时戴在剡),即便夜乘小船就之,经宿方至,造门不前而返。人问其故,王曰:'吾本乘兴而行,兴尽而返,何必见戴!'"

〔3〕"沧浪",寒冷,清凉。"长庚",太白星。

〔4〕"床",井边的栏干。"玉床金井",形容井栏和井都有华美的装饰。"崚嶒",形容冰很厚,也是形容寒气凛冽之词。这八句借王子猷雪夜访戴的故事写王十二寒夜怀念自己的情景。

〔5〕"君",不仅指王十二,也有自指的意思。这两句谓不能以斗鸡术取悦皇帝。"狸膏",狐狸油。因为狐狸能捕鸡,斗鸡时以狐狸油涂鸡头,使对方的鸡闻到狐狸的气味害怕。"金距",斗鸡时鸡爪所戴金属芒刺,用以刺伤对方的鸡。"鼻息吹虹霓",形容玄宗时斗鸡者的气焰很高。玄宗好斗鸡,王準、贾昌都以斗鸡术获得宠幸,显赫一时。参见《古风》("大车扬飞尘")注〔4〕。

〔6〕这三句说不能以边功取得高官。"哥舒",指哥舒翰。他在天宝八年攻克石堡城,特拜鸿胪员外卿加摄御史大夫(见《旧唐书·哥舒翰传》)。"紫

早发白帝城

李白《早发白帝城》

袍",唐制三品以上服紫袍(见《唐会要》卷三十)。

〔7〕"掉头",表示不理会,不屑一顾。和"有如东风射马耳"都是形容当权者对李白、王十二的诗赋不重视。

〔8〕这四句说美丑不分,下材反而得到重用。"明月",珍珠名。"骅骝",良马。"蹇(音剪)驴",跛驴。"拳跼(音局)",不伸展。

〔9〕这两句说曲高和寡,贤能之士不被任用。"折杨"、"黄华",都是古代流行的通俗乐曲。"清角",是古代的悲壮乐调,据说只能演奏给有才德的人听。晋平公德薄,却强迫音乐家师旷为他演奏,结果风雨大作,裂帏破幕,屋瓦飞散。平公受惊得病,晋国大旱三年(见《韩非子·十过》)。

〔10〕"巴人"、"阳春",是晋国的乐曲名,前者比较通俗,能和的人较多,后者调高,能和的人少(见宋玉《对楚王问》)。这里借以比喻自己才德很高,知音不多。

〔11〕这句用楚人卞和献玉的故事指责玄宗不能鉴识人才。据《韩非子·和氏》,楚人和氏得玉璞于楚山中,献给楚厉王,后又献给楚武王。厉王和武王都不识,反诬和氏为诳,先后割去他的左右两足。楚文王即位后,始命玉工凿开了璞,发现里面的宝玉,名为"和氏璧"。"犹来",即由来,从来。

〔12〕这两句谓动辄得咎,谤声四起。"苍蝇",指谗害自己的小人。《诗经·小雅·青蝇》:"营营青蝇,止于樊。岂弟君子,无信谗言。"后世常以青蝇比进谗言者。"贝锦",语出《诗经·小雅·巷伯》:"萋兮斐兮,成是贝锦。彼谮人者,亦已太甚。"古人珍视贝壳,用为锦上的图案。这里用"贝锦"比喻花言巧语。

〔13〕这两句承上句,说小人的谗毁,使信任自己的人也发生了动摇。"曾参",春秋时人,孔丘的学生。曾参在郑国时,有一同姓名的人杀了人,别人误以为他杀人,告诉他母亲。他的母亲正在织布,不相信自己的儿子会杀人,安坐不动。接着又有两个人告诉她同样的消息,她发生怀疑,投杼下机,越墙逃去(见刘向《新序·杂事第二》)。

〔14〕"亦何有",又算得了什么!

〔15〕"孔圣",指孔丘。孔丘曾为凤鸟不至而哀叹,又为麒麟被获而伤愁。以为自己生逢乱世,政治理想无法实现。诗意谓孔丘是圣人还不能实现理

想,何况自己。"董龙",北朝秦主苻生宠臣董荣,小字龙。据《晋书·苻生传》,宰相王堕素性刚直,每上朝不与董交言,有人劝他敷衍一下,他说:"董龙是何鸡狗,而令国士与之言乎?"王堕后为董龙所残杀。此处以董龙暗指玄宗所宠幸的近臣。

〔16〕"严陵",指东汉隐士严光(字子陵),曾与光武帝刘秀同学。刘秀做了皇帝,请严光去,严光到宾馆高卧不起,不行君臣之礼,仍愿回富春江钓鱼(见《后汉书·严光传》)。"高揖",即长揖而不下拜,是平交的礼节。谓像严光那样与帝王平交,何必一定要在宫廷中侍奉皇帝?"长剑拄颐",佩剑长可触及面颊。

〔17〕这两句自述羞与凡庸下材的人同列。"绛灌",指绛侯周勃、颍阴侯灌婴。《史记·淮阴侯列传》:"(韩)信由此日怨望,居常怏怏,羞与绛、灌等列。""祢(音迷)衡",东汉末年人。他到许都(魏都城,今河南省许昌市),有人问他与陈长文、司马伯达有无来往,他回答说:"吾焉能从屠沽儿耶!"(见《后汉书·祢衡传》)"屠沽儿",以屠宰和卖酒为业者。封建士大夫认为屠沽是贱业,因而以"屠沽儿"指他们所轻视的人。

〔18〕"李北海",即李邕,曾任北海太守。李白、杜甫、高适都曾慕名前往访问。李邕后为李林甫所忌,年七十馀坐罪被杖杀。"裴尚书",裴敦复,因平海贼有功为李林甫所忌,贬淄州太守,与李邕同时被杖死。《新唐书·刑法志》:李林甫用事,复起大狱,"以诬陷所杀数十百人,如韦坚、李邕等皆一时名臣,天下冤之"。

〔19〕"五湖去",春秋时越国大夫范蠡助越王勾践打败吴国后,功成身退,泛舟五湖。"五湖",旧称滆湖、洮湖、射湖、贵湖及太湖为五湖,在今苏州、无锡、吴兴一带。"弥",更加。"钟鼎",古代富贵人家吃饭时鸣钟列鼎。此处指富贵生活或过着富贵生活的人。

把酒问月〔1〕

青天有月来几时,我今停杯一问之。人攀明月不可得,月行却与人相随。皎如飞镜临丹阙,绿烟灭尽清辉发[2]。但见宵从海上来,宁知晓向云间没。白兔捣药秋复春,嫦娥孤栖与谁邻[3]。今人不见古时月,今月曾经照古人。古人今人若流水,共看明月皆如此[4]。唯愿当歌对酒时,月光常照金樽里[5]。

〔1〕本篇题下自注:"故人贾淳令余问之。"宋苏轼的名作《水调歌头》("明月几时有")即渊源于此。

〔2〕这两句言月出如明镜飞升,下照朱色的宫阙,云翳散尽,清辉焕发。"绿烟",指遮蔽月光的云影。

〔3〕"白兔捣药",古代神话说月中有"玉兔捣药"。汉乐府《董逃行》:"玉兔长跪捣药虾蟆丸。""嫦娥",古代神话中后羿的妻子。据说她偷吃了羿的不死药,飞升奔月。

〔4〕这两句说古人今人来来去去如流水一样,他们所看到的都是这一个明月。

〔5〕"当歌对酒",在听歌饮酒的场合。"当"、"对"意同。曹操《短歌行》:"对酒当歌,人生几何!"李白这首诗也写了同样消极的思想。

登太白峰[1]

西上太白峰,夕阳穷登攀[2]。太白与我语,为我开天关[3]。愿乘泠风去[4],直出浮云间。举手可近月,前行若无山[5]。一别武功去,何时复更还[6]?

〔1〕"太白峰",在今陕西省武功县南九十里,为秦岭秀峰,高矗入云,终

年积雪。旧有"武功太白,去天三百"之说。李白《古风》(其五)有"太白何苍苍,星辰上森列。去天三百里,邈尔与世绝"的描写。

〔2〕 这两句说太白峰高,至日暮方登上山顶。

〔3〕 "太白",这里指太白星(或称金星、启明星、长庚星),随季节不同有时黎明出现有时黄昏出现。夕阳中登上山顶,已经可以看到太白星,因想象与太白星接语。"天关",犹天门,指想象中天界的门户。汉《郊祀歌·天门》:"天门开,𧧿荡荡。"

〔4〕 "泠(音铃)风",和风,小风。以下写凌空遨游。

〔5〕 "若无山",乘风凌云,逢山飞越,眼前的群峰都不成障碍,虽有若无。

〔6〕 末句幻想随风仙去。

望庐山瀑布

一

西登香炉峰,南见瀑布水[1]。挂流三百丈,喷壑数十里。欻如飞电来,隐若白虹起[2]。初惊河汉落,半洒云天里。仰观势转雄,壮哉造化功[3]!海风吹不断,江月照还空。空中乱潈射,左右洗青壁[4]。飞珠散轻霞,流沫沸穹石[5]。而我乐名山,对之心益闲[6]。无论漱琼液,且得洗尘颜[7]。且谐宿所好,永远辞人间。

〔1〕 "香炉峰",庐山西北部的高峰。慧远《庐山记》:"香炉山孤峰独秀,气笼其上,则氤氲若香烟。"峰有瀑布,著称于世。

〔2〕 "欻(音虚)",迅速。"隐",隐约。

〔3〕"造化",大自然。
〔4〕"潈(音从)射",水流喷射。"青壁",青色峭立的岩石。
〔5〕 这两句写瀑布喷流的状态。上句写喷空,下句写坠落,分别承前"空中"和"左右"两句。
〔6〕 这两句说我在飞泻的瀑布之前,因为心爱名山反而变得安闲适意。
〔7〕 这两句说即使不是仙家琼液,至少可以洗涤尘颜。

二

日照香炉生紫烟[1],遥看瀑布挂长川[2]。飞流直下三千尺,疑是银河落九天[3]。

〔1〕"紫烟",张九龄《湖口望庐山瀑布泉》:"万丈红泉落,迢迢半紫氛。"紫氛、紫烟,都是写日光照射水气反映出紫色的烟雾。
〔2〕"长川",一作"前川"。
〔3〕"九天",指天的最高处。

秋登宣城谢朓北楼[1]

江城如画里[2],山晚望晴空。两水夹明镜,双桥落彩虹[3]。人烟寒橘柚,秋色老梧桐[4]。谁念北楼上,临风怀谢公[5]。

〔1〕"谢朓北楼",见《宣州谢朓楼饯别校书叔云》注〔1〕。

173

〔2〕"江城",指宣城。

〔3〕"两水",指宛溪、句溪。宛溪上下有两桥,上名凤凰,下名济川,都是隋开皇(581—600)中所建。"明镜",形容水清。上句说两水如明镜。下句言双桥都把影子投落在水里。"虹",指水中桥影。

〔4〕这两句意思说人家炊烟升起,衬托橘柚,使橘柚显得有寒色;秋天枯黄的颜色染上梧桐,使梧桐显得老了。李白《将游衡岳别族弟皓》一诗有"秋色黄梧桐",语意相同。

〔5〕"谢公",指谢朓。这两句谓有谁想到在此北楼上有人独自怀念着诗人谢朓呢。

望天门山[1]

天门中断楚江开[2],碧水东流直北回。两岸青山相对出,孤帆一片日边来[3]。

〔1〕"天门山",指今安徽省当涂县、和县的东西两梁山,两山夹江对峙。

〔2〕"楚江",安徽古属楚国,因而也称流经这个地方的长江为楚江。这句的意思是说两山隔江对峙,有如连山中断,长江得从缺处通过。"开",通。

〔3〕末句意思说早晨日出东方,孤舟从水天相接处驶来,宛如来自太阳出处。

早发白帝城[1]

朝辞白帝彩云间,千里江陵一日还。两岸猿声啼不尽,轻舟已过万重山[2]。

〔1〕题一作《白帝下江陵》。"白帝城",在今四川省奉节县东白帝山上。东汉末公孙述据此,据称殿前井内曾有白龙跃出,因自称白帝,称山为白帝山,城为白帝城,山峻城高,如入云霄。

〔2〕《水经注·江水》:"有时朝发白帝,暮到江陵,其间千二百里,虽乘奔御风,不以疾也。……每至晴初霜旦,林寒涧肃,常有高猿长啸,属引凄异,空谷传响,哀转久绝。故渔者歌曰:'巴东三峡巫峡长,猿鸣三声泪沾裳。'"可与李诗参读。"江陵",今湖北省江陵县。"尽",一作"住"。

秋下荆门[1]

霜落荆门江树空,布帆无恙挂秋风[2]。此行不为鲈鱼鲙[3],自爱名山入剡中[4]。

〔1〕"秋",一作"初"。本篇是李白出川行程中所作。"荆门",见陈子昂《度荆门望楚》注〔1〕。

〔2〕"布帆无恙",晋朝大画家顾恺之在荆州刺史殷仲堪幕做参军,请假东归,路遇大风,写信告殷"行人安稳,布帆无恙"(见《晋书·顾恺之传》)。李白此行是向吴越,因此借用了这个典故。荆门江面开阔,船多挂帆行驶,也是写实。

〔3〕"鲈鱼鲙",晋朝张翰在洛阳为齐王冏东曹掾,见秋风起,想念家乡的菰菜、莼羹和鲈鱼鲙,便辞官还乡。李白此行虽然也向吴越,却不是像张翰那样为了想吃家乡的鲈鱼鲙,而是离乡远去。

〔4〕"剡(音善)",今浙江嵊州,县南有剡溪,山水佳丽。

宿五松山荀媪家[1]

我宿五松下,寂寥无所欢。田家秋作苦,邻女夜舂寒。跪进雕胡饭[2],月光明素盘。令人惭漂母[3],三谢不能餐。

〔1〕 李白长期生活在统治阶层的上层人物中间,但是当他偶然接近了劳动人民时,却能以真挚的情感歌唱他们,赞美他们。这首诗和《哭宣城善酿纪叟》便是例证。"五松山",在今安徽省铜陵市。

〔2〕 "雕胡",菰米,即茭白的果实。

〔3〕 "漂母",汉将韩信在失意时,曾垂钓于淮阴城下。有一个漂洗的老妇看见韩信饥饿,以饭食救济他。后得韩信厚重的报答(见《史记·淮阴侯列传》)。这里以漂母比荀媪。

经下邳圯桥怀张子房[1]

子房未虎啸[2],破产不为家。沧海得壮士[3],椎秦博浪沙。报韩虽不成,天地皆振动。潜匿游下邳,岂曰非智勇。我来圯桥上[4],怀古钦英风。唯见碧流水,曾无黄石公[5]。叹息此人去,萧条徐泗空[6]。

〔1〕 全诗赞叹汉代张良的事迹。张良,字子房。祖父、父亲都是韩国的宰相。韩被秦灭后,张良倾家财以谋为韩报仇。后得刺客,椎击秦始皇于博浪

沙。不中,改名藏于下邳,在下邳的圯桥遇到黄石公,授以兵书。张良因而娴熟兵法,辅佐汉高祖统一了中国。

〔2〕"虎啸",喻英雄得志。陆机《汉高祖功臣颂》:"龙兴泗滨,虎啸丰谷。"

〔3〕"沧海",隐士贤者的称号。《史记·留侯世家》:"良尝学礼淮阳,东见仓海君。得力士,为铁椎重百二十斤。"

〔4〕"圯(音怡)桥",在今江苏邳县南,即沂水桥。

〔5〕"黄石公",即圯上老人,曾授张良太公兵法。《史记·留侯世家》:"(圯上老人谓张良)'读此则为王者师矣,后十年兴。十三年孺子见我济北,谷城山下黄石即我矣。'……(张良)后十三年过济北,果见谷城山下黄石,取而葆祠之。"

〔6〕这两句说张良一去,此地更无英雄。"徐泗",指今徐州、邳县等地。

夜泊牛渚怀古[1]

牛渚西江夜[2],青天无片云。登舟望秋月,空忆谢将军[3]。余亦能高咏,斯人不可闻[4]。明朝挂帆席[5],枫叶落纷纷。

〔1〕题下原注:"此地即谢尚闻袁宏咏史处。""牛渚",山名,在今安徽省当涂县西北。山北突入江中,名采石矶。

〔2〕"西江",古时称江西到南京一段长江为西江。

〔3〕"谢将军",指晋镇西将军谢尚。

〔4〕"斯人",指谢尚。《世说新语·文学》记镇西将军谢尚舟行经牛渚,月夜闻客船上有人咏诗,叹赏不置,遣人讯问,乃是袁宏自吟他的《咏史》诗,因此定交。李白有感于这个故事,自叹世无知音。在《劳劳亭歌》中也说"昔闻牛

渚吟五章,今来何谢袁家郎"。

〔5〕"挂帆席",一作"洞庭去"。"帆席",即船帆。

月下独酌[1]

花间一壶酒,独酌无相亲。举杯邀明月,对影成三人。月既不解饮,影徒随我身。暂伴月将影,行乐须及春[2]。我歌月徘徊,我舞影凌乱。醒时同交欢,醉后各分散。永结无情游,相期邈云汉[3]。

〔1〕原诗共四首,这是第一首,全诗写世无知音的寂寞之感。

〔2〕"将",与。"行乐须及春"是李白诗中经常出现的一种消极思想。

〔3〕"无情游",忘却世情之游,照应上文"月"与"影"都不解人事。"邈(音渺)",遥远。"云汉",本指银河,此处借指仙境。

独坐敬亭山[1]

众鸟高飞尽,孤云独去闲。相看两不厌,只有敬亭山。

〔1〕"敬亭山",在今安徽宣城县北,原名昭亭山,风景幽秀。山上旧有敬亭,为南齐谢朓吟咏处。

李　白

访戴天山道士不遇[1]

犬吠水声中,桃花带露浓。树深时见鹿,溪午不闻钟[2]。野竹分青霭,飞泉挂碧峰。无人知所去,愁倚两三松。

〔1〕 本篇写于开元六、七年(718、719)李白十八九岁时。"戴天山",又名大康山或大匡山,即杜甫《不见》诗中"匡山读书处,头白好归来"的匡山,在今四川省江油县。李白幼年时曾在山中的大明寺读书。

〔2〕 "溪午"句言日已中午,不闻钟声,暗指道士未归。

听蜀僧濬弹琴[1]

蜀僧抱绿绮[2],西下峨眉峰。为我一挥手,如听万壑松[3]。客心洗流水[4],遗响入霜钟[5]。不觉碧山暮,秋云暗几重[6]。

〔1〕 "蜀僧濬",即李白《赠宣州灵源寺仲濬公》中所云仲濬公。
〔2〕 "绿绮",琴名。汉司马相如有琴名绿绮。
〔3〕 "挥手",弹琴。"万壑松",指蜀僧所奏琴音如万壑松涛。
〔4〕 这句说蜀僧的琴音绝妙,使听者的精神得到澄清。"客",李白自指。"流水",见孟浩然《夏日南亭怀辛大》注〔4〕。
〔5〕 这句说琴的馀音,引起寺内钟的共鸣。《山海经·中山经》:"丰

山……有九钟焉,是知霜鸣。"郭璞注:"霜降则钟鸣,故言知也。物有自然感应而不可为也。"

〔6〕 末两句说,因为琴音美妙,专心谛听,不觉碧山已被暮色笼罩。

嘲 鲁 儒[1]

鲁叟谈五经,白发死章句[2]。问以经济策,茫如坠烟雾[3]。足著远游履,首戴方山巾。缓步从直道,未行先起尘[4]。秦家丞相府,不重褒衣人[5]。君非叔孙通,与我本殊伦[6]。时事且未达,归耕汶水滨[7]。

〔1〕 齐鲁地方原是孔孟儒家的发源地。李白在山东游历时,遇到了鲁中腐儒。他们嘲笑李白,不识穷通之理。李白对这些不识时务的腐儒进行了批判,并对他们的那副迂阔滑稽的形象做了描绘与讽刺。

〔2〕 这两句说鲁叟谈论"五经",一辈子局限于分章、析句、训释字义。汉以《易》、《书》、《诗》、《礼》、《春秋》为"五经",立于学官。"五经"之名自此始。

〔3〕 这两句说问鲁儒以经国济世的策略,便茫然如堕雾中。

〔4〕 这四句描写鲁儒服著步履形状可笑。《论语·乡党》曾大谈孔丘的衣、食、言、行的种种烦琐规矩。这些烦琐规矩有些是极其虚伪而又故作姿态的。如说:"执圭,鞠躬如也,如不胜,上如揖,下如授,勃如战色,足蹜蹜如有循。"就是一例。后世鲁儒都奉为规范。"远游",古时鞋名。繁钦《定情诗》佚句有"何以消滞忧,足下双远游"(见《文选·洛神赋》李善注)。"方山巾",指形状上下方正的冠,即华山冠之类。《庄子·杂篇·天下》:"古之道术有在于是者。宋钘、尹文闻其风而悦之,作为华山之冠以自表。"郭象注云:"华山上下均平。"汉代有方山冠盖出于此。此处是说鲁儒好古,冠、履都是古老式样。

〔5〕 "秦家丞相",指李斯。李斯反对儒生"不师今而学古",曾劝秦始皇

焚书。"褒衣",宽大的衣服,即儒者的衣服。

〔6〕"君",指鲁儒。谓鲁儒不通时变,与我(李白自指)不是一类人。"叔孙通",秦汉时人,先为秦博士,历事义帝、项羽,最后降汉,曾为高祖制定朝仪。

〔7〕这两句说鲁儒泥古而不通今,还是回到汶水边耕田好些。"汶水",在今山东省境内。

春夜洛城闻笛[1]

谁家玉笛暗飞声,散入春风满洛城。此夜曲中闻折柳[2],何人不起故园情。

〔1〕"洛城",即洛阳。

〔2〕"折柳",指《折杨柳》歌曲,属《横吹曲》。《折杨柳》歌辞从梁至唐作者很多,大多歌唱离别之情。参看王之涣《凉州词》注〔3〕。

高适

高适(约706—765),字达夫,一字仲武,渤海蓨(音挑,今河北省景县南)人。性落拓不拘小节,早年没有什么固定职业,"以求丐自给",或"隐居博徒",长期浪游梁宋(今河南开封、商丘)一带,自称"一生徒羡鱼(希望做官),四十犹聚萤(辛苦攻读)"。后因人荐举,中"有道科",做过封丘县尉。哥舒翰镇河西,高适投奔他的幕下,任掌书记职。安史乱后,高适反对唐玄宗分封诸王,对肃宗李亨的王位巩固是有利的,得到李亨的称赏,官职累升,最后官至散骑常侍。有《高常侍集》。

半生流浪,使高适有较多的机会接近下层的劳动人民。他在诗里,有时表现出对农民悲苦生活的同情和关怀,甚至说:"永愿拯刍荛(永远愿意拯救劳动者),孰云干鼎镬(即使遭受酷刑也不怕)!"(《淇上酬薛三据兼寄郭少府微》)高适对当时官兵生活的苦乐不均以及将帅的荒淫、士卒的苦难,都表示反对,并在他的边塞诗中有所反映。如说"战士军前半死生,美人帐下犹歌舞",揭露了军旅生活中的阶级矛盾。对封建士大夫来说,能注意到这一点,已经是难能可贵的了。不过从全集来说,还是那些自叹遭逢不偶的诗篇较多。

高适的古诗,常运用对偶语句,又讲求韵律,读起来抑扬顿挫,婉转流畅,对后来的歌行是很有影响的。

高　适

燕　歌　行[1] 并序

开元二十六年,客有从御史大夫张公出塞而还者,作《燕歌行》以示,适感征戍之事,因而和焉。

汉家烟尘在东北,汉将辞家破残贼。男儿本自重横行,天子非常赐颜色[2]。摐金伐鼓下榆关,旌旆逶迤碣石间[3]。校尉羽书飞瀚海,单于猎火照狼山[4]。山川萧条极边土,胡骑凭陵杂风雨。战士军前半死生,美人帐下犹歌舞[5]!大漠穷秋塞草腓,孤城落日斗兵稀。身当恩遇恒轻敌,力尽关山未解围[6]。铁衣远戍辛勤久,玉箸应啼别离后。少妇城南欲断肠,征人蓟北空回首[7]。边风飘飖那可度,绝域苍茫更何有!杀气三时作阵云,寒声一夜传刁斗[8]。相看白刃血纷纷,死节从来岂顾勋[9]。君不见沙场征战苦,至今犹忆李将军[10]!

〔1〕 序中所说"御史大夫张公"指河北节度副大使张守珪。开元二十三年张以与契丹作战有功,拜辅国大将军兼御史大夫。其后部将败于奚族馀部,守珪非但不据实上报,反贿赂派去调查真相的牛仙童,为他掩盖败绩。高适从"客"处得悉实情,写了这首诗,隐寓讽刺之意。"燕歌行",本是乐府《相和歌·平调》古题。《乐府广题》:"燕,地名也,言良人从役于燕而为此曲。"曹丕、萧绎、庾信等所作,多写思妇怀念征人,高适扩大了表现范围,多方面地描写了唐代的征战生活。

〔2〕 这四句概写开元时东北地方常受骚扰及张守珪立功受赏情况。"汉

家",汉朝,这里代指唐朝。"烟尘",指边疆的战争。昭明太子《七契》:"边境无烟尘之惊。""横行",横行敌境。《史记·季布列传》载樊哙语:"臣愿得十万众,横行匈奴中。""非常赐颜色",即厚加礼遇。据《新唐书·张守珪传》,守珪于开元二十三年败契丹后,"入见天子,会藉田毕,即酺燕为守璍饮至,帝赋诗宠之。……赐金彩,授二子官,诏立碑纪功"。

〔3〕 这两句写军队出征时声势甚壮。"摐(音窗)",撞击。"金",指铃、钲一类用铜制成的响器,行军时敲击,以壮行色。"伐",击。"下",犹言出。"榆关",山海关,为通往东北要隘。"旌旆逶迤(音威移)",形容出征的军队很长。"旌",竿头饰有羽毛的旗。"旆",大旗。"逶迤",宛曲而绵长。"碣石",山名,见张若虚《春江花月夜》注〔14〕。

〔4〕 这两句写敌军进攻,边地都护府有紧急军书到来。"校尉",武官名,位次于将军。"羽书",即"羽檄",见王维《老将行》注〔11〕。"瀚海",沙漠。"单(音蝉)于",古代匈奴称其王为单于。"狼山",内蒙古自治区乌拉特旗有狼山,其他地方也有同名山。此外瀚海、狼山都是泛指与敌军交战地方,非实指。

〔5〕 这四句写征战之苦与将士间苦乐悬殊。"凭陵",逼压。"风雨",形容胡骑来势猛烈。刘向《新序·善谋》:"韩安国曰:'且匈奴者,轻疾悍亟之兵也,来若风雨,解若收电。'"

〔6〕 "腓(音肥)",变黄。隋虞世基《陇头吟》:"穷秋塞草腓,塞外胡尘飞。"一作"衰"。"恩遇",与前面"非常赐颜色"相照应。"轻敌",指张守珪部下裨将赵堪、白真陀罗矫诏胁迫平卢军使乌知义与契丹馀部作战事。"未解围",据《新唐书·张守珪传》:"知义与虏斗,不胜。还。"

〔7〕 这四句写战争长期不休止,征人不能还乡,引起戍卒与家人的两地相思。"铁衣",铁甲。《木兰辞》:"寒光照铁衣。""玉箸",思妇的涕泪。"蓟北",指蓟州(今天津市蓟县以北地区)。

〔8〕 这四句写边地的荒凉和战争气氛的阴森紧张。"绝域",极僻远的地方。"三时",指晨、午、晚,即一整天。"刁斗",见李颀《古从军行》注〔3〕。

〔9〕 这两句写士兵在战场上只想到以死报国,并非为了个人功名。与前写将军的享乐和轻敌恰成对比。

〔10〕 最后两句赞叹汉代名将李广的爱护士兵,借以讽刺张守珪的不体

恤战士。《史记·李将军列传》："广居右北平,匈奴闻之,号曰'汉之飞将军'。……广廉,得赏赐,辄分其麾下。饮食与士共之。……广之将兵,乏绝之处,见水,士卒不尽饮,广不近水;士卒不尽食,广不尝食。宽缓不苛,士以此爱乐为用。"与前面"战士军前半死生,美人帐下犹歌舞"相比,讽刺意味很深。高适《塞上》:"惟昔李将军,按节出此都。总戎扫大漠,一战擒单于。常怀感激心,愿效纵横谟。倚剑欲谁语,关河空郁纡。"可参读。

人日寄杜二拾遗[1]

人日题诗寄草堂[2],遥怜故人思故乡。柳条弄色不忍见,梅花满枝空断肠[3]。身在南蕃无所预,心怀百忧复千虑[4]。今年人日空相忆,明年人日知何处?一卧东山三十春,岂知书剑老风尘[5]。龙钟还忝二千石,愧尔东西南北人[6]。

[1] 本篇作于唐肃宗上元中高适任蜀州刺史时。"人日",农历正月初七。"杜二",杜甫。至德二年(757)夏,杜甫拜拾遗,此处仍以旧职相称。大历五年(770)杜甫有《追酬故高蜀州人日见寄》诗。

[2] "草堂",指杜甫在成都浣花溪所营草堂。

[3] 这两句意思说初春景色定会触惹故人思念故乡之情。暗用薛道衡《人日思归》诗意。薛诗云:"入春才七日,离家已二年。人归落雁后,思发在花前。"

[4] 这两句说自己身在蜀地(南蕃),不能参与国家大事,所以心怀种种忧虑。

[5] 这两句说自己青年时曾隐于渔樵(参读《封兵作》),岂知空怀大志

而老于风尘。晋谢安曾隐居东山。"书剑",《史记·项羽本纪》:"项籍少时,学书不成,去学剑,又不成。"这里指自己的文武才能。"风尘",指久客在外做官,宦途纷扰。

〔6〕末两句说自惭老迈还居刺史职位,有愧于到处飘泊的杜甫。"龙钟",潦倒老迈。"二千石",汉朝时郡长官称太守,官俸二千石,汉人多以"二千石"称太守。唐刺史的职位相当于汉的太守。"东西南北人",指在四方奔走的人。《礼记·檀弓上》载孔丘自称:"今丘也,东南西北之人也。"

封 丘 作[1]

我本渔樵孟诸野,一生自是悠悠者[2]。乍可狂歌草泽中,那堪作吏风尘下[3]。只言小邑无所为,公门百事皆有期[4]。迎拜长官心欲碎,鞭挞黎庶令人悲[5]。归来向家问妻子,举家皆笑今如此[6]。生事应须南亩田,世情尽付东流水[7]。梦想旧山安在哉?为衔君命且迟回[8]。乃知梅福徒为尔,转忆陶潜归去来[9]。

〔1〕玄宗天宝八年(749),高适得宋州刺史张九皋荐举,授封丘县尉。县尉以捕盗贼、察奸宄为职务,也是直接压迫人民的官吏。这首诗写诗人在任职时期内心的痛苦与矛盾。"封丘",县名,即今河南省封丘县。

〔2〕这两句追述任封丘县尉前自由不羁的生活,与下面"作吏风尘下"的痛苦适成对比。"孟诸",古泽数名。故址在今河南省商丘县东北。"悠悠者",安闲自得、无所牵挂的人。

〔3〕"乍可",只可。"风尘",见《人日寄杜二拾遗》注〔5〕。

〔4〕这两句说:只以为小县没有什么事,谁知一入公门,事情繁杂,还必

须限期完成。

〔5〕这两句言奉上欺下是自己做吏时所感到的最大痛苦。"黎庶",老百姓。

〔6〕这两句写自己的迂阔,不通吏道,也写自己的纯真。连家人也笑自己落得这样。

〔7〕这两句说自己看破世事,决心归耕。"南亩",田亩。

〔8〕这两句言思归而又归不得。即受命为吏,因而迟回(犹疑)不决。

〔9〕"梅福",字子真,西汉末寿春(今安徽省寿县)人,曾为南昌尉。上句说梅福为尉没有成就,下句说不如归隐。"归去来",指陶潜事,见李白《梦游天姥吟留别》注〔15〕。

别韦参军[1]

三十解书剑[2],西游长安城。举头望君门,屈指取公卿[3]。国风冲融迈三五,朝廷礼乐弥寰宇[4]。白璧皆言赐近臣,布衣不得干明主[5]。归来洛阳无负郭,东过梁宋非吾土。兔苑为农岁不登,雁池垂钓心长苦[6]。世人遇我同众人,唯君于我最相亲。且喜百年见交态[7],未尝一日辞家贫。弹棋击筑白日晚[8],纵酒高歌杨柳春。欢娱未尽分散去,使我惆怅惊心神。丈夫不作儿女别,临歧涕泪沾衣巾[9]。

〔1〕本篇是高适早年游梁宋时的作品。"参军",官名。

〔2〕"解书剑",会读书击剑。参看《人日寄杜二拾遗》注〔5〕。

〔3〕这两句说满心希望在朝廷取得卿相官位。"屈指",计算时日。

〔4〕这两句说国家风教远播,胜于夏、商、周。"冲融",弥漫。"三五",三王、五伯(见《楚辞·抽思》)。

〔5〕这句说自己是在野的布衣,没有机会谒见皇帝。

〔6〕这四句写自己落魄失意。"负郭",指负郭田,即近城的田。近城的田最为肥美。《史记·苏秦列传》:"且使我有雒(洛)阳负郭田二顷,吾岂能佩六国相印乎?"苏秦是东周洛阳人,此处洛阳代指故乡。"梁宋",指河南省商丘附近,战国时宋国所在地。汉朝时梁孝王曾在此筑兔苑,中有雁池。"岁不登",收成不好。

〔7〕这句言彼此的友谊经过长期考验。"交态",相交的态度。

〔8〕"弹棋"以下《文苑英华》作第二首。写与韦参军的游乐。"弹棋",古人玩的一种棋,两人对局。唐代弹棋用二十四个棋子,红黑各半。玩法已失传。此处写高适与韦参军的游乐。"筑(音竹)",乐器名,开头如筝,项细肩圆,共十三弦,以竹击弦发声。

〔9〕末两句说虽然惜别,不必效儿女态,临别落泪。参看王勃《送杜少府之任蜀州》注〔6〕。

送李侍御赴安西〔1〕

行子对飞蓬,金鞭指铁骢〔2〕。功名万里外,心事一杯中〔3〕。虏障燕支北,秦城太白东〔4〕。离魂莫惆怅,看取宝刀雄〔5〕。

〔1〕"侍御",殿中侍御史或监察御史的简称。"安西",唐设安西都护府,治所在今新疆维吾尔自治区库车县。本篇为送李侍御赴安西觅取功名而作。

〔2〕首两句言李侍御即将跨马远去。"行子",指李侍卿。"飞蓬",见李

白《送友人》注〔2〕。"铁骢",穿铁甲的马。

〔3〕 这两句说两人在饯别时饮酒谈心,并预祝李侍御将于万里之外取得事业上的成功。宾主临别时的情怀表现在对饮中。

〔4〕 这两句说作者与李侍御今后远居两地,一去燕支北,一留太白东。"燕支",山名,在今甘肃省山丹县东。安西在燕支山更西北的地方。"房障",即遮房障,这里指居延塞,是汉李陵和匈奴作战之处。地在今内蒙古自治区额济纳旗。"秦城",指长安,在太白山之东。"太白",秦岭的高峰,见李白《蜀道难》注〔4〕。

〔5〕 末两句劝说莫为离别惆怅,应为报国而努力。"宝刀",象征雄心壮志。

营 州 歌〔1〕

营州少年厌原野〔2〕,狐裘蒙茸猎城下〔3〕。房酒千钟不醉人〔4〕,胡儿十岁能骑马。

〔1〕 "营州",唐代东北重镇,开元后设平卢节度使(治所在今辽宁锦州市附近),统辖今河北省长城以北及辽河以东一带,是汉族与契丹族杂居的地方。这首诗写东北地区民族的生活风貌,赞美他们自幼从事游猎,富有豪迈勇武精神。

〔2〕 "厌",同"餍",饱。这里解作饱经、习惯于。

〔3〕 "蒙茸",即"蒙戎",纷乱貌。《诗经·邶风·旄丘》:"狐裘蒙戎。"前两句说营州少年习惯于原野的狩猎生活,穿着毛茸茸的狐皮袍子在城下打猎。

〔4〕 这句说东北少数民族的酒薄,虽饮千杯也不醉人。另一方面也表现营州少年的豪迈之风。"房酒",一作"鲁酒"。

听张立本女吟[1]

危冠广袖楚宫妆[2],独步闲庭逐夜凉。自把玉钗敲砌竹[3],清歌一曲月如霜。

〔1〕 本篇一作张立本女诗,见《太平广记》卷四百五十四。
〔2〕 "危",高。"楚宫妆",窄腰身的南方女服。
〔3〕 "砌",阶沿。

严武

严武(726—765),华阴(今陕西省华阴附近)人。初为拾遗,后任成都尹。两次镇蜀,以军功封郑国公。在蜀期间,虽能抵御内犯之敌,但征敛无度,恣行猛政,巴地人民深以为苦。杜甫漂泊西南时期,受他关照,得有一枝可栖。严武生活奢靡,死时年仅四十岁。《全唐诗》存其诗六首。

军城早秋[1]

昨夜秋风入汉关,朔云边月满西山[2]。更催飞将追骄虏[3],莫遣沙场匹马还[4]。

〔1〕作者两任剑南节度使,曾于代宗广德二年(764)击败内犯的吐蕃七万多人,收复城地。

〔2〕"汉关",泛指汉族所设的城关。"西山",指岷山。岷山一面孤峰,三面临江,是当时西蜀控制吐蕃的要冲。

〔3〕"飞将",汉李广征匈奴出名,称"飞将军"。此处泛指作战勇猛的将军。"骄虏",指内犯的吐蕃军队。

〔4〕末句言要全歼敌人。"匹马",《公羊传·僖公三十三年》:"匹马只轮无反者。"无匹马还,意谓全军覆没。

常建

常建,长安(今属陕西省西安市)人,开元十五年(727)与王昌龄同榜进士。曾经做过盱眙尉。一生仕宦很不得志,常游览名山胜景以自娱。

常建在当时就引起人们的重视[1]。他的诗以田园、山水为主要题材,风格接近王、孟一派。他善于运用凝炼简洁的笔触,表达出清寂幽邃的意境。这类诗中往往流露出"淡泊"襟怀。其实他对现实并未完全忘情,他有所感愤,有所期望,也有所指责,这在占相当比重的边塞诗中尤为明显。

〔1〕例如殷璠编选的《河岳英灵集》就以常建为首,入选诗篇比例很大,评价极高。

题破山寺后禅院[1]

清晨入古寺,初日照高林。竹径通幽处,禅房花木深[2]。山光悦鸟性,潭影空人心[3]。万籁此都寂,但馀钟磬音[4]。

〔1〕"破山寺",即兴福寺,在今江苏省常熟县虞山北麓。"禅院",指寺院。

〔2〕这两句写禅房的幽深。"禅房",也称"寮房",僧侣们的住所。"花木深",指禅房深藏在花木丛中,与上句"幽处"相呼应。

〔3〕这两句说,山光使野鸟怡然自得;潭影使人们心中的杂念消除净尽。"山光"是指"初日"在草木岩石之间的反映;"潭影"则是山光和天色在水里的反映。

〔4〕"万籁",指一切声响。"钟磬",寺院中诵经、斋供时的信号。发动用钟,止歇用磬。

塞 下 曲[1]

玉帛朝回望帝乡,乌孙归去不称王[2]。天涯静处无征战,兵气销为日月光[3]。

〔1〕"塞下曲",见王昌龄《塞下曲》注〔1〕。本题原诗四首,这是第一首。

〔2〕"乌孙",汉代西域国名。汉武帝时,张骞出使西域,建议武帝结好乌孙。武帝令张骞带了大量牛、马、金帛送给乌孙,乌孙也遣使至汉送来马匹,愿向汉称臣。后武帝以江都王女细君出嫁乌孙,乌孙与汉通问不绝。这两句指乌孙朝汉归去,对于汉朝有怀德畏威之情,愿意取消王号,对汉称臣。

〔3〕这两句说边远地方也平静无战争,战争的戾气转变成日月的光明。这是诗人的一个美好愿望。

刘方平

刘方平,河南洛阳人,隐居汝、颍水边,与皇甫冉为诗友,萧颖士很赏识他,称为"山东茂异"[1]。存诗仅二十六首,五律有传诵的句子,如"一花开楚国,双燕入卢家"(《新春》),"万影皆因月,千声各为秋"(《秋夜泛舟》)等。绝句尤所擅长。

[1] 萧颖士《送刘方平、沈仲昌秀才同观所试杂文》:"山东茂异有河南刘方平……"(文见《唐诗纪事》卷四十七"沈仲昌"条)。

夜 月[1]

更深月色半人家[2],北斗阑干南斗斜[3]。今夜偏知春气暖,虫声新透绿窗纱[4]。

[1] 题一作《月夜》。
[2] 这句说更深之时一大半的人家都有月色照临。
[3] "阑干",横斜貌,形容北斗星即将隐没。北斗横,南斗斜,正是更深时的景象。
[4] "新",初。

李华

李华,字遐叔,赵州赞皇(今河北省赞皇县)人。开元二十三年(735)进士及第,天宝二年又举博学宏词科。他曾弹劾过杨国忠党羽为非作歹,为权幸所嫉。安禄山陷两京,李华接受了伪职;贼平,贬杭州司户参军,大历年间卒。

李华的诗名不及文名,文章与萧颖士并称。有《李遐叔文集》。所存诗无论咏史、记游,都能抒发怀抱,有所讽托,不只是形式的流丽而已。

春行即兴[1]

宜阳城下草萋萋[2],涧水东流复向西。芳树无人花自落,春山一路鸟空啼。

〔1〕"即兴",对眼前景物有所感触,乘兴而作。
〔2〕"宜阳",古县名,唐时改称福昌,在今河南省宜阳县附近。

岑参

岑参(715—770),江陵(今湖北省江陵县)人,先世居南阳棘阳(今河南省新野县东北)。出身于官僚贵族家庭,天宝三年(744)进士,天宝八年(749)在安西节度使高仙芝幕中掌书记。天宝末,封常清任安西节度使,岑参摄监察御史,充安西、北庭节度判官。肃宗在凤翔时,任右补阙,后出为虢州(今河南灵宝县南)长史。五十五岁左右升为嘉州(今四川省乐山县)刺史。罢官后客死成都旅舍。有《岑嘉州集》,存诗三百六十首。

岑参几度出塞,久佐戎幕,对边地征战生活和塞外风光有长期的观察与体会。他曾以激越的情思歌颂了边防战士英勇的战斗精神,描写了多种多样的边塞生活。他的边塞诗大都即事命题,绝少因袭。从他的诗里我们可理解到古代远征者的理想:他们远涉沙碛,不只是为了勤王报国,更重要的是为了保卫边地人民的和平生活。他描写了紧张激烈的战斗场面,也写到苦乐悬殊的官兵生活。与所写的内容相适应,他采取了不同韵律的歌行体,使声调与内容相互适应,相互发挥。他的诗想象丰富,气势磅礴,诗风奇峭,远播异域,是盛唐的一位重要作家。最得南宋爱国诗人陆游的称赞,"以为太白、子美之后一人而已"[1]。

----

[1] 见陆游《渭南文集》卷二十六《跋岑嘉州诗集》。

岑　参

白雪歌送武判官归京[1]

北风卷地白草折,胡天八月即飞雪。忽然一夜春风来,千树万树梨花开[2]。散入珠帘湿罗幕,狐裘不煖锦衾薄。将军角弓不得控,都护铁衣冷难着[3]。瀚海阑干千尺冰,愁云惨淡万里凝[4]。中军置酒饮归客[5],胡琴琵琶与羌笛。纷纷暮雪下辕门,风掣红旗冻不翻[6]。轮台东门送君去,去时雪满天山路。山回路转不见君,雪上空留马行处。

〔1〕天宝十三年(754)岑参任安西、北庭节度判官。这诗是他在轮台幕府雪中送人归京之作,表现了边防军营中的奇寒与天山、瀚海的壮丽雪景。

〔2〕这四句写边塞北风猛烈,飞雪来得很早。"白草",《汉书·西域传》颜师古注:"白草似莠而细,无芒,其干熟时正白色,牛马所嗜也。"王先谦补注谓白草"春兴新苗与诸草无异,冬枯而不萎,性至坚韧"。"忽然",一作"忽如"。"梨花",指雪。

〔3〕这四句写苦寒。"角弓",见王维《观猎》注〔2〕。"控",引弓。"都护",见王维《使至塞上》注〔5〕。

〔4〕这两句写塞外大雪时景象,前句写地,后句写天。"瀚海",沙漠。"阑干",纵横貌。"千尺",一作"百丈"。"惨淡",阴暗。

〔5〕这句说到送归。"中军",古时多分兵为中、左、右三军。中军为主帅发号施令之所。这里指轮台节度使幕。

〔6〕这两句写近处的风雪:因为下雪时间较久,辕门外的红旗已经僵硬得不能飘扬。隋虞世基《出塞》:"雾暗烽无色,霜旗冻不翻。"不及岑诗生动。

197

"辕门",见王昌龄《从军行》("大漠风尘日色昏")注〔2〕。"掣",极写风吹,仿佛把风拟人化了。

热海行送崔侍御还京[1]

侧闻阴山胡儿语[2],西头热海水如煮[3]。海上众鸟不敢飞,中有鲤鱼长且肥。岸旁青草常不歇,空中白雪遥旋灭。蒸沙烁石然虏云[4],沸浪炎波煎汉月。阴火潜烧天地炉,何事偏烘西一隅[5]。势吞月窟侵太白,气连赤坂通单于[6]。送君一醉天山郭,正见夕阳海边落。柏台霜威寒逼人,热海炎气为之薄[7]。

〔1〕"热海",湖名,即今哈萨克斯坦境内的伊塞克湖,唐时属安西都护府辖。"侍御",见高适《送李侍御赴安西》注〔1〕。

〔2〕"侧闻",表示作者并未去过热海,诗中所写都是得之传闻。"阴山",自古即为匈奴常居之地,这里泛指边地的山,不一定指今内蒙古的阴山。

〔3〕这句以下都是描述热海奇景。"西头",西边地尽头。古代一般人无地圆观念,以为地有尽头。

〔4〕"然",同"燃"。

〔5〕这两句说地下的阴火(对太阳的阳火而言)燃烧着。"天地炉",用贾谊《鹏鸟赋》"天地为炉"句意,是说天地好像都被阴火燃烧。"何事"句意谓它为什么偏偏烘烤西边这个角落呢?

〔6〕这两句写热海的热力上侵太空的星辰,远及汉、胡各地。"月窟",月中,或用以指极西之地。梁简文帝《大法颂》:"西逾月窟,东渐扶桑。""太白",即金星,亦名启明,晨出东方。"赤坂",在陕西省洋县东龙亭山。"单于",指单

于都护府所在之地。

〔7〕这四句说举杯送君于天山城外,见夕阳落于热海之边,侍御是那么威严、冷峻,连热海的炎威都要为之消减。"郭",外城。"柏台",《汉书·朱博传》:"御史府中列柏台。"又以御史纠弹不法,有秋霜肃杀之气,故说"霜威寒逼人"。"之",一作"君"。

轮台歌奉送封大夫出师西征[1]

轮台城头夜吹角,轮台城北旄头落[2]。羽书昨夜过渠黎,单于已在金山西。戍楼西望烟尘黑,汉兵屯在轮台北[3]。上将拥旄西出征,平明吹笛大军行。四边伐鼓雪海涌,三军大呼阴山动[4]。虏塞兵气连云屯[5],战场白骨缠草根。剑河风急雪片阔[6],沙口石冻马蹄脱。亚相勤王甘苦辛,誓将报主静边尘。古来青史谁不见,今见功名胜古人[7]。

〔1〕"轮台",唐时属庭州,隶北庭都护府,在今新疆维吾尔自治区米泉县境。封常清曾驻兵于此。天宝十三年至十四年岑参充安西、北庭节度判官,亦多居此。本篇与《走马川行奉送出师西征》为同一时期作品。

〔2〕这两句写战争虽未发生而已有战争的征兆。"角",或称画角,乐器,军中吹奏以报时间。"旄头",星宿名,古人以为是"胡人"的象征,旄头跳跃,主"胡兵"大起。这里说"旄头落"即象征"胡兵"将要覆灭。

〔3〕这四句写两军对垒。"羽书",即"羽檄",见王维《老将行》注〔11〕。"渠黎",汉西域诸国之一,在轮台东南。

〔4〕这四句写三军声势雄壮,士气昂扬。"旄",节旄。古时皇帝赐使臣、大将以为信记。唐代也赐给节度使节旄,使掌管军事。"阴山",见《热海行送

崔侍御还京》注〔2〕。

〔5〕 "兵气",见常建《塞下曲》注〔3〕。

〔6〕 "剑河",水名。《新唐书·回鹘传》:"青山东,有水曰剑河。"

〔7〕 末四句赞美封常清忠勇报国。"亚相",指封常清。汉代御史大夫位次宰相,封常清为节度使又加御史大夫,故称亚相。"勤王",为皇帝出力。"青史",古代以竹简记事,后来便称史册为"青史"。

走马川行奉送出师西征〔1〕

君不见走马川,雪海边〔2〕,平沙莽莽黄入天。轮台九月风夜吼〔3〕,一川碎石大如斗〔4〕,随风满地石乱走。匈奴草黄马正肥,金山西见烟尘飞,汉家大将西出师〔5〕。将军金甲夜不脱,半夜军行戈相拨,风头如刀面如割〔6〕。马毛带雪汗气蒸,五花连钱旋作冰〔7〕,幕中草檄砚水凝。虏骑闻之应胆慑,料知短兵不敢接,车师西门伫献捷〔8〕。

〔1〕 "走马川",未详。按诗中走马川与雪海并举,据《新唐书·地理志》:"雪海,又三十里至碎卜戍,傍碎卜水五十里至热海。"则雪海距热海不到百里,其地即在天山主峰与伊塞克湖之间,正合于诗中"金山西见烟尘飞"的描写。

〔2〕 "川"下原有"行"字,无意义,且破坏全诗韵型(全诗逐句用韵,三句一转)。吴仰贤《小匏庵诗话》卷一、汪瑔《松烟小录》卷一皆谓自题目中混入。

〔3〕 "轮台",见《轮台歌奉送封大夫出师西征》注〔1〕。

〔4〕 "川",指旧河床。

〔5〕 这三句说秋后草黄马肥,敌人发兵进攻。"金山",即阿尔泰山,蒙古

岑参《白雪歌送武判官归京》

语和突厥语系的哈萨克语、维吾尔语都称金为阿尔坦。阿尔泰山就是有金的山。阿尔泰山不在此次封常清去作战的地方,此处用以泛指塞外山脉。"烟尘飞",是说战事已经发生。参看高适《燕歌行》注〔2〕。"汉家大将",指封常清。

〔6〕 这三句写战争紧张,寒夜行军,戈、矛互相碰撞。

〔7〕 这两句写马匹疾驰于雪地的情状。"五花连钱",指名贵的马。开元、天宝间承平日久,讲究马饰。剪马鬣为五瓣者称"五花马"。参看李白《将进酒》注〔10〕。"连钱",指马身上的斑纹。《尔雅·释畜》第十九:"青骊驎骃。"注云:"色有深浅,斑驳隐粼,今之连钱骢。"

〔8〕 末两句是给出征将士的祝词。"短兵",指刀、剑一类武器。《史记·匈奴列传》:"长兵则弓矢,短兵则刀铤(音蝉)。""车师",汉西域国名,有前后车师,前车师地在今新疆维吾尔自治区吐鲁番一带,唐初为高昌国。唐太宗李世民取其地为西唐州,又改西州,为安西都护府所在地。后车师故址在新疆维吾尔自治区奇台县一带,这里指后车师。"伫",久立。此处作等待解。"献捷",胜利后献所得的战果。

行军九日思长安故园〔1〕

强欲登高去,无人送酒来〔2〕。遥怜故园菊,应傍战场开〔3〕。

〔1〕 唐肃宗至德元年(756)九月从灵武到彭原。岑参随军。他在行军中度重阳节(农历九月九日),作此诗忆故园。岑参久居长安,故以长安为故园。他的另一首诗《早发焉耆怀终南别业》说:"故山在何处,昨日梦清溪。"可以参看。

〔2〕 "送酒",用陶渊明的故事。据《南史·陶潜传》记载,陶潜(渊明)有一次在家过重阳节,无酒可饮,只得在宅边的菊花丛里闷坐着。幸而刺史王弘

送酒来了,才得痛饮一场。重阳节登高饮菊花酒是相沿已久的风俗习惯,所以岑参在这一天想到登高,想到饮酒,又想到故园菊。

〔3〕 本篇原注云:"时未收长安。"长安于天宝十五年六月被安禄山叛军攻陷,至德二年九月收复。末两句忧虑故居已沦为战场。

逢入京使[1]

故园东望路漫漫[2],双袖龙钟泪不干[3]。马上相逢无纸笔,凭君传语报平安。

〔1〕 天宝八年(749)安西四镇节度使高仙芝入朝,岑参被奏请为右威卫录事参军,到节度使幕掌书记。本篇即作于此次赴边疆的中途。

〔2〕 "故园",指他在长安的家。"漫漫",漫长,遥远。

〔3〕 "龙钟",淋漓貌。

春 梦[1]

洞房昨夜春风起,故人尚隔湘江水[2]。枕上片时春梦中,行尽江南数千里。

〔1〕 唐诗和唐代小说中不乏写梦之作,但大多是描写旅愁和闺怨的。这首小诗通过春夜梦游,反映好友间的深切思念。片时数千里,切合写梦境。由于作者春梦中经历之地是广阔的江南地方(包括湘江流域),所以能够引起人

们的联翩浮想。

〔2〕"洞房",深屋。"房",一作"庭"。"故人",友人。"故人尚隔",一作"遥忆美人"。这两句说又是春天了,就连夜间在室内也感到春意,可故人还在湘江畔,不能相晤。

民　　歌

神 鸡 童 谣[1]

生儿不用识文字,斗鸡走马胜读书。贾家小儿年十三,富贵荣华代不如[2]。能令金距期胜负[3],白罗绣衫随软舆[4]。父死长安千里外,差夫持道挽丧车[5]。

〔1〕 这首民谣产生于唐玄宗开元十三年(725)。据唐代陈鸿《东城老父传》记载,李隆基嗜好斗鸡,曾在两宫之间设护鸡坊,挑选"六军小儿五百人,使驯扰教饲"雄鸡群。绰号叫"神鸡童"的贾昌,因善于驯鸡被李隆基赏识,做了"五百小儿长"。他父亲贾忠是李隆基的心腹和侍卫。开元十三年父子俩跟随李隆基去参加封禅活动,贾忠死在泰山下。十三岁的贾昌"奉尸归葬",不仅"葬器、丧车"全由官府供给,而且沿途还由县官派人运送。《神鸡童谣》讽刺了这种怪现象,其批判矛头指向了封建社会的最高统治者。

〔2〕 "代不如",世上无人能及。李白《古风》("大车扬飞尘")中曾说:"路逢斗鸡者,冠盖何辉赫。鼻息干虹蜺,行人皆怵惕。"可以互相印证。

〔3〕 "金距",戴在雄鸡足上的金属爪子,这里代指鸡。

〔4〕 "白罗绣衫",据《东城老父传》记载,贾昌随皇室出游穿戴华丽:"冠雕翠金华冠,锦袖绣襦裤。""软舆",专供皇帝乘坐的车,即"辇"。

〔5〕 "差夫",差人。"持道",扶助于道路。"挽",拉车。

民　歌

哥　舒　歌[1]

北斗七星高,哥舒夜带刀。至今窥牧马,不敢过临洮[2]。

〔1〕 天宝十二年(753)秋,唐中央政权的军队战败吐蕃贵族统治者,"收黄河九曲,以其地置洮阳郡,筑神策、宛秀二军"(《新唐书·哥舒翰传》)。这首民歌反映的就是这次斗争。因为当时统兵的是陇右节度使(不久,兼河西节度使)哥舒翰,所以民歌借他的名字以代指唐军。《全唐诗》本篇注误以为"天宝中,哥舒翰为安西节度使,控地数千里,甚著威令,故西鄙人歌此"。有的选本以为是歌颂天宝七年(748)哥舒翰攻青海石堡城的,显然也与本篇不符。

〔2〕 "牧马",我国古代北方少数民族的奴隶主贵族常在秋收季节南下牧马,窥探虚实,劫扰内地。这里借指吐蕃的骚扰。"临洮",故址在今甘肃省岷县。当时已置洮阳郡,并有兵扼守,所以说吐蕃"不敢过临洮"。

杜甫

杜甫(712—770),字子美,生于河南巩县(今河南省巩县),是名诗人杜审言的孙子。唐玄宗开元中,他南游吴越,北游齐赵,过着"裘马清狂"的生活。天宝五年(746),他到长安,进取无门,困顿了十年,才获得右卫率府胄曹参军的小官。安史乱起,他流亡颠沛,竟为叛军所俘;脱险后,授官左拾遗,不久又贬为华州司功参军。乾元二年(759),他弃官西行,度关陇,客秦州,寓同谷,最后到四川,定居成都浣花溪畔。曾在西川节度使严武幕中任职,官参谋、检校工部员外郎。永泰元年(765),他打算离蜀东去,途中留滞夔州二年。大历三年(768),携家出峡,漂泊鄂、湘一带,后死于赴郴州途中。有《杜少陵集》[1]。

杜甫出身在世代"奉儒守官"[2]的封建家庭,自幼接受封建正统思想的教育和熏陶。他以稷、契自许,有志于"致君尧舜上,再使风俗淳"[3]。他一心想要走的是"达则兼善天下"的道路。他曾回忆他的自负心情说:"自谓颇挺出,立登要路津。"[4]但在唐玄宗逐渐昏庸,李林甫、杨国忠相继弄权的社会里,那是注定要碰壁的。杜甫一生的苦难和穷困使他不能不看到封建社会的冷酷现实。正是由于他所处的社会地位和所受的生活磨炼,在他思想中逐渐形成进步的成分,终于突破了封建主义教条的某些束缚,使他愤激地说出"唐尧真自圣,野老复何知"[5]、"儒术于我何有哉,孔丘盗跖俱尘埃"[6]这些话来。十年长安的困守,是杜甫思想变化的光辉起点;长期的流离失所又使他接近人民,体会到人民的情绪和愿望,从而丰富了自己的爱国思想和同情人民的感情,他诗歌中的现实主义精神也因此产生和发展。

杜甫的诗歌广阔地反映了唐王朝由盛而衰过程中的社会面貌,真实地再现了这一历史转折时期的重大事件、各阶级阶层的动态、思想和他们之间的矛盾。杜甫站在封建地主阶级下层的立场,反对统治阶级上层横征暴敛、奢侈腐化,反对藩镇割据、宦官专权,反对吐蕃、回纥等族统治者的掠夺骚扰。他的名句:"彤庭所分帛,本自寒女出。鞭挞其夫家,聚敛贡城阙。""朱门酒肉臭,路有冻死骨。"[7]深刻地反映了阶级的对立。这样,在现实主义诗人中他的诗歌的现实性就发展到空前的高度。杜甫对他所反映的时代生活,又有深刻的认识,他诗歌的政治倾向性是异常鲜明的。当上层统治者沉醉于表面的繁荣时,他已洞察了隐伏的社会危机。安史乱起,他更用诗歌作为评论国家政治、军事、经济等问题的手段,他的许多预见都成了事实。他在诗里所一贯表现的对人民的同情和对祖国的热爱,都是很鲜明的。他对统治阶级的揭露和鞭挞,又是那样勇敢和大胆,甚至指向当时的执政者。他那些咏物、写景和抒情的诗篇,也常常跟忧愤国事交织在一起。

作为一个伟大的现实主义诗人,杜甫极其出色地完成了时代的使命;作为一个地主阶级知识分子,他又不可能和封建主义的世界观决裂或根本改变。这就形成了他思想的深刻矛盾。他关怀国事,但把全部希望寄托在毫无希望的皇帝身上;他真诚地同情人民的痛苦,但又不能认识造成人民痛苦的封建制度。他反对袁晁所领导的农民起义的诗句"安得鞭雷公,滂沱洗吴越"[8],最清楚不过地说明杜甫并没有超越他的地主阶级立场。以上这些矛盾因素在他的诗中是交杂并存的。

杜诗富于变化,是人们交口称誉的特点。他的前后期诗风是有区别的:感情由炽热趋向悲凉,后期在艺术上既有千锤百炼之作,又有随意挥洒之篇。然而,体现这种多样的统一并成为他的基本风格的,是他自己所说的"沉郁顿挫"。《自京赴奉先县咏怀五百字》、《北征》等长篇古诗是一种代表,《登楼》、《宿府》、《旅夜书怀》、《登高》等短篇近体又是一种代表。

为了反映广阔的社会生活,杜甫运用了我国古典诗歌的许多体制,并加以创造性地发展。他是新乐府诗体的开路人,他的乐府诗"即事名篇,无复依傍"[9],为反映现实提供了一种更方便、更直接的形式,促成了中唐时期新乐府运动的发展。他的五七古长篇,亦诗亦史,展开铺叙,而又着力于全篇的回旋往复,标志着我国诗歌叙事艺术的高度成就。杜甫在五七律上也表现出显著的创造性,积累了关于声律、对仗、炼字炼句等完整的艺术经验,使这一体裁达到完全成熟的阶段。他的绝句几乎都是晚年入蜀后所作,质朴通俗,时入议论,形成了自己的特点。

杜甫是我国诗歌优良传统的杰出继承者和发扬者。《诗经·国风》、乐府的现实主义精神,六朝诗在声律等艺术方面的探索以及唐初以来的诗歌成就,他都加以认真地吸取和总结。但是,杜甫的成就在当时并不被人所认识,最早给予高度评价的是元稹和韩愈[10]。经过他们的鼓吹,杜甫的地位才得到肯定。

[1]《宋史·艺文志》著录王洙注杜诗三十六卷,似是最早的杜集注本(今失传)。郭知达《杜工部诗集注》(一称《九家集注杜诗》)似是最早的集注本。《集千家注分类杜工部集》(题东莱徐居仁编次、临川黄鹤补注)荟集一百五十馀家注释,更称繁富。以后的注本中,如钱谦益《杜工部集笺注》的引史解诗,仇兆鳌《杜诗详注》的广征博引,虽不无穿凿或冗芜之处,对读者还是有用的,所以流行较广。杨伦《杜诗镜铨》简明扼要,辑有评语,也颇为通行。
[2]《进雕赋表》。
[3]《奉赠韦左丞丈二十二韵》。
[4] 同上。
[5]《秦州杂诗》(其二十)。
[6]《醉时歌》。
[7]《自京赴奉先县咏怀五百字》。
[8]《喜雨》("春旱天地昏")。
[9] 元稹《元氏长庆集》卷二十三《乐府古题序》。
[10] 参看元稹《唐故工部员外郎杜君墓系铭》、韩愈《调张籍》。

望　岳[1]

岱宗夫如何[2]？齐鲁青未了[3]。造化钟神秀[4]，阴阳割昏晓[5]。荡胸生曾云[6]，决眦入归鸟[7]。会当凌绝顶，一览众山小[8]。

〔1〕唐玄宗开元二十五至二十八年(737—740)间，杜甫举进士不第后，在齐赵一带(今河南、河北、山东省等地)漫游。本篇即作于此时。杜甫集中有《望岳》诗三首，分咏东岳、南岳、西岳。本篇为咏东岳之作。东岳泰山，在今山东省泰安县北。

〔2〕"岱宗"，五岳之首，是对泰山的尊称。"夫如何"，怎么样。

〔3〕"齐鲁"，原是春秋时两个国名，在今山东省境内。《史记·货殖列传》："故泰山之阳则鲁，其阴则齐。"后以"齐鲁"作为这一地区的代称。"未了"，不尽，意谓泰山的青色在齐鲁广大区域内都能望见。

〔4〕"造化"，即大自然。"钟"，聚集。这句说泰山是天地间一切神奇、秀丽的结晶。

〔5〕"阴"，指山北；"阳"，指山南。"割"，分。这句说山南山北，在同一时间判若晨昏，极言泰山的高大。

〔6〕"曾"，同"层"。这句说云气叠起，涤荡胸襟。

〔7〕"决"，裂开。"眦(音恣)"，眼眶，"决眦"，形容极力张大眼睛。"入"，收入眼里，看到。

〔8〕"会当"，应当，定要。"凌"，登上；一作"临"。扬雄《法言·吾子篇》："升东岳而知众山之峛崺也，况介丘乎。"似为这两句构思所本。

杜甫

房兵曹胡马诗[1]

胡马大宛名[2],锋棱瘦骨成[3]。竹批双耳峻[4],风入四蹄轻[5]。所向无空阔,真堪托死生[6]。骁腾有如此,万里可横行[7]。

〔1〕本篇约写于开元二十八九年(740、741)。"房兵曹",不详其名。"兵曹",兵曹参军事的省称。"曹",古代分科办事的官署或州郡所置的属官。"胡马",泛指西北少数民族地区所产的马。杜甫集中咏马诗有十一首之多;这首诗不仅写出马的神貌,而且写出作者的胸襟和抱负。

〔2〕"大宛(音鸳)",汉代西域国名,在大月氏东北,即今中亚细亚乌兹别克斯坦的费尔干纳盆地。大宛产良马,尤以汗血马(即汉代所谓"天马")最为著名。

〔3〕这句写此马瘦而有神,不像凡马空有肥肉。

〔4〕"竹批",即竹削,形容马耳如斜削的竹筒。古人以两耳尖锐为良马的特征。后魏贾思勰《齐民要术》卷六:"(马)耳欲得小而促,状如斩竹筒。"

〔5〕"风入",形容快马奔驰时,四蹄起风。

〔6〕"无空阔",对空阔的地带根本不算一回事,意即都能奔腾而过。"托死生",指此马能使人脱险,可以托付生命。

〔7〕这两句看来似与五六句重复,但五六句写马的气概和品质,这两句是期望马的主人房兵曹能立功于万里之外。"骁腾",骁勇快捷。

同诸公登慈恩寺塔[1]

高标跨苍穹,烈风无时休。自非旷士怀,登兹翻百忧[2]。方知象教力,足可追冥搜[3]。仰穿龙蛇窟,始出枝撑幽[4]。七星在北户,河汉声西流[5]。羲和鞭白日,少昊行清秋[6]。秦山忽破碎,泾渭不可求。俯视但一气,焉能辨皇州[7]?回首叫虞舜,苍梧云正愁[8]。惜哉瑶池饮,日晏昆仑丘[9]。黄鹄去不息,哀鸣何所投?君看随阳雁,各有稻粱谋[10]。

〔1〕题下杜甫自注云:"时高适、薛据先有此作。"可知这是和高、薛的诗,所以说"同诸公"。"同"就是和。当时(752)岑参、储光羲同游,也都作了诗。"慈恩寺",是唐高宗为太子时替他的母亲建筑的,所以名"慈恩"。寺中的塔一名大雁塔,是玄奘所立。这首诗除写景外,也有身世感慨和政治讽刺。

〔2〕开端四句泛写塔身高耸和登塔眺望时忧思起伏。"高标",指塔尖。凡高耸物体的末端都可以叫做高标,如左思《蜀都赋》"阳乌回翼乎高标",指树梢;李白《蜀道难》"上有六龙回日之高标",指峰顶。"跨苍穹",高越青天。"穹",一作"天"。"旷士",旷达之士。"百忧",即后面抒发的感讽。

〔3〕"象教",佛教。佛教假形象以教人。"冥搜","幽寻"的同义语,指下文"仰穿……"这两句说佛教号召力大,能聚集大量的人力、财力,产生这雄伟的建筑,值得穿窟穷幽。"追",追求。也可以解作追随,表示跟随"诸公"之后。

〔4〕这两句刻画登塔,说循着塔内的磴道盘旋上升,像穿行龙蛇的窟穴。"枝撑",梁上相交的木条。《黄山谷别集·杜诗笺》:"慈恩塔下数级皆枝撑洞

黑,出上级乃明。"

〔5〕这两句极力形容塔高。"七星",指北斗。"河汉",银河。银河也叫做星汉、银汉。银河到秋季渐渐转向西。这里诗人用一个"声"字,极言逼近云霄,好像听到银河里水的流声似的。

〔6〕这两句指出时序。"羲和",太阳的御者。古代神话说羲和每天赶着六条龙拉着的车子,载着太阳在空中运行。参见李白《蜀道难》注〔6〕。"鞭",表示加快鞭,见得太阳前进得快,也就是时间过去得快。"少(去声)昊(音皓)",传说是黄帝儿子,主管秋天的神。

〔7〕这四句写俯视所见的景象。"秦山",指终南诸山。登高看山比较清晰,原来在平地看去只是青苍一片的山,在高处就能辨出群峰罗列,所以说"忽破碎"。作者在《望岳》诗中写仰看泰山的印象,就用"齐鲁青未了"来形容,和此句可以对照。"泾、渭",二水,一浊一清,高处看去不能分辨,所以说"不可求"。"皇州",指长安。

〔8〕"叫",呼。"苍梧",传说是舜的葬处。《山海经·海内经》:"南方苍梧之丘中有九疑山,舜所葬。"慈恩寺塔在长安东南区,上文写俯视长安是面向西北,现在南望苍梧,自然要"回首"。

〔9〕"瑶池饮",写古代传说中西王母宴周穆王事。《穆天子传》卷四载,周穆王"宾于西王母","觞西王母于瑶池之上"。西王母作诗赠周穆王,最后两句是"将子无死,尚复能来"(请你别死,还可能再来)。《列子·周穆王篇》也写了这一传说,说周穆王"升昆仑之丘以观黄帝之宫,……遂宾于西王母,……乃观日之所入"。作者南望云空,西观落日,想到虞舜死葬苍梧野,周穆王也不能再到昆仑丘,帝王也不免一死。李白《古风》(其四十三)讽刺周穆王和汉武帝,说他们"淫乐心不极,雄豪安足论","灵迹成蔓草,徒悲千载魂"。这里"惜哉"、"日晏"等语含意和李白诗相似,含蓄地讥刺古今放纵享乐的帝王,特别是针对当时沉湎酒色的唐玄宗。

〔10〕"黄鹄",传说中"一举千里"的大鸟。"随阳雁",雁是候鸟,秋天南飞,春天北飞,赶着温和的地方来去。末四句以黄鹄自比,慨叹自己徒有大志而"到处潜悲辛",不如那些趋炎附势、善于自谋的人能得到温饱,因而有"何所投"的感慨语。这里也有忧乱的意思。

兵车行[1]

车辚辚,马萧萧[2],行人弓箭各在腰[3]。耶娘妻子走相送,尘埃不见咸阳桥[4]。牵衣顿足拦道哭,哭声直上干云霄[5]。道傍过者问行人,行人但云点行频[6]。或从十五北防河,便至四十西营田[7];去时里正与裹头,归来头白还戍边[8]。边亭流血成海水,武皇开边意未已[9]。君不闻汉家山东二百州,千村万落生荆杞[10]。纵有健妇把锄犁,禾生陇亩无东西[11]。况复秦兵耐苦战,被驱不异犬与鸡[12]。长者虽有问,役夫敢申恨[13]?且如今年冬,未休关西卒。县官急索租,租税从何出[14]?信知生男恶,反是生女好;生女犹得嫁比邻,生男埋没随百草[15]!君不见青海头,古来白骨无人收。新鬼烦冤旧鬼哭,天阴雨湿声啾啾[16]。

〔1〕 这是一首反对唐朝黩武战争的政治诗,也是杜甫最早反映人民疾苦的作品。关于它的历史背景,历来有进攻南诏(在今云南省一带)和用兵吐蕃(在今西北地区)两说。《通鉴·唐纪三十二》记唐玄宗天宝十年(751)"夏,四月,壬午,剑南节度使鲜于仲通讨南诏蛮,大败于泸南。时仲通将兵八万,……进军至西洱河,与阁罗凤(南诏王)战,军大败,士卒死者六万人,仲通仅以身免。杨国忠掩其败状,仍叙战功。……大募两京(指长安和洛阳)及河南、北兵以击南诏。人闻云南多瘴疠,未战士卒死者十八九,莫肯应募。杨国忠遣御史分道捕人,连枷送诣军所。……于是行者愁怨,父母妻子送之,所在哭声振野"。后半的记叙和本篇的描写很吻合;但细按诗中征夫所述的往事和所诉的

时事,都属与吐蕃交兵的情况,南诏说未可尽信。唐朝战争十分频繁,抽丁拉夫、生离死别的情形也就成为极普遍的现象。因此这首诗具有深刻的典型意义,不一定为某一历史事实所局限。"行",乐府歌曲的体裁之一。杜甫学习民歌形式来反映现实,但不拘于乐府旧题,《兵车行》这个题目就是他根据内容而自拟的。下面的《丽人行》等也是如此。

〔2〕"辚辚",车行声。"萧萧",马鸣声。

〔3〕"行人",行役的人,即征夫。

〔4〕"耶",同"爷"。"咸阳桥",旧名便桥,在咸阳县西南十里,横跨渭水,为当时由长安通往西北的必经之路。这两句写咸阳桥边尘头大起,见出行人与送者之众。

〔5〕"干",冲犯。以上几句写咸阳桥边送别的情景;以下即记述征夫的诉苦。

〔6〕"点行",按照名册顺序抽丁入伍。"频",频繁。

〔7〕"十五"、"四十",均指年龄。"防河",在黄河以北设防。《通鉴·唐纪二十九》:开元十五年(727)"十二月,戊寅,制以吐蕃为边患,令陇右道及诸军团兵五万六千人,河西道及诸军团兵四万人,又征关中兵万人集临洮,朔方兵万人集会州防秋,至冬初,无寇而罢;伺虏入寇,互出兵腹背击之"。"营田",即古代的屯田制,平时种田,战时作战。唐时也广为采用。《新唐书·食货志三》:"唐开军府以捍要冲,因隙地置营田,天下屯总九百九十二。……有警,则以兵若夫千人助收。"

〔8〕"里正",里长。"与裹头",替征丁裹扎头巾,表示征丁年幼,与上文"十五"呼应。以上四句承上"频"字。

〔9〕"武皇",汉武帝。这里借指唐玄宗。"开边",用武力开拓疆土。"意未已",犹言野心未止。

〔10〕"汉家",指唐朝。"山东",指华山以东之地。唐代潼关以东有七道,共二百七十州,这里约举成数说"二百州"。但诗中实际指关中以外的所有地区。"荆杞",荆棘、枸杞,野生灌木。这里描写田园荒芜的景象。

〔11〕"无东西",指庄稼长得杂乱不堪,行列不整。

〔12〕"秦兵",关中兵。这两句承上文说:别地方的壮丁都被征光,弄得

215

满目凋残,何况素称善战的秦兵,更不消说是征调更忙、灾难更重了。

〔13〕"长者",征夫对杜甫的尊称。"役夫",征夫自称。

〔14〕"且如",就如。"休",停止征调。"关西卒",即指这次被征入伍的秦兵;一作"陇西卒",则指驻戍在陇西的士兵未得遣还。以上四句写目前时事,与前所诉往事相照应、相补充:"未休关西卒"应前"开边意未已";"租税从何出",应前"千村万落生荆杞"三句。

〔15〕重男轻女是旧时代一般的社会心理,这里写因战乱而造成的反常现象。秦筑长城,死者遍野,民谣云:"生男慎勿举,生女哺用脯。不见长城下,尸骸相支柱。"(《水经注·河水》引杨泉《物理论》)即杜甫所本。"信知",确知。"比邻",近邻。

〔16〕"青海头",即青海边。原为吐谷浑之地,唐高宗时为吐蕃所占,以后数十年间和吐蕃的战争大都在这一带发生,唐军死亡很多。"啾啾",古人想象中鬼的鸣咽声。李华《吊古战场文》:"往往鬼哭,天阴则闻。"末四句是征夫的继续申诉,以申足"生男埋没随百草"句意。有人以为是作者抒发的感慨,似未切原诗,且与上文"君不闻"的口吻脱节。

前 出 塞

一〔1〕

磨刀呜咽水〔2〕,水赤刃伤手〔3〕。欲轻肠断声,心绪乱已久〔4〕。丈夫誓许国,愤惋复何有!功名图麒麟,战骨当速朽〔5〕。

〔1〕"前出塞",杜甫先写《出塞》九首,后又写了五首,加"前"、"后"以

示区别。《前出塞》写天宝末年哥舒翰征伐吐蕃的时事,也有人认为是唐肃宗乾元时追作的。这组诗通过一个征夫的自述,反映了从出征到论功的十年征戍生活。第一首中的"君已富土境,开边一何多",是组诗的主旨所在。本篇原列第三首。

〔2〕"呜咽水",指陇水。《太平御览》引辛氏《三秦记》:"陇西关,其坂九回,不知高几里。……其上有清水四注。俗歌曰:'陇头流水,鸣声幽咽;遥望秦川,肝肠断绝。'"

〔3〕这句说,突然水色变红,原来是刀锋割破了手。透露下文所谓"心绪乱已久",极写失神的样子。

〔4〕这两句说,想使自己的心不为呜咽的水声所动,无奈心乱已久,没法摆脱。

〔5〕这四句在忧愁中忽作慷慨的壮语,但隐藏着更深刻的悲痛。"惋(音晚)",恨。"图麒麟",《汉书·李广苏建传》:"上(汉宣帝)思股肱之美,乃图画其人(指霍光、苏武等十一人)于麒麟阁。……皆有功德,知名当世,是以表而扬之。""当",应该,甘愿。

二〔1〕

挽弓当挽强,用箭当用长。射人先射马,擒贼先擒王。杀人亦有限,列国自有疆〔2〕。苟能制侵陵〔3〕,岂在多杀伤?

〔1〕本篇原列第六首。

〔2〕这句言杀人也该有个限度,即不要滥杀。与结尾两句相呼应,意谓以制止侵扰为限,不要乱动干戈。"疆",疆界。

〔3〕"侵陵",侵犯。

丽 人 行[1]

三月三日天气新[2],长安水边多丽人[3]。态浓意远淑且真,肌理细腻骨肉匀[4]。绣罗衣裳照暮春,蹙金孔雀银麒麟[5]。头上何所有?翠为㔩叶垂鬓唇[6];背后何所见?珠压腰衱稳称身[7]。

就中云幕椒房亲[8],赐名大国虢与秦[9]。紫驼之峰出翠釜[10],水精之盘行素鳞[11]。犀箸厌饫久未下,鸾刀缕切空纷纶[12]。黄门飞鞚不动尘[13],御厨络绎送八珍[14]。箫鼓哀吟感鬼神,宾从杂遝实要津[15]。

后来鞍马何逡巡[16]!当轩下马入锦茵[17]。杨花雪落覆白蘋,青鸟飞去衔红巾[18]。炙手可热势绝伦[19],慎莫近前丞相嗔[20]。

〔1〕这诗通过对杨国忠兄妹生活奢靡的嘲讽,尖锐地揭露了统治集团的腐朽和罪恶。杨国忠于天宝十一年(752)十一月为右丞相。这诗约作于次年(753)春天。

〔2〕古人以三月三日为上巳日,多到水边春游祭祀,除灾求福,实际上成了游春宴会的节日。

〔3〕"长安水边",指长安东南的风景区曲江。唐康骈《剧谈录》卷下描写曲江:"其南有紫云楼、芙蓉苑,其西有杏园、慈恩寺。花卉环周,烟水明媚,都人游玩,盛于中和、上巳之节,彩幄翠帱,匝于堤岸,鲜车健马,比肩击毂。"

〔4〕这两句说神态凝重而高雅。"淑且真",娴静和端庄。"匀",匀称。

〔5〕"蹙金"句,申足上句"绣罗衣裳",指衣服上用金银线绣出孔雀、麒

麟等形象。"靡",刺绣。"金"、"银"互文。

〔6〕"翠",翡翠。"匐(音饿)叶",妇人发髻上的装饰。"为",指匐叶是用翡翠制成。一作"微",则指在匐叶上散镶着一些翠玉片;但与下文"珠压"对举,作"为"较好。"鬓唇",鬓边。

〔7〕"珠压腰衱",缀着珍珠的腰带。

以上十句为第一段,泛写游春仕女的体态之美和服饰之盛。

〔8〕"云幕",描绘着云彩的帐幕,供郊游时休息宴饮之用。唐人诗文中常提起这一点。例如王勃《上巳浮江宴序》写三月三日春游,就说:"翠幕玄帷,彩缀南津之雾。""椒房",汉代后妃宫室,以椒末和泥涂壁,取其温暖而有香气,后借称后妃。"椒房亲",后妃的亲属,指杨贵妃的姐姐。这句说水边的"云幕"是"椒房亲"所居之地。

〔9〕"虢与秦",杨贵妃两位姐姐的封号。《旧唐书·杨贵妃传》:"(杨贵妃)有姊三人,皆有才貌,玄宗并封国夫人之号。长曰大姨,封韩国,三姨封虢国,八姨封秦国,并承恩泽,出入宫掖,势倾天下。"

〔10〕"驼",即骆驼。驼峰羹是当时贵族常用的名菜。"翠釜",翠色的釜子(炊器)。

〔11〕"水精",即水晶。"素鳞",代指白色的鱼。

〔12〕这两句说极珍贵的肴馔都已吃腻。"犀筯",用犀牛角制成的筷子。"厌饫(音吁)",吃饱。"厌",同"餍"。"鸾刀",饰有铃的刀。"鸾",铃,声如鸾鸣。"空纷纶",白白地忙了一阵子。

〔13〕"黄门",太监。"鞚",马络头。"飞鞚",驾着快马。

〔14〕"御厨",皇家的厨房。"八珍",古代相传八种珍异的名菜,这里泛指许多精美的食品。

〔15〕"宾从(音纵)",宾客随从。"杂遝(音踏)",众多貌。"实要津",犹言填满了交通要道。有人解作官居要职,似未贴切。

以上十句为第二段,引出主角杨氏姊妹,描写饮宴的豪华及所得的宠幸。

〔16〕"后来",晚到。"逡巡",急驰貌,形容杨国忠的骄横。

〔17〕"当轩下马",见出意气骄盈、不可一世的神态。"锦茵",锦制的地毯。

〔18〕这两句是说,杨国忠车马来到,人声鼎沸,竟闹得江边的杨花纷纷飘落,树上的鸟儿也惊飞而去。《剧谈录》卷下说曲江:"入夏则菰蒲葱翠,柳阴四合,碧波红叶,湛然可爱。"唐章碣《曲江诗》云"落絮却笼他树白",说明曲江原多杨柳。"红巾",一说唐代妇女饰物,大概因人群拥挤脱落在地,为鸟所得;一说树间所挂的彩带,也可通。

〔19〕"炙手可热",指杨氏权重位重,气焰逼人。"绝伦",无人能比。

〔20〕"丞相",指杨国忠。"嗔",发怒。

以上六句为第三段,写杨国忠的骄横。本篇先叙"丽人",后点"秦虢";先叙"紫驼",后点"御厨";先叙"箫鼓"、"宾从",后点"丞相",同是一种映衬手法。

渼陂行〔1〕

岑参兄弟皆好奇〔2〕,携我远来游渼陂。天地黯惨忽异色,波涛万顷堆琉璃〔3〕。琉璃汗漫泛舟入,事殊兴极忧思集。鼍作鲸吞不复知,恶风白浪何嗟及〔4〕。主人锦帆相为开,舟子喜甚无氛埃。凫鹥散乱棹讴发,丝管啁啾空翠来〔5〕。沉竿续缦深莫测,菱叶荷花净如拭。宛在中流渤澥清,下归无极终南黑〔6〕。半陂以南纯浸山,动影袅窕冲融间〔7〕。船舷暝戛云际寺,水面月出蓝田关〔8〕。此时骊龙亦吐珠,冯夷击鼓群龙趋。湘妃汉女出歌舞,金支翠旗光有无〔9〕。咫尺但愁雷雨至,苍茫不晓神灵意。少壮几时奈老何,向来哀乐何其多〔10〕!

〔1〕"渼陂(音美碑)",在长安西南,源出终南山。方广约数里,环抱山

麓。本篇是纪游诗,写阴晴不定的天气中水上景色的变化,有"云飞海涌,满眼迷离"的特色。

〔2〕"岑参",小传见前,其兄弟名不详。

〔3〕这两句写天色忽变,波涛起伏。"黤(音奄)憯",昏暗。"堆琉璃",波涛涌起像琉璃成堆。

〔4〕"汗漫",无边无际。"事殊兴极",少有经历,极高的兴致。"鼍(音驼)",一名猪婆龙,形状像鳄鱼。"作",起来。"不复知",即不再放在心上,或不可逆料。"何嗟及",意即叹悔不及。这是用《诗经·王风·中谷有蓷》成语。以上四句写冒险游陂,既兴奋又惊骇。

〔5〕"舟子",船夫。"凫",野鸭。"鹥(音医)",水鸥。"棹讴",棹歌,船夫摇楫时的歌唱。"啁啾(音周揪)",乐声。"空翠",天空翠色。以上四句写风平浪静,云散天青,张帆前进,乐歌齐发,水鸟惊飞。

〔6〕"縆",丝绠。"沉竿续縆",用竿、绳测水的深浅。"沉"、"续"二字见得深不可测。"縆",一作"蔓"。"菱",一作"芰"。"拭",揩。"渤澥(音蟹)",海之别支,这里即指渼陂。"无极",无尽,没有底,"终南黑",终南山的倒影色黑。以上四句写从水边芰荷杂生处泛舟进入渼陂的中央,中央空旷澄清,山峰倒映。

〔7〕"袅窕",山影动摇。"冲融",水波荡漾。

〔8〕"暝",暗。"戛(音荚)",船舷和篙橹摩擦的声音。"云际寺",云际山大定寺。"蓝田关",即峣关。寺和关在渼陂东南约六七十里。以上二句写船从中央移近东南岸,时已天黑月出。

〔9〕"骊龙",黑龙。传说骊龙颔下有珠。"冯(音平)夷",传说中的水神。"湘妃",传说中虞舜的二妃娥皇、女英。二妃死在江湘之间,被人传说成湘水的女神。"汉女",传说中汉水上的二仙女。"金支",金枝。"翠旗",翠羽装饰的旗。以上四句写月影和船上岸上的灯光,映射在陂中,既像骊龙吐珠,又像金枝翠羽;众船移动像群龙争趋;船上的鼓吹声使人疑为冯夷的号令;在闪烁晃漾的光影里,船上的歌女又恍惚像是湘、汉的水仙成群出游。这里运用神话传说,将假象实写,真景也像是幻境。

〔10〕末四句回想陂上的几番变化,真是天有不测风云,担心雷雨又来。

因而感叹:人生少壮时期本已不长,而其间哀乐,反复变迁,又何其频繁呢!这些话带消极情绪,和上文游陂的豪兴其实不相称。本篇值得注意处在于描写景物的浪漫主义色彩,因为这是杜诗中少见的。最后乐极生悲的意思,是封建士大夫的老生常谈。

后　出　塞[1]

朝进东门营,暮上河阳桥[2]。落日照大旗,马鸣风萧萧[3]。平沙列万幕,部伍各见招[4]。中天悬明月,令严夜寂寥。悲笳数声动,壮士惨不骄[5]。借问大将谁？恐是霍嫖姚[6]。

〔1〕《后出塞》五首作于天宝十四年(755)。范阳、平卢、河东三镇节度使安禄山,连年攻打奚和契丹,借以争宠邀功,壮大实力,图谋叛变。这组诗和《前出塞》的写法相同,也是通过一个征夫的口吻来反映现实生活的。组诗从出征士兵开赴战地写起,直到帅骄将叛时避祸逃归为止,五首是一个严密的整体。本篇原列第二首,写行军途中的情景。

〔2〕 这两句点明入伍的地点和出征的途径。王粲《从军行五首》之四:"朝发邺都桥,暮济白马津。"似为这两句所本。"东门",指洛阳上东门。当是出征部队集结的军营所在。"河阳桥",横跨黄河的浮桥,在今河南省孟县,相传为晋杜预所建。

〔3〕《诗经·小雅·车攻》:"萧萧马鸣,悠悠旆旌。""萧萧",风声。此句写马嘶风也吼,化用《诗经》语,活现塞地行军景象。

〔4〕"部伍",部曲行伍。"各见招",各自集合自己的部队。以上四句写傍晚情形,突出军容的整肃。

〔5〕"笳",胡笳,西北少数民族的一种管乐器。形制说法不一。《文献

通考》卷二百三十八《乐考》著录大胡笳和小胡笳,谓"晋先蚕仪注:车驾住,吹小筑;发,吹大筑。筑,即笳也。……大胡笳,似觱栗而无孔。"又有"芦笳"条,谓"胡人卷芦叶为笳,吹之以作乐"。后所传者为木管,有三孔。这里吹笳是军中静营之号。这四句写夜中情形,见出军令的森严。

〔6〕这两句是对"大将"的赞美。"大将",指统领这支出征军队的主将。"嫖姚",官名。汉名将霍去病曾为嫖姚校尉,随大将军卫青出塞作战。这里用以比拟"大将"。

自京赴奉先县咏怀五百字[1]

杜陵有布衣[2],老大意转拙[3]。许身一何愚!窃比稷与契[4]。居然成濩落[5],白首甘契阔[6]。盖棺事则已,此志常觊豁[7]。穷年忧黎元[8],叹息肠内热。取笑同学翁,浩歌弥激烈[9]。非无江海志,潇洒送日月;生逢尧舜君,不忍便永诀[10]。当今廊庙具,构厦岂云缺。葵藿倾太阳,物性固难夺[11]。顾惟蝼蚁辈,但自求其穴;胡为慕大鲸,辄拟偃溟渤[12]?以兹误生理,独耻事干谒[13]。兀兀遂至今,忍为尘埃没[14]?终愧巢与由,未能易其节[15]。沉饮聊自适,放歌破愁绝[16]。

岁暮百草零,疾风高冈裂。天衢阴峥嵘,客子中夜发[17]。霜严衣带断,指直不能结[18]。凌晨过骊山,御榻在嵽嵲[19]。蚩尤塞寒空[20],蹴踏崖谷滑。瑶池气郁律[21],羽林相摩戛[22]。君臣留欢娱,乐动殷胶葛[23]。赐浴皆长缨,与宴非短褐[24]。彤庭所分帛[25],本自寒女出。鞭挞其夫家,聚敛贡城阙[26]。圣人筐篚恩,实欲邦国活[27]。臣如忽至理[28],君岂弃此物?多士盈朝廷,仁者宜战栗[29]!况闻内金盘,尽在卫霍室[30]。中堂舞神仙,烟雾蒙玉质[31]。暖客貂鼠裘,悲管逐清瑟。劝客驼蹄羹,霜橙压香橘。朱门酒肉臭[32],路有冻死骨。荣枯咫尺异,惆怅难再述[33]。

北辕就泾渭,官渡又改辙[34]。群水从西下,极目高崒兀[35]。疑是崆峒来,恐触天柱折[36]。河梁幸未坼,枝撑声窸窣。行旅相攀援,川广不可越[37]。老妻寄异县[38],十口隔风雪。谁能久不顾?庶往共饥渴[39]。入门闻号咷,幼子饥已卒!吾宁舍一哀,里巷亦呜咽[40]。所愧为人父,无食致夭折。岂知秋禾登,贫窭有仓卒[41]。生当免租税,名不隶征伐[42]。抚迹犹酸辛,平人固骚屑[43]。默思失业徒,因念远戍卒[44]。忧端齐终南,澒洞不可掇[45]。

〔1〕 这首作于天宝十四年(755)十一月间。当时杜甫改任右卫率府胄曹参军(掌管兵库工作),便抽空回奉先(今陕西省蒲城)探亲。这诗就写旅途和到家后的见闻、遭遇和感想,从个人的悲惨遭遇推及广大人民的痛苦,表达了对于国家前途的深刻的忧虑。全诗融注了杜甫长安十年政治生活的体验和观察,也反映出安史之乱以前危机四伏的社会面貌,是具有划时代意义的长篇杰作。这首诗虽是旅途的实录,但仍以述志抒感为主,所以题为"咏怀",而不是"纪行"。

〔2〕 "杜陵",长安东南郊是汉代帝后的墓地,杜陵是汉宣帝的葬所。"杜陵布衣",杜甫祖籍杜陵,他自己也在这一带住过,所以常自称"杜陵布衣"、"杜陵野老"等。

〔3〕 "老大",时杜甫年四十四岁。"拙",笨拙。这是饱含辛酸的愤激语。下文的"窃比稷与契"是"拙","穷年忧黎元"是"拙","居然成濩落"也因为是"拙"。

〔4〕"许身",自期。"窃",私自。"稷与契",传说中古代辅佐虞舜的两位贤臣。

〔5〕"居然",果然。"瓠（音或）落",即"瓠落"。《庄子·内篇·逍遥游》："以大瓠盛水浆,其坚不能自举也;剖之以为瓢,则瓠落无所容。"这里指没有什么成就,犹如大瓠的空廓无用,大而无当。

〔6〕"契阔",辛勤。

〔7〕这两句意即此身未死,此志终在。"此志",即上文"许身稷契"的志愿。"觊",希冀。"豁",达到。

〔8〕"穷年",整年。"黎元",老百姓。

〔9〕这两句意谓越被旁人取笑,自己的志趣越加坚定。"弥",越发。

〔10〕"尧舜",传说中的古代两贤君,借指唐玄宗。这四句是说,我并不是没有浪迹江湖、流连光景的志趣,但适逢贤君当世,不忍遽然归隐,希望有一番作为。

〔11〕这四句都是比喻说法。上两句以造物为喻,说明当前人才众多,不一定缺少自己。下两句以葵藿自况,进一步表示虽则如此,但我忠爱的天性是无法改变的。"廊庙具",指国家的栋梁之才。"藿",《广雅》卷十《释草》："豆角谓之荚,其叶谓之藿。"豆苗也是向阳的,所以这里与"葵"连举。曹植《求通亲亲表》："若葵藿之倾叶,太阳虽不为之回光,然终向之者,诚也。"杜甫此句意与曹同。

〔12〕这四句以蝼蚁和大鲸做比,表示对自私自利、鼠目寸光之徒的蔑视,对有远大理想的人的仰慕。下两句是受《庄子·内篇·逍遥游》中鲲鱼故事的启发,意谓何必一定要羡慕大鲸那样动不动就想在大海中游息呢？用否定的设问句表示更坚决的肯定。"偃",休息。"溟渤",茫无边际的大海。

〔13〕"兹",指上文的"慕大鲸"。"生理",犹生计。"误",一作"悟"。"干谒",奔走权门,营求富贵。

〔14〕"兀兀",劳碌;一说穷困。"忍",怎忍的意思。

〔15〕"巢与由",指巢父、许由,尧时的两个隐士。上句说不肯学巢、由做隐士。"终愧",并非真惭愧,只是说做不到。"易其节",改变上述"许身稷契"的志节。

225

〔16〕"适",一作"遭"。"破",一作"颇"。"愁绝",极愁。

以上三十二句是第一段,写平生忧国忧民的怀抱。

〔17〕"天衢",天空。"峥嵘",这里指寒气严峻。"客子",杜甫自指。"中夜发",夜半动身。

〔18〕这两句极写严寒。意谓在严寒中衣带断了,手指僵直得不能把它结好。

〔19〕"骊山",在长安东六十里,今陕西省临潼县境内。"御榻",寝宫。这时唐玄宗和杨贵妃正在骊山华清宫避寒。"嶻嶭(音弟躠)",形容山的高峻,这里指骊山之上。

〔20〕"蚩尤",传说中上古时代部落的酋长,与黄帝作战,兴大雾。这里指雾。

〔21〕"瑶池",神话中西王母的游宴之所,这里指骊山上的温泉。"气郁律",水蒸气上升的样子。

〔22〕"羽林",羽林军,保卫宫禁的近卫军。"相摩戛",形容拥挤,极言卫士人数众多。

〔23〕"殷(音引)",声音很大。"胶葛",指乐声远近传布,四处荡漾。

〔24〕"长缨",代指达官贵人。"缨",帽带。"短褐",粗布短衣,代指老百姓。

〔25〕"彤庭",即朝廷。"彤",朱红色,宫殿饰色。

〔26〕"城阙",指京城。

〔27〕"圣人",指皇帝。"筐篚",两种盛物的竹器。"筐篚恩",用筐篚盛着币帛分赐大臣,以示恩宠,这是古代的一种礼节。"邦国活",使国家生存发展。

〔28〕"至理",最高的原则,即指上文的"实欲邦国活"。

〔29〕这句说,一切有"仁"心的朝臣,面对这种情况应该有所警惕。

〔30〕"内",大内,指宫禁。"金盘",象征珍宝。"卫霍",卫青、霍去病,汉武帝时的外戚。这里暗指杨贵妃的亲属。这两句说大内奇珍异宝尽归杨氏。

〔31〕"中堂"以下六句紧承上"卫霍室"句,设想杨家的宴会场面。堂上舞女众多,香雾缭绕。有人仍解为华清宫事,则下面的两个"客"字没有着落。

"神仙",唐人对歌妓的一种称呼。"玉质",指美女。

〔32〕"朱门"句是上四句的直接概括,但与下句对比,成为揭露整个封建社会阶级对立的名句。

〔33〕"荣"承"朱门","枯"承"冻死骨"。下句是说,目击这幅惊心动魄的惨象,难受得连话也不想多说了。

以上三十八句是第二段,写途中的见闻和当时的感慨。

〔34〕"北辕",驾车向北。"官渡",泾渭两水的渡口,在昭应县(今陕西省临潼县)境内。"改辙",改道。从长安到奉先,先经骊山,折西北至昭应县渡泾渭两水,再改道东北行。

〔35〕"极目",一眼望去。"崒(音族)兀",高峻貌,这里形容波涌如山。

〔36〕"崆峒",山名,在甘肃省岷县。泾渭两水都发源陇西,所以说"疑自崆峒来"。下句写水势的凶猛。《淮南子·天文训》:"昔者共工与颛顼争为帝,怒而触不周之山,天柱折,地维绝。"

〔37〕这四句写危倾的桥梁。"坼",冲毁。"枝撑",桥柱。"窸窣(音希素)",桥梁摇晃的声音。"行旅",一作"行李",当行人讲,也可通。"相攀援",互相牵携。

〔38〕"寄异县",指客居奉先县。

〔39〕"庶",幸,希望。"共饥渴",一起过过苦日子。

〔40〕"宁",岂。"舍",舍去。"里巷",指邻居。这两句极写丧子的悲痛。

〔41〕"仓卒",原义急遽貌,引申为发生意外事故,指幼子的夭折。这句说哪里知道秋收了,穷苦人家还会饿死人?

〔42〕这两句说世代为宦,自己又做小官,按例能享受免租免役的封建特权。

〔43〕"抚迹",回味遭遇之事,指幼子的饿死。"平人",即平民,唐人避唐太宗李世民讳,以"人"代"民"。"固",有更不待言、不在话下的意思。"骚屑",纷扰不安。

〔44〕"失业徒",流离失所的人。"失业徒"、"远戍卒"分承"租税"和"征伐"。

〔45〕末两句是说,我的忧愁像终南山那样高,像茫茫大水那样不可收拾。

"颒(音订)洞",大水广漠无边的样子。"掇",收拾。

以上三十句是第三段,写到家后的情景,从自己的遭遇想到国家的前途。

月　夜[1]

今夜鄜州月,闺中只独看[2]。遥怜小儿女,未解忆长安[3]。香雾云鬟湿,清辉玉臂寒[4]。何时倚虚幌,双照泪痕干[5]。

[1] 天宝十五年(756)五月,杜甫从奉先移家至潼关以北的白水。六月,潼关失守,玄宗奔蜀,杜甫便携眷北行,至鄜(音孚)州(今陕西省富县)暂住。七月,肃宗李亨即位灵武(在今宁夏回族自治区),杜甫只身前去投奔,途中被安史叛军掳至长安。这首诗就是八月在长安所作。

[2] 这两句从对面抒写离情。诗人对月怀念妻子,却设想成妻子对月怀念自己。"闺中",指妻。

[3] 这两句借"小儿女"点出上文妻子望月时的内心活动是"忆长安",又使"独看"的含意更深一层:不仅因丈夫不在为"独",也因子女在而无知为"独"。"未解忆长安",可以指"小儿女"说,孩子们还不懂得怀念远客在外的父亲;也可以兼指"闺中"说,孩子们还不能理解母亲对月怀人的心事。

[4] 这两句写妻子久久望月的情景。"清辉",指月光。

[5] 末两句表示团聚的期望。"幌",帷幌。"虚",空,形容悬挂起的帷幔。"双"承"独","照"承"月","泪痕干",反衬出"独看"时泪流不止。

悲 陈 陶[1]

孟冬十郡良家子,血作陈陶泽中水。野旷天清无战声,四万义军同日死[2]。群胡归来血洗箭,仍唱胡歌饮都市[3]。都人回面向北啼,日夜更望官军至[4]。

〔1〕至德元年(756)十月,宰相房琯自请带兵收复京都,得到肃宗允许。房琯率领新招集的义军,分兵三路,自将中军,为前锋,杨希文将南军,李光进将北军。房、李两军先和安禄山部下安守忠军在陈陶斜遭遇。房琯虽有平叛的壮志,却缺乏军事才能,他用车战古法迎敌,被敌人火攻,大败溃乱,几乎全军覆没。"陈陶斜",一作陈涛斜,又名陈陶泽,在今陕西省咸阳县东。当时杜甫在长安,听到这个不幸消息,又目睹敌人骄傲的情况,写了这首诗以表痛心。

〔2〕开头四句写义军战败覆没。"良家子",汉代把医、商贾、百工以外的平民称为"良家"。这里用"十郡良家子"说明这批为国牺牲的战士是西北一带民间好子弟,是义军。"无战声",仇兆鳌解做"言不战而自溃也"(《杜少陵集详注》),不对。这里所写的是战事结束后,血水满泽,战场上一片寂静凄凉,正像汉乐府《战城南》"水深激激,蒲苇冥冥。枭骑战斗死,驽马徘徊鸣"的景象。当时横尸战场者有四万人,绝不会是束手就刃,不战而死。兵败溃走也不会寂然无声。"同日死"才是"无战声"的原因。这个日子是十月辛丑(二十一日)。

〔3〕这两句写安部叛军在陈陶斜一番屠杀之后回到长安时的骄横得意。安禄山是"胡人",部下将士也有不少"胡人",完全是"胡化"的军队。所以诗人称之为"群胡"。"血洗箭",箭都经血洗过,意即箭上都带着血。不言而喻,这些箭是从战死者尸体上收回来的。

〔4〕这时肃宗从灵武进驻彭原(今甘肃省宁县),在长安西北。《通鉴·唐纪三十四》说当时长安"民间相传太子北收兵来取长安,长安民日夜望

之。……贼望见北方尘起,辄惊欲走"。诗人如实地写出了陷区人民的心思。

春　望〔1〕

国破山河在,城春草木深〔2〕。感时花溅泪,恨别鸟惊心〔3〕。烽火连三月,家书抵万金〔4〕。白头搔更短,浑欲不胜簪〔5〕。

〔1〕 本篇作于唐肃宗至德二年(757)三月。时杜甫羁居长安。

〔2〕 这两句含有山河依旧而国事全非、草木深密而人烟稀少的暗示。

〔3〕 这两句点出忧国和思家两方面的内容。春天花开鸟鸣,原该使人欣喜愉快;但目前由于国家遭逢丧乱,一家流离分散,花容并不能少抑人的悲怀,鸟声却更增加人的愁思。"花溅泪",言花上溅滴愁人的泪。"鸟惊心",言鸟鸣惊动愁人的心。"感时"承上,"恨别"启下。

〔4〕 "连三月",谓战火延续,整个春天就将这样过去了。"抵",值得。"烽火"句应"感时","家书"句应"恨别",把国事、家事紧紧联在一起。

〔5〕 "白头",实指白发。"浑",简直。"簪",古代男子成年以后,都把头发束在头顶上,用发簪别住。下句说白发稀疏,简直插不上发簪了。参看鲍照《拟行路难十八首》之十六:"白头零落不胜冠。"

哀江头〔1〕

少陵野老吞声哭,春日潜行曲江曲〔2〕。江头宫殿锁千门,细柳新蒲为谁绿[3]？忆昔霓旌下南苑[4],苑中万物生颜色。昭阳殿里第一人,同辇随君侍君侧[5]。辇前才人带弓箭[6],白马嚼啮黄金勒。翻身向天仰射云,一笑正坠双飞翼[7]。明眸皓齿今何在？血污游魂归不得[8]！清渭东流剑阁深,去住彼此无消息[9]。人生有情泪沾臆,江水江花岂终极[10]？黄昏胡骑尘满城[11],欲往城南望城北[12]。

〔1〕本篇与《春望》同时作。诗中从曲江景色移换写起,转入杨贵妃专宠骄奢以至缢死马嵬驿(在今陕西省兴平县西)的历史悲剧。国破家亡的巨大悲痛是贯穿全诗的中心思想。作者对唐玄宗、杨贵妃的怜悯和谴责都和这一思想交织在一起,因而具有较深的意义。"江头",指曲江,长安东南的游赏胜地,详见前《丽人行》注[3]。

〔2〕"少陵野老",参见前《自京赴奉先县咏怀五百字》注[2]。"少陵",在今陕西省长安县,杜陵东南十余里,是汉宣帝的许后的葬地。杜甫时年四十六岁。"曲江曲",曲江边冷僻的角落。

〔3〕这两句即"庭树不知人去尽,春来犹发旧时花"的意思,和下文"人生有情泪沾臆,江水江花岂终极"呼应。诗人今天的寂寞引起对昔日繁华的回忆。

〔4〕"霓旌",仪仗中的一种彩旗,这里指皇帝亲临。"南苑",即芙蓉苑,唐玄宗的行宫,因在曲江之南,故名。

〔5〕"昭阳殿",汉宫殿名。"昭阳殿里第一人",原指汉成帝的皇后赵飞燕,这里暗指杨贵妃。"同辇",《汉书·外戚传》记汉成帝游于后庭,想要与班婕妤同车而行,班婕妤根据"贤君"的道理,加以拒绝。这里既见出杨贵妃的专宠,也暗示唐玄宗的荒唐。

〔6〕"才人",宫中女官。

〔7〕"一笑",指杨贵妃因见射中飞鸟而开颜一笑。以上八句追叙安史乱前出游的盛况和杨贵妃的得宠。

〔8〕"明眸皓齿",形容美人,指杨贵妃。"血污游魂",指杨贵妃缢死马嵬驿事。《旧唐书·杨贵妃传》:"及潼关失守,从幸至马嵬,禁军大将陈玄礼密启太子,诛国忠父子。既而四军不散,玄宗遣力士宣问,对曰'贼本尚在',盖指贵妃也。力士复奏,帝不获已,与妃诀,遂缢死于佛室。时年三十八,瘗于驿西道侧。"(参看后面白居易《长恨歌》)这以下抒写目前感慨。

〔9〕"清渭",马嵬驿南滨渭水,指杨贵妃缢死之处。"剑阁",唐玄宗入蜀途中曾经停驻过的地方。下句指玄宗与杨贵妃生死相隔,两无消息,与白居易《长恨歌》"一别音容两渺茫"意同。

〔10〕这两句概括全诗内容。上句言情,指所有睹物伤怀的人,包括杜甫在内;下句言景,指曲江。两句言世事变迁,"有情"的人触景伤心,而景物无知无觉,江水流者自流,江花发者自发,永无止息。

〔11〕"胡骑",指安禄山的军队。

〔12〕"望城北",一说肃宗行宫灵武在长安之北,是中兴希望所在,也是杜甫日夜向往投奔之处,望着城北,表示对唐军盼望之切;一说唐代皇宫在城北,回望城北,表示对故国的眷念;一说"望"即"向","望城北",即"向城北"之意。后一说较妥。当时作者百感交集,忧愤如焚,一时间懵懵懂懂地走反了方向,于情理或更切合。

喜达行在所三首

一〔1〕

西忆岐阳信,无人遂却回。眼穿当落日,心死着寒灰〔2〕。雾树行相引,连山望忽开〔3〕。所亲惊老瘦:辛苦贼中来〔4〕。

〔1〕 诗题《文苑英华》作《自京窜至凤翔喜达行在所》,他本"自京窜至凤翔"六字移作原注。至德二年(757)四月,杜甫历尽艰险,由长安逃至凤翔(原扶风郡,今陕西省凤翔县)。这三首诗就是在凤翔写的。"行在所",朝廷在外临时驻留之地。这年二月,肃宗由彭原(今甘肃省宁县)进驻凤翔。

〔2〕 "岐阳",即凤翔。凤翔在长安之西,岐山之南,所以说"西忆岐阳"。"信",信使,即遣去投书或探听消息的人。"遂",成功,如愿。"却回",返回。"当落日",犹言对落日,日落处在西边。"着",附。这四句错综成文。"眼穿当落日"承"西忆"句;"心死着寒灰"承"无人"句。意谓没有一个信使从凤翔完成使命而返,诗人连心都凉了。

〔3〕 上句写奔窜途中,下句写将至凤翔。"连山",即指本题第三首的太白、武功等山。

〔4〕 末两句写初到时亲友的慰问。"老瘦",指杜甫。

二

愁思胡笳夕,凄凉汉苑春[1]。生还今日事[2],间道暂时人[3]。司隶章初睹,南阳气已新[4]。喜心翻倒极,呜咽泪沾巾[5]。

〔1〕 这两句追忆在长安时的苦况。"汉苑",指长安的宫苑。

〔2〕 这句言外之意是,昨天还没料到能活着回来。

〔3〕 "间(去声)道",小路。"暂时人",形容自己生死悬于顷刻。

〔4〕 这两句以汉光武帝重建汉室的故事比况凤翔的中兴气象。《后汉书·光武帝纪》:"更始(更始帝刘玄)将北都洛阳,以光武行司隶校尉,使前整修宫府,于是置僚属,作文移,从事司察,一如旧章。……(三辅吏士)及见司隶僚属,皆欢喜不自胜。老吏或垂涕曰:'不图今日复见汉官威仪。'"又:"后望气者苏伯阿为王莽使,至南阳,遥望见舂陵(今湖北省枣阳县)郭,唶曰:'气佳哉!

郁郁葱葱然。'""南阳",光武帝的故乡,这里指凤翔。

〔5〕 末两句谓喜到极处,反而啼哭;啼哭正表示喜极。

三

死去凭谁报,归来始自怜。犹瞻太白雪,喜遇武功天[1]。影静千官里,心苏七校前[2]。今朝汉社稷,新数中兴年[3]。

〔1〕"太白",辛氏《三秦记》:"太白山在武功县南,去长安三百里,不知高几许。俗云:'武功太白,去天三百。'""武功",即今陕西省武功县。这两句犹言重见天日。

〔2〕"千官",泛言文武群臣。《荀子·正论》:"古者,天子千官,诸侯百官。""七校",泛指武官。《汉书·刑法志》:"京师有南北军之屯,至武帝平百粤,内增七校。""千官里"、"七校前",指身列整肃的朝班。杜甫抵凤翔后,即被任为左拾遗,参看下首注〔5〕。"影静"和"心苏",见出奔窜跋涉后外表的舒坦和内心的欣慰。

〔3〕"数(读上声)",计数。"中",一般读平声,此处读去声。

述怀一首[1]

去年潼关破,妻子隔绝久[2];今夏草木长,脱身得西走[3]。麻鞋见天子,衣袖露两肘。朝廷愍生还,亲故伤老丑[4]。涕泪授拾遗[5],流离主恩厚。柴门虽得去[6],未忍即开口。寄书问三川[7],不知家在否?比闻同罹祸[8],杀戮到鸡狗。山中漏茅屋,谁复依户牖?摧颓苍松根,地冷骨未朽[9]。几人全性命?尽室岂相偶[10]?嶔岑猛虎场[11],郁结回我首。自寄一封书,今已十月后[12]。反畏消息来,寸心亦何有!汉运初中兴,生平老耽酒。沉思欢会处,恐作穷独叟[13]。

〔1〕本篇是在凤翔思家之作。

〔2〕天宝十五年(756)六月,安禄山兵破潼关(详见后《北征》注〔22〕)。七月,杜甫自鄜州投奔灵武,途中被安史叛军所俘,到这时已近一年,故云"隔绝久"。

〔3〕这两句即指这年(757)四月由长安逃归凤翔事。

〔4〕这句与前《喜达行在所三首》之一"所亲惊老瘦"意同。

〔5〕"授拾遗",杜甫到达凤翔后,被任为左拾遗。"拾遗",讽谏皇帝的官。

〔6〕"柴门",家的代称。承前"妻子"句。

〔7〕"三川",在鄜州(今陕西省富县)南,杜甫家居所在。以下十二句写寄书时对家人存亡未卜的忧虑。

〔8〕"比闻",近闻。"同罹祸",同遭祸害。《通鉴·唐纪三十四》:"潼关既败,于是河东、华阴、冯翊、上洛防御使皆弃郡走,所在守兵皆散。"

〔9〕"骨未朽",指新死者。

〔10〕"偶",合在一起的意思。全句谓一家人岂能不分散?

〔11〕"嶔岑",山势高耸貌。"猛虎场",喻安禄山军队横行劫掠的地区。

〔12〕"十月后",言自去年寄书以来,已隔十个月了。非指孟冬十月。杜甫此诗写于五六月间,在七八月间即得家书,有《得家书》诗可证。当年闰八月即回家,见后《北征》。

〔13〕"汉运",借指"唐运"。结尾四句言国运开始转机,正可聊慰生平嗜酒的情怀;然而家信杳然,恐在光复后归无可归,一场家庭欢聚的幻想怕要化为老年穷独的惨局。

彭　衙　行[1]

忆昔避贼初,北走经险艰。夜深彭衙道,月照白水山。尽室久徒步,逢人多厚颜[2]。参差谷鸟吟,不见游子还[3]。痴女饥咬我,啼畏虎狼闻。怀中掩其口,反侧声愈嗔。小儿强解事,故索苦李餐[4]。一旬半雷雨,泥泞相牵攀。既无御雨备,径滑衣又寒。有时经契阔[5],竟日数里间。野果充糇粮,卑枝成屋椽。早行石上水,暮宿天边烟[6]。小留同家洼[7],欲出芦子关[8]。故人有孙宰,高义薄曾云[9]。延客已曛黑,张灯启重门。煖汤濯我足,剪纸招我魂[10]。从此出妻孥,相视涕阑干[11]。众雏烂漫睡[12],唤起沾盘飧。"誓将与夫子,永结为弟昆。"[13]遂空所坐堂,安居奉我欢。谁肯艰难际,豁达露心肝! 别来岁月周,胡羯仍构患[14]。何当有翅翎,飞去堕尔前[15]!

〔1〕天宝十五年(756)六月,潼关失守后,杜甫就携家从白水县避难北行,经彭衙至同家洼(一说由奉先至白水县,似误)。这诗即描写当日沿途的种种艰难和友人孙宰的热情接待;是次年(757)闰八月由凤翔赴鄜州途中寄赠孙宰之作。"彭衙",故址在今陕西省白水县东北六十里的彭衙堡,附近有白水山。

〔2〕这两句指全家狼狈困顿而逢人厚颜不避。

〔3〕这两句写只听得谷中的鸟错杂鸣叫,而不见过路旅人的往还。极言一路上的荒凉寂寞。

〔4〕"强解事",即不解事。小儿无知,以为苦李是可吃的,硬要索食。承

上文"痴女饥咬我"来。

〔5〕"契阔",原义劳苦,这里指特别难行之处。

〔6〕"天边烟",描写野旷无际的景象;或指高山云屯之处。

〔7〕"小留",少留。"同家洼",地名,似在彭衙以北鄜州以南,是孙宰所居之地。

〔8〕"芦子关",唐时延州境内,在今陕西省安塞县西北,北离彭衙甚远,是通往灵武的要道。杜甫原有携家奔赴灵武皇帝所住地方的打算。

〔9〕"薄",迫近。"曾",同"层"。

〔10〕"剪纸招魂",古人习俗,剪些白纸条儿贴在门外替行人招魂,以示压惊,与招死人魂有别。

〔11〕"妻孥",妻子和孩子。"阑干",眼泪纵横之状。

〔12〕"众雏",孩子们。"烂漫",熟眠貌。

〔13〕"夫子",孙宰对杜甫的尊称。这两句是记孙宰语,与下文"豁达露心肝"相应。

〔14〕"岁月周",从去年六月分别至今(闰八月),已达一年有馀。"胡羯",指安史叛军。"仍构患",至德二年正月,安庆绪杀父安禄山自立,继续反唐。

〔15〕末两句表示对孙宰的怀念和不能过访的遗憾。

羌村三首

一〔1〕

峥嵘赤云西,日脚下平地[2]。柴门鸟雀噪,归客千里至[3]。妻孥怪我在[4],惊定还拭泪。世乱遭飘荡,生还偶然遂[5]。邻人满墙头[6],感叹亦歔欷[7]。夜阑更秉烛,相对如梦寐〔8〕。

〔1〕 这三首诗是杜甫在至德二年(757)闰八月,从凤翔初到鄜州家中时所作。"羌村",在今陕西省富县南,当时杜甫家居于此。第一首写初见家人、邻居时悲喜交集的情景。

〔2〕 这两句点明到家的时间。"峥嵘",山高峻貌,这里形容赤云的重叠。"日脚",从云缝中射下来的光线。

〔3〕 "归客",杜甫自指。

〔4〕 "妻孥",原指妻子和子女,这里单指妻子。其时子女尚幼,还不可能有下面那种深刻的感情变化。

〔5〕 "遂",成功。参看前《喜达行在所三首》之一注〔2〕。这句谓偶然得以生还。

〔6〕 "满墙头",古时农村墙矮,所以邻人能凭墙相望。杜甫诗中另有"隔屋唤西家,借问有酒不?墙头过浊醪,展席俯长流"(《夏日李公见访》),"江鹳巧当幽径浴,邻鸡还过短墙来"(《王十七侍御抡许携酒至草堂,奉寄此诗,便请邀高三十五使君同到》)等句可证。

〔7〕 "歔欷",悲泣的声音。

〔8〕 "夜阑",夜深。"更(读去声)",还。"秉烛",犹掌灯,点起蜡烛。陆游《老学庵笔记》卷六:"杜诗'夜阑更秉烛',意谓夜已深矣,宜睡而复秉烛,以见久客喜归之意。"司空曙《云阳馆与韩绅宿别》"乍见翻疑梦,相悲各问年",即用杜句;陈师道《示三子》"了知不是梦,忽忽心未稳",是翻用杜语。

二〔1〕

晚岁迫偷生,还家少欢趣〔2〕。娇儿不离膝,畏我复却去〔3〕。忆昔好追凉,故绕池边树。萧萧北风劲,抚事煎百虑〔4〕。赖知禾黍收,已觉糟床注。如今足斟酌,且用慰迟暮[5]。

〔1〕第二首写家事。

〔2〕"晚岁",晚年。时杜甫年四十六岁。这两句上因下果,言晚年在战乱的逼迫下苟且偷生,虽久别还家,欢趣仍少。

〔3〕这两句向来有两种解说:一、"复却去"的主语是"我",即杜甫,为上一下四句式,"畏"作"恐怕"解,意谓娇儿绕膝依依,怕我还要离开他们。二、"复却去"的主语是"娇儿",为上二下三句式,"畏"作"畏惧"解,意谓娇儿由于怕我,又悄悄溜开,写初见时又亲热又害怕的样子。两说皆可通。但从杜甫对子女的一贯慈爱、从杜甫去年回家居留的暂短(六月至七月)以及"娇"儿的一般心理(下面《北征》"问事竞挽须"可参看)等来揣摩,前说或许更符原意,与下面"忆昔"句也似更连贯。陈师道《别三子》诗"有女初束发,已知生离悲。枕我不肯起,畏我从此辞",即受杜甫的明显影响,也可看出他对杜甫这几句诗是做前一种理解的。

〔4〕这四句从季节景物的今昔对比,引起追昔抚今、感念国事和家事的忧虑。"追凉",犹今语纳凉。"故",常常。鄜州早寒,所以在闰八月时就有"萧萧北风劲"的景象。《北征》"那无囊中帛,救汝寒凛慄"句也可证。

〔5〕"赖知",幸知。"糟床",制酒用的榨床。"注",流注,指酒将酿成。"足",够。"斟酌",指喝酒。"迟暮",即"晚岁"。这四句说可以酒纾忧,强自宽慰。

三[1]

群鸡正乱叫,客至鸡斗争。驱鸡上树木,始闻叩柴荆[2]。父老四五人,问我久远行[3]。手中各有携,倾榼浊复清[4]。苦辞"酒味薄,黍地无人耕。兵革既未息,儿童尽东征"[5]。请为父老歌,艰难愧深情[6]。歌罢仰天叹,四座泪纵横。

〔1〕第三首写与邻居的交往。

〔2〕"柴荆",指用树枝、荆条编成的门。

〔3〕"问",存问,慰问。

〔4〕"榼(音科)",酒器。"浊复清",指浊酒和清酒。

〔5〕这四句代述父老们的话。"苦辞",指父老们再三地说,含有抱歉的意味。一作"莫辞"。"兵革",喻战争。"儿童",是长辈对年轻人的称呼。

〔6〕这句说在这艰难的日子里,见出父老们一片深情,使我受之有愧。歌中致意如此。

北 征[1]

皇帝二载秋,闰八月初吉[2],杜子将北征,苍茫问家室。维时遭艰虞,朝野少暇日[3];顾惭恩私被,诏许归蓬荜[4]。拜辞诣阙下,怵惕久未出[5]。虽乏谏诤姿,恐君有遗失。君诚中兴主,经纬固密勿[6]。东胡反未已[7],臣甫愤所切。挥涕恋行在,道途犹恍惚。乾坤含疮痍,忧虞何时毕[8]!

靡靡逾阡陌[9],人烟眇萧瑟。所遇多被伤[10],呻吟更流血。回首凤翔县,旌旗晚明灭[11]。前登寒山重,屡得饮马窟[12]。邠郊入地底,泾水中荡潏[13]。猛虎立我前[14],苍崖吼时裂。菊垂今秋花,石戴古车辙[15]。青云动高兴,幽事亦可悦[16]。山果多琐细,罗生杂橡栗[17]。或红如丹砂,或黑如点漆。雨露之所濡,甘苦齐结实[18]。缅思桃源内,益叹身世拙[19]。坡陀望鄜畤[20],岩谷互出没。我行已水滨,我仆犹木末[21]。鸱鸟鸣黄桑,野鼠拱乱穴。夜深经战场,寒月照白骨。潼关百万师,往者散何卒[22]!遂令半秦民,残害为异物[23]!

况我堕胡尘[24],及归尽华发。经年至茅屋[25],妻子衣百结。恸哭松声回,悲泉共幽咽。平生所娇儿,颜色白胜雪[26]。见耶背面啼,垢腻脚不袜。床前两小女,补绽才过膝。海图坼波涛,旧绣移曲折。天吴及紫凤,颠倒在裋褐[27]。老夫情怀恶,呕泄卧数日。那无囊中帛[28],救汝寒凛慄。粉黛亦解包[29],衾裯稍罗列[30]。瘦妻面复光,痴女头自栉。学母无不为,晓妆随手抹。移时施朱铅,狼藉画眉阔[31]。生还对童稚,似欲忘饥渴。问事竞挽须,谁能即嗔喝?翻思在贼愁,甘受杂乱聒[32]。新归且慰意,生理焉得说[33]?

至尊尚蒙尘,几日休练卒[34]?仰观天色改,坐觉妖氛豁[35]。阴风西北来,惨澹随回纥[36]。其王愿助顺,其俗善驰突[37]。送兵五千人,驱马一万匹。此辈少为贵,四方服勇决[38]。所用皆鹰腾,破敌过箭疾。圣心颇虚伫,时议气欲夺[39]。伊洛指掌收[40],西京不足拔。官军请深入,蓄锐伺俱发。此举开青徐,旋瞻略恒碣[41]。昊天积霜露[42],正气有肃杀。祸转亡胡岁,势成擒胡月;胡命其能久?皇纲未宜绝[43]!

忆昨狼狈初[44],事与古先别:奸臣竟菹醢[45],同恶随荡析[46]。不闻夏殷衰,中自诛褒妲[47];周汉获再兴,宣光果明哲[48]。桓桓陈将军,仗钺奋忠烈[49]。微尔人尽非[50],于今国犹活。凄凉大同殿,寂莫白兽闼[51]。都人望翠华[52],佳气向金阙[53]。园陵固有神,扫洒数不缺[54]。煌煌太宗业,树立甚宏达[55]。

〔1〕 这诗是杜甫抵鄜州后所作。鄜州在凤翔东北,故题为《北征》;又汉班彪有《北征赋》、曹大家(音姑)有《东征赋》,杜甫不但仿其题名,而且在布局和结构上也受了赋的影响。这首长达七百字的诗篇,和两年前写的《自京赴奉先县咏怀五百字》一样,都以回家省亲为题材,把家庭的命运和整个国家的命运紧密地结合在一起,成为反映时代真实面貌的宏伟"诗史"。但在文字上比前篇较为艰深,叙事成分也较重,这从"咏怀"和"北征"的标题上也可以看出来。

〔2〕 曹大家《东征赋》起头几句:"惟永初(汉安帝年号)之有七兮,余随子乎东征。时孟春之吉日兮,撰良辰而将行。"似为杜甫此诗开篇所法。"皇帝二载",唐肃宗至德二年。"初吉",朔日,即初一。

〔3〕 "维",发语辞。"艰虞",艰难困苦。这两句说当时军事上紧张,是在朝野上下都忧虞的日子里。

〔4〕 "顾惭",自己回顾,感到惭愧。"恩私被",自己单独受到皇帝的恩惠。"蓬荜",蓬户荜门,即草屋,用作对自己家屋的谦称。杜甫任左拾遗时,因上疏救房琯,触怒肃宗,诏令三司推问,几遭不测,幸得宰相张镐为他辩解,方免治罪,但肃宗毕竟和他疏远了。这里所写与此事有关,词语特婉曲。

〔5〕 "怵惕",惊恐貌。

〔6〕 "经纬",纵线为经,横线为纬,一经一纬,织成布匹,引申出来,凡属有条理地处理一切问题都叫做经纬。这里指处理国家大事而言。"密勿",勤勉。

〔7〕 "东胡反未已",即前《彭衙行》所谓"胡羯仍构患",参看前注。"东胡",指安史叛军。

〔8〕 "乾坤",天地的代称,喻整个国家。"疮痍",创伤。

首二十句写得假探亲,并抒发忧愤国事、不忍遽去的感情。

〔9〕"靡靡",迟行貌。"阡陌",道路。南北曰阡,东西曰陌。

〔10〕"被伤",指受伤的人。当时秦中一带战事失利很多,如去年(756)冬房琯败于陈陶、青坂,今年夏郭子仪败于清渠等,参看《通鉴·唐纪三十五》。

〔11〕"回首凤翔县",承前"挥涕恋行在"。"明灭",忽明忽灭,写旌旗在夕阳下闪动的情景。

〔12〕"饮马窟",这里指军马留下的痕迹。

〔13〕"邠",邠州,唐属关内道,今陕西省彬县。"入地底",言四面山高。"中",指邠州之中,意指泾水流穿邠郊。"荡潏(音玉)",水波流动貌。

〔14〕"猛虎",一说喻"苍崖"蹲踞之状;一说下句"吼"字可认为写的是真虎。谓虎吼声粗大,可以"裂石"。杜甫诗中其他提到"虎"的地方,也往往实指,以渲染环境的险恶,如"熊罴咆我东,虎豹号我西"(《石龛》),"夜半归来冲虎过"(《夜归》),"熊虎亘阡陌"(《八哀诗·赠司空王公思礼》)等。

〔15〕"戴",一作"带"。这两句说花很新,山却是很古。

〔16〕以下几句写在奔走愁绝之中,忽感风物之美,忧情暂纾。"青云"句谓望着高天云物,兴致勃发。"幽事",指下文所写的山间野趣。

〔17〕"橡栗",即橡子,似栗而小,栎树的果实。其仁如老莲肉,可以充饥。

〔18〕这两句暗寓感慨,启下"身世拙"句。意谓自然界里只要是雨露所沾润的树木,无论是甜是苦,都结了果实;而自己年近半百,却依然毫无成就。

〔19〕"缅思",远想。"桃源内",即晋陶潜在《桃花源记》中所描写的世外乐土桃花源。以上写从凤翔到邠州,下面转写自邠至鄜。

〔20〕"坡陀",冈陵起伏之地。"鄜畤",鄜州的别称。因古代设有祭坛(畤),而得名。其地较高,所以远远就望见了。

〔21〕这两句说自己已至水滨,回望仆人还在高处,像在树梢头一样。

〔22〕"百万师",指哥舒翰镇守潼关的二十万军队。"卒",同"猝",仓卒。《旧唐书·哥舒翰传》:哥舒翰在杨国忠的督逼下,"不得已引师出关。六月四日次于灵宝县之西原,八日与贼交战。……因为凶徒所乘,王师自相排挤,坠于河。后者见前军陷败,悉溃,填委于河,死者数万人,号叫之声振天地,缚器械以

枪为楫投北岸,十不存一二"。

〔23〕这两句写潼关失守后,安史叛军直驱关中,人民死亡近半。

以上三十六句写归途观感,着重描绘出一幅山河破碎、生灵涂炭的悲惨图景。

〔24〕"堕胡尘",至德元年(756)七月,杜甫由鄜州赴灵武途中被叛军所俘,送至长安。

〔25〕"经年",杜甫从去年(756)七月离家,至今年(757)闰八月返回,历时一年。

〔26〕"娇",一作"骄"。"白胜雪",指面色苍白,无血色。

〔27〕以上四句总承上句"补绽才过膝"。唐代衣物常绣珍禽怪兽的花纹。《山海经·海外东经》:"朝阳之谷,神曰天吴,是为水伯,在蚩蚩(音虹)北两水间。其为兽也,八首人面,八足八尾,皆青黄。"又《大荒北经》:"大荒之中有山,名曰北极天柜,海水北注焉。有神九首,人面鸟身,名曰九凤。""海图"、"天吴"、"紫凤",都是"旧绣"上的文饰。"天吴"和"紫凤"这两种和水有关的神异的禽兽,可能就是"海图"中的物象。因剪旧物补衣,所以把花纹拆移、颠倒了。"裋褐(音束贺)",指"两小女"穿的粗布衣。

〔28〕"那无",奈何没有。

〔29〕"粉黛",淡青略带黑色的粉,古时妇女用来画眉。"包",指粉黛包,与下句对举。一说指杜甫带回来的行李包裹,非。

〔30〕"衾",被头。"裯",帐子。

〔31〕"移时",一会儿工夫。"朱铅",胭脂和铅粉。"狼藉",散乱之状。这四句写小儿女的娇痴天真,似受左思《娇女诗》的启发:"明朝弄梳台,黛眉类扫迹。浓朱衍丹唇,黄吻澜漫赤。"后来卢仝《寄男抱孙》、《示添丁》,李商隐《娇儿诗》等,似都从此生发。

〔32〕"杂乱聒",指上"问事竞挽须"。"聒",吵闹。

〔33〕"生理",生计。

以上三十六句备述到家后悲喜交集的情形。

〔34〕"蒙尘",指皇帝尚在外避难。"休练卒",停止训练军队。"几日休练卒",是说"能有几天停止军事训练",句意表明还在艰苦的练军阶段。

〔35〕 这两句以天气的变化喻国事的转机。"妖氛",喻安史叛军。"豁",开朗。

〔36〕 这两句以阴风西来为喻,说明回纥入境将带来新的祸患。"回纥",部落名,匈奴族的一支,唐末迁入今新疆维吾尔自治区境内。《旧唐书·回纥传》:至德二年(757)九月,"回纥遣其太子叶护领其将帝德等兵马四千馀众,助国讨逆,肃宗宴赐甚厚。又命元帅广平王见叶护,约为兄弟,接之颇有恩义。叶护大喜,谓王为兄"。诗中"回纥"一作"回鹘",未当,德宗贞元四年始改称"回鹘"。

〔37〕 "助顺",指援助唐王朝平定叛逆。"驰突",奔驰冲突。

〔38〕 "少为贵",以少为贵,"勇决",勇敢果断。

〔39〕 这两句写唐肃宗对回纥的援助颇寄重望,而朝臣们迫于形势也不敢再坚持异议。"时议气欲夺",犹言舆论沮丧。

〔40〕 以下六句言只要官军善于调遣,完全可以十分迅速地收复两京,恢复中原,直捣贼巢,不必依靠回纥的援助。"伊洛",两水名,在河南省境内,这里代指东都洛阳。

〔41〕 "青徐",青州和徐州,今山东省及江苏省北部,这里泛指西京以东的中原地区。"旋瞻",转眼可见。"恒",恒山,今山西省境内。"碣",碣石山,在今河北省昌黎县北。这里泛指安史叛军所据之地。

〔42〕 "昊(音耗)天",天的泛称。"积霜露",比喻有"肃杀"之气。

〔43〕 "其",岂。"皇纲",指唐王朝的政治命脉。

以上二十八句写国事,叙说对时局的估计和复国策略的建议。

〔44〕 "狼狈初",指玄宗仓皇奔蜀事。

〔45〕 "奸臣",指杨国忠。"菹醢(音居海)",砍成肉酱。据《通鉴·唐纪三十四》,杨国忠在马嵬驿,"军士追杀之,屠割支体,以枪揭其首于驿门外"。

〔46〕 "同恶",指杨的家族和党羽。"荡析",飘荡离析,这里指死亡。《通鉴·纪三十四》记载杨国忠被杀后,军士们"并杀其子户部侍郎暄及韩国、秦国夫人。(按,《旧唐书·杨国忠传》所载略同,惟"秦国"误作"虢国")御史大夫魏方进曰:'汝曹何敢害宰相!'众又杀之。……国忠妻裴柔与其幼子晞及虢国夫人、夫人子裴徽,皆走至陈仓,县令薛景仙帅吏士追捕,诛之"。

〔47〕 旧史家从女宠祸国的观点出发,认为夏、殷和西周的灭亡,是由于夏桀、殷纣王、周幽王三人各自宠幸妺喜、妲己、褒姒的结果。"褒妲",联系上句"夏殷",似当作"妺妲"才与史实扣紧。这里是指杨贵妃缢死马嵬驿事,见前《哀江头》注〔8〕。"中自",言主动。唐玄宗命杨妃死实际是被迫的,这里是讳饰之词。

〔48〕 "宣光",周宣王、汉光武帝。他们是振兴西周和建立东汉的中兴之主。这里比肃宗。

〔49〕 "桓桓",威武貌。"陈将军",指左龙武大将军陈玄礼,马嵬事变的主持者。"钺",大斧。"仗钺",言持钺代皇帝诛戮罪人。

〔50〕 "微尔",没有你。"人尽非",亡国之后,大家都沦为异族。"非",指种族的类别而言。这句就是《论语·宪问》"微管仲吾其被发左衽矣"的意思。

〔51〕 这两句是联想安史叛军占领下长安宫阙的萧条,与《哀江头》"江头宫殿锁千门"情景相同。"大同殿",宋敏求《长安志》卷九:"南内兴庆宫,……勤政楼之北曰大同门,其内大同殿。""白兽闼",即白兽门。据《三辅黄图》,未央宫有白虎殿,后因避唐太祖李虎(唐高祖李渊的祖父)讳,改称白兽殿。

〔52〕 "翠华",饰有翠羽的旌旗,是皇帝仪仗的一种。此句亦即"都人回面向北啼,日夜更望官军至"(《悲陈陶》)之意。

〔53〕 "佳气",良好的气象。古代迷信有所谓望气术,望气象而预知运数如何。这句是暗示唐朝还有中兴的希望。"金阙",指唐宫。

〔54〕 "园陵",唐朝历代皇帝在长安的坟墓。"数",礼数。这句言京都收复以后,可以扫洒先帝园陵,以全礼数。

〔55〕 结尾以重建唐太宗的业绩为期望。

以上二十句表示平乱在即、中兴在望的热情期待。

义 鹘 行[1]

阴崖有苍鹰,养子黑柏巅。白蛇登其巢,吞噬恣朝餐。雄飞远求食,雌者鸣辛酸。力强不可制,黄口无半存[2]。其父从西归,翻身入长烟。斯须领健鹘,痛愤寄所宣[3]。斗上捩孤影,噭哮来九天[4]。修鳞脱远枝,巨颡坼老拳[5]。高空得蹭蹬,短草辞蜿蜒[6]。折尾能一掉[7],饱肠皆已穿。生虽灭众雏,死亦垂千年[8]。物情有报复,快意贵目前[9]。兹实鸷鸟最,急难心炯然。功成失所往,用舍何其贤[10]。近经滴水湄,此事樵夫传。飘萧觉素发,凛欲冲儒冠[11]。人生许与分,亦在顾盼间[12]。聊为义鹘行,用激壮士肝[13]。

〔1〕本篇是寓言诗,写一个瀼水樵夫所传鹘杀白蛇,为苍鹰报仇除害的故事。"鹘(音胡)",猛禽,即游隼,为隼类较大的一种。

〔2〕"黄口",婴儿(唐代户口以初生儿为黄口),这里指小鹰。以上写白蛇吞食小鹰过半。

〔3〕"其父",指雄鹰。"长烟",指云雾。"斯须",一会儿。"所宣",指雄鹰对鹘的诉说。后两句说雄鹰很快就带来一只健鹘,将满腔悲愤表达在对鹘的宣诉中。

〔4〕"斗",即"陡"。"捩(音列)",转。"孤影",指鹘(鹘在高空,远望模糊如影。空中只有一鹘,所以说"孤影")。"噭哮(音叫消)",呼叫声。"九天",九重天(古代传说天有九重),这里指天空高处。这两句说那鹘陡然直上高空,又陡然将身躯翻转,长鸣着俯冲下来。

〔5〕"修",长。"修鳞",指蛇身。"颡",额。"坼",裂。"老拳",借喻鹘爪。鹘用爪或翼来打击它猎食的动物。杜甫《寄岳州贾司马六丈巴州严八使君两阁老五十韵》诗云:"浦鸥防碎首,霜鹘不空拳。"也是以拳击喻爪扑。这两句说由于蛇头在鹘爪的一击下碎裂了,蛇身便脱离了高枝。

〔6〕"蹭(音层,去声)蹬",挫跌。"辞",绝。"蜿蜒",蛇类屈曲行进的样子。这两句说蛇从高空落得狠狠的一跌,再不能蜿蜒于短草之间了。

〔7〕"掉",甩。这句说已经断了的蛇尾还能甩动一下。

〔8〕这两句是嘲笑的话,说这蛇虽做了吞食小鹰的坏事,却落得恶名垂千年(作为这个故事的反面角色而流传)。

〔9〕这两句说报仇雪恨是物之常情,难得的是很快就满足心意。

〔10〕"兹",指鹘。"鸷(音至)",猛禽。"急难(读去声)",别人有危难就急于相救。《诗经·小雅·常棣》:"兄弟急难。""炯",明。"用舍",犹言仕隐,出处,进退。《论语·述而》:"用之则行,舍之则藏。"这里指鹘的来去。这四句说这个鹘确是猛禽中的尖子,它为鹰除害,不顾艰险,急人之难,心地光明。事成之后就一去无踪,不图报答。这一来一去都是了不起的。

〔11〕"潏(音玉)",长安杜陵附近水名。"湄",水边。"飘萧",稀疏貌。"凛",指一种肃然起敬之感。这四句说听了潏水边樵夫说这故事,只觉得白发冲冠,凛然起敬。"飘萧"十字作一句读。

〔12〕"许与",许诺。"分(读去声)",情分。"顾盼间",顷刻间。这两句说人与人之间彼有所求此有所应,这种态度有的只在一顾盼之间就可以表现。

〔13〕这两句说此鹘助人报仇的精神可以永远激励人间壮士的心。这就是写这首诗的用意。"肝"字代指思想感情之类,犹言"心肝"、"肝胆"、"肝肠"。虽然是生造,却不为捏凑。

赠卫八处士〔1〕

人生不相见,动如参与商〔2〕。今夕复何夕,共此灯烛光。
少壮能几时?鬓发各已苍〔3〕!访旧半为鬼,惊呼热中肠。
焉知二十载,重上君子堂。昔别君未婚,儿女忽成行〔4〕。
怡然敬父执〔5〕,问我来何方?问答乃未已,驱儿罗酒浆〔6〕。夜雨剪春韭,新炊间黄粱〔7〕。主称会面难,一举累十觞[8]。十觞亦不醉:感子故意长[9]。明日隔山岳,世事两茫茫[10]。

[1] 唐肃宗乾元元年(758),杜甫被贬为华州司功参军(因上疏救房琯而得罪)。第二年春天,他从洛阳返华州任所,路遇卫八处士,因作此诗。"卫八处士",名不详。有人疑为蒲州隐士卫大经的族人;一说即卫宾,均无确据。"处士",隐居不仕的士人。

[2] 这两句说动不动就像参商二星不能相遇。参星即二十八宿中的参宿,商星即心宿,两星东西相对,此出彼没。

[3] "苍",鬓发斑白。

[4] "成行(音杭)",言众多。

[5] "父执",父亲的老朋友。

[6] "驱儿",差遣儿女。"罗",陈设。

[7] "间黄粱",搀和着黄粱,即俗称"二米饭"。"间",一作"闻",意谓鼻闻黄粱之气,亦可通。

[8] "累",接连。

[9] "故意",故人念旧的情意。

[10] "山岳",指西岳华山。卫八处士可能住在由洛阳至华州途中。结尾表示相会又即相别,后会难期。

新 安 吏[1]

客行新安道[2],喧呼闻点兵。借问新安吏:"县小更无丁?"[3]"府帖昨夜下,次选中男行。"[4]"中男绝短小,何以守王城?"[5]肥男有母送,瘦男独伶俜[6]。白水暮东流,青山犹哭声〔7〕。"莫自使眼枯〔8〕,收汝泪纵横。眼枯即见骨,天地终无情!我军取相州〔9〕,日夕望其平。岂意贼难料,归军星散营〔10〕。就粮近故垒,练卒依旧京〔11〕。掘壕不到水,牧马役亦轻。况乃王师顺,抚养甚分明〔12〕。送行勿泣血,仆射如父兄。"〔13〕

〔1〕 题下原注:"收京后作。虽收两京,贼犹充斥。"至德二年(757)冬,唐肃宗的长子李俶(后为唐代宗)、郭子仪收复长安和洛阳,但河北未平。乾元元年(758)冬,郭子仪、李光弼、王思礼等九个节度使,率兵二十万围攻安庆绪所占的邺郡(即相州,在今河南省安阳县),指日可下。但到次年(759)春,史思明派援军至,唐军因内部矛盾而全线溃败。郭子仪等退守河阳(即古孟津,在黄河北岸,今河南省孟县西),并四处抽丁以补充军力。杜甫这时从洛阳回华州任所,就将途中目击的纷乱惨象写成这组新乐府诗,世称"三吏"、"三别"。诗中把对统治阶级的谴责和对人民从军的鼓励交织在一起,反映了杜甫思想的深刻矛盾。本篇即以征夫诀别为题材。"新安",今河南省新安县,在洛阳市西。

〔2〕 "客",杜甫自称。

〔3〕 这句意谓这样的小县再没有壮丁了吧? 这是杜甫的问话。

〔4〕 这两句是吏的答词。"帖",军帖,征兵的文书。"中男",据《旧唐书·食货志上》,唐高祖武德七年(624)定制:"男女始生为黄,四岁为小,十六为中,二十一为丁,六十为老。……至天宝三年(744)又降优制:以十八为中男,二十二为丁。"

〔5〕 这两句是作者的感叹。"王城",即东都洛阳,周代的王城。

〔6〕 "伶俜(音铃乒)",孤独貌。

〔7〕 这两句渲染行者东去后,送者悲泣的气氛。

〔8〕 这句以下直至篇末,都是杜甫对送行者宽解的话。

〔9〕 "取相州",据《通鉴·唐纪三十七》,乾元二年二月,史思明从魏州引兵至邺(即相州),先用种种方法抄掠唐营,断其辎重军粮。三月双方决战,

搏斗方酣,"大风忽起,吹沙拔木,天地昼晦,咫尺不相辨,两军大惊,官军溃而南,贼溃而北,弃甲仗辎重委积于路。子仪以朔方军断河阳桥保东京。战马万匹,惟存三千;甲仗十万,遗弃殆尽"。

〔10〕"星散营",形容官军溃败后军营的零落散乱。

〔11〕"故垒",旧营地。"旧京",指东都洛阳。这两句是说,征人此去,军粮供应方便,暂时又不上前线。

〔12〕这四句又以工役不重,抚养优厚作为宽解之辞。"顺",犹言出师有名。"甚分明",言王师对士卒的抚爱是毋庸怀疑的。

〔13〕"仆射(音夜)",指郭子仪。他在至德二年(757)五月为左仆射。

石 壕 吏[1]

暮投石壕村,有吏夜捉人。老翁逾墙走,老妇出门看[2]。吏呼一何怒!妇啼一何苦!听妇前致词:"三男邺城戍。一男附书至,二男新战死[3]。存者且偷生,死者长已矣[4]!室中更无人,惟有乳下孙。有孙母未去,出入无完裙[5]。老妪力虽衰,请从吏夜归。急应河阳役[6],犹得备晨炊。"夜久语声绝,如闻泣幽咽。天明登前途,独与老翁别。

〔1〕"石壕",镇名,在今河南省陕县东七十里。

〔2〕"看",寒韵,与"村"(元韵)、"人"(真韵)在古诗里是通叶的。又作"出看门"、"出门守"、"出门首"等(详见毛奇龄《西河诗话》卷七、施闰章《愚山别集》卷二),似仍以"出门看"为优。

〔3〕这三句说明老妇的三个儿子都被送上前线,两个新近阵亡。"邺

城",即相州,见《新安吏》注〔1〕。"附书至",捎信回家。

〔4〕"长已矣",永远完了。

〔5〕这两句一作"孙母未便出,见吏无完裙"。

〔6〕"河阳",今河南孟县。自从乾元二年九月唐朝李光弼军弃洛阳退据河阳,这里便成为李军与史思明叛军激战之地。上元元年(760)四月李光弼在这里大破史军。

潼 关 吏[1]

士卒何草草[2],筑城潼关道。大城铁不如,小城万丈馀。借问潼关吏:"修关还备胡?"要我下马行[3],为我指山隅:"连云列战格,飞鸟不能逾[4]。胡来但自守,岂复忧西都[5]。丈人视要处[6],窄狭容单车。艰难奋长戟,万古用一夫[7]。""哀哉桃林战,百万化为鱼。请嘱防关将,慎勿学哥舒[8]!"

〔1〕"潼关",在今陕西省潼关县东南,是守卫长安的门户。相州败后,洛阳吃紧,唐军就积极修筑潼关的防事。本篇在"三吏"、"三别"中独以督役为题材,和其他五篇写征丁不同。有人因疑不作于同时,然而从历史背景和写法上("三吏"都用问答体,"三别"都用独白体)来看,这显然是杜甫有计划的组诗。但潼关在石壕镇以西,而杜甫是西赴华州的,旧系在《石壕吏》之前,似未妥。

〔2〕"草草",劳苦貌。

〔3〕"要",同"邀"。

〔4〕这句以下至"万古用一夫",都是关吏的话。"战格",防御用的战栅。"连云",形容战栅多如云屯,连鸟都无力飞越。

〔5〕"但自"二字连读,犹言"只须"。"西都",指长安。

〔6〕"丈人",关吏对杜甫的尊称。

〔7〕这两句用晋张载《剑阁铭》"一夫荷戟,万夫趑趄"意。"艰难",指战事的紧急关头。"万古",自古以来。

〔8〕末四句是杜甫听完关吏谈话后的感慨和建议:希望守将吸取哥舒翰潼关惨败的教训,应该依险坚守,切戒轻动。事见《北征》注〔22〕。"桃林",桃林塞,自灵宝县以西至潼关一带的地方。"化为鱼",即指唐军溃败、溺死黄河事。

无家别

寂寞天宝后[1],园庐但蒿藜。我里百馀家,世乱各东西。存者无消息,死者为尘泥[2]。贱子因阵败,归来寻旧蹊[3]。久行见空巷,日瘦气惨凄[4]。但对狐与狸,竖毛怒我啼。四邻何所有?一二老寡妻。宿鸟恋本枝,安辞且穷栖[5]。方春独荷锄,日暮还灌畦。县吏知我至,召令习鼓鞞[6]。虽从本州役,内顾无所携[7]。近行止一身,远去终转迷;家乡既荡尽,远近理亦齐[8]。永痛长病母,五年委沟谿[9]。生我不得力,终身两酸嘶[10]。人生无家别,何以为蒸黎[11]!

〔1〕"天宝后",安史之乱起于天宝十四年(755)。

〔2〕"为",一作"委"。

〔3〕"贱子",诗中主人公自称。"阵败",指邺郡的溃败。"旧蹊",旧路。"寻旧蹊",找从前住过地方的老路。

〔4〕"日瘦",极写乱后景物荒凉,连太阳也暗淡无光,仿佛枯瘦了。

〔5〕 这两句以鸟恋旧枝喻人情之恋故乡。"安辞",怎能辞去。"且穷栖",姑且勉强地生活下去。引起下文的农作。

〔6〕 "习鼓鞞",犹言受军事训练。"鞞",与"鼙"同。"鼓鼙"就是战鼓。

〔7〕 "携",携带,或作"离"讲,是说没有什么东西可拿,或没有什么人可以告别的了。

〔8〕 这四句语多转折,极写悲痛欲绝。"迷",迷惑,因远去居无定所,死无葬地。"齐",同,言既已无家,去近去远,也没有什么不一样了。

〔9〕 这句意谓母亲死后五年还不得安葬(安史乱起至今恰好五年)。

〔10〕 "酸嘶",指母子心酸号哭,饮恨终生。

〔11〕 "蒸黎",犹言众人。此句是说不能过人的生活。

佳 人[1]

绝代有佳人[2],幽居在空谷。自云"良家子,零落依草木[3]。关中昔丧败[4],兄弟遭杀戮;官高何足论[5]?不得收骨肉。世情恶衰歇,万事随转烛[6]。夫婿轻薄儿,新人美如玉。合昏尚知时,鸳鸯不独宿[7];但见新人笑,那闻旧人哭?"在山泉水清,出山泉水浊[8]。侍婢卖珠回,牵萝补茅屋。摘花不插发,采柏动盈掬[9]。天寒翠袖薄,日暮倚修竹[10]。

〔1〕 乾元二年(759)秋作于秦州。这诗写战乱中一个弃妇的痛苦,同时有着杜甫弃官后自我写照的意味。

〔2〕 李延年《北方有佳人歌》:"北方有佳人,绝世而独立。"似为此句用

语所本。"绝代",即绝世,指其美貌举世无匹。

〔3〕"依草木",应前"幽居在空谷"句。

〔4〕"关中",指当时潼关以西的地方。这句指安史叛军攻陷长安,劫掠关中。

〔5〕"官高",指遇害的兄弟都曾居高位。

〔6〕这两句慨叹人情势利,世态炎凉,因娘家衰落,竟被丈夫遗弃,引出下文。"转烛",以烛焰随风而动喻世态反复无常。

〔7〕这两句以花、鸟的守信有情反衬"夫婿"的"轻薄"。"合昏",又名合欢,即夜合花,朝开夜合。"鸳鸯",水鸟,雌雄成对,常形影不离。

〔8〕这两句文义浅显,但寓意众说纷纭。大抵是指"佳人"节操自守,品质高洁,跟"轻薄夫婿"表示决裂。

〔9〕这四句写"佳人"自甘清贫,志趣高尚。"盈掬",犹俗语"满把"。

〔10〕末两句写出寂寞而又坚贞的女性形象。

秦 州 杂 诗

一〔1〕

满目悲生事,因人作远游[2]。迟回度陇怯,浩荡及关愁[3]。水落鱼龙夜,山空鸟鼠秋[4]。西征问烽火[5],心折此淹留[6]。

〔1〕这组诗共二十首,作于乾元二年(759)秋。这年关内大饥,人民痛苦不堪;杜甫对政治表示失望,而司功参军的微职又无所作为,因由华州弃官携家西行,流寓秦州(今甘肃省天水县)。他从此客游外地,再没有重回两京。本篇

原列第一首,写入秦时的观感。

〔2〕 当时关辅饥荒,杜甫为自己的生计艰难而悲,也为广大人民而悲,故云"满目"。"生事",即生计。"因人",依靠人。有人疑指其从侄杜佐。当时杜佐在秦州东柯谷(今甘肃省天水县东南),《秦州杂诗》十三"传道东柯谷,深藏数十家"可证。或疑指帮他逃出长安的僧人赞公,他也在秦州西枝村自建窑洞居住。

〔3〕 这两句写入秦路途的险阻。"陇",陇山,亦名陇坂,绵亘于陕西省宝鸡、陇县及甘肃省清水、天水、秦安等县。据辛氏《三秦记》云:"其坂九回,不知高几许。""关",陇关,一名大震关,在今陕西省陇县西陇山下,关势高峻。"迟回",徘徊不前,是说"怯"。"浩荡",与"颒洞"双声一意,言心神迷乱,恍忽无据,是说"愁"。

〔4〕 "鱼龙",水名,又名龙鱼川;"鸟鼠",山名,都在秦州一带。"水落"、"山空"切秋景。

〔5〕 "西征",西行。"问烽火",打听前途有没有战事。《新唐书·吐蕃传》:安史乱时,"边候(堠)空虚,故吐蕃得乘隙暴掠。至德初,取巂州(今四川省西昌)及威武等诸城,入屯石堡。其明年,……侵取廓、霸、岷等州及河源、莫门军"。《秦州杂诗》十八:"警急烽常报,传闻檄屡飞;西戎外甥国,何得迕天威!"可见当时吐蕃威胁陇右的情况。

〔6〕 末句意谓秦州不宁,如久留于此,心里很不安。"心折",犹心惊。按,杜甫在秦州不及四月,即转同谷赴蜀。后来秦州于宝应二年(763)被吐蕃攻陷。

二〔1〕

莽莽万重山,孤城山谷间。无风云出塞,不夜月临关〔2〕。属国归何晚?楼兰斩未还〔3〕。烟尘独长望,衰飒正摧颜〔4〕。

〔1〕本篇原列第七首,写在秦州远望塞外,感念时事。

〔2〕起四句写秦州的地势和景物。"无风"两句是说:虽然地面无风,云在高空却飘然出塞;还未入夜,而月先临关。隋李巨仁《赋得镜》:"无波菱自动,不夜月恒明。""无风"、"不夜"二字一读。一作地名解,非。

〔3〕这两句是说使节尚未归来,边乱还未平定。"属国",典属国的省称。汉朝苏武曾官典属国,此处用苏武故事,借指使节,参看王维《使至塞上》注〔2〕。"楼兰"句,用汉朝傅介子斩楼兰王故事。参见王昌龄《从军行》("青海长云暗雪山")注〔3〕。

〔4〕"衰飒",指环境的萧条。"摧",凋残。"摧颜",怅然自伤,容颜暗淡的样子。

梦李白二首

一〔1〕

死别已吞声,生别常恻恻〔2〕。江南瘴疠地,逐客无消息〔3〕。故人入我梦,明我长相忆〔4〕。恐非平生魂,路远不可测〔5〕。魂来枫林青,魂返关塞黑〔6〕。君今在罗网,何以有羽翼〔7〕?落月满屋梁,犹疑照颜色〔8〕。水深波浪阔,无使蛟龙得〔9〕!

〔1〕杜甫与李白有深厚的友谊,杜集中为李所作诗今存十多首。这两首作于乾元二年(759)秋。时杜甫流寓秦州。李白在至德二年(757)因入永王李璘(唐玄宗第十六子)幕府一案被捕入浔阳(今江西省九江市)狱,乾元元年

(758)流放"夜郎"(今贵州省桐梓县一带)。次年中途赦还。但杜甫不知道李白遇赦,积想成梦,写成此诗。

〔2〕 这两句是说生别比死别还要悲苦。"已",止,与下句"常"字对比。"恻恻",悲凄。

〔3〕 "江南",浔阳和夜郎都在长江以南。"瘴疠",因南方潮湿、气候炎热而流行的一种疾病。"逐客",被贬斥流放的人,指李白。

〔4〕 "长相忆",承上"常恻恻"。故人入梦,是因为知道我在常常想念他。即下首"情亲见君意"句意。

〔5〕 这两句由"信"转"疑",怀疑李白已遭意外。当时流行着李白已在途中堕水而死的谣传。

〔6〕 这两句点出李白"魂"往返的地点;接上"路远不可测"句,写来路之远和归途之难。《楚辞·招魂》:"湛湛江水兮上有枫,目极千里兮伤春心,魂兮归来哀江南。"上句似化用这个和"魂"、"枫"、"江南"等有关的境界。"关塞",秦陇一带多关塞。

〔7〕 这两句又一次写由"信"转"疑",与上"恐非平生魂"句呼应。一本即移在"恐非"句之前,语气似较通顺;但忽信忽疑的回环曲折,更符合诗人的心情。

〔8〕 "颜色",指梦中李白的面容。这两句写诗人初醒时迷离恍惚的情状。

〔9〕 这两句表面上是叮咛李白的灵魂归去时一路小心,实际上是叮嘱李白本人在险恶的政治环境中,应该谨慎和警惕。

二

浮云终日行,游子久不至[1]。三夜频梦君,情亲见君意[2]。告归常局促[3],苦道来不易[4]:江湖多风波,舟楫恐失坠。出门搔白首,若负平生志[5]。冠盖满京华,斯人独憔悴[6]！孰云网恢恢？将老身反累[7]！千秋万岁名，寂寞身后事[8]。

〔1〕首两句化用《古诗》"浮云蔽白日，游子不顾反"诗意，言只见浮云来去而不见游子归来。杜甫与李白自天宝四年(745)秋在兖州石门分别以来，已达十四年了。"游子"，指李白。

〔2〕这两句意谓梦中李白对自己的亲热态度，足见他一贯的情谊。

〔3〕以下六句是写梦景。"告归"，告辞。"局促"，匆促不能久留。

〔4〕"苦道"，再三地说。

〔5〕这两句写梦中李白临别时的神态。

〔6〕"冠盖"，冠冕和车盖，代指官僚、贵族。"斯人"，指李白。"憔悴"，这里指困顿不得志。

〔7〕"网恢恢"，《老子》第七十三章："天网恢恢，疏而不失。"原指天网广大无垠，网孔虽稀，但从不漏失，比喻天道的无所不在而又宽容。这里犹言"谁说天道公平"。"将老"，时李白五十九岁。

〔8〕末两句说，李白一定有不朽的声名，不过这是寂寞之身亡没以后的事情。言外之意，如果能不负平生志，对于李白才是真正的安慰。"寂寞"，就李白晚年的遭遇说。

天末怀李白[1]

凉风起天末，君子意如何[2]？鸿雁几时到？江湖秋水多[3]！文章憎命达，魑魅喜人过[4]。应共冤魂语，投诗赠汨罗[5]。

〔1〕 此诗与《梦李白二首》作于同时。"天末",形容边塞的遥远,这里指秦州。

〔2〕 "君子",指李白。

〔3〕 "鸿雁",信使的代称。上句言盼望来信。"秋水"与上"凉风"呼应,下句即江湖多风波之意,设想李白行路艰难,引起下文"人过"。

〔4〕 "文章",泛指文学作品。我国古代文学家大都平生坎坷,所以这里说好文章像是跟命运敌对似的。下句是说,那些山精水怪,喜人经过,就可以吞噬饱餐。"魑魅",喻奸邪小人。

〔5〕 末两句应上"君子意如何"。"冤魂",指屈原的冤魂。"汨罗",江名,屈原自沉之处,在今湖南省湘阴县东北。李白流放夜郎,途经长江、洞庭湖等地,所以杜甫设想他与屈原叙谈并作诗投赠,表示李和屈是同调。

月夜忆舍弟[1]

戍鼓断人行,边秋一雁声[2]。露从今夜白,月是故乡明[3]。有弟皆分散,无家问死生[4]。寄书长不达,况乃未休兵[5]。

〔1〕 乾元二年(759)秋作于秦州。"舍弟",家弟。

〔2〕 "戍鼓",戍楼上的更鼓。"边秋",边塞的秋天。

〔3〕 上句写自然时序,诗或作于白露节夜晚;下句写心理幻觉,月亮实无处不明,这里是为了突出对"故乡"的感怀。

〔4〕 据《通鉴·唐纪三十七》,这年九月,史思明从范阳引兵南下,攻陷汴州、洛阳,齐、汝、郑、滑等州都在战乱之中。杜甫的三个弟弟杜颖、杜观、杜丰都远在东方,彼此不通消息,所以有"无家问死生"这样沉痛的句子。

〔5〕 末两句连上句是说,因"无家",寄书已常不到,更何况当此战乱之

际;也可以解作既已无家可问死生,寄书去问常无下落,而又当"未休兵"之时,则死生茫茫更难逆料,所以说"况乃"。

送 远[1]

带甲满天地,胡为君远行[2]?亲朋尽一哭[3]:鞍马去孤城。草木岁月晚,关河霜雪清[4]。别离已昨日,因见古人情[5]。

〔1〕 本篇约作于杜甫离秦州时,似是友人行后寄赠之作;有人认为是杜甫离秦州时自赠,可备一说。
〔2〕 这两句写兵荒马乱中的离别。"带甲",指披甲的士兵。上句指史思明之乱,即《月夜忆舍弟》的"况乃未休兵"。
〔3〕 "尽一哭",同声一哭。
〔4〕 这两句设想友人在途中所见的岁暮景色。
〔5〕 江淹《杂体三十首·古别离》:"送君如昨日,檐前露已团。"杜甫这里是说:昨日离别之景,哭送之情,至今仍萦回在目,足见离情别绪,古今同悲。"古人",泛指像江淹那类人。

蜀 相[1]

蜀相祠堂何处寻[2],锦官城外柏森森[3]。映阶碧草自春色,隔叶黄鹂空好音[4]。三顾频烦天下计,两朝开济老臣心^{〔5〕}。出师未捷身先死,长使英雄泪满襟^{〔6〕}。

〔1〕 这是作者初到成都时访诸葛亮庙所咏。这座诸葛亮庙是晋时李雄在成都称王时所建,今名武侯祠,在成都市"南郊公园"内。

〔2〕 "蜀",一作"丞",作"蜀"字是。这诗用开端的两个字做题目。

〔3〕 "锦官城",成都的别称。古锦官城是成都的少城,毁于晋桓温平蜀时。

〔4〕 这两句写景,但已含有思人的意思在内。"自"、"空"两字一则表示草色莺声无人赏玩,见得祠宇荒寂;二则表示碧草黄莺都不管人事代谢,不解怀吊诸葛亮这样的古人。这样过渡到下文作者自己对诸葛的赞叹,非常自然。

〔5〕 上句说刘备三顾诸葛亮于草庐之中,为的是天下大计。表面是写刘,实际是赞诸葛。下句说诸葛亮佐刘备开创基业,刘备死后助刘禅撑持危局,在两朝都表现老臣报国的忠心。"频烦",即频繁,连续。"开济",开创大业,匡济危时。

〔6〕《三国志·诸葛亮传》载,亮于建兴十二年春出兵伐魏,在渭水南五丈原和魏军相持百馀日。其年八月亮病死在军中。末两句说诸葛亮平定中原的大志未遂,生命已终,这是后代许多英雄所以为他感慨的缘故。

戏题画山水图歌^{〔1〕}

十日画一水,五日画一石。能事不受相促迫,王宰始肯留真迹^{〔2〕}。壮哉昆仑方壶图^{〔3〕},挂君高堂之素壁。巴陵洞庭日本东^{〔4〕},赤岸水与银河通^{〔5〕},中有云气随飞龙。舟人渔子入浦溆^{〔6〕},山木尽亚洪涛风^{〔7〕}。尤工远势古莫比,咫尺应须论万里^{〔8〕}。焉得并州快剪刀,剪取吴淞半江水^{〔9〕}。

〔1〕原注:"王宰画丹青绝伦。"一本"题"字下有"王宰"二字。王宰,蜀人,张彦远《历代名画记》卷十说他"多画蜀山,玲珑窠空,巉差巧峭";朱景玄《唐朝名画录》又说他的"山水松石,并可跻于妙上品"。此诗约作于唐肃宗上元元年(760),时杜甫已居成都。

〔2〕"能事",擅长的技能。这两句是说,王宰作画,不受催逼,兴到才肯下笔。

〔3〕"昆仑",这里合下"方壶",泛指仙山,并非实指。"方壶",即方丈,神话传说中海上三仙山之一,与蓬莱、瀛洲并称。诗中举极西极东的两山以状远景。下文的"洞庭"与"日本东"、"赤岸"与"银河",也都有对举的意义。

〔4〕"巴陵",今湖南省岳阳县,地当洞庭湖入江之口。"日本东",指日本东面的海。"洞庭"、"日本东",举水也由西而东。

〔5〕"赤岸",枚乘《七发》:"凌赤岸,篲扶桑。""赤岸",在今江苏省六合县东。这里泛指江海的岸。这句写画中水势浩渺,水天一色。

〔6〕"溆(音叙)",即"浦",水边。

〔7〕"亚",低伏。这句谓风势如涛,山木尽为偃俯。以上两句言渔舟避而山木摇,极写风涛的激荡。

〔8〕"咫",八寸。"咫尺",指距离极近。这两句是泛论王宰描绘平远景物的技法。

〔9〕"焉得",从哪里得来。"并州",古十二州之一,州治在今山西省太原市,以出剪刀著名。"吴淞",一名松陵江,又名松江,太湖的最大支脉,在今江苏省境。这两句赞叹画境逼真,简直像用快剪将吴淞江水剪得来了。李贺《罗浮山人与葛篇》"欲剪湘中一尺天,吴娥莫道吴刀涩",似即翻用杜诗。

南　邻[1]

锦里先生乌角巾[2],园收芋栗未全贫。惯看宾客儿童喜,得食阶除鸟雀驯[3]。秋水才深四五尺[4],野航恰受两三人。白沙翠竹江村暮,相送柴门月色新[5]。

〔1〕 杜甫住在成都城西浣花溪时,南邻有朱山人。本篇写作者访朱,同出游泛溪,月上后朱送作者回家。这和《过南邻朱山人水亭》都是记作者同这位邻人往还的诗。

〔2〕 "锦里",成都地名。"锦里先生",当是作者仿汉初隐士角(音鹿)里先生的号,对朱的戏称。杜称朱为"山人",又说他"多道气"(见《过南邻朱山人水亭》诗),把他看做隐士之流,所以用角里先生相比。"角巾",四方有角的头巾。古代庶人不用冠,只用巾裹头。

〔3〕 "除",义同"阶"。

〔4〕 "深",一作"添"。

〔5〕 "暮",一作"路"。"送",一作"对"。"柴门",指作者自家的门。

恨　别[1]

洛城一别四千里,胡骑长驱五六年[2]。草木变衰行剑外[3],兵戈阻绝老江边[4]。思家步月清宵立,忆弟看云白日眠[5]。闻道河阳近乘胜,司徒急为破幽燕[6]。

〔1〕 本篇上元元年(760)夏作于成都。

〔2〕 这两句从空间和时间两方面写离别的远和久。"五六年",安史之乱起于天宝十四年(755),至此已满五六年了。

〔3〕 "草木变衰",语出宋玉《九辩》"萧瑟兮草木摇落而变衰"。但其义在此诗中兼有盛衰变易之意,承"五六年"来,言流浪剑外已数阅春秋。"剑

外",即剑南,这里代指蜀地。

〔4〕"江边",指锦江边。

〔5〕这两句写夜立、昼眠,看似反常,却是写实。月夜忽步忽立,通宵不寐,白昼望远思弟,倦极忽眠,曲折地表达了"思家"、"忆弟"的深情。

〔6〕"司徒",李光弼时为检校司徒。《通鉴·唐纪三十七》:上元元年三月"庚寅,李光弼破安太清于怀州(今河南省沁阳县)城下;夏四月,壬辰,破史思明于河阳西渚,斩首千五百馀级"。即诗中"乘胜"史实。《通鉴·唐纪三十七》,乾元二年(759)四月,"史思明自称大燕皇帝,改元顺天。……改范阳为燕京,诸州为郡"。"破幽燕",意即直捣叛军根据地。

客　至[1]

舍南舍北皆春水,但见群鸥日日来[2]。花径不曾缘客扫,蓬门今始为君开[3]。盘飧市远无兼味,樽酒家贫只旧醅[4]。肯与邻翁相对饮,隔篱呼取尽馀杯[5]。

〔1〕原注云:"喜崔明府相过。""明府",是唐人称县令之词。这首诗记作者在江村寂寞中喜崔令来访。

〔2〕这两句说明作者平时的生活只是和水鸟相亲,同时点明作诗的时间和环境。

〔3〕这两句说明一向来客稀少,就连这崔令也是一位稀客;同时也说明主人不拘礼数,既不扫径也不候门。

〔4〕这两句写招待简单朴素。"盘飧",指肴馔。熟食为"飧"。"无兼味",言盘飧只有一样,没有第二样。

〔5〕上句是探问语气,言客人如肯和邻叟共饮,就唤他来一同喝完我家的几杯剩酒。"取",语助词,犹"得"。这两句仍表现主人不拘礼数,请陪客也

只是随便招呼一下隔篱的野老,并不管县令与村民的尊卑界限。全诗真而不率,自然亲切,语言与内容相称。

和裴迪登蜀州东亭送客逢早梅相忆见寄[1]

东阁官梅动诗兴,还如何逊在扬州[2]。此时对雪遥相忆,送客逢春可自由[3]?幸不折来伤岁暮,若为看去乱乡愁[4]?江边一树垂垂发,朝夕催人自白头[5]。

〔1〕"裴迪",见王维《辋川闲居赠裴秀才迪》注〔1〕。上元元年(760)裴迪在蜀州(今四川省崇庆县治)王侍郎幕中;杜甫在成都草堂。

〔2〕"官梅",官府所种的梅树,不属私人所有。"何逊",梁代诗人,有《扬州法曹梅花盛开》诗,也是咏早梅(《艺文类聚》和《初学记》引,即题作《早梅》),所以作者见裴诗联想及何,以何比裴。

〔3〕"逢春",蜀中梅花开时正当春节前后,故云"逢春"。"可",恰恰。这句说裴虽有官职,此时恰有闲情逸致,送客做郊游。

〔4〕这两句说幸而你不曾把梅花折来相寄,触动我岁暮之感。我怎能忍受看了这梅花而撩乱的乡愁呢?裴迪原诗当有可惜不能折梅相赠的话,所以作者这样回答。"若为",怎堪,哪能。

〔5〕"江边",即杜甫的草堂边。草堂所在正是作者所谓"清江一曲抱村流"的江村。"垂垂",渐渐。末两句说我这里眼前有一树梅花,渐渐开放,正在天天催我老去呢。

春夜喜雨[1]

好雨知时节[2],当春乃发生[3]。随风潜入夜,润物细无声[4]。野径云俱黑,江船火独明。晓看红湿处,花重锦官城[5]。

〔1〕 本篇上元二年(761)春作于成都。
〔2〕 这句谓及时的春雨似乎懂得季节的需要。
〔3〕 "乃",即。"发生",申说"春"。《尔雅·释天》:"春为发生。"下雨正当春季,而春是植物萌发的时节,引起下文"物"字。
〔4〕 "潜"、"润"、"细无声",都是极力描写小雨绵绵之状。
〔5〕 末两句设想雨后晓景。"红湿处",指树头的花红润一片。"花重",花因着雨而显得饱满沉重的样子。梁简文帝《赋得入阶雨》诗"渍花枝觉重",用意相似。"锦官城",见前《蜀相》注〔3〕。

送韩十四江东省觐[1]

兵戈不见老莱衣,叹息人间万事非[2]。我已无家寻弟妹,君今何处访庭闱[3]?黄牛峡静滩声转,白马江寒树影稀[4]。此别应须各努力,故乡犹恐未同归[5]。

〔1〕 这是上元元年(760)杜甫在蜀州送别的诗,其时大约在秋末冬初。

所送的人姓韩排行十四,大约是杜甫的同乡。当是韩要到"江东"(长江下游)去"省觐"(探望父母)。

〔2〕"老莱衣",传说春秋时代楚国有个隐士,名叫老莱子,七十岁还常常穿上彩衣,模仿婴儿,娱乐他的父母(见《列女传》和《高士传》等书)。开头两句感叹战争时期,亲子离散,一切都不正常。

〔3〕"庭闱",父母的住处,也用来指父母。这两句以自己"无家寻弟妹"和韩十四能够"访庭闱"对照。"何处",表示韩的父母在江东的确实住址尚待到彼处再查访;也可能是故意设问,怀疑韩十四父母住处在战乱中或有变动。

〔4〕"黄牛峡",是韩十四赴江东必经之地。峡在今湖北省宜昌西,崖石上有黄色,像牛的形状。峡下有黄牛滩。"滩声转",言水声在耳中旋绕不断。"白马江",是蜀州江名。据《清一统志》,白马江在崇庆州(即蜀州治所,今改县)东北十里。诗中写到它,因为这是两人分别之处。当时杜甫也将要回成都。"江寒树影稀",是秋冬之间的景色。本年"秋将晚"时杜甫从成都到蜀州来会他的朋友高适(时为蜀州刺史),冬天又在成都。

〔5〕末尾两句说从此各奔前途,还要在漂泊生活中努力做一番挣扎;同归故乡恐怕是一时不能实现的了。

茅屋为秋风所破歌[1]

八月秋高风怒号,卷我屋上三重茅[2]。茅飞度江洒江郊,高者挂罥长林梢[3],下者飘转沈塘坳[4]。南村群童欺我老无力,忍能对面为盗贼[5]。公然抱茅入竹去[6],唇焦口燥呼不得[7]。归来倚仗自叹息。俄顷风定云墨色,秋天漠漠向昏黑[8]。布衾多年冷似铁,骄儿恶卧踏里裂[9]。床床屋漏无干处[10],雨脚如麻未断绝。自经丧乱少睡眠[11]，长夜沾湿何由彻[12]！安得广厦千万间[13]，大庇天下寒士俱欢颜，风雨不动安如山！呜呼何时眼前突兀见此屋[14]，吾庐独破受冻死亦足！

〔1〕 本篇上元二年(761)秋作于成都，写风雨中茅屋破坏，从自己一家的窘状，推想"天下寒士"的生活都是这样。"茅屋"，指成都草堂。

〔2〕 "三重茅"，几层茅草。

〔3〕 "挂罥(音绢)"，挂结。

〔4〕 "塘坳"，低洼积水处。

〔5〕 这句谓竟忍心当面做"贼"。"能"，作"这样"解。

〔6〕 "竹"，指竹林。

〔7〕 这句是说"呼"得口干唇焦而无效果。

〔8〕 "漠漠"，灰蒙蒙的样子。"向"，将近。

〔9〕 这句写骄儿睡相不好，把被里子都蹬破了。

〔10〕 这句谓无床不漏。"床床"，一作"床头"。

〔11〕 "丧乱"，指安史之乱。

〔12〕 "彻"，彻晓，达旦。"何由彻"，如何挨到天亮。

〔13〕 "安得"，哪得，哪有。是欲得而不能得的，假设语气。

〔14〕 "突兀"，形容"广厦"高耸的样子。"见"，同"现"。杜甫的这一理想影响了后代诗人，像白居易《新制绫袄成感而有咏》"争得大裘长万丈，与君都盖洛阳城"；《新制布裘》"安得万里裘，盖裹周四垠"等，似即本此。

闻官军收河南河北[1]

剑外忽传收蓟北[2]，初闻涕泪满衣裳[3]。却看妻子愁何在[4],漫卷诗书喜欲狂[5]。白日放歌须纵酒[6],青春作伴好还乡[7]。即从巴峡穿巫峡,便下襄阳向洛阳[8]。

〔1〕本篇唐代宗广德元年(763)春作于梓州。据《旧唐书·史思明传》,宝应元年(762)十月,仆固怀恩等屡破史朝义军,次年正月,史军兵变,擒史降唐。至此,延续七年多的"安史之乱"即将结束。杜甫在流离中听到这个消息,不禁欢喜欲狂,写下了这首跌宕流走的七律。"河南河北",指今洛阳一带及河北省北部。

〔2〕"剑外",代指蜀中,见《恨别》注〔3〕。"蓟北",在今河北省北部,安史叛军的根据地。

〔3〕这句说乍闻好消息,激动得落泪。

〔4〕"却看(读平声)",犹言再看,还看。不作回首顾视讲,"却"字与下句"漫"字对。"愁何在",言愁已无影无踪。

〔5〕"漫卷诗书",胡乱地卷起书本,做归乡之计。

〔6〕"放歌",放声高歌。"纵酒",开怀痛饮。

〔7〕"青春",春天。"青春作伴",言一路春光明媚,可助行色。

〔8〕结尾两句预拟"还乡"路线:出峡东下,抵襄阳,然后由陆路向洛阳故家进发。字里行间透露出诗人无限的欣喜。长江在川鄂一带多峡谷,"巴峡",疑指重庆至涪陵一带山峡。"巫峡",三峡之一,在今四川省巫山县东。"向洛阳",句末原注:"余有田园在东京(洛阳)。"

送元二适江左[1]

乱后今相见,秋深复远行[2]。风尘为客日,江海送君情[3]。晋室丹阳尹,公孙白帝城[4]。经过自爱惜,取次莫论兵[5]。

〔1〕这是广德元年(763)杜甫在梓州送别元二(排行第二)的诗。"江左",指长江下游南岸的地区,唐代属江南东道。

〔2〕"乱后",指天宝十四年安禄山作乱以来。从天宝十四年到广德元年首尾共经过九年。从"今"字见得相见未久。这两句说作者和元二久别后才相逢又离别。

〔3〕"风尘",指战乱。"江海",指元二所去的地方(江左)。这两句说在乱离的日子里,客中送客,又是远别,和平时朋友之间的离情又不同。

〔4〕这两句举出元二此去须"经过"的两个地方,引起下文。"丹阳",郡名。汉丹阳郡治宛陵(今安徽省宣城县);晋武帝时分为宣城、丹阳二郡,将丹阳郡治所移在建业(今南京市)。东晋元帝大兴元年(318)改为"丹阳尹"。这首诗里的"丹阳尹"指地不指人。《汉书·地理志》记一般的郡都写某郡,对于京兆就写作京兆尹,是其前例。"公孙",指公孙述,东汉初他改所据鱼复县名为"白帝城"(今四川省奉节县东),自号白帝。途中经过顺序是先白帝后丹阳,因律诗平仄的限制,不能不倒过来。

〔5〕"取次",随便。末两句劝告元二沿路慎重,不要随便谈论军事。浦起龙云:"元二必负气好谈兵,游诸侯间者。"上文所举丹阳、白帝二城,一是晋室偏安江左后建都的地方,一是公孙述割据称帝的地方,即暗喻"诸侯"(藩镇)所在地。

冬 狩 行[1]

君不见东川节度兵马雄,校猎亦似观成功。夜发猛士三千人,清晨合围步骤同[2]。禽兽已毙十七八,杀声落日回苍穹[3]。幕前生致九青兕,驼驼馺馺垂玄熊。东西南北百里间,仿佛蹴踏寒山空[4]。有鸟名鸲鹆,力不能高飞逐走蓬。肉味不足登鼎俎,何为见羁虞罗中[5]？春搜冬狩侯得同,使君五马一马骢。况今摄行大将权,号令颇有前贤风[6]。飘然时危一老翁,十年厌见旌旗红[7]。喜君士卒甚整肃,为我回辔擒西戎[8]。草中狐兔尽何益？天子不在咸阳宫[9]。朝廷虽无幽王祸,得不哀痛尘再蒙[10]！呜呼！得不哀痛尘再蒙！

〔1〕题下原注："时梓州刺史章彝兼侍御史,留后东川。"广德元年(763)冬章彝举行大规模的狩猎。这首诗借描写打猎的盛况,讽劝章彝出兵抗御吐蕃,为国出力。本年七月吐蕃入侵,十月攻到长安,代宗出奔陕州(今河南省陕县)。

〔2〕"东川节度",指章彝。当时章彝以留后(义同留守)东川的职位代行节度使职权。"校猎",用木栏遮挡野兽去路从事猎取。"校",木栅栏。"观成功",凯旋奏功。"步骤同",进退配合一致。这四句赞扬章彝所统率的军队雄壮且有训练。"亦似"二字稍露讽意,言校猎的盛况就像打了胜仗凯旋奏功一样,而事实上"天子不在咸阳宫",国家正处于危难中。

〔3〕这句极力形容声势壮盛,经久不衰,说杀声震天以致将落的太阳都为之回转。

〔4〕"兕(音寺)",古代犀牛一类的兽名,独角,青色。"驼驼",音义同"骆驼"。"崒崣(音卒委)",高貌。"驼驼"句说骆驼背上驮着黑熊。"寒山空",形容鸟兽杀伤无馀。这四句说猎获极多。

〔5〕"鸲鹆(音渠欲)",鸟名,俗名八哥。"走蓬",随风飞起的蓬草。"鼎俎",煮肉盛肉的容器和切肉的砧板。"不足登鼎俎",就是不中吃。"虞罗",见陈子昂《感遇》("翡翠巢南海")注〔7〕。这四句微含讽意,暗示章彝耗人力于无用之地,和上文"寒山空"、下文"尽何益"都有关联。

〔6〕"搜",春猎。"狩",冬猎。搜、狩本是皇帝的事,但诸侯得同样举行。章彝的地位相当于诸侯,这里"侯"即指章彝。"使君",州郡长官的尊称。

东汉太守驾车用五匹马。"骢",青白杂色的马。东汉桓典为侍御史,常骑骢马,人称为"骢马御史"。"摄行",代行。这四句说明章彝的官职是刺史兼侍御史又是代行大将职权的留后(代理节度使的官),可以发号施令。

〔7〕"老翁",杜甫自指。这两句说自己一身飘泊于国家危难的时代,久厌战乱。

〔8〕"西戎",指吐蕃。这两句说章彝的军队可用,希望他从打猎取乐掉转马头,抵御吐蕃的侵扰。

〔9〕"咸阳",在长安西北,借指长安。这句指代宗避吐蕃奔陕州。

〔10〕"幽王祸",周幽王被犬戎攻杀于骊山之下。"尘蒙",即蒙尘。皇帝出奔在外叫"蒙尘"。这两句说现在皇帝虽然还保住性命,但已继玄宗避安禄山奔蜀之后,再一次出奔,岂不可痛!后面从讽劝变为大声疾呼。

登　楼[1]

花近高楼伤客心,万方多难此登临[2]。锦江春色来天地,玉垒浮云变古今[3]。北极朝廷终不改,西山寇盗莫相侵[4]。可怜后主还祠庙[5],日暮聊为梁甫吟[6]。

〔1〕广德二年(764)春,杜甫正准备离蜀东下,听到严武又被任为成都尹兼剑南节度使的消息,便由阆州重回成都。这诗约作于初归成都时。

〔2〕这两句说由于"万方多难"时登临,近楼之花适足引起伤心。与前《春望》"感时花溅泪"意近。

〔3〕这两句写所见景色,仰观俯察,语壮境阔。"锦江",江水从灌县来,岷江支流。自四川省郫县流经成都城西南。杜甫草堂即临近锦江。"玉垒",山名,在今四川省茂汶羌族自治县。东南新保关,为蜀中通往吐蕃的要道。下句以玉垒山的风云变幻兴起下文。

273

〔4〕这两句承上"万方多难":上句喜京都光复,下句忧吐蕃侵凌。"北极",即北极星,喻唐王朝。《旧唐书·代宗本纪》:广德元年(763)十月"戊寅,吐蕃入京师,立广武王承宏为帝,仍逼前翰林学士李可封为制(起草诏书),封拜。辛巳,车驾至陕州,子仪在商州会六军使张知节、乌崇福、长孙全绪等率兵继至,军威遂振。……庚寅,子仪收京城"。"西山寇盗",指吐蕃。《通鉴·唐纪三十九》:广德元年十二月,"吐蕃陷松、维、保三州及云山、新筑二城,西川节度使高适不能救,于是剑南、西山诸州亦入于吐蕃矣"。

〔5〕蜀先主(刘备)庙在成都锦官门外,西边为武侯(诸葛亮)祠,东边即后主(刘禅)祠。"还",仍。这句谓刘禅如今犹享祭祀,但原是亡国之君,实为可怜。这里借眼前古迹,慨叹刘禅任用黄皓而亡国,暗讽唐代宗信任宦官程元振、鱼朝恩而招致"蒙尘"之祸。

〔6〕"聊为梁甫吟",《三国志·蜀书·诸葛亮传》:"亮躬耕陇亩,好为《梁父吟》。"杜甫因蜀后主祠联想到诸葛亮,又进一层联想到《梁父吟》。《梁父吟》原是丧葬之歌,此处连上句或表吊意。

丹青引赠曹将军霸〔1〕

将军魏武之子孙〔2〕,于今为庶为清门〔3〕。英雄割据虽已矣,文采风流今尚存〔4〕。学书初学卫夫人〔5〕,但恨无过王右军〔6〕。丹青不知老将至,富贵于我如浮云〔7〕。开元之中常引见,承恩数上南薰殿〔8〕。凌烟功臣少颜色〔9〕,将军下笔开生面〔10〕。良相头上进贤冠,猛将腰间大羽箭。褒公鄂公毛发动,英姿飒爽来酣战〔11〕。先帝御马玉花骢〔12〕,画工如山貌不同〔13〕。是日牵来赤墀下〔14〕,迥立阊阖生长风〔15〕。诏谓将军拂绢素,意匠惨淡经营中〔16〕。

斯须九重真龙出[17]，一洗万古凡马空[18]。玉花却在御榻上[19]，榻上庭前屹相向[20]。至尊含笑催赐金，圉人太仆皆惆怅[21]。弟子韩幹早入室，亦能画马穷殊相[22]。幹惟画肉不画骨，忍使骅骝气凋丧[23]。将军画善盖有神，必逢佳士亦写真[24]。即今飘泊干戈际，屡貌寻常行路人[25]。途穷反遭俗眼白[26]，世上未有如公贫。但看古来盛名下，终日坎壈缠其身[27]。

〔1〕本篇约作于广德二年(764)。"丹青"，原是绘画用的红绿颜料，后成绘画的代称。"引"，乐曲体裁的一种，也是一种诗体名称。"曹霸"，谯郡(今安徽省亳县附近)人，唐代画马名家，也擅长人物画。《历代名画记》卷九："曹霸，魏曹髦(曹操曾孙)之后，髦画称于后代。霸在开元中已得名，天宝末，每诏写御马及功臣。官至左武卫将军。"

〔2〕"魏武"，魏武帝曹操。

〔3〕"庶"，庶民，老百姓。"清门"，寒素之家。唐玄宗末年，曹霸因罪贬为庶民。

〔4〕这两句言曹操建立的霸业已成历史陈迹，但他的文采风流还后继有人。引入曹霸。

〔5〕"卫夫人"，卫铄，晋汝阴太守李矩之妻，擅长书法，王羲之曾从她学习。

〔6〕"无过"，没能超过。"王右军"，即晋代大书法家王羲之，他曾官右军将军。

〔7〕以下从书法转入绘画。《论语·述而》："其为人也，发愤忘食，乐以忘忧，不知老之将至云尔。"又："不义而富且贵，于我如浮云。"杜甫化用其语，写曹霸不慕荣利，沉浸在艺术创造之中。

〔8〕"南薰殿"，在南内兴庆宫。

〔9〕"凌烟功臣"，《旧唐书·太宗本纪》：贞观十七年(643)二月"戊申，诏图画司徒赵国公无忌等勋臣二十四人于凌烟阁"。阁在西内三清殿侧。"少

颜色"，指旧画颜色暗淡。

〔10〕"开生面"，指重新摹画新像。

〔11〕这四句写功臣像衣冠服制的合度和神采的生动逼真。"进贤冠"，古时儒者所戴，唐时定为朝见皇帝的一种礼冠。"褒公"，褒忠壮公段志玄。"鄂公"，鄂国公尉迟敬德。"飒爽"，豪迈飞动的样子。"来酣战"，言画中人物好像要跟谁尽情厮杀一番似的。

〔12〕这句以下从画人物转入画马正题。"先帝"，指唐玄宗。"玉花骢"，唐玄宗最心爱的名马之一，原产西域。

〔13〕"画工如山"，言画工之众。"貌不同"，画不像。

〔14〕"赤墀"，殿廷中红色的台阶。

〔15〕"迥立"，昂头卓立。"阊阖"，指皇帝宫门。"生长风"，形容马的气势骏伟。

〔16〕"意匠"，谓绘画之布局设色等巧妙构思。"惨淡经营"，言艺术制作的艰苦。

〔17〕"斯须"，一会儿。"九重"，九重门，指皇宫。"真龙出"，以龙比马，形容马的雄骏。

〔18〕这句连上句谓此马胜过一切马，而此马即出现在"斯须"而成的画中。

〔19〕这句与《奉先刘少府新画山水障歌》"堂上不合生枫树"（极言堂上画中枫树逼真），同一写法。马不应在榻上，但放在御榻上的画中马犹如真马，所以说"却在"。"却"，倒，反。

〔20〕"庭前"，指赤墀下的真马。"屹相向"，屹立相对，言外指真假难分。

〔21〕"圉人"、"太仆"，替皇帝掌管车马的官。"惆怅"，言这些管马的人也觉得画中的马神态轩昂，真马虽然雄骏也难胜过，因而怅然若失。这样写是为了极力形容画的逼真。

〔22〕"韩幹"，《历代名画记》卷九："韩幹，大梁人。……善写貌人物，尤工鞍马。初师曹霸，后自独擅。""入室"，《论语·先进》记载孔丘品评子路时有"升堂矣，未入于室也"的话，后来称最得师传的学生为"入室弟子"。"穷殊相"，穷尽各种形态。

〔23〕韩幹画马形体肥大,故云"画肉"。杜甫在《房兵曹胡马诗》中说,"锋棱瘦骨成",他大概偏爱骨瘦多神的画法,以为只画肉会丧失马的神气。杜甫这句诗主要是反衬曹霸画马正以画骨见长;但从文献和现存遗墨看来,韩幹的画,实际上是对当时皇帝的马的真实而生动的写照,在绘画史上是有独创性的,因此杜甫这句诗曾引起人们的异议。如张彦远说他"岂知画者"(《历代名画记》卷九),宋张耒指出皇帝的马,饲养得好,不会瘦的:"幹宁忍不画骥骨,当时厩马君未知。……韩生丹青写天厩,磊落万龙无一瘦。"(《柯山集》卷十三《萧朝散惠石本韩幹马图马亡后足》诗)

〔24〕两句结上起下。"写真",肖像画。"必",一作"偶"。

〔25〕这两句以下写曹霸的昔盛今衰,深寄感遇之情,承前"于今为庶为清门"、"富贵于我如浮云"等句。"干戈际",指安史之乱。下句谓为了糊口,不得不常替普通人作画。

〔26〕"反遭俗眼白",反受俗人们的藐视。

〔27〕"坎壈(音㾿)",困顿不得志。

太子张舍人遗织成褥段[1]

客从西北来,遗我翠织成[2]。开缄风涛涌,中有掉尾鲸。逶迤罗水族,琐细不足名[3]。客云充君褥,承君终宴荣。空堂魑魅走,高枕形神清[4]。领客珍重意,顾我非公卿。留之惧不祥,施之混柴荆[5]。服饰定尊卑,大哉万古程[6]。今我一贱老,裋褐更无营。煌煌珠宫物,寝处祸所婴[7]。叹息当路子,干戈尚纵横。掌握有权柄,衣马自肥轻[8]。李鼎死岐阳,实以骄贵盈。来瑱赐自尽,气豪直阻兵[9]。皆闻黄金多,坐见悔吝生[10]。奈何田舍翁,受此厚觊情〔11〕？锦鲸卷还客,始觉心和平。振我粗席尘,愧客茹藜羹〔12〕。

〔1〕 广德二年(764)杜甫在成都,太子舍人张某送给他一条锦褥。杜甫认为这是奢侈品,不曾接受。本篇记述这件事情和他的感触。"叚",即"缎"。

〔2〕 开端两句仿《古诗》"客从远方来,赠我一端绮"。乐府和古诗常用"客从××来,遗我×××"的句式做开端,后代诗人也常常模仿它。"客",指为张舍人捎礼物来的人。"遗(音位)",赠。"翠",指颜色不指鸟羽。"织成",名词,丝织物。有人以为是毛褥,但从下文"锦鲸卷还客"句可知不是毛织品。元稹《估客乐》云"蜀地锦织成",可知此物即蜀中著名产品。

〔3〕 这四句描写织成褥缎上的图案花纹,主要的是鲸鱼,其馀也是水族形象,所以用"风涛涌"的形容语。"开缄",打开包裹。"逶迤",绵延,形容一大串。"不足名",不必一一举名。

〔4〕 这四句述来客的话:这东西供你做床褥,作为休息和摆场面之用。堂中鬼怪见了它都会惊走,好让你在上面睡得神清体爽。"充",供。"宴",即"燕",休息。"荣",美观。这里用《老子》"虽有荣观,燕处超然"两句的字面。"魑魅(音痴媚)",传说中的怪物名。

〔5〕 这四句先针对来客的话作答,大意说你的盛意我能领会,不过我并非贵人(无所谓"终宴荣"),只怕它(不但不能驱走鬼怪)反倒为我招来不祥,何况用它和这简陋的住处也不相称。"顾",但。"施",陈设。"混",不调和。"柴荆",代称简陋的屋子。

〔6〕 这两句承上文"非公卿"引出区别尊卑的封建教条。其实一条锦褥本来无关服制,作者故意郑重其辞,实寄寓感慨,是"微言"。"程",法度。

〔7〕 这四句承"惧不祥"、"混柴荆"等语再申说:我现在是寒贱的老头子,除了一身粗布衣裳而外,更无所求。这样辉煌灿烂的宝物,只会给我招来祸害。"裋褐",贫贱人穿的粗衣。"营",谋求。"珠宫",犹言龙宫。《楚辞·九歌·河伯》以"贝阙珠宫"指水神的住处。因为褥缎上织着鲸鱼等水族,所以有此联想。"寝处",卧。"婴",触犯。

〔8〕 这四句开始写到本意,慨叹掌权的贵官在大多数人因战争而受苦的时期,还是不放弃高级的生活享受。"当路子",当权的要人。"肥轻",《论语·雍也》有"乘肥马,衣轻裘"句,指豪奢的生活。

〔9〕 这四句举两个藩镇的例子说明骄奢放纵的大官不会有好结果,关于李鼎的死,史无明文。他是唐肃宗时的羽林大将军,凤翔尹。事迹见《旧唐书·肃宗纪》。来瑱(音镇)在代宗宝应元年(762)为山南东道节度使,裴茙上表说他"倔强难制",代宗命令裴茙对付他。来瑱反把裴茙捉了,然后入朝谢罪。广德元年(763)赐死。事见《旧唐书》本传。"岐阳",指凤翔。"赐自尽",奉皇帝命令自杀。"阻兵",倚仗武力。

〔10〕 这两句说李鼎、来瑱平时多聚财物,结果徒生悔恨。紧接上面的事例,批评大官的豪奢。当时藩镇骄奢淫逸已成普遍现象,这种讽谕是有分量的。这时和杜甫同在成都的严武(杜甫的朋友)正是史家称为"肆志逞欲,穷极奢靡"的藩镇,诗里的话或许是有意说给他听的。作者本来是借故发挥,不嫌其小题大做。"坐",因而。"悔吝",悔恨。

〔11〕 这两句说贵官尚且多财为患,我这穷叟何敢接受厚赐。因此下面说"卷还"来物,才觉得心安。"田舍翁",杜甫自指。"贶(音况)",赐。

〔12〕 "锦鲸",指织成褥缎。"振(读平声)",抖落。"藜羹",野菜汤。末两句说惭愧我只能请客人坐粗席(和"锦鲸"对照)、吃野菜(和"终宴荣"相应),招待得很不好。

宿　府[1]

清秋幕府井梧寒,独宿江城蜡炬残。永夜角声悲自语,中天月色好谁看[2]。风尘荏苒音书绝,关塞萧条行路难[3]。已忍伶俜十年事[4],强移栖息一枝安[5]。

〔1〕 本篇广德二年(764)秋在严武府署中所作。时杜甫被荐为节度使参谋、检校工部员外郎,赐绯鱼袋。

〔2〕 这两句写"独宿"时的所闻所见。"永夜",长夜。"角",一名"画角",军中号角,其声悲凉激越。上句谓角声终夜不绝,好像自鸣其悲。

〔3〕 以上写景,以下抒情。这两句慨叹乡音隔绝,归路艰难。"荏苒",指岁月推移。

〔4〕 "伶俜",这里作奔波飘零解,与前《新安吏》"瘦男独伶俜",其义有别。"十年",从安史乱起(755)至今恰好十年。

〔5〕 "栖息一枝",《庄子·内篇·逍遥游》"鹪鹩巢于深林,不过一枝",为杜甫用语所本。"强移",姑且相就,指任节度参谋事,不久他便辞职离去。

旅夜书怀[1]

细草微风岸,危樯独夜舟[2]。星垂平野阔,月涌大江流[3]。名岂文章著,官应老病休[4]。飘飘何所似?天地一沙鸥[5]。

〔1〕 唐代宗永泰元年(765)正月,杜甫辞去节度参谋职务,返居草堂。四月,严武死去,杜甫在成都失去依靠,遂决计离蜀东下。这诗约作于舟经渝州(今重庆市)、忠州(今忠县)途中。

〔2〕 "危",高貌。

〔3〕 这两句写景雄浑阔大:因"平野阔",故见星点遥挂如垂。用"垂"字,又反衬出平野的广阔;因"大江流",故江中月影流动如涌。用"涌"字,又烘托出大江奔流的气势。

〔4〕 这两句均为上一下四句式。上句自豪,下句自解:胸怀经世大志,所以说名岂以文章而著;官实因论事而罢,偏用老病自解。

〔5〕 结尾即景自况，抒写飘泊奔波的情怀。"一"，应前"独"字。

白帝城最高楼[1]

城尖径仄旌旆愁[2]，独立缥缈之飞楼[3]。峡坼云霾龙虎睡，江清日抱鼋鼍游[4]。扶桑西枝对断石，弱水东影随长流[5]。杖藜叹世者谁子？泣血迸空回白头[6]。

〔1〕"白帝城"，故址在今四川省奉节县东白帝山上。《水经注·江水》："白帝山城周回二百八十步，……西南临大江，窥之眩目。"参阅李白《早发白帝城》注〔1〕。杜甫登白帝城楼诗不止一首，本篇特别标明最高楼，可能城上不止一座楼。这首七律的音节是古体诗的音节。说它是歌行的变格或律诗的变体都可以。这种诗体创自杜甫。

〔2〕"城尖径仄"，城依山建筑（《上白帝城》所谓"城峻随天壁"），沿坡向上筑到山顶，过了山顶又沿坡向下，所以有"尖"处，"城尖"就是山尖。城尖两边的城头走道是倾仄（斜）的。仇兆鳌释城尖为城角，欠明白。"旌旆（音佩）"，旗。诗中说旌旆也有"愁"色，固然形容地险，同时也表示世乱，和篇末"叹世"、"泣血"等语相联系。

〔3〕"缥缈"，高远貌。"飞楼"，像凌空似的高楼。这句说原来从平地仰望好像空中缥缈的高楼，现在独自登临其上。

〔4〕"坼"，分裂。"霾（音埋）"，晦暗。白帝城在夔门前头，"峡坼云霾"正是望中夔门的景象。这两句是就实景加以想象。上句说峡上奇形怪状的石头隐在云雾里，好像龙虎在酣睡着。下句写俯瞰江流正被太阳照射，仿佛鼋鼍往来都在日光的拥抱中。

〔5〕 这两句极力形容在楼上望得远。"扶桑"，古代传说中东方日所出处的神树，长数千丈。"断石"，指峡。"弱水"，古代传说中西方昆仑山下的水。

诗说东望扶桑正和峡石相对,西望弱水似与江水相随。恰似曹植《游仙》诗所写的"东观扶桑曜,西临弱水流"。滔滔大江,源远流长,奔腾向海,引起诗人的遐想。

〔6〕"杖藜",扶着藜茎做的杖。"谁子",何人。"泣血迸空",血泪洒在空中。"回白头",表示不愿再眺望,掉转头去。《秋兴》第八首结句云"白头吟望苦低垂",那里说低头和这里说回头意思相同。

负 薪 行[1]

夔州处女发半华,四十五十无夫家[2]。更遭丧乱嫁不售,一生抱恨长咨嗟[3]。土风坐男使女立,男当门户女出入[4]。十有八九负薪归,卖薪得钱应供给[5]。至老双鬟只垂颈,野花山叶银钗并[6]。筋力登危集市门,死生射利兼盐井[7]。面妆首饰杂啼痕,地褊衣寒困石根[8]。若道巫山女粗丑,何得此有昭君村[9]?

〔1〕这是一首风土诗,写夔州重男轻女,女子特别劳苦,又因为遭逢兵乱,老处女特多。

〔2〕这两句说夔州女子到四五十岁还不能出嫁,多半早衰。"半华",一半变成白色。古人白发叫"华发"。

〔3〕这两句说又因战乱,男丁减少,更难出嫁,以致抱恨终生。"嫁不售",嫁不出去。

〔4〕"土风",当地的风俗。"坐男使女立",指男尊女卑,男逸女劳。"当门户",当家作主。"出入",指操持家内家外的劳动。

〔5〕"十有八九",十人中有八九人。"应供给",指交纳捐税。这两句说

十之八九要管背柴,还得管卖柴,换得钱来应付官家的压榨。

〔6〕 这两句写夔州处女的装束,将头发挽成一双环形的髻子,下垂到颈上。在发上野花和银钗并插。

〔7〕 上句说妇女们为了砍柴劳苦登山,还得赴市卖柴;下句说负薪之外又去负盐,为了多挣些钱不顾生死。"筋力",劳筋费力的省语。"危",高处。"市门",市场。"射利",谋利。"兼盐井",兼负盐劳动。夔州附近有盐井,背盐常常由妇女去干,作者在云安写的《十二月一日三首》诗中有句云:"负盐出井此豀女。"一说"死生射利兼盐井"指私卖井盐,那就侵犯了官家专卖的利益,自然会受严重的惩罚。

〔8〕 "啼痕",泪痕。"褊(音扁)",狭小。"石根",山根。

〔9〕 末两句为夔州女子鸣不平,说她们老而不嫁,难道由于生来粗丑吗?如果夔州女子生来粗丑,这地区就不能是王昭君的出生处了。说明她们早衰和没有好的服饰不过是受剥削和辛劳过度的结果。"昭君村",西汉元帝时宫女王嫱字昭君,貌美。相传她是归州(今湖北省秭归县)人。归州东北香溪边有昭君村,村连巫峡,近夔州。

黄　草[1]

黄草峡西船不归,赤甲山下行人稀[2]。秦中驿使无消息,蜀道兵戈有是非[3]。万里秋风吹锦水,谁家别泪湿罗衣[4]?莫愁剑阁终堪据,闻道松州已被围[5]。

〔1〕 这是大历元年(766)秋杜甫在夔州忧蜀地兵乱之作。前一年(永泰元年)冬十月成都尹郭英乂被兵马使崔旰攻袭,全家遭屠杀。邛州牙将柏茂琳、泸州牙将杨子琳、剑南牙将李昌夔起兵讨旰,蜀中大乱,连年未息。"黄草",峡名,在今四川省长寿县东十五里。本篇用诗的开端二字命题。

〔2〕"赤甲山",在今四川省奉节县东十五里。这两句写杜甫所见夔州附近受蜀中兵乱的影响。"船不归"、"行人稀",写当地人民多被征调西行服役。

〔3〕下句说蜀地参加内战的各方有是有非(如崔旰袭攻成都擅杀郭英义全家是违法的,柏、杨等讨崔是有理的),上句暗示未闻朝廷对蜀事有恰当处理(崔旰兵强,朝廷对他采取姑息政策,和柏、杨等一律升官)。

〔4〕这两句承开端两句,写征人家属的离愁别恨。"锦水",指成都附近的锦江。"万里秋风",比喻战乱。

〔5〕这两句说蜀中悍将倚仗剑阁地势险要,便于拒守,敢于轻慢朝廷,但比较吐蕃入侵,这是小患,不必忧虑。"松州",在今四川省松潘县,地处岷江上游。循江西北上,有山道通青海。此地曾被吐蕃攻占,诗中说"闻道被围",当是收复后又陷于危急。

古 柏 行[1]

孔明庙前有老柏[2],柯如青铜根如石。苍皮溜雨四十围,黛色参天二千尺[3]。君臣已与时际会,树木犹为人爱惜[4]。云来气接巫峡长,月出寒通雪山白[5]。忆昨路绕锦亭东[6],先主武侯同閟宫[7]。崔嵬枝干郊原古[8],窈窕丹青户牖空[9]。落落盘踞虽得地,冥冥孤高多烈风[10]。扶持自是神明力,正直原因造化功[11]。大厦如倾要梁栋[12],万牛回首丘山重[13]。不露文章世已惊[14],未辞剪伐谁能送[15]?苦心岂免容蝼蚁,香叶终经宿鸾凤[16]。志士幽人莫怨嗟:古来材大难为用[17]!

〔1〕本篇大历元年(766)杜甫在夔州作。

〔２〕"孔明庙",指夔州的诸葛亮庙。

〔３〕这两句写古柏的高大。"苍皮",一作"霜皮",指树干。"黛色",青黑色,指树叶。

〔４〕"际会",遇合。这两句谓刘备、诸葛亮生逢其时,他们的作为虽已成历史陈迹,但遗爱在民,古柏遂得依然无恙。《左传·定公九年》:"《诗》云:'蔽芾甘棠,勿剪勿伐,召伯所茇。'思其人犹爱其树。"

〔５〕巫峡在夔州之东,雪山之西,言"气接"、"寒通",是承上进一步夸张古柏的高大。"雪山",在四川省松潘县南,为岷山主峰。这里代指岷山。

〔６〕以上八句是咏古柏正文,以下转写成都诸葛亮祠柏作为陪衬。"锦亭",即成都锦江亭。"亭",一作"城"。

〔７〕"閟(音闭)",深闭。"閟宫",即指祠庙。成都的先主(刘备)庙和武侯(诸葛亮)祠是连在一起的,故云。参见《登楼》注〔5〕。

〔８〕"崔嵬",高大貌。

〔９〕"窈窕",深远貌。"丹青",指庙内的漆绘。"户牖空",言虚无一人。

〔１０〕"落落",独立不群。这两句大意谓夔州庙柏,虽得武侯庙前之地,但苦于地高多风,与成都祠柏之在郊原平地不同。

〔１１〕"造化功",言柏的正直是天生的。

〔１２〕这以下八句写古柏的"材大难用",寄寓诗人怀才不遇的感慨。"要",需要。王通《中说·事君篇》以"大厦将颠,非一木所支也",喻隋朝将亡非一御史能救。这里的意思正和它相反。

〔１３〕这句说大木重如丘山,连万牛都因拉不动而回看,不能前进。

〔１４〕"不露文章",写古柏的朴实,不以花叶之美炫俗,但器识、英采自露。

〔１５〕这句言古柏本身虽不辞剪伐,但不知谁能把它致送廊庙?

〔１６〕"苦心"、"香叶",均指古柏。两句谓赤心难免为蝼蚁所伤,但馀芳仍为鸾凤所喜。

〔１７〕最后两句表达诗人宏图不展的怨愤和怀才不遇的感慨。

秋 兴

一〔1〕

玉露凋伤枫树林〔2〕,巫山巫峡气萧森〔3〕。江间波浪兼天涌,塞上风云接地阴〔4〕。丛菊两开他日泪,孤舟一系故园心〔5〕。寒衣处处催刀尺,白帝城高急暮砧〔6〕。

〔1〕"兴(读去声)",感兴,遣兴。《秋兴》共八首,是一个整体,大历元年(766)作于夔州。诗中"每依北斗望京华"(第二首)、"故国平居有所思"(第四首)点明了组诗的主旨,大抵抒写身居夔州的飘泊之感和心忆长安的故国之思。本篇原列第一首。

〔2〕"玉露",白露。隋李密《淮阳感秋》:"金风飚初节,玉露凋晚林。"

〔3〕"巫山",在今四川省巫山县东,沿江壁立,绵延达一百六十里,即为"巫峡"。"萧森",萧瑟阴森。

〔4〕"江间",指巫峡。这两句写因见江间的波浪想到塞上的风云。

〔5〕杜甫离成都后,原想尽快出峡,不料去年秋留居云安,今年秋又淹留夔州,见到"丛菊两开"。"两开",也可解作在夔州第二次看到。"他日泪",因回忆往昔而流泪。"他日",今人作将来解,唐人兼作过去解,如李商隐《樱桃花下》"他日未开今日谢"句可证。"一系(音计)",紧系,永系。"故园心",指回家的希望。"开"、"系"都双关物和人。次年(767)《送李八秘书赴杜相公幕》诗用"橹摇背指菊花开"来表示他的欣羡,与这两句用意正相反,可以参看。

〔6〕"催刀尺",赶制冬衣。"急暮砧",黄昏捣衣的砧声很紧。这两句抒写暮秋游子的思乡之情。

二[1]

闻道长安似弈棋,百年世事不胜悲[2]。王侯第宅皆新主,文武衣冠异昔时[3]。直北关山金鼓震,征西车马羽书驰[4]。鱼龙寂寞秋江冷,故国平居有所思[5]。

〔1〕本篇原列第四首。从这首以下各首内容都是思念长安,以本篇为总冒,概写内部政局多变,外来的威胁严重。

〔2〕"弈棋",比喻权力争夺不停,局势变化不定。"百年",指从唐朝开国到杜甫写《秋兴》时。

〔3〕这两句说新贵代替了旧贵。第宅换新主,例如唐开国功臣李靖的住宅归了弄权误国的李林甫,李靖家的祠庙成了嬖人杨氏的马厩,中书令马周的住宅归了虢国夫人,这类情况很多。"衣冠",指贵官。唐玄宗任用蕃将,唐肃宗宠信宦官,文武权臣的人品越来越杂,这些就是诗人所说的"异昔时"。

〔4〕这两句说回纥和吐蕃的侵凌。"直北",指长安之北。当时京城北面有回纥的威胁。"征西",指抵御吐蕃。吐蕃从西来。"金鼓",钲和鼓。钲是铃铎类的响器,鸣钲指挥退兵;击鼓指挥进兵。"羽书",征调军队的文书,上插鸟羽表示加急。"金鼓震"、"羽书驰",言军情紧张。

〔5〕末两句说身居秋江凄冷的夔州,心怀长安旧居。"鱼龙寂寞",形容秋江冷。相传龙类在秋季蛰伏水底。"故国",指长安。"平居",平昔所居。

咏怀古迹[1]

摇落深知宋玉悲,风流儒雅亦吾师[2]。怅望千秋一洒泪,萧条异代不同时〔3〕。江山故宅空文藻,云雨荒台岂梦思〔4〕?最是楚宫俱泯灭,舟人指点到今疑〔5〕。

〔1〕 本题原共五首。这一组诗里有全首咏怀的,有单咏古迹的,也有借古咏怀的。本篇是第二首,属第三类,作者因见宋玉在归州(今湖北省秭归县)的故宅而怀念宋玉,并以宋玉自比。

〔2〕 开头两句说自己对于宋玉的了解和向慕。"宋玉",战国楚人,屈原弟子,楚辞作家之一。"摇落",宋玉《九辩》中描写秋天草木凋零之词。《九辩》的主要内容:一是"悲秋气",二是"志不平",有以草木凋落比自己飘零的意思。杜甫在这里说深知宋玉悲秋的缘故,表示同情。"风流儒雅",指宋玉的文学创作文采可观,意义正大。

〔3〕 "萧条",指宋玉生不逢时说。这里作者表示自己和宋玉生在不同的时代却有类似的遭遇和感慨,但可惜自己虽能知宋玉,却不能让自己也为宋玉所知。

〔4〕 上句说宋玉留下故宅,点缀江山,而其人已不能见,只让后人读他的文章罢了。下句说就连他的文章价值也不是真正被人所了解的。"文藻",即文采。"云雨荒台",指宋玉《高唐赋》序中所写的神女故事。序中说宋玉和楚襄王"游于云梦之台,望高唐之观",宋玉为襄王述楚怀王曾梦见神女,自言"在巫山之阳,高丘之岨。旦为朝云,暮为行雨。朝朝暮暮,阳台之下"。这本是宋玉的虚构,其目的是用来讽谏襄王,并非楚怀王真有此梦。后世人不了解宋玉作赋的意思,竟附会出"云雨荒台"的古迹来。这对宋玉来说也是可悲的事了。

〔5〕 末两句以楚王宫和宋玉宅对比,指出宋玉在生前地位虽不如楚王尊贵,却留下故宅,供人凭吊,而楚宫却泯没不见,舟人虽指点其处也不能确信无疑。可见有文藻可传的人,在人们的心目中还有一定的位置,非一般王者所能及。这是诗人安慰宋玉,也是自慰的话。

阁　夜[1]

岁暮阴阳催短景[2],天涯霜雪霁寒宵[3]。五更鼓角声悲壮,三峡星河影动摇[4]。野哭千家闻战伐[5],夷歌数处起渔樵[6]。卧龙跃马终黄土,人事音书漫寂寥[7]。

〔1〕大历元年(766)冬,杜甫寓居夔州西阁,衰年岁暮,久客不归,因而耳目所触,都成异样风光;睹景思古,感怀作此诗。

〔2〕"阴阳",指日月。"景",指光阴。

〔3〕"霁",指霜雪停止、消散。

〔4〕这两句写"寒宵"所见所闻。"星河",银河。

〔5〕"战伐",指崔旰、郭英义、杨子琳等的互相残杀,见前《黄草》注〔1〕。

〔6〕"夷歌",指四川境内少数民族的歌谣。"渔樵",指唱歌的人。

〔7〕末两句借近地古迹抒感,转自宽解。"卧龙",指诸葛亮。"跃马",指公孙述。左思《蜀都赋》:"公孙跃马而称帝。"据《后汉书·公孙述传》,公孙述,字子阳,扶风人。王莽时为导江卒正。更始帝刘玄立,他自恃蜀中地险众附,时局动荡混乱,自称白帝。"漫",任。这两句大意是想到古来无论贤愚忠逆都同归于尽,那么自己目前的"人事"和远地的"音书",纵然寂寥无闻,也不必太介意了。

登　高[1]

风急天高猿啸哀,渚清沙白鸟飞回[2]。无边落木萧萧下,不尽长江滚滚来。万里悲秋常作客,百年多病独登台[3]。艰难苦恨繁霜鬓[4],潦倒新停浊酒杯[5]。

〔1〕本篇或是大历二年(767)所作,时在夔州。

〔2〕"渚",水中小洲。"鸟飞回",言鸟因"风急"而打旋。这两句写登高所见所闻。

〔3〕"百年",犹言一生。

〔4〕"苦恨",甚恨。"繁霜"二字连读。"繁"形容"霜",而不是直接形容"鬓"。

〔5〕"新停浊酒杯",重阳节登高,例应饮酒,时杜甫因肺病戒忌,故云。这两句分承五、六两句:"常作客"则"艰难"备尝,"多病"则"潦倒"(狼狈)日甚。

观公孙大娘弟子舞剑器行[1] 并序

大历二年十月十九日,夔府别驾元持宅见临颍李十二娘舞剑器[2],壮其蔚跂[3];问其所师,曰:"余公孙大娘弟子也。"开元五载,余尚童稚,记于郾城观公孙氏舞剑器浑脱[4],浏漓顿挫[5],独出冠时。自高头宜春、梨园二伎坊内人洎外供奉[6],晓是舞者,圣文神武皇帝初[7],公孙一人而已。玉貌锦衣,况余白首。今兹弟子,亦匪盛颜[8]。既辨其由来,知波澜莫二[9]。抚事慷慨[10],聊为《剑器行》。往者吴人张旭[11],善草书书帖,数常于邺县见公孙大娘舞西河剑器[12],自此草书长进,豪荡感激[13],即公孙可知矣[14]。

昔有佳人公孙氏,一舞剑器动四方。观者如山色沮丧,天地为之久低昂[15]。㸌如羿射九日落,矫如群帝骖龙翔[16];来如雷霆收震怒,罢如江海凝清光[17]。绛唇珠袖两寂寞,晚有弟子传芬芳[18]。临颍美人在白帝[19],妙舞此曲神扬扬。与余问答既有以[20],感时抚事增惋伤。先帝侍女八千人[21],公孙剑器初第一[22]。五十年间似反掌[23],风尘澒洞昏王室[24]。梨园子弟散如烟,女乐馀姿映寒日[25]。金粟堆南木已拱[26],瞿唐石城草萧瑟[27]。玳筵急管曲复终[28],乐极哀来月东出。老夫不知其所往,足茧荒山转愁疾[29]。

[1] 本篇大历二年(767)作于夔州。"公孙大娘",开元时有名的女舞蹈家。钱谦益杜诗注引《明皇杂录》:"时有公孙大娘者,善舞剑,能为《邻里曲》及《裴将军满堂势》、《西河剑器浑脱》,遗(疑有舛误)妍妙,皆冠绝于时也。"(今本《明皇杂录》无此文)直到晚唐,她还被诗人们一再称颂。如郑嵎《津阳门诗》:"公孙剑伎方神奇。"司空图《剑器》:"楼下公孙昔擅场,空教女子爱军装。""剑器",古代健舞名("健舞"与"软舞"对称),舞者戎装,执剑(一说执某种发光体),表现战斗的姿态。姚合《剑器词三首》其一"今日当场舞,应知是战人";其二"今朝重起舞,记得战酣时"等可证。

[2] "别驾",郡太守的辅助官。"元持",人名。"临颍",县名,故址在今河南省临颍县西北。

[3] "蔚跂",豪放貌。

[4] "郾城",今河南省郾城县,在临颍南。"浑脱(音驼)",译音,即囊袋,后为健舞曲名之一,由波斯传入的"泼寒胡戏"(据《旧唐书·张说传》所载张说的奏疏云,其法"裸体跳足","挥水投泥")演变而来。舞姿粗犷雄壮。武

后末年,有人把《剑器》舞和《浑脱》舞综合成一个新的舞蹈,叫做《剑器浑脱》。

〔5〕"浏漓",形容舞姿的活泼。

〔6〕宋程大昌《雍录》卷九:"开元二年,置教坊于蓬莱宫,上自教法曲,谓之'梨园弟子'。至天宝中,即东宫置宜春北苑,命宫女数百人为梨园弟子,即是。'梨园'者,按乐之地;而预教者,名为'弟子'耳。"唐崔令钦《教坊记》:"西京:右教坊在光宅坊,左教坊在延政坊。右多善歌,左多工舞,盖相因成习。""妓女入宜春院,谓之'内人',亦曰'前头人',常在上前头也。""高头",疑即"前头",泛指接近皇帝者。"伎坊",即教坊,皇家御用的音乐、技艺机关之一。"洎",及。"外供奉",指不居宫内的杂应官妓;或指"外教坊",与"内教坊"对称。但文中"二伎坊"之说未详,似不应指宜春院和梨园,因梨园主要工作为训练乐队,是与太常寺(司礼乐)、内外教坊(主表演)鼎足而三的机构。

〔7〕"圣文神武皇帝",唐玄宗的尊号。

〔8〕这四句大意是,我初见公孙大娘舞剑器时,她还是"玉貌锦衣",如今我已是五十六岁的白发老翁了;就是公孙大娘的"弟子"也不年轻了。"匪",非。"盛颜",喻青年。

〔9〕"由来",来历,指公孙大娘和李十二娘的师徒传授渊源。"波澜莫二",一脉相承,指李十二娘颇得老师真传。

〔10〕"抚事",追抚往事。

〔11〕"张旭",唐代著名书法家,善草书,有"草圣"之称。

〔12〕"邺县",在今河南省安阳县。"西河剑器",《剑器》舞的一种。"西河",似即河西、河湟一带,指舞的产地。一说是《剑器》舞中以西凉乐曲为伴奏者。

〔13〕"感激",奋发的意思。

〔14〕"即",则,那么。

〔15〕"色沮丧",即失色。下句指观者神摇目眩,觉得天地都在上下旋转。解作舞姿的惊天动地,也可通。

〔16〕"燿(音酷)",闪烁貌。"羿射九日",我国古代神话说羿曾射落九日。见李白《古朗月行》注〔6〕。"矫",矫捷。仇兆鳌《杜少陵集详注》引夏侯玄赋:"又如东方群帝兮,腾龙驾而翱翔。"这两句谓剑光明亮闪烁好像后羿射

落九日,舞姿矫健轻捷犹如群神驾龙飞翔。

〔17〕这两句言舞始时,前奏的鼓声暂歇,好像雷霆停止了震怒;舞罢时,手中的剑影,犹如江海上平静下来的波光。

〔18〕这两句伤公孙已逝,幸李氏犹存其技。"绛唇珠袖",指公孙大娘的容颜和舞姿。"芬芳",喻公孙大娘的舞技。

〔19〕"临颍美人",即李十二娘。"白帝",即白帝城,见李白《早发白帝城》注〔1〕。

〔20〕"以",根由,原委。这句照应题序的内容。

〔21〕"先帝",指唐玄宗。"八千人",泛言人多。

〔22〕"初",始,本。"初第一",谓原本就推她为第一。

〔23〕"五十年间",自开元五年(717)杜甫初见公孙大娘时至今(767),正好五十年。"似反掌",喻时间迅速易逝。

〔24〕这句言安史之乱。"㶧洞",浩大无际貌。见《自京赴奉先县咏怀五百字》注〔45〕。

〔25〕"女乐",擅长乐舞的女子,指李十二娘。"馀姿",指李十二娘的舞蹈颇有往日公孙大娘的风韵姿态。"寒日",时在十月,故云;兼寓日暮途穷的意思。

〔26〕"金粟堆",指玄宗泰陵,在陕西省蒲城县东北的金粟山。"拱",两手所围。《左传·僖公三十二年》:"尔墓之木拱矣。"玄宗死于宝应元年(762),至此时已达五年。

〔27〕"瞿唐石城",指夔州。夔州近瞿塘峡。

〔28〕这句写别驾宅中华盛的宴席,急促的乐声。"玳",玳瑁,见沈佺期《古意呈补阙乔知之》注〔3〕。

〔29〕末两句言足生厚茧,迟行荒山,不禁百忧交集,去住惘然。"转愁疾",犹"疾转愁",很快地感到忧愁。

短歌行赠王郎司直[1]

王郎酒酣拔剑斫地歌莫哀[2]!我能拔尔抑塞磊落之奇

才〔3〕。豫章翻风白日动,鲸鱼跋浪沧溟开〔4〕。且脱佩剑休徘徊〔5〕。西得诸侯棹锦水,欲向何门趿珠履〔6〕?仲宣楼头春色深〔7〕,青眼高歌望吾子〔8〕,眼中之人吾老矣〔9〕!

〔1〕"短歌行",乐府旧题。乐府有《短歌行》又有《长歌行》,其分别在歌声长短。"郎",是对青年男子的称谓。"司直",官名。这首是杜甫在江陵寓居时赠王郎的诗,当时王郎将要西行入蜀。诗中热情地对这位青年表示期望和鼓励。

〔2〕首句说王郎酒酣时拔剑起舞同时高歌。"斫地",舞剑的动作。"莫哀",是作者劝王的话。

〔3〕"抑塞",受压抑。"磊落",俊伟不凡。这句是作者对王郎说,能使他伸展奇才。

〔4〕"豫章",两种乔木名,都是可供建筑的美材。"跋浪",在浪里纵游。说翻风能摇动太阳,跋浪能划开沧海,是极力形容树的高,鱼的大。这两句用比喻说王郎将成大器,起大作用。

〔5〕这句劝王郎罢舞休息。"徘徊",指舞蹈。

〔6〕"诸侯",指州郡长官。"棹锦水",等于说游蜀。"锦水",即锦江,蜀地水名。"趿(音他)珠履",穿上用明珠装饰的鞋。据《史记·春申君列传》,春申君门客三千馀人,其中上客都穿珠履。这两句说王郎得蜀中大官聘任,却不晓得他将到谁的幕中作客,表示关心他能不能依托得所。

〔7〕"仲宣楼",江陵古迹。或许就是杜甫和王郎聚会赠诗的地方。三国诗人王粲字仲宣,曾流寓荆州,作《登楼赋》。当时的荆州治所在今湖北省襄阳县,后来移到江陵,因而江陵有了这座以"仲宣"命名的楼。

〔8〕"青眼",喜悦的眼光。《晋书·阮籍传》说阮籍能为青白眼,他对喜见的人用青眼(黑眼珠全露),对不愿见的人用白眼(黑眼珠露得少,眼白露得多)。这句说我高兴地向你高歌,对你怀着厚望。

〔9〕"眼中之人",承上句中的"青眼"和"望",呼唤王郎之词。"吾老矣",叹自己衰病无用,同时含有劝王郎及时努力的意思。

杜　甫

暮　归[1]

霜黄碧梧白鹤栖,城上击柝复乌啼[2]。客子入门月皎皎,谁家捣练风凄凄[3]。南渡桂水阙舟楫,北归秦川多鼓鼙[4]。年过半百不称意,明日看云还杖藜[5]。

〔1〕 这首诗大约作于大历三年(768)杜甫漂泊在江陵的时期。浦起龙云:"流寓江陵,栖止不定,发为无聊之感,不久即有公安之行也。"

〔2〕 "霜黄碧梧",言碧梧因霜而黄,表明季节已是秋天。"柝(音拓)",打更用的梆子。"城上击柝"和"乌啼"都表明时间已暮。

〔3〕 "客子",作者自指。"练",白绸。作者听到砧杵声,想象那是在捣白练(秋天是裁制寒衣的时候)。这一想象和当前"凄凄"的凉风、"皎皎"的月色都自然联系。以上所写见到、听到、感觉、想象到的种种,形成一片寂寞凄凉的气氛,反映作者的心境。

〔4〕 这两句写彷徨不安。杜甫在江陵住了几个月,心情极不愉快,表现于"苍茫步兵哭,展转仲宣ξ"(《秋日荆南述怀三十韵》)和"栖托难高卧,饥寒迫向隅"(《舟中出江陵南浦奉寄郑少尹审》)之类的诗句。这时候杜甫既感到住下不去又不知向哪里投奔。"桂水",名叫"桂水"的河流不止一条,远可以指今广西境内的桂江(漓江),近可以指今湖南省境内同名的水,都在江陵之南。"南渡桂水"不过表示方向,不必确指。"阙舟楫",比喻条件不备。从上句见得杜甫意欲南行但还在踌躇或等待。"秦川",指陕西。"多鼓鼙",指战争。下句说要北归京师又被战争所阻。这时吐蕃又侵入灵武(今甘肃省灵武县)和邠州(今陕西省彬县)。

〔5〕 末句写无聊之感。"还"字表示近来的生活不过是日复一日杖藜看云罢了。

295

登岳阳楼[1]

昔闻洞庭水，今上岳阳楼。吴楚东南坼，乾坤日夜浮[2]。亲朋无一字，老病有孤舟。戎马关山北[3]，凭轩涕泗流。

〔1〕 大历三年(768)春,杜甫携眷自夔州出峡,暮冬流寓岳州(今湖南省岳阳县)。"岳阳楼",即岳阳城西门楼,下临洞庭湖。

〔2〕 这两句写洞庭湖雄伟壮阔的气象。"吴楚",指春秋战国时吴楚两国之地,在我国东南一带(江、浙、皖、赣、湘、鄂)。大致说来,吴在洞庭湖东,楚在湖西,所以说吴楚之地好像被洞庭湖分做两半。"坼",分裂。"乾坤",指天地,包括日月。《水经注·湘水》：洞庭湖"湖水广圆五百馀里,日月若出没于其中"。

〔3〕 "戎马",喻战事。当时吐蕃入侵,西北边疆不宁。《通鉴·唐纪四十》：大历三年"八月,壬戌,吐蕃十万众寇灵武。丁卯,吐蕃尚赞摩二万众寇邠州,京师戒严;邠宁节度使马璘击破之。……九月,壬申,命郭子仪将兵五万屯奉天(今陕西省乾县)以备吐蕃"。这诗以素愿终偿的欣喜始,以家国多难的悲哀结;中间又以景物的阔大和漂泊的痛苦相互映衬,获得很好的艺术效果。

祠南夕望[1]

百丈牵江色，孤舟泛日斜[2]。兴来犹杖屦，目断更云沙[3]。山鬼迷春竹，湘娥倚暮花[4]。湖南清绝地，万古一长嗟[5]。

〔1〕大历四年(769)春,杜甫从岳州往潭州,道经湘阴,谒湘夫人祠,有诗。次夕,在祠南遥望,又写了这一篇。

〔2〕"百丈",指竹篾编成的纤缆。这两句说近黄昏时作者坐着上水船,缓缓前进,见竹缆的翠色好像和翠悠悠的江水连接着,江水老是望不见尽头;又好像江的翠色在竹缆的牵引下不断延伸似的。这就是作者由视觉引起的一种感受。

〔3〕"兴(读去声)",兴致。"杖屦(音句)",扶杖穿鞋。"断",遮断。"更",交递。上句说有兴致的时候还上岸游观;下句说极目望去,天边的云或远处的沙洲遮住了视线。

〔4〕"山鬼",指屈原《九歌·山鬼》所写的山中女神。"迷",遮迷。《山鬼》章有句云:"余处幽篁(竹林)兮终不见天。"所以杜甫见"春竹"而想象她隐约地出现在竹间。"湘娥",即湘妃(见《溪陂行》注〔9〕),也就是《九歌》中《湘君》和《湘夫人》两章所写的和湘夫人祠中所供的女神。《湘君》章有句云:"搴芙蓉兮木末。"所以杜甫见"暮花"而想象她依倚在花下。这两句借屈原作品中的神女形象来凭吊屈原。

〔5〕"湖南",洞庭湖之南。末两句说在这样清秀绝顶的境地,前人的旧迹引起后人凭吊,哪能不体会到"千秋万古情"呢?诗里不曾提屈原而吊屈原的意思自在其中。

江 汉[1]

江汉思归客,乾坤一腐儒[2]。片云天共远,永夜月同孤[3]。落日心犹壮,秋风病欲苏[4]。古来存老马,不必取长途[5]。

〔1〕 本篇约作于大历四年(769)。

〔2〕 "乾坤",天地之间。"腐儒",迂腐的读书人,杜甫自指。

〔3〕 这两句分承一二句,寓情于景,写飘零落寞之感,说自己跟一片浮云齐飘远天,与一轮孤月共度长夜。

〔4〕 这两句写自强不息、锲而不舍的顽强精神。"病欲苏",病快要痊愈。

〔5〕 "存",存养,抚恤。"老马",杜甫自比。《韩非子·说林上》:"管仲、隰朋从桓公伐孤竹,春往冬反,迷惑失道。管仲曰:'老马之智可用也。'乃放老马而随之,遂得道。"这两句大意是说,老马虽无奔驰长途的筋力,但它的智慧和经验仍为人所贵重。言外指自己虽已年老,但自信还有一定的才识。

客　从[1]

客从南溟来,遗我泉客珠[2]。珠中有隐字,欲辨不成书[3]。缄之箧笥久,以俟公家须[4]。开视化为血,哀今征敛无[5]。

〔1〕 本篇用诗的开头两个字做题目,没有意义(这种标题法从《诗经》开始,例如《鄘风·载驰》)。诗中用珍珠化血的寓言,讽刺统治阶级对劳苦大众的残酷榨取,词意哀切,继承《诗经》和汉乐府中民歌的传统。后来孟郊的乐府诗深受杜甫这种诗的影响。

〔2〕 开头两句仿《古诗》"客从远方来,遗我双鲤鱼","客从远方来,遗我一端绮"等开头语,参看前《太子张舍人遗织成褥段》注〔2〕。"我"字不指作者,是代诗中所写的人自称。"南溟",南海。"泉客",即鲛人。古代传说南海外有鲛人像鱼类似的在水里生活,能纺织,常上岸和人交易。鲛人的眼泪会变成珠子。

〔3〕这两句说珠子里隐约有文字,但不能辨识。作者这一想象可能从佛教摩尼珠(宝珠)中有金字偈语的传说来,其用意是暗示这些珠子里含着劳苦人民的隐痛。

〔4〕"缄",封存。这两句说把珠子收藏在箱子里,等官府有所须索,前来搜刮的时候,拿出来应付。

〔5〕末两句说不料打开箱子,见珍珠已经化成血,可怜再没有东西好应付官府的"征敛"(搜刮)了。全诗用比喻说明劳苦百姓平时被"公家"榨取的东西,都是血泪变成的。

江南逢李龟年〔1〕

岐王宅里寻常见〔2〕,崔九堂前几度闻〔3〕。正是江南好风景,落花时节又逢君。

〔1〕李龟年是开元、天宝时的著名歌唱家。唐郑处诲《明皇杂录》卷下:"唐开元中,乐工李龟年、彭年、鹤年兄弟三人皆有才学盛名,彭年善舞,鹤年、龟年能歌,尤妙制渭川。特承顾遇,于东都(洛阳)大起第宅,僭侈之制,逾于公侯,宅在东都通远里,中堂制度,甲于都下。其后龟年流落江南,每遇良辰胜赏,为人歌数阕,座中闻之,莫不掩泣罢酒,则杜甫尝赠诗。"杜甫在十四五岁时曾在洛阳听过他的歌唱,大历五年(770)左右,又在潭州(今长沙市)和他偶然相遇。"江南",指江湘一带。

〔2〕"岐王",李范。《旧唐书·睿宗诸子传》:"惠文太子范,睿宗第四子也。……睿宗践祚,进封岐王。"又云:"范好学工书,雅爱文章之士,多无贵贱皆尽礼接待。"

〔3〕"崔九",名涤。本篇原注:"崔九即殿中监崔涤,中书令湜之弟。"《旧唐书·崔仁师传》:"湜弟涤,多辩智,善谐谑,素与玄宗款密。兄湜坐太平

党诛,玄宗常思之,故待涤逾厚,用为秘书监,出入禁中。与诸王侍宴,不让席而坐,或在宁王之上,后赐名澄。"杜甫少在洛阳时,由于当地前辈的援引,时常出入岐王李范和崔涤的邸宅。

元结

元结（719—772），字次山，号漫叟，河南鲁山（今河南省鲁山县）人。天宝十二年（753）进士。史思明攻河阳，元结组织义军，保全十五城，立了战功。后历任道州刺史、容州都督充本管经略守捉使，因遭权臣嫉妒，辞官归隐。有《元次山集》。

元结曾一度在樊上"修耕钓以自资"，对劳动人民的生活有过一些接触[1]；历经战乱，他又亲眼看到人民的惨痛遭遇。因此有些诗以反映现实为主要内容。《舂陵行》是这种作品的代表，这首诗和另一首《贼退示官吏》都曾得到杜甫极高的评价[2]。他另有一部分描写自然风物和吟咏性情的诗，由于刻意矫正华而不实的诗风，不免趋向另一个极端，往往枯燥平直，缺少文采。他的《欸乃曲》是叫船工歌唱的，可见他对民歌的兴趣。他在文学上，反对"拘限声病，喜尚形似"[3]，要求诗歌能"极帝王理乱之道，系古人规讽之流"[4]，达到"上感于上，下化于下"[5]的政治目的。当然这仍是为封建统治阶级服务，有很大的局限性。他编选《箧中集》，收同时作者沈千运、王季友等七人诗，都和元结自己的倾向相同。

[1] 元结《漫歌八曲》序云："壬寅中，漫叟得免职事，漫家樊上（今湖北省鄂城县），修耕钓以自资。"八曲中有《故城东》、《将牛何处去二首》等题。《故城东》有"耕者我为先，耕者相次焉"，《将牛何处去二首》中有"将牛何处去，耕彼故城东"，"直者伴我耕"等句。自注："直者，漫叟长子也。"

〔2〕杜甫《同元使君舂陵行》序中有云："览道州元使君结《舂陵行》兼《贼退后示官吏作》二首，……知民疾苦，得结辈十数公，落落然参错天下为邦伯，万物吐气，天下少安可待矣！不意复见比兴体制、微婉顿挫之词，感而有诗，增诸卷轴。"诗中有云："道州忧黎庶，词气浩纵横。两章对秋月，一字偕华星。"

〔3〕《元次山集》卷七《箧中集序》。

〔4〕同上卷一《二风诗论》。

〔5〕同上卷二《系乐府十二首序》。

舂 陵 行 [1] 并序

癸卯岁，漫叟授道州刺史[2]。道州旧四万馀户，经贼已来[3]，不满四千，大半不胜赋税。到官未五十日，承诸使征求符牒二百馀封[4]，皆曰："失其限者，罪至贬削[5]。"於戏[6]，若悉应其命，则州县破乱，刺史欲焉逃罪；若不应命，又即获罪戾，必不免也。吾将守官，静以安人，待罪而已。此州是舂陵故地，故作《舂陵行》以达下情。

军国多所需，切责在有司[7]。有司临郡县，刑法竞欲施[8]。供给岂不忧，征敛又可悲[9]。州小经乱亡，遗人实困疲[10]。大乡无十家，大族命单羸[11]。朝餐是草根，暮食仍木皮。出言气欲绝，意速行步迟[12]。追呼尚不忍，况乃鞭扑之。邮亭传急符，来往迹相追[13]。更无宽大恩，但有追促期。欲令鬻儿女[14]，言发恐乱随[15]。悉使索其家，而又无生资[16]。听彼道路言，怨伤谁复知。去冬山贼来,杀夺几无遗。所愿见王官[17],抚养以惠慈。奈何重驱逐,不使存活为[18]!安人天子命,符节我所持[19]。州县忽乱亡,得罪复是谁。逋缓违诏令,蒙责固其宜[20]。前贤重守分,恶以祸福移[21]。亦云贵守官,不爱能适时[22]。顾惟孱弱者,正直当不亏[23]。何人采国风[24],吾欲献此辞。

〔1〕"舂陵",汉零陵郡泠道有舂陵乡,是长沙定王子买的封地,故址在今湖南省宁远县附近。

〔2〕"癸卯",唐代宗广德元年(763)。"道州",州治在今湖南省道县。舂陵在道州境内。

〔3〕"贼",当时一个被称为"西原蛮"的少数民族(在今广西),广德元年冬,占领了道州一个多月。呼之为"贼"是封建士大夫对少数民族的污蔑。

〔4〕"符",古代朝廷传达命令或征调兵将时使用的凭证,如兵符、虎符。"牒",官府文书的一种。

〔5〕这两句说如果不能按期完成任务,就给以贬官或削职等处分。

〔6〕"於戏",同"呜呼"。

〔7〕"有司",有所管辖司理者,古代用以称呼官吏的名词,此处指地方上的长官。

〔8〕这两句是说地方上的官长,因受"切责",只能用严刑峻法来压榨他所管辖的人民。

〔9〕"供给",供给政府的需要。"征敛",对人民搜刮、剥削。

〔10〕"乱亡",乱离逃亡。"遗人",即"遗民",指战乱后遗留下来的人民。唐太宗名世民,唐人讳说"民"字。序和下文都说"安人",不说"安民"。

〔11〕这句说即使是大宗族,所馀下的人也孤单而孱弱。"羸(音磊)",弱。

〔12〕"意速",心里想走快些。

〔13〕"邮亭",驿站。古制:十里一亭,五里一邮。"急符",紧急的催缴赋

税的文书。"迹相追",指传递命令的人络绎不绝。

〔14〕"鬻(音育)",卖。

〔15〕这句说鬻儿女纳税之令一下,恐怕老百姓要出来闹大乱子,此"乱"与下文"州县忽乱亡"的"乱"字同。

〔16〕"生资",赖以生活的物资。

〔17〕"王官",朝廷派来的官吏。

〔18〕"为",从上句"奈何"来,语气词。这两句是说:怎么能再加以压迫驱逐不让他们活命呢?

〔19〕这句说我受中央的命令来做刺史。"符节",是中央授权做地方官的凭信。唐武德元年,刺史加号持节而实无节,但赐给铜鱼符。

〔20〕"逋",指"逋租逋赋",即欠税赋。"缓",指缓交租税。上句说不加紧追索赋税,违抗了中央的命令;下句说受上面的责备固然是应该的。这和序文中"吾将守官,静以安人,待罪而已"是同样的意思。

〔21〕"分(读去声)",本分。"恶(音乌)",义同"何"。这两句说怎么可以因避祸图福而改变自己的本愿呢?

〔22〕这两句意思是:对地方官来说,可贵的是忠于职守,而无取于迎合时宜。"适时",指逢迎上司以求得志的官僚。

〔23〕"顾惟",顾念。"孱弱者",指被压迫的人民。这两句是说想到被压迫的人民之苦,总也该想到守官的正直之道,不能亏损人民。实际是针对上句"逋缓违诏令,蒙责固其宜"说的。

〔24〕"采国风",采集各地的诗歌。《诗经》中的《国风》据说是周朝政府派人采访得来的。

喻瀼溪乡旧游[1]

往年在瀼滨,瀼人皆忘情[2]。今来游瀼乡,瀼人见我惊[3]。我心与瀼人,岂有辱与荣[4]。瀼人异其心,应为我冠缨[5]。昔贤恶如此[6],所以辞公卿。贫穷老乡里,自休还力耕[7]。况曾经逆乱,日厌闻战争。尤爱一溪水,而能存让名[8]。终当来其滨,饮啄全此生[9]。

〔1〕"喻",告知。"瀼溪",水名,在今江西省九江附近瑞昌县南。"旧游",旧交。元结《与瀼溪邻里》序云:"乾元(唐肃宗年号)元年(758),元子将家自全于瀼溪。上元二年,领荆南之兵镇于九江。方在军旅,与瀼溪邻里不得如往时相见游;又知瀼溪之人,日转穷困,故作诗与之。"这首诗和《与瀼溪邻里》可以参看。这是元结重到瀼溪乡时所作。诗中叙述他见瀼溪邻里对他的态度有了变化,原因在于他自己的地位前后不同。地位一高,邻里便不乐意接近了,他为此感到矛盾和难受。诗中表示了不如退隐的意思。

〔2〕"忘情",感情融洽,不分彼此。

〔3〕"惊",疑惧之意,和以前的"忘情"相反。

〔4〕这两句说我与瀼人共处十分相得,心里已没有什么贵贱荣辱的观念。

〔5〕这两句说瀼人态度之所以先后不同,大约是因为我做了官。"缨",系冠的带子。"冠缨",是做官的标志,一般老百姓是不能有这种服饰的。元结重到瀼溪正在山南东道节度幕中做军官。

〔6〕"恶(音雾)",憎厌,不愿。

〔7〕"自休",主动请求休官。"自休"句说休了官就可以和农民一同种田了。

〔8〕"让",和"瀼"同音。这句说瀼溪名使人联想谦和逊让的民风。

〔9〕"饮啄",饮食。"全此生",保全性命于乱世。末两句说他终于要到这儿来和瀼溪邻里同过简朴的生活。

贼退示官吏 并序

癸卯岁,西原贼入道州[1],焚烧杀掠,几尽而去。明年,贼又攻永破邵[2],不犯此州边鄙而退[3]。岂力能制敌欤?盖蒙其伤怜而已。诸使何为忍苦征敛?故作诗一篇以示官吏。

昔岁逢太平,山林二十年。泉源在庭户,洞壑当门前。井税有常期[4],日晏犹得眠。忽然遭世变,数岁亲戎旃[5]。今来典斯郡[6],山夷又纷然[7]。城小贼不屠,人贫伤可怜。是以陷邻境,此州独见全。使臣将王命,岂不如贼焉[8]?今被征敛者,迫之如火煎。谁能绝人命,以作时世贤[9]?!思欲委符节,引竿自刺船[10]。将家就鱼麦,归老江湖边[11]。

〔1〕"癸卯",唐代宗广德元年(763)。"西原贼入道州",见前《舂陵行》注〔3〕。所谓"贼",实际是反对唐王朝的武装。本篇主旨在憎恨征敛害民的官吏,所以有"使臣将王命,岂不如贼焉"等说法。这种思想出之于唐代士大夫的作品中还是难得的。

〔2〕"永",指永州,治所在今湖南省零陵,与道州相邻。"邵",指邵州,今之邵阳市,在湖南省衡阳市西。

〔3〕"此州",指道州。"边鄙",边境。

〔4〕"井",井田。古代井田制:一里为一井,其田九百亩,界为九区,一区之中为田百亩,中百亩为公田,外八百亩为私田,八家分耕公田,九分而税其一。

这是奴隶主把土地划成豆腐干式的方块,作为奴隶劳动的计算单位,以便于派人监督奴隶从早到晚劳动的制度。元结诗里所谓"井税"是借以指唐代所实行的按户口征取定额赋税的租、庸、调法。

〔5〕"戎旃(音毡)",军帐。"亲戎旃",谓亲身参加军事活动。

〔6〕"典",管理。"典斯郡",指广德二年五月始任道州刺史。

〔7〕"山夷",指山区的少数民族,即当时历史上所称的"西原蛮",也就是下句中的所谓"贼"。

〔8〕"使臣",皇帝派下来的租庸使。"将王命",奉朝廷的命令。这两句是说使臣奉了王命而来,难道还能够不如盗贼吗?实际上就是说使臣不恤民命,连"盗贼"都不如,是深恶痛骂之词。

〔9〕"时世贤",时眼中的贤能官吏,实指善于征敛者。这两句是说谁能陷害人民使之处于绝境,来做一个时人目中的"贤能官吏"呢?

〔10〕"委",弃去。"刺",用篙撑船叫"刺"。

〔11〕"将家",携带家眷。末句表示退隐。

贫 妇 词[1]

谁知苦贫夫,家有愁怨妻。请君听其词,能不为酸凄!所怜抱中儿,不如山下麑[2]。空念庭前地,化为人吏蹊[3]。出门望山泽,回头心复迷[4]。何时见府主,引跪向之啼[5]。

〔1〕元结《系乐府十二首》自序道:"天宝中,元子将前世尝可称叹者,为诗十二篇,为引其义以名之,总命曰系乐府。"这首诗为组诗第六首,写剥削阶级对贫苦人残酷剥削和压迫的情况,从贫妇口中的控诉可以想见一般。

〔2〕"不如",不及,比不上。"麑(音倪)",鹿之子。一作"麋(音迷)"。

这两句说贫妇自怜抱中之儿还不如小鹿能得到其母之爱抚而生活。

〔3〕 "蹊(音西)",行走出来的路叫"蹊"。这两句说庭前之地本来少人行走,因为差役频繁索取租税,被他们踏成路了。

〔4〕 这两句写贫妇出外,彷徨道路,迷惑无主,痛苦不堪。

〔5〕 "府主",指太守。"引跪",牵引、跪下。贫妇在当时绝无出路,幻想见太守泣诉。

农 臣 怨[1]

农臣何所怨,乃欲干人主[2]。不识天地心,徒然怨风雨[3]。将论草木患,欲说昆虫苦。巡回宫阙傍,其意无由吐。一朝哭都市,泪尽归田亩。谣颂若采之,此言当可取[4]。

〔1〕 这是《系乐府十二首》中的第九首。"农臣",管理农务的官。"怨",指"农臣"代农民诉怨,亦是乐府的名称。

〔2〕 "干",请求。"人主",指皇帝。这句与下文"巡回"两句相呼应。

〔3〕 这两句说风雨为灾,不知天地何以不能使之风调雨顺。各种灾害伤农,是"怨"的内容和"欲干人主"的原因。

〔4〕 "谣颂",指民间歌谣。这里说采诗者如果把此意进献,农民的苦难就能使"人主"知道。这当然只是诗人的一种幻想和愿望。

孟云卿

孟云卿(725或726—?),河南人。一说武昌人。天宝间应举不第,仕终校书郎。曾流寓荆州、广陵等地。一生飘泊,仕途失意[1]。他的诗继承陈子昂、沈千运的诗风。杜甫称许他"一饭未曾留俗客,数篇今见古人诗"[2]。元结所选《箧中集》只集七名诗人二十四首诗,他的诗就被选入五首之多,显然是把他作为沈千运的最好的继承者来看待的。

〔1〕 元结《箧中集序》:"自沈公(千运)及二三子(孟云卿等人),皆以正直而无禄位,皆以忠信而久贫贱。"《唐才子传》卷二:"云卿禀通济之才,沧吞噬之俗,栖栖南北,苦无所遇。"

〔2〕 杜甫《解闷十二首》其五。

寒 食[1]

二月江南花满枝,他乡寒食远堪悲[2]。贫居往往无烟火,不独明朝为子推[3]。

〔1〕 "寒食",节令名,清明前一天。春秋时介子推曾随晋公子重耳出亡在外十九年。重耳回国后为君(晋文公),赏赐随从出亡的人。介子推不求做官,也没有受封,与母亲隐居绵山(在山西省介休县)。后来重耳找不到他,以为焚山可逼他出来。他拒不出山,竟抱着树被烧死了。传说太原、上党、西河、

雁门等地的人为了纪念他,每年冬至后一百五日禁火寒食,俗称寒食节。本篇沿用这一传说。有人因《史记》未载介子推被焚事,并据《周礼·秋官》载司烜氏"中春以木铎修火禁于国中",推论禁火之俗"周制已然"。

〔2〕 "远",更甚。

〔3〕 末两句说家贫常常断炊,不独是因为纪念介子推而不举烟火。

苏涣

苏涣是个草莽英雄,善用白弩,巴蜀商人称他为"白跖"[1]。后从学,广德二年(764)举进士,迁侍御史。湖南崔瓘辟为从事。瓘败,奔交、广。以从哥舒晃造反,被杀。

杜甫晚年流落湖南江上时,苏涣曾访杜甫于江浦。杜甫对他的《变律》诗十分赞赏。《变律》是古体诗,虽有讽刺,但质朴无文,不求藻饰。或称"其文意长于讽刺,亦有陈拾遗(陈子昂)一鳞半甲"[2]。《全唐诗》存其诗四首。

[1]"跖",参见李白《古风》("大车扬飞尘")注[5]。"白跖",用白弩的跖。
[2]《唐才子传》卷三。

变 律[1]

毒蜂成一窠,高挂恶木枝。行人百步外,目断魂亦飞。长安大道旁,挟弹谁家儿[2]?右手持金丸,引满无所疑[3]。一中纷下来,势若风雨随[4]。身如万箭攒,宛转迷所之[5]。徒有疾恶心,奈何不知几[6]。

[1] 苏涣的《变律》(原作十九首,今存三首)本是古体诗,却称"变律"。这是第二首。

〔2〕"弹",弹弓。前六句说:一窠毒蜂高挂树枝,行人畏惧,远远躲开,路旁不知谁家的青年挟着弹弓来了。

〔3〕"金丸",汉武帝的宠臣韩嫣曾用黄金为丸,弹取鸟雀,儿童随后觅取。当时有歌谣云:"苦饥寒,逐金丸。"此处借用。"引满",指青年把弹弓张开到最大限度。"疑",犹疑。

〔4〕这两句说,蜂窠被射中了,毒蜂纷纷飞向射者,势如风雨。

〔5〕这两句说射者被毒蜂所蜇,如万箭攒心,一时蒙头转向。"宛转",转来转去。

〔6〕末两句是作者的感叹:空有疾恶如仇的心,但不懂时机和策略,也没法办!

刘长卿

刘长卿(709？—780？)，字文房，河间(今河北省河间县)人[1]。曾任长洲尉，因事被贬为潘州南巴尉。又任转运留后，官终随州刺史。有《刘随州集》。

刘长卿和杜甫同时，比元结、顾况年长十多岁，但其创作活动主要在中唐。他的诗气韵流畅，音调谐美，跟年辈较后的大历十才子相类。他的近体诗，大都研练深密，而又婉曲多讽；七律尤以工秀见称，但缺乏雄浑苍劲之作，也和中唐诗风近似[2]。但就写景的冲淡闲远而论，他显然又受了王维、孟浩然等人的影响。

刘长卿集中五言诗占十之七八，他自诩为"五言长城"[3]，确也不乏佳篇。然而这近四百首诗反复吟咏的不过是羁愁、别恨和闲适的情趣，意境雷同，用事造句重复。例如"楚国苍山古，幽州白日寒"(《穆陵关北逢人归渔阳》)、"日暮苍山远，天寒白屋贫"(《逢雪宿芙蓉山主人》)，固是警句，但用"苍"或"青"来和"白"作对(有的甚至形象相似)，在他集中就不下数十次，毋怪前人有"思锐才窄"之讥了[4]。

[1] 姚合《极玄集》作宣城人。

[2] 参看胡应麟《诗薮·内编》卷五论七律："诗至钱、刘，遂露中唐面目。……刘即自成中唐，与盛唐分道矣。"

[3] 权德舆《秦征君校书与刘随州唱和诗序》："彼汉东守(指刘)尝自以

为'五言长城'。"《唐才子传》卷二误为权德舆称刘为"五言长城"。

〔4〕 高仲武《中兴间气集》卷下评刘长卿诗云:"大抵十首已上,语意稍同,于落句尤甚,思锐才窄也。"

逢雪宿芙蓉山主人[1]

日暮苍山远,天寒白屋贫[2]。柴门闻犬吠,风雪夜归人。

〔1〕 "芙蓉山",山用芙蓉为名的很多,如今山东省临沂地区、福建省闽侯县、湖南省桂阳县、宁乡县、广东省曲江县等地均有芙蓉山,诗中所咏不详。"主人",指留宿作者的人家。

〔2〕 首两句写作者日暮投宿。"白屋",贫家的住所。房顶用白茅覆盖或木材不加油漆,是古来对"白屋"一词的解释。

碧涧别墅喜皇甫侍御相访[1]

荒村带返照,落叶乱纷纷。古路无行客,寒山独见君。野桥经雨断,涧水向田分[2]。不为怜同病,何人到白云[3]!

〔1〕 "皇甫侍御",皇甫曾,字孝常,曾官殿中侍御史,《全唐诗》卷二百一十存其诗一卷。他有《过刘员外长卿别墅》诗。本篇是刘长卿的和诗。"碧涧",在霸陵。

〔2〕 这两句写雨后村景:雨后水涨,野桥被淹没或冲断;涧水充溢,流向

田间。

〔3〕"怜同病",《吴越春秋·阖闾内传》:"子胥曰:'吾之怨与(白)喜同。子不闻河上歌乎?同病相怜,同忧相救。……'"末两句言只有皇甫曾这样志同道合的知己者,才不辞远道来访。

穆陵关北逢人归渔阳[1]

逢君穆陵路,匹马向桑乾[2]。楚国苍山古,幽州白日寒[3]。城池百战后,耆旧几家残[4]?处处蓬蒿遍,归人掩泪看。

〔1〕"穆陵关",在今湖北省麻城县北。"渔阳",即蓟州。唐改称渔阳郡,后复为蓟州。郡治在今天津蓟县。

〔2〕"桑乾",即今永定河,古名㶟水,亦名卢沟河。因流经渔阳郡一带,故借指渔阳。

〔3〕这两句分写"归人"跟作者相逢之地和"归人"旅程终点的景色:楚山貌青而实古老,北地有日而不暖,句中含正反两层意思。"楚国",穆陵关在古楚国境内。"幽州",见陈子昂《感遇》("朔风吹海树")注〔3〕。幽州是安禄山、史思明叛军的巢穴,安史之乱平后,唐朝廷以他们的部将为节度使,从此长期沦为藩镇割据的区域。此诗"白日寒"似兼喻人民的悲惨,不仅指自然气候。

〔4〕这两句写渔阳在战乱以后城池残破、人烟稀少的情景。"耆旧",老年人。"残",残剩。

送李判官之润州行营[1]

万里辞家事鼓鼙[2],金陵驿路楚云西[3]。江春不肯留行客,草色青青送马蹄。

〔1〕"润州",故治在今江苏省镇江市。"行营",主将出征驻扎之地。
〔2〕"鼓鼙",军用乐器。"事鼓鼙",从事军务。
〔3〕这句说金陵驿路直通楚地之西。"金陵",一般指今江苏省南京市,但唐时把节度使治所润州也称为金陵。此处即指后者。"楚",古代楚国,据今湖北、湖南、江西、安徽等地。

长沙过贾谊宅[1]

三年谪宦此栖迟,万古惟留楚客悲[2]。秋草独寻人去后,寒林空见日斜时[3]。汉文有道恩犹薄,湘水无情吊岂知[4]?寂寂江山摇落处,怜君何事到天涯[5]!

〔1〕题一作《过贾谊宅》。这诗似赴潘州(今广东省茂名市)贬所路过长沙时所作。"贾谊",西汉著名政论家,少年得志,为大臣所忌,初被贬为长沙王太傅,后召还任梁怀王太傅。梁怀王坠马死,他也伤恨而死,年仅三十三岁。"贾谊宅",据说是贾谊在长沙的居处。《元和郡县志》卷二十九《江南道·潭州·长沙县》:"贾谊宅在县南四十步。"

刘长卿《逢雪宿芙蓉山主人》

〔2〕"栖迟",居留。"楚客",指贾谊。这两句说贾谊在长沙"栖"只三年,而"悲"留万古。

〔3〕这两句写旧宅萧瑟寂寞的景象。贾谊在长沙时所作《鵩鸟赋》中有"庚子日斜兮,鵩集予舍"、"野鸟入室兮,主人将去"等句子。这里的"人去后"、"日斜时",暗用其字面,兼抒怀古之意。

〔4〕"汉文",汉文帝。"湘水",屈原自沉汨罗江,江通湘水,故贾谊曾于湘水凭吊他。"吊",指贾谊作赋吊屈原。《史记·屈原贾生列传》:贾谊"又以适(谪)去,意不自得,及渡湘水,为赋以吊屈原"。

〔5〕"君",指贾谊,也用以自况。作者明知贾谊因贬到此,末句故作设问,曲折一层写出怜惜之情。

别严士元[1]

春风倚棹阖闾城,水国春寒阴复晴[2]。细雨湿衣看不见,闲花落地听无声。日斜江上孤帆影,草绿湖南万里情[3]。东道若逢相识问,青袍今已误儒生[4]。

〔1〕"严士元",吴(今江苏省苏州市)人,曾官员外郎。作者贬官过吴,与严往还,临别作此诗相赠。本篇一作李嘉祐诗。

〔2〕"倚棹",停船。"棹",原是划船的工具,后多作船的代称。"阖闾城",即苏州城,相传春秋时伍子胥为吴王阖闾所筑。"水国",水乡。

〔3〕这两句写临别景况。下句是说,湖南的一片绿草,逗引起作者万里游宦的思绪。

〔4〕"东道",东道主的省称,指严士元。"相识",指认识作者的人。"青袍",即"青衿",古时知识分子的代称。又唐制:三品官以上服紫,五品以上服绯,六品、七品服绿,八品、九品服青(据《唐会要》卷三十一"章服品第"条)。作

者时贬潘州南巴尉,尉秩为从九品下,正好服青。唐诗中常以"青袍"代指官阶。这句是说,我作为负有经世重任的儒生,今已为区区一领青袍所误。

张谓

张谓,字正言,河内(今河南沁阳)人,天宝二年进士。少读书嵩山,不为权势所屈。青年时期曾从戎十载,稍有边功。乾元中以尚书郎使夏口,曾与李白于江城南湖宴饮,席间张谓感叹佳景寂寞,请李白为南湖命名,以传不朽。李白举杯酹水,号之为"郎官湖",并刻石湖侧,希望它"与大别山共相磨灭焉"[1]。大历时官至礼部侍郎,后出为潭州刺史。《全唐诗》存其诗一卷。

[1] 见李白《泛沔州城南郎官湖》。

早 梅

一树寒梅白玉条,迥临村路傍谿桥[1]。不知近水花先发,疑是经冬雪未销。

[1] "迥(音炯)",远。"傍(音蚌)",临近。

钱起

钱起(722—780),字仲文,吴兴(今浙江省湖州一带)人。天宝十年(751)进士,官至尚书考功郎中,大历中为翰林学士。有《钱考功集》。

钱起是"大历十才子"之一,和王维有过酬唱[1],与刘长卿齐名,也与郎士元并称[2]。钱、郎还同以擅长应酬诗为时人所重。钱近体中佳句较多,为郎所不及。他主要擅长的是写景,例如"鹊惊随叶散,萤远入烟流"(《裴迪南门秋夜对月》),"鸟道挂疏雨,人家残夕阳"(《太子李舍人城东别业与二三文友逃暑》),都为评论家所称道。整个说来,钱起的诗内容浅薄,词句干净而缺乏精警,应酬敷衍的套语太多。《考功集》中也混入了他曾孙钱珝的作品[3]。

"大历十才子"包括哪些人?传说纷纭,按照《新唐书·卢纶传》,是钱起、卢纶、吉中孚、夏侯审、李端、苗发、司空曙、韩翃、耿湋、崔峒。他们主要继续王维、孟浩然的道路,注重自然景物的描写,又大量地把诗歌作为应酬投赠的工具。

[1] 王维有《送钱少府还蓝田》,钱起有《酬王维春夜竹亭赠别》、《晚归蓝田酬王维给事赠别》、《蓝上茅茨期王维补阙》等诗。

[2] 高仲武《中兴间气集》卷上:"士林语曰:'前有沈、宋,后有钱、郎。'"

[3] 钱起生平未入中书,集中有许多中书舍人口吻的诗以及《江行无题百首》等,实是他的曾孙钱珝的作品(详见葛立方《韵语阳秋》卷二、胡震亨《唐音癸签》卷三十二)。

钱 起

归　雁[1]

潇湘何事等闲回[2]？水碧沙明两岸苔。二十五弦弹夜月[3]，不胜清怨却飞来[4]。

〔1〕《瑟曲》有《归雁操》，本篇可能也是《瑟曲》歌辞。作者通过美丽的湘水、清越的瑟声和归雁，写春夜的感受。潇湘夜景与瑟声都是想象。开头两句问雁为什么从"水碧沙明"风景优美的潇湘回来呢？作者此时身在北方，鸿雁北归是在春季。下二句代雁回答，和湘灵(舜妃)鼓瑟传说有联想，言潇湘湘灵在月夜弹瑟，声音太哀怨了，不忍听下去，所以折回。

〔2〕"潇湘"，湖南水名，参见张若虚《春江花月夜》注〔14〕。这里指回雁处。衡山七十二峰的第一峰叫"回雁峰"，峰势像飞雁回旋。相传雁飞至此，不再越过，就折回原地。"等闲"，轻易或无端。

〔3〕"二十五弦"，指瑟，《汉书·郊祀志上》说："帝使素女鼓五十弦瑟，悲，帝禁不止，故破其瑟为二十五弦。"

〔4〕"不胜"，犹不堪。"不胜清怨"，言听者受不住。"却飞"，宜连读，言从潇湘折返。

郎士元

郎士元，字君胄，中山（今河北省定县）人，天宝末进士，官至郢州刺史。《全唐诗》录其诗一卷。

当时钱、郎齐名。高仲武《中兴间气集》上卷以钱起为首，下卷以郎士元为首，明白地表示分别"压卷"的意思，并且称赞郎比钱"稍更闲雅"。他们两人诗风相类，郎士元存诗很少，擅长的只有五律一体，更显得才力单薄。但是他五律里还有一些精警的句联，像"罢磬风枝动，悬灯雪屋明"（《冬夕寄青龙寺源公》），体会出两种声响、两样光色的交错；"河源飞鸟外，雪岭大荒西"（《送杨中丞和蕃》），表达出塞外景象的辽阔。下面选的《盩厔县郑礒宅送钱大》一首以"工于发端"传诵，看来郎士元曾两三次试验运用那种"发端"[1]，而在这一首里是比较成功了。

〔1〕《赴无锡别灵一上人》："高僧本姓竺，开士旧名林；一入春山里，千峰不可寻。"《闻蝉寄友人》："昨日始闻莺，今朝蝉又鸣；朱颜向华发，定是几年程。"

盩厔县郑礒宅送钱大[1]

暮蝉不可听，落叶岂堪闻。共是悲秋客，那知此路分。荒城背流水，远雁入寒云。陶令东篱菊[2]，馀花可赠君。

〔1〕 诗题又作《送别钱起》、《别郑礒》、《送友人别》。"盩厔(音周至)",即今陕西省周至县。

〔2〕 "陶令",借陶渊明以比郑礒。"东篱",一作"门前"。

李端

李端,字正己,赵州(今河北省赵县附近)人,大历中举进士,任秘书省校书郎,官至杭州司马。《全唐诗》录其诗三卷。

据卢纶酬答畅当"感怀前踪"五十韵那首长诗里有关的话推想[1],李端是个才思敏捷的诗人,又是弈棋的高手。在风格上,他和司空曙最相近,但往往比司空曙露骨着迹,不是那样藏锋;把他的"往来黄叶路,交结白头翁"(《题山中别业》)或"壮应随日去,老岂与人期"(《秋夜寄司空文明》),和司空曙的"雨中黄叶树,灯下白头人"(《喜外弟卢纶见宿》)或"乍见翻疑梦,相悲各问年"(《云阳馆与韩绅宿别》)对照着读,他的诗句就显得直率了。大历十才子里,会写七言歌行的人不多,李端是其中之一,这一点值得提起。所作像《赠康洽》等篇还带些李颀、高适的流风馀韵,但意思却欠新鲜。

〔1〕卢纶《纶与吉侍郎中孚、司空郎中曙、苗员外发、崔补阙峒、耿拾遗湋、李校书端,风尘追游向三十载,数公皆负当时盛称,荣耀未几,俱沉下泉。畅博士当感怀前踪,有五十韵见寄,辄有所酬,以申悲旧,兼寄夏侯侍御审、侯仓曹钊》:"校书(李端)才智雄,举世一娉婷;赌墅鬼神变,属词鸾凤惊。"

李　端

茂陵山行陪韦金部[1]

宿雨朝来歇,空山秋气清。盘云双鹤下[2],隔水一蝉鸣。古道黄花落,平芜赤烧生[3]。茂陵虽有病[4],犹得伴君行。

〔1〕"茂陵",汉武帝刘彻陵墓,在今陕西省兴平县东北。"金部",官名,属户部,掌管库藏金宝货物等。本篇一作祖咏诗,题为《赠苗发员外》。

〔2〕"盘云",在云霄来回飞翔。

〔3〕"赤烧(读去声)",似指野烧。参看司空曙《送严使君游山》:"赤烧兼山远,青芜与浪连。"这句可做两种解释,但都有些困难。一、野火烧残的草又生长了。但是这句话在秋初讲似乎太迟,因为"野火烧不尽,春风吹又生",何况刚过了百草茂盛的夏天呢?二、秋来干燥,野烧又开始了。但是按诗中的景物看来,这句话似乎讲得太早,因为"宿雨"方"歇",夏蝉还未息声,并不是野烧的时候。存疑待考。

〔4〕"茂陵",扣住地名,作者自比司马相如。《史记·司马相如列传》:"相如既病免,家居茂陵。"

闺　情

月落星稀天欲明,孤灯未灭梦难成。披衣更向门前望,不忿朝来鹊喜声[1]。

〔1〕"不忿",恼恨,嫌恶。中国古代民间迷信,认为鹊声是喜事的预报。《西京杂记》卷三记陆贾论"瑞应",就说:"乾鹊噪而行人至。"把这个传说和思家怀远的情绪联系入诗的,大约最早是梁朝武陵王萧纪的《咏鹊》:"今朝听声喜,家信必应归。"李端这首诗一翻旧案,说鹊声是不作准的,只引起一场空欢喜,所盼望的人并不回来,因此"不忿"。这为后世诗词开辟了一个新的写法,有些词里甚至"不忿"得要把喜鹊弹死,例如徐伸《二郎神》"闷来弹鹊"(《草堂诗馀》卷上)。

张继

张继,字懿孙,襄州(今湖北襄阳)人。天宝十二年(753)进士。大历末,官检校祠部员外郎,又在洪州(今江西省南昌市)为盐铁判官(管财政)。他颇关心于兵乱后的人民生计:"女停襄邑杼,农废汶阳耕","火燎原犹热,风摇海未平"(《送邹判官往陈留》),"量空海陵粟,赐乏水衡钱"(《酬李书记校书越城秋夜见赠》),都是关切时事之作。可惜他留传下来的诗,不到五十首,其中还掺入了皇甫冉、韩翃、顾况、窦叔向的作品。他自己的诗风爽利而激越,不假雕刻,丰姿清迥,和他超脱的思想是一致的。高仲武在《中兴间气集》中评论他的诗"事理双切","比兴深矣",这是从好的一方面说;又说他"有道者风"。我们从他的《上清词》、《安公房问法》诸作看来,他不仅"有道者风",也颇有禅味,这是当时一般士大夫的崇尚,他也未能例外。

枫桥夜泊[1]

月落乌啼霜满天,江枫渔火对愁眠[2]。姑苏城外寒山寺,夜半钟声到客船[3]。

〔1〕 题一作《夜泊枫江》。"枫桥",在今江苏省苏州西郊。

〔2〕这句是说愁人对着江枫渔火而眠,即"江枫渔火伴愁眠"之意。一说"愁眠"是苏州山名,恐不确。清毛先舒《诗辨坻》中说:"后人因张继之诗始改山名愁眠。"

〔3〕"夜半钟声",宋欧阳修《六一诗话》对此有疑问,以为夜半不是打钟时。但在唐时寺院确有夜半打钟的习俗,屡见于诗人吟咏。如于鹄诗"遥听缑山半夜钟";白居易亦云"新秋松影下,半夜钟声后"。这都是"半夜钟"的证明。

阊门即事[1]

耕夫召募逐楼船[2],春草青青万顷田。试上吴门窥郡郭,清明几处有新烟[3]?

〔1〕"阊门",苏州的一道城门。本篇为作者于天宝末年流寓苏州时所作,对统治阶级到处征兵,致使农村凋敝、人烟寥落,表示愤慨。

〔2〕"楼船",船之高大者。《史记·平准书》:"大修昆明池,治楼船,高十馀丈,旗帜加其上,甚壮。"汉武帝置楼船将军,此处"楼船"指作战的船只。

〔3〕这句说"清明"很少"新烟",因耕夫都被征去作战,田园荒芜。

张继《枫桥夜泊》

韩翃

韩翃,字君平,南阳(今河南省沁阳附近)人。天宝末进士,曾充节度使的幕僚,后官驾部郎中,担任起草皇帝诏令的职务。唐德宗赏识过他的诗。在大历十才子里,他和李益也许是最著名的两个,这并非由于他们的文学造诣,而因为他俩都是传奇里的有名角色[1]。诗见《全唐诗》。

韩翃集里十之八九是送行赠别的诗,这类作品在唐代其他名家诗集里所占的比例似乎都没有像在他的诗集里那么大。送行诗是中国旧诗里数量很大的一个题材,许多送行之作主要并不倾吐离愁别绪,而是悬拟行人的旅程,想象他迤逦行去,一路上所经历的名胜、遇见的景物,抒情的成分少而叙事写景的成分多。在韩翃笔下,这种作法发展到最圆熟的程度。他常常轻巧而具体地预祝旅途顺利,说得古代的舟车仿佛具有现代交通工具的速度,例如下面所选《送客水路归陕》的第三、四句[2]。

[1] 见《太平广记》卷四百八十五许尧佐《柳氏传》(传中韩翃作韩翊,误)、卷四百八十七蒋防《霍小玉传》。

[2] 其他的例像《送客之上谷》"披衣朝易水,匹马夕燕台";《赠别成明府赴剑南》"朝主三室印,晚为三蜀人"。这都采用了颜延之《赭白马赋》里"旦刷幽、燕,夕秣荆、越"和李白《天马歌》或杜甫《骢马行》里类似的写法,而语气较为收敛。比起韦应物《寄大梁诸友》"一为风水便,但见山川驱。昨日次睢阳,今夕宿符离",韩翃的诗句就见得爽快利落,更能传达"便"和"驱"的情味。

送孙泼赴云中〔1〕

黄骢少年舞双戟〔2〕,目视傍人皆辟易〔3〕。百战能夸陇上儿〔4〕,一身复作云中客。寒风动地气苍茫,横吹先悲出塞长〔5〕。敲石军中传夜火,斧冰河畔汲朝浆〔6〕。前锋直指阴山外〔7〕,虏骑纷纷胆应碎。匈奴破尽人看归〔8〕,金印酬功如斗大〔9〕。

〔1〕 本篇一作韦应物诗,"孙泼",作"孙征"。"云中",见陈子昂《送魏大从军》注〔5〕。

〔2〕 这句把孙泼和南北朝勇将裴果相比。《北史·裴果传》说裴果"乘黄骢马,衣青袍,每先登陷阵,时人号为'黄骢年少'"。

〔3〕 这句把孙泼和项羽相比。《史记·项羽本纪》记项羽为骑将所追,他"瞋目叱之",那个骑将"人马辟易数里"。"辟易",是惊退的意思。

〔4〕 "陇上",指陇山地区。陇山,起陕西省陇县,长百八十里,是唐代军事重地。这句说孙泼曾在陕西立过功。也许"陇上儿"还暗用晋代民谣的成语:"陇上壮士有陈安。"(《晋书·刘曜载记》)

〔5〕 "横吹",乐府曲名,是军乐。"长",久远。

〔6〕 这两句说晚上敲石取火;早晨用斧头斫开河面的冰取水。"斧冰",本曹操《苦寒行》:"斧冰持作糜。"

〔7〕 "阴山",见王昌龄《出塞》("秦时明月汉时关")注〔4〕。以下四句语气一变,和前四句衬托对照。

〔8〕 "人看归",也作"始看归"、"看看归"、"看君归"。

〔9〕 "金印",印章是古代官爵的一种标志,黄金铸成的印愈大,表示官位

愈高。这句说以斗大金印酬功,表明卫国的功绩不小。全诗十二句,起四句"壮",中间四句"悲",结四句又回复到"壮",恰像交响曲的三个乐章,正反而合,首尾衔接。

送客水路归陕[1]

相风竿影晓来斜[2],渭水东流去不赊[3]。枕上未醒秦地酒,舟前已见陕人家[4]。春桥杨柳应齐叶,古县棠梨也作花。好是吾贤佳赏地,行逢三月会连沙[5]。

〔1〕"陕",唐代州名,今属河南省三门峡市。所送的客从长安坐船,沿渭水东归。

〔2〕"相风竿",即古人诗词里常说的"樯乌"(一称风信鸡),船上所竖预测风向的竿,顶刻乌形。此句言顺风,下句言顺水,逗出三、四句写船行的迅速。

〔3〕"不赊",不迟缓、水流迅急。

〔4〕这两句极写"不赊":船行迅速,饯行的别酒未醒,早已故乡在望。

〔5〕"吾贤",指"客"。杜审言《晦日宴游》:"日晦随蓂荚,春情着杏花;解绅宜就水,张幕会连沙。"韩翃割裂了杜审言的诗句,意思说:到家时恰逢三月赏花,沙滩上接二连三都是春游者休息和宴会的帐幕。参看杜甫《丽人行》注〔2〕、〔8〕。

寒 食[1]

春城无处不飞花,寒食东风御柳斜[2]。日暮汉宫传蜡烛,轻烟散入五侯家[3]。

〔1〕"寒食",节名,见孟云卿《寒食》注〔1〕。

〔2〕"御柳",指御苑之柳。当时风俗,每于寒食日折柳插门,以示纪念,所以诗中特意写到柳。

〔3〕"汉宫",实指唐宫。"传蜡烛",《唐辇下岁时记》:"清明日取榆柳之火以赐近臣。"烛用以燃火,元稹《连昌宫词》所谓"特敕宫中许燃烛"的便是。时方禁烟火,可是宫中传烛以分火,却先及"五侯"之家,这是因为他们近君而多宠。"五侯",指宦官。《后汉书·单超传》载:桓帝封单超新丰侯、徐璜武原侯、具瑗东武阳侯、左悺上蔡侯、唐衡汝阳侯,因诛梁冀及其亲党有功,"五人同日封,故世谓之五侯"。唐肃宗、代宗以来的宦官,权盛可比汉之末世,朝政日乱,韩翃对此深致忧愤。这首诗借汉讽唐,寓意明显。

戎昱

戎昱,荆南(今湖北省江陵县附近)人。举进士,不第,曾在颜真卿幕下做过事[1]。德宗时任虔州刺史,遭人陷害,被贬为辰州刺史。诗见《全唐诗》。抵御少数民族统治者的侵扰是他诗歌的主题之一,例如《和蕃》、《苦哉行》、《赋得铁马鞭》、《泾州观元戎出师》、《从军行》等。此外大多感伤身世,是些凄苦缠绵的哀叹。

[1]《唐才子传》卷三:"初事颜平原(真卿),尝佐其征南幕,亦累荐之。"作者《闻颜尚书陷贼中》:"闻说征南没,那堪故吏闻。"

塞 上 曲[1]

胡风略地烧连山,碎叶孤城未下关[2]。山头烽子声声叫,知是将军夜猎还[3]。

[1] 安史之乱破坏了唐朝大统一的局面,吐蕃统治者乘机扩大势力范围。戎昱这首可能写得比较早的小诗,以碎叶城为题材,讽刺边地将军不知戒备而沉湎于狩猎。

[2] "胡风",借喻吐蕃统治者的武装势力。"碎叶",见李白小传。"下关",闩上城门。

[3] "烽子",瞭望敌情、守卫烽火台的士兵。

桂州腊夜[1]

坐到三更尽,归仍万里赊[2]。雪声偏傍竹[3],寒梦不离家。晓角分残漏[4],孤灯落碎花[5]。二年随骠骑[6],辛苦向天涯。

〔1〕 "桂州",今广西壮族自治区桂林市。

〔2〕 "赊",远。

〔3〕 这句说有竹子的地方,下雪时声音特别清晰。

〔4〕 "残漏",是夜将尽时的铜壶滴漏声。这句说天明时的号角声和滴漏声同时并闻,掺和一起。

〔5〕 "落碎花",指灯的馀烬落下。古代油灯用灯草点燃,灯心馀烬常结为花形。

〔6〕 "骠骑",将军的称号。汉代霍去病始为骠骑将军。《新唐书·兵志》:"武德初,始置军府,以骠骑、车骑两将军府领之。"此处"骠骑"指当时卫国有功充任荆南节度使的卫伯玉而言。卫伯玉曾提拔戎昱在他幕下做"从事"。

韦应物

韦应物(737—约789)[1],长安(今陕西省西安市)人。唐玄宗时,曾在宫廷中任"三卫郎",后官滁州、江州、苏州等地刺史。有《韦苏州集》。

他早年宿卫内廷,任侠使气,生活颇为放浪。安史乱后,"折节读书"[2],变为闲静清雅的诗人、对民生疾苦表示一定关心的地方官[3]。然而,他在刺史任上,也遭人指斥,说他太严刻、"刚略"、"取威于懦夫"[4];而他的恬淡诗风,却常常流露出少年时代豪放的气势。他的《听嘉陵江水声寄深上人》诗说:"水性自云静,石中本无声;如何两相激,雷转空山惊?"很可以借喻他自己的和平而时露愤激的诗境。

虽然他也能写情细腻,例如《对残灯》的"幽人将递眠,解带翻成结";赋物工致,例如下面所选《听莺曲》。他主要地抒写闲适的胸襟,描摹自然界的风景。他对陶潜极为向往,不但作诗"效陶体",而且在生活上要"慕陶"、"等陶"[5],唐人也很早就把他的诗和陶诗并举[6]。但是,不应当因此而忽视谢灵运对他的影响,试看下面诸例的"炼字":"景煦听禽响,雨馀看柳重"(《春游南京》);"散彩疏群树,分规澄素流"(《府舍月游》);"兵卫森画戟,燕寝凝清香"(《郡斋雨中与诸文士宴集》);"绿阴生昼静,孤花表春馀"(《游开元精舍》)。当然,他还继承了王维的那种含蓄简远、着墨无多的手法。

〔1〕 关于韦应物的卒年,颇多歧说。刘禹锡有《苏州举韦中丞(应物)自代状》一文,作于大和六年(832),有人据以认为其时韦应物九十馀岁仍在世。但不少人怀疑并非一人。钱大昕《十驾斋养新录》卷十二"韦应物"条考辨甚详,然亦未能确定卒年。余嘉锡《四库提要辨证》卷二十考订韦应物于贞元二年(786)赴苏州刺史任,一二年后去官,"不久即卒"。今姑从其说。

〔2〕 沈作喆所作韦应物补传,见宋赵与旹《宾退录》卷九。

〔3〕 参看《游琅邪山寺》"物累诚可遣,疲痾终未忘";《襄武馆游眺》:"仰恩惭政拙,念劳喜岁收";《郡斋雨中与诸文士宴集》:"自惭居处崇,未睹斯民康";《寄李儋元锡》:"身多疾病思田里,邑有流亡愧俸钱";以及《高陵书情寄三原卢少府》、《答崔都水》等诗。

〔4〕 李观《代彝上苏州韦使君书》、《代李图南上苏州韦使君论戴察书》(《全唐文》卷五百三十三)。

〔5〕 《沣上西斋寄诸友》、《东郊》。

〔6〕 白居易《自吟拙什因有所怀》、《题浔阳楼》。

淮上喜会梁州故人[1]

江汉曾为客,相逢每醉还。浮云一别后,流水十年间[2]。欢笑情如旧,萧疏鬓已斑。何因不归去?淮上有秋山。

〔1〕 "淮上",在今江苏省淮阴一带。《水经注·淮水》:"又东北至下邳淮阴县(今江苏省淮阴)西,泗水从西北来流注之。""梁州",《元和郡县志》:"山南道兴元府:禹贡梁州,秦以为汉中郡。魏锺会既克蜀,又置梁州。隋大业三年,罢州为汉川郡。(唐)武德元年,改为褒州。二十年,又为梁州(治南郑县,即今陕西省南郑县东)"。韦应物曾游梁州,所以有"江汉曾为客"之句。

〔2〕上句以"浮云"比生活飘荡不定,下句以"流水"比时间迅速消逝。这里暗用李陵、苏武河梁送别互相以诗赠答的典故。李陵诗有"仰视浮云驰,奄忽互相逾。风波一失所,各在天一隅","临河濯长缨,念子怅悠悠"(《与苏武诗三首》);苏武诗亦有"俯视江汉流,仰视浮云翔"(《诗四首》)等语。

初发扬子寄元大校书[1]

凄凄去亲爱,泛泛入烟雾。归棹洛阳人,残钟广陵树[2]。今朝此为别,何处还相遇?世事波上舟,沿洄安得住[3]?

〔1〕"初发",刚出发的时候。"扬子",当是指扬子津,在长江北岸,近瓜州。"校书",官名,掌校理典籍。

〔2〕"归棹",指自己乘舟向洛阳归去。"广陵",扬州。"残钟"句是说舟行渐远,钟响渐微,只有馀音,但广陵树色犹可望见。

〔3〕这两句从当前境地生发,感慨自己的身世飘浮不定有如波上之舟。顺流而下叫"沿",逆流而上叫"洄"。

自巩洛舟行入黄河即事寄府县僚友[1]

夹水苍山路向东,东南山豁大河通[2]。寒树依微远天外,夕阳明灭乱流中[3]。孤村几岁临伊岸,一雁初晴下朔风[4]。为报洛桥游宦侣，扁舟不系与心同[5]。

〔1〕"巩"，古巩伯地，今河南省巩县。洛水源出陕西省冢岭，东流经巩县入黄河。

〔2〕"豁"，开豁。首二句叙行程。

〔3〕"依微"，同"依稀"，模糊不清。"明灭"，忽明忽暗，指动荡的水波里所反映的阳光。

〔4〕"几岁"，有好几年，回忆过去的行踪。"伊岸"，伊水(伊河)的岸边。伊水源出河南省卢氏县熊耳山，东北流经嵩县、伊阳、洛阳、偃师，北流入于洛，亦称"伊川"。上句承首二句，切地；下句承第三句，切时。

〔5〕"洛桥游宦侣"，指"府县僚友"。末句说舟行水上，不泊系于岸边，正和心无所沾恋一样。意较消极。语本《庄子·杂篇·列御寇》："泛若不系之舟。"

寄李儋元锡[1]

去年花里逢君别，今日花开又一年[2]。世事茫茫难自料，春愁黯黯独成眠[3]。身多疾病思田里，邑有流亡愧俸钱[4]。闻道欲来相问讯，西楼望月几回圆[5]。

〔1〕本篇当作于唐德宗贞元初年，作者正在苏州做刺史时。"李儋"，韦之友，曾官殿中侍御史(据《新唐书·宰相世系表》)。韦应物和他酬唱的作品很多，如《赠李儋》、《将往江淮寄李十九儋》、《赠李儋侍御》。"元锡"，亦韦之友。韦有《送元锡杨凌》、《同元锡题琅邪寺》等诗。

〔2〕"又"，一作"已"。

338

〔3〕"黯黯",低沉黯淡之意。

〔4〕"邑",指苏州。"流亡",出外逃亡的人。"愧俸钱",意谓未尽地方长官的责任。

〔5〕"问讯",探望。"西楼",一名观风楼。唐代诗人像白居易等的作品里都提到苏州西楼。末两句是说听到你要来看我,我几个月来一直在盼望你,月亮都圆了好几次了。

秋夜寄丘二十二员外〔1〕

怀君属秋夜〔2〕,散步咏凉天。山空松子落,幽人应未眠〔3〕。

〔1〕"丘二十二",名丹,苏州嘉兴(在今浙江省)人,曾官仓部员外郎,是诗人丘为的兄弟。韦应物寄这首诗时,丘丹正在临平山中学道。

〔2〕"属秋夜",正在秋夜里。"属",犹"适"。

〔3〕"幽人",隐居者,指丘丹。丘丹《和韦使君秋夜见寄》:"露滴梧叶鸣,秋风桂花发。中有学仙侣,吹箫弄秋月。"

赋得暮雨送李胄〔1〕

楚江微雨里,建业暮钟时〔2〕。漠漠帆来重,冥冥鸟去迟〔3〕。海门深不见,浦树远含滋〔4〕。相送情无限,沾襟比散丝〔5〕。

〔1〕"赋得",凡是指定、限定的诗题,例在题目上加"赋得"二字,与咏物的"咏"略同。"李胄",一作"李渭",又作"李曹"。

〔2〕"楚江",长江濡须口以上至三峡,都是楚地,古称"楚江"。李胄即沿此江远去。"建业",三国时吴国孙权迁都秣陵,改称"建业",即今南京。作者在南京附近送别,所以写到建业钟声。

〔3〕"漠漠",形容水气氤氲。两字衬出微雨无风。"帆来重",形容布帆因被雨沾湿增加了重量。"冥冥",指天空高远之处。"鸟去迟",因为飞远了,看起来好像飞行很慢。

〔4〕"海门",长江入海处。"深不见",写题中的"暮"字。"浦树",水边的树。"远含滋",是说树远远地看起来含着水气。

〔5〕末句说别时眼泪如雨。晋张协《杂诗》:"密雨如散丝。"这里以"散丝"作细雨的代称。

长安遇冯著〔1〕

客从东方来,衣上灞陵雨〔2〕。问客何为来,采山因买斧〔3〕。冥冥花正开〔4〕,飏飏燕新乳〔5〕。昨别今已春,鬓丝生几缕〔6〕?

〔1〕"冯著",见后冯著小传。

〔2〕"灞陵",即灞上,汉文帝葬于此,改名灞陵。灞水源出陕西省蓝田县东。灞水灞桥都在长安的东方。

〔3〕"采山",采伐山上的树木。

〔4〕"冥冥",形容静止的样子。

〔5〕"飏",鸟飞去叫飏。此处"飏"形容燕飞行的姿态。

〔6〕这两句说年光之快好像昨日才分别一样,不觉又是一年春了,你的头发又白了几茎了呢?

观 田 家

微雨众卉新,一雷惊蛰始〔1〕。田家几日闲,耕种从此起。丁壮俱在野,场圃亦就理。归来景常晏,饮犊西涧水〔2〕。饥劬不自苦,膏泽且为喜〔3〕。仓廪无宿储,徭役犹未已〔4〕。方惭不耕者,禄食出闾里〔5〕。

〔1〕"惊蛰",旧历节气名,在公历三月五日至六日。雷鸣春时。蛰虫惊动,正是耕种的气候。

〔2〕"景",日光。"景常晏",指天晚了。"犊",小牛。

〔3〕"劬(音渠)",过分的劳累。"膏泽",雨水下到田里,像油脂一样润泽着土地。

〔4〕"无宿储",没有积存的粮食。"徭(音摇)役",古时统治者强制人民承担的无偿劳动,叫"徭役"。"犹未已",还不停。

〔5〕"闾里",民间或乡里之通称。这两句说自己做官不下田劳动,得到农民供应的食米,感到羞惭。

滁 州 西 涧〔1〕

独怜幽草涧边生,上有黄鹂深树鸣〔2〕。春潮带雨晚来急,野渡无人舟自横。

〔1〕这诗是作者在滁州刺史任上所写。"滁州",今属安徽省。"西涧",俗名上马河,在滁州城西。据欧阳修说,西涧无水,大约在宋时即已淤塞。
〔2〕"怜",爱怜。"黄鹂",即黄莺。"深树",树丛深处。

听 莺 曲[1]

东方欲曙花冥冥,啼莺相唤亦可听[2]。乍去乍来时近远,才闻南陌又东城。忽似上林翻下苑,绵绵蛮蛮如有情[3]。欲啭不啭意自娇,羌儿弄笛曲未调[4]。前声后声不相及,秦女学筝指犹涩[5]。须臾风暖朝日曛,流音变作百鸟喧[6]。谁家懒妇惊残梦?何处愁人忆故园?伯劳飞过声䠰促,戴胜下时桑田绿[7]。不及流莺日日啼花间[8],能使万家春意闲。有时断续听不了,飞去花枝犹袅袅[9]。还栖碧树锁千门,春漏方残一声晓[10]。

〔1〕这首诗描写莺声娇婉好听,变化极多,最宜于春天的气氛,能使懒妇惊晓早起,旅客减少愁思,人人听来愉快。本篇强调莺啼及时,着重"春"和"晓"。
〔2〕这两句是说天刚亮未亮的时候,花容暗淡,不很鲜明,莺鸣就开始了。
〔3〕"上林"、"下苑",汉代苑名。"苑",是培植花木、畜养禽兽的大园子。"忽似"句和"才闻"句本是好对偶,但以声韵关系,拆开分为上属"乍去"句,下属"绵绵"句,句法错综变化。"绵绵蛮蛮",鸟声。《诗经·小雅·绵蛮》:

"绵蛮黄鸟,止于丘阿。"黄鸟,即黄莺。

〔4〕 这两句形容黄莺要叫又不痛快地叫,好像羌儿吹笛还不成调。下句为上句设喻。"嘐",鸟鸣。"羌儿弄笛",传说笛原是古代西域地方羌族的乐器。汉马融《长笛赋》:"近代双笛从羌起,羌人伐竹未及已。"

〔5〕 "筝",是秦地(陕西古称秦)的乐器。这句为上句"前声后声不相及"设喻,形容莺声有时滞涩而不流滑,仿佛秦女初学弹筝,指法还不熟练。

〔6〕 "暾",日初出。"流音"句是说莺叫了之后,使得百鸟都跟着喧吵起来。

〔7〕 "伯劳"、"戴胜",承上句"百鸟"来。"伯劳",鸟名,一名博劳,又名鹈。仲夏始鸣。"跼促",短促之意。"戴胜",鸟名,夏北来,冬南去,体长尺许,色黄褐或红灰,头顶有黄金色的大羽冠。"戴胜"意为戴着华胜(首饰名)。

〔8〕 这两种鸟鸣声既不美,鸣得又不及时,都不如莺。

〔9〕 这句说鸟去而花枝犹颤动。

〔10〕 末句与篇首"东方欲曙"句相呼应。

张潮

张潮(一作张朝),曲阿(今江苏丹阳)人,主要活动于唐肃宗李亨、代宗李豫时代[1]。他的诗在《全唐诗》中仅存五首。其中《长干行》一首,亦作李白或李益诗。不仅下面所选《采莲词》、《江南行》,明显地受民歌影响,其余三首也全采用白描手法和歌行体。主要写商人妇的思想感情,说明他对当时的城市生活比较熟悉。

〔1〕《唐诗纪事》和《全唐诗》说他是大历(766—779)中处士。《闻一多全集·唐诗大系》将他排列在张巡前,常建后。

采 莲 词[1]

朝出沙头日正红,晚来云起半江中。赖逢邻女曾相识,并着莲舟不畏风[2]。

〔1〕"采莲词",六朝乐府已有《采莲曲》、《江南可采莲》等。唐代《采莲子》七言四句带和声,从内容到形式都可以看出受民歌的影响。
〔2〕"沙头",即江岸,因为江岸常有河沙淤积。全诗从采莲妇女早晨出发时的红火太阳写到晚来归途中遇到的风云,抓住了江上气象多变的特点,显得形象生动。小诗以精练的语言表现了采莲妇女的勤劳勇敢。

张　潮

江 南 行

茨菰叶烂别西湾,莲子花开不见还[1]。妾梦不离江上水,人传郎在凤凰山[2]。

〔1〕"茨菰",植物名,即慈姑。茨菰叶烂当在秋冬之际,荷花开放已是夏天了。两句写离别之久。

〔2〕末两句紧接前两句,说女子盼望的人不仅长期不见回还,而且行踪不定,音问不通。因为别离在西湾,所以做梦也梦到水路上,而传说"他"却在陆路滞留。"凤凰山",杭州、成都、福建沙县等地都有同名的山,这里不详何指。

冯著

冯著,不详其字与籍贯,和韦应物是同一时代的人。《韦苏州集》中有《长安遇冯著》、《送冯著》、《受李广州署为录事》、《赠冯著》、《寄冯著》等诗。冯著曾在长安和洛阳做过官,亲遇安史之乱,诗中有所反映。他曾到过广州,在南海之滨住了几年。他和卢纶亦有酬和诗,见卢纶《留别耿沣侯钊冯著》等篇中。《全唐诗》存其诗四首。

洛 阳 道[1]

洛阳宫中花柳春,洛阳道上无行人。皮裘毡帐不相识,万户千门闭春色。春色深,春色深[2],君王一去何时寻!春雨洒,春雨洒[3],周南一望堪泪下。蓬莱殿中寝胡人[4],鸂鶒楼前放胡马[5]。闻君欲行西入秦[6],君行不用过天津[7]。天津桥上多胡尘,洛阳道上愁杀人!

[1] "洛阳道",乐府旧题。《乐府诗集》卷二十三《横吹曲辞》本题有梁简文帝等人的作品。唐肃宗至德元年(756)安禄山窃据洛阳,冯著这首《洛阳道》,写洛阳失陷后的情况。

[2] "春色深",《全唐诗》原注:"一本无此三字。"

[3] "春雨洒",《全唐诗》原注:"一作春色深。"

[4] "蓬莱殿",《唐会要》卷三十:"龙朔二年,高宗染风痹,以宫内湫湿,乃修旧大明宫,改名蓬莱宫。"安史之乱玄宗逃蜀,蓬莱殿被胡人占领,作为寝

冯　著

〔5〕"鸤鹊楼",长安和洛阳都有以此为名的楼观。

〔6〕"闻君"句,一作"闻君欲入西秦行"。

〔7〕"天津",桥名。《元和郡县志》卷五:"洛阳天津桥在县北四里。隋炀帝大业元年,初造此桥,以架洛水。唐贞观十四年,更令石工累方石为脚。"

燕　衔　泥〔1〕

双燕碌碌飞入屋,屋中老人喜燕归。徘徊绕我床头飞。去年为尔逐黄雀,雨多屋漏泥土落。尔莫厌老翁茅屋低,梁头作窠梁下栖。尔不见东家黄觳鸣啧啧〔2〕,蛇盘瓦沟鼠穿壁。豪家大屋尔莫居,骄儿少妇采尔雏。井旁写水泥自足,衔泥上屋随尔欲〔3〕。

〔1〕韦应物有《燕衔泥》诗。这也是唐人的"新乐府"。冯著这首诗借燕筑巢事说明贫富两种人思想感情的不同:贫苦的老人对于燕子爱护备至;反之,富豪之家的妇孺以残害雏燕为乐事,故老翁劝燕勿往富家,以免受害。

〔2〕"黄觳(音寇)",小鸟出生后,嘴角和羽毛都带黄色,须老鸟哺喂它,才能成长,名叫"黄觳"。这里指小燕。"啧啧",燕鸣声。

〔3〕末两句又写贫家燕筑巢居住自由的情形。"写",此处同"泻"。

于良史

于良史,籍贯、身世都难查考。只知道他官至侍御史,也曾在徐、泗、濠节度使张建封手下做过从事。根据这些仅有的线索来推测,他很可能和韩愈是短时期的同僚。在诗歌里,他和韩愈却绝非同道,似乎是大历十才子的追随者,诗被选入《中兴间气集》卷上。主要是下面选的一首诗使他能在唐代诗史的剩馀篇幅上挂个名字,当然他还有些写景的好句,就像《冬日野望寄李赞府》:"风兼残雪起,河带断冰流。"

春山夜月

春山多胜事[1],赏玩夜忘归。掬水月在手,弄花香满衣[2]。兴来无远近,欲去惜芳菲[3]。南望鸣钟处,楼台深翠微。

〔1〕"胜",美。

〔2〕这是传诵的名联。上句把水和月合并,下句把香从花里分别出来;前者是两物结成一,后者是一体分为二。

〔3〕上句是说远处也愿去赏玩,下句是说近处还不愿离开,两句相反相成,而综合起来申说前面的"多胜事"和"忘归",也逗引后面"南望"远处的"楼台"。